岩波文庫
31-181-4

江戸川乱歩作品集

I

人でなしの恋・孤島の鬼 他

浜田雄介編

岩波書店

目次

日記帳

ちょうど初七日の夜のことでした。私は死んだ弟の書斎にはいって、何かと彼の書き残したものなどを取り出しては、ひとり物思いにふけっていました。

まだ、さして夜もふけていないのに、家じゅうは涙にしめって、しんと鎮（しず）まりかえっています。そこへもってきて、なんだか新派のお芝居めいていますけれど、遠くの方からは、物売りの呼び声などが、さも悲しげな調子で響いてくるのです。私は長いあいだ忘れていた、幼いころの、しみじみした気持になって、ふと、そこにあった弟の日記帳を繰りひろげてみました。

この日記帳を見るにつけても、私は、おそらく恋も知らないでこの世を去った、はたちの弟をあわれに思わないではいられません。

内気者で、友だちも少なかった弟は、自然書斎に引きこもっている時間が多いのでした。細いペンでこくめいに書かれた日記帳からだけでも、そうした彼の性質は充分うかがうことができます。そこには、人生に対する疑いだとか、信仰に関する煩悶だとか、彼の年頃にはだれでもが経験するところの、いわゆる青春の悩みについて、幼稚ではありますけれど、いかにも真摯な文章が書き綴ってあるのです。

私は自分自身の過去の姿を眺めるような心持で、一枚一枚とページをはぐって行きました。それらのページにはいたるところに、そこに書かれた文章の奥から、あの弟の鳩のような臆病らしい眼が、じっと私の方を見つめているのです。

そうして、三月九日のところまで読んで行った時に、感慨に沈んでいた私が、思わず軽い叫び声を発したほども、私の目をひいたものがありました。それは、純潔なその日記の文章の中に、はじめてポッツリと、はなやかな女の名前が現われたのです。そして「発信欄」と印刷した場所に「北川雪枝(葉書)」と書かれた、その雪枝さんは、私もよく知っている、私たちとは遠縁に当たる家の、若い美しい娘だったのです。

それでは、弟は雪枝さんを恋していたのかもしれない。私はふとそんな気がしました。そこで私は、一種の淡い戦慄を覚えながら、なおもその先を、ひもといてみましたけれど、私の意気込んだ予期に反して、日記の本文には、少しも雪枝さんは現われてこないのでした。ただ、その翌日の受信欄に「北川雪枝(葉書)」とあるのを初めに、数日のあいだをおいては、受信欄と発信欄の双方に雪枝さんの名前がしるされているばかりなのです。そして、それも発信の方は三月九日から五月二十一日まで、受信の方も同じ時分にはじまって五月十七日まで、両方とも三月に足らぬ短かい期間つづいているだけで、それ以後には、弟の病状が進んで筆をとることもできなくなった十月なかばにいたるまで、その彼の絶筆ともいうべき最後のページにすら、一度も雪枝さんの名前は出ていないのでした。

かぞえてみれば、彼の方からは八回、雪枝さんの方からは十回の文通があったにすぎず、しかも彼のにも雪枝さんのにも、ことごとく「葉書」としるしてあるのを見ると、それには他聞をはばかるような種類の文言がしるしてあったとも考えられません。そして、また日記帳の全体の調子から察するのに、実際はそれ以上の事実があったのを、彼がわざと書かないでおいたものとも思われぬのです。

私は安心とも失望ともつかぬ感じで、日記帳をとじました。そして、弟はやっぱり恋を知らずに死んだのかと、さびしい気持になったことでした。

やがて、ふと眼を上げて、机の上を見た私は、そこに、弟の遺愛の、小型の手文庫のおかれているのに気づきました。彼が生前、一ばん大切な品々を納めておいたらしい、その高まき絵の古風な手文庫の中には、あるいはこの私のさびしい心持をいやしてくれる何物かが隠されていはしないか。そんな好奇心から、私はなにげなくその手文庫をひらいてみました。

すると、その中には、このお話に関係のないさまざまの書類などが入れられてありましたが、その一ばん底の方から、ああ、やっぱりそうだったのか。いかにも大事そうに白紙に包んだ十一枚の絵葉書が、雪枝さんからの絵葉書が出てきたのです。恋人から送られたものでなくて、だれがこんなに大事そうに手文庫の底へひめてなぞおきましょう。

私は、にわかに胸騒ぎをおぼえながら、その十一枚の絵葉書を、次から次へと調べて行きました。ある感動のために葉書を持った私の手は、不自然にふるえてさえいました。

だが、どうしたことでしょう。それらの葉書には、どの文面からも、あるいはまたその文面のどの行間からさえも、恋文らしい感じはいささかも発見することができないのです。

それでは、弟は、彼の臆病な気質から、心の中を打ち明けることさえようしないで、ただ恋しい人から送られた、なんの意味もないこの数通の絵葉書を、お守りかなんぞのように大切に保存して、可哀そうに、それをせめてもの心やりにしていたのでしょうか。そして、とうとう、報いられぬ思いを抱いたままこの世を去ってしまったのでしょうか。

私は雪枝さんからの絵葉書を前にして、それからそれへと、さまざまの思いにふけるのでした。しかし、これはどういうわけなのでしょう。やがて私は、その事に気づきました。弟の日記には雪枝さんからの受信は十回きりしかしるされていないのに、今ここには十一通の絵葉書があるではありませんか。最後のは五月二十五日の日付けになっています。確かその日の日記には、受信欄に雪枝さんの名前はなかったようです。そこで、私は再び日記帳をとり上げて、その五月二十五日のところをひらいて見ないではいられませんでした。

すると、私は大変な見落としをしていたことに気づきました。いかにもその日の受信欄は空白のまま残されていましたけれど、本文の中に、次のような文句が書いてあったではありませんか。

「最後の通信に対してYより絵葉書きたる。失望。おれはあんまり臆病すぎた。今になってはもう取り返しがつかぬ。ああ」

Yというのは雪枝さんのイニシアルに違いありません。ほかに同じ頭字の知り人はないはずです。しかし、この文句はいったい何を意味するのでしょう。日記によれば、彼は雪枝さんのところへ葉書を書いているばかりです。まさか葉書に恋文をしたためるはずもありません。では、この日記には書いてない封書を（それがいわゆる最後の通信かもしれません）送ったことでもあるのでしょうか。そして、それに対する返事として、この無意味な絵葉書が返ってきたとでもいうのでしょうか。なるほど、以来彼からも雪枝さんからも文通を絶っているのを見ると、そうのようにも考えられます。

でも、それにしては、この雪枝さんからの最後の葉書の文面は、たとえ拒絶の意味を含ませたものとしても、あまりに変です。なぜといって、そこには、（もうその時分から弟は病床にいたのです）病気見舞の文句が、美しい手蹟で書かれているだけなのですから。そして、またこんなにこくめいに発信受信をしるしていた弟が、八通の葉書のほかに封書を送ったものとすれば、それをしるしていないはずはありません。では、この失望うんぬんの文句は一体なにを意味するものでしょうか。そんなふうにいろいろ考えてみますと、そこには、どうも辻つまの合わぬところが、表面に現われている事実だけでは解釈のできない秘密が、あるように思われます。

これは、亡弟が残して行った一つのナゾとして、そっとそのままにしておくべき事柄だったかもしれません。しかし、なんの因果か私には、少しでも疑わしい事実にぶっつかると、まるで探偵が犯罪のあとを調べまわるように、あくまでその真相をつきとめないではいられない性質がありました。しかも、この場合は、そのなぞが本人によっては永久に解かれる機会がないという事情があったばかりでなく、その事の実否は私自身の身の上にもある大きな関係を持っていたものですから、持ち前の探偵癖が一層の力強さをもって私をとらえたのです。

私はもう、弟の死をいたむことなぞ忘れてしまったかのように、そのなぞを解くのに夢中になりました。日記も繰り返し読んでみました。その他の弟の書きものなぞも、残らず探し出して調べました。しかし、そこには、恋の記録らしいものは、何一つ発見することができないのです。考えてみれば、弟は非常なはにかみ屋だった上に、この上もなく用心深いたちでしたから、いくら探したとて、そういうものが残っているはずもないのでした。

でも、私は夜のふけるのも忘れて、このどう考えても解けそうにない謎を解くことに没頭していました。長い時間でした。

やがて、種々さまざまなむだな骨折りの末、ふと私は、弟の葉書を出した日付けに不審を抱きました。日記の記録によれば、それは次のような順序なのです。

三月……九日、十二日、十五日、二十二日、
四月……五日、二十五日、
五月……十五日、二十一日、

この日付けは、恋をするものの心理に反してはいないでしょうか。たとえ恋文でなくとも、恋する人への文通が、あとになるほど、うとましくなっているのは、どうやら変ではありますまいか。これを雪枝さんからの葉書の日付けと対照してみますと、なお更らその変なことが目立ちます。

三月……十日、十三日、十七日、二十三日、
四月……六日、十四日、十八日、二十六日、
五月……三日、十七日、二十五日、

これを見ると、雪枝さんは弟の葉書に対して(それらは皆なんの意味もない文面ではありましたけれど)それぞれ返事を出しているほかに、四月十四日、十八日、五月の三日と、少なくともこの三回だけは、彼女の方から積極的に文通しているのですが、もし弟が彼女を恋していたとすれば、なぜこの三回の文通に対して答えることを怠っていたのでしょう。それは、あの日記帳の文句と考え合わせて、あまりに不自然ではないでしょうか。日記によれば、当時弟は旅行をしていたのでもなければ、あるいは又、筆もとれぬほどの病気をやっていたわけでもないのです。それからもう一つは、雪枝さんの、無意味な文面だとはいえ、この頻繁な文通は、相手が若い男であるだけに、おかしく考えれば考えられぬこともありません。それが、双方とも言い合わせたように、五月二十五日以後はふっつりと文通しなくなっているのは、一体どうしたわけなのでしょう。

そう考えて、弟の葉書を出した日付けを見ますと、そこに何か意味がありそうに思われます。もしや彼は暗号の恋文を書いたのではないでしょうか。そして、この葉書の日付けがその暗号文を形造っているのではありますまいか。これは、弟の秘密を好む性質だったことから推して、まんざらあり得ないことではないのです。

そこで、私は日付けの数字が「いろは」か「アイウエオ」か「ＡＢＣ」か、いずれかの文字の順序を示すものではないかといちいち試みてみました。幸か不幸か私は暗号解読についていくらか経験があったのです。

すると、どうでしょう。三月の九日はアルファベットの第九番目のＩ、同じく十二日は第十二番目のＬ、そういうふうにあてはめて行きますと、この八つの日付けは、なんと、I LOVE YOU と解くことができるではありませんか。ああ、なんという子供らしい、同時に、世にも辛抱強い恋文だったのでしょう。彼はこの「私はあなたを愛する」というたった一とことを伝えるために、たっぷり三カ月の日子を費やしたのです。ほんとうにうそのような話です。でも、弟の異様な性癖を熟知していた私には、これが偶然の符号だなどとは、どうにも考えられないのでした。

かように推察すれば一切が明白になります。「失望」という意味もわかります。彼が最後のＵの字に当たる葉書を出したのに対して、雪枝さんは相変わらず無意味な絵葉書をむくいたのです。しかも、それはちょうど、弟が医者からあのいまわしい病気を宣告せられた時分なのでした。可哀そうな彼は、この二重の痛手にもはや再び恋文を書く気になれなかったのでしょう。そして、だれにも打ち明けなかった、当の恋人にさえ、打ち明けはしたけれど、その意志の通じなかった切ない思いを抱いて、死んで行ったのです。

私は言い知れぬ暗い気持に襲われて、じっとそこに坐ったまま、立ちあがろうともしませんでした。そして、前にあった雪枝さんからの絵葉書を、弟が手文庫の底深くひめていたそれらの絵葉書を、なんの故ともなくボンヤリ見つめていました。

すると、おお、これはまあなんという意外な事実でしょう。ろくでもない好奇心よ、呪われてあれ。私はいっそすべてを知らないでいた方が、どれほどよかったことか、この雪枝さんからの絵葉書の表には、綺麗な文字で弟の宛名が書かれたわきに、一つの例外もなく、切手がななめにはってあるではありませんか。わざとでなければできないように、キチンと行儀よく、ななめにはってあるではありませんか。それは決して偶然の粗相なぞではないのです。

私はずっと以前、多分小学時代だったと思います。ある文学雑誌に切手のはり方によって秘密通信をする方法が書いてあったのを、もうその頃から好奇心の強い男だったとみえて、よく覚えていました。中にも、恋を現わすには切手をななめにはればよいというところは、実は一度応用してみたことがあるほどで、決して忘れません。この方法は当時の青年男女の人気に投じて、ずいぶん流行したものです。しかしそんな古い時代の流行を、今の若い女が知っていようはずはありませんが、ちょうど雪枝さんと弟との文通が行なわれた時分に、宇野浩二の「ふたりの青木愛三郎」という小説が出て、その中にこの方法がくわしく書いてあったのです。当時私たちのあいだに話題になったほどですから、弟も雪枝さんも、それをよく知っていたはずです。

では、弟はその方法を知っていながら、雪枝さんが三月も同じことを繰り返して、ついには失望してしまうまでも、彼女の心持を悟ることができなかったのはどういうわけなのでしょう。その点は私にもわかりません。あるいは忘れてしまっていたのかもしれません。それともまた、切手のはり方などには気づかないほど、のぼせきっていたのかもしれません。いずれにしても、「失望」などと書いているからは、彼がそれに気づいていなかったことは確かです。

それにしても、今の世にかくも古風な恋があるものでしょうか。もし私の推察が誤らぬとすれば、彼らはお互に恋しあっていながら、その恋を訴えあってさえいながら、しかし双方とも少しも相手の心を知らずに、ひとりは痛手を負うたままこの世を去り、ひとりは悲しい失恋の思いを抱いて長い生涯を暮らさねばならぬとは。

それはあまりにも臆病過ぎた恋でした。雪枝さんはうら若い女のことですから、まだ無理のない点もありますけれど、弟の手段にいたっては、臆病というよりはむしろ卑怯に近いものでした。さればといって、私はなき弟のやり方を少しだって責める気はありません。

それどころか、私は、彼のこの一種異様な性癖を、世にもいとしく思うのです。

生れつき非常なはにかみ屋で、臆病者で、それでいてかなり自尊心の強かった彼は、恋する場合にも、先ず拒絶された時の恥かしさを想像したに違いありません。それは、弟のような気質の男にとっては、常人には到底考えも及ばぬほどひどい苦痛なのです。彼の兄である私には、それがよくわかります。

彼はこの拒絶の恥を予防するために、どれほど苦心したことでしょう。恋を打ち明けないではいられない。しかし、もし打ち明けて拒まれたら、その恥かしさ、気まずさ、それは相手がこの世に生きながらえているあいだ、いつまでもいつまでもつづくのです。なんとかして、もし拒まれた場合には、あれは恋文ではなかったのだと言い抜けるような方法がないものだろうか。彼はそう考えたに違いありません。

その昔、大宮人は、どちらにでも意味のとれるような「恋歌」という巧みな方法によって、あからさまな拒絶の苦痛をやわらげようとしました。弟の場合はちょうどそれなのです。ただ、彼のは日頃愛読する探偵小説から思いついた暗号通信によって、その目的を果たそうとしたのですが、それが、不幸にも、彼のあまり深い用心のために、あのような難解なものになってしまったのです。

それにしても、彼は自分自身の暗号を考え出した綿密さにも似あわないで、相手の暗号を解くのに、どうしてこうも鈍感だったのでしょう。自(うぬ)ぼれ過ぎたために飛んだ失敗を演じる例は、世に間々あることですけれど、これはまた自ぼれのなさ過ぎたための悲劇です。なんという本意ないことでしょう。

ああ、私は弟の日記帳をひもといたばかりに、とり返しのつかぬ事実に触れてしまったのです。私はその時の心持をどんな言葉で形容しましょう。それが、ただ若いふたりの気の毒な失敗をいたむばかりであったなら、まだしもよかったのです。しかし、私にはもう一つの、もっと利己的な感情がありました。そして、その感情が私の心を狂うばかりにかき乱したのです。

私は熱した頭を冬の夜の凍った風にあてるために、そこにあった庭下駄をつっかけて、フラフラと庭へおりました。そして乱れた心そのままに、木立ちのあいだを、グルグルと果てしもなく廻り歩くのでした。

弟の死ぬ二カ月ばかり前に取りきめられた、私と雪枝さんとの、とり返しのつかぬ婚約のことを考えながら。

接吻

一

　近頃は有頂天の山名宗三であった。なんとも言えぬ暖かい、柔かい、薔薇色の、そして薫りのいい空気が彼の身辺を包んでいた。それが、お役所のボロ机に向かって、コツコツと仕事をしている時にでも、さては同じ机の上でアルミの弁当箱から四角い飯を食っている時にでも、四時がくるのを遅しと、役所の門を飛び出して、柳の街路樹の下を、木枯のようにテクついている時にでも、いつも彼の身辺にフワフワと漂っているのであった。

　というのは、山名宗三、この一と月ばかり前に新妻を迎えたので、しかも、それが彼の恋女房だったので。

　さて或る日のこと、例の四時を合図に、まるで授業のすんだ小学生のように帰り急ぎをして、課長の村山が、まだ机の上をゴテゴテと取り片づけているのを尻目にかけて、役所を駈け出すと、彼は真一文字に自宅へと急ぐのであった。

　大丸まげのお花は、例の長火鉢にもたれて、チャンと用意のできたお膳の前に、クックツ笑いながら(なんてお花はよく笑う女だ)ポッツリと坐っていることであろう。玄関の格子があいたら、兎のように飛び出す用意をしながら、今か今かとおれの帰りを待っていることであろう。テヘヘ、なんてまあ可愛いやつだろう。そんなふうにはっきり考えたわけではないが、山名宗三の道々(みちみち)の心持を図解すると、まあこういったものであった。

「きょうは一つ、やっこさん、おどかしてやるかな」

自宅の門前に近づくと、宗三はニヤニヤ独り笑いを浮かべながら考えた。そこで、抜き足差し足、ソロリソロリと格子戸をあけて、玄関の障子をあけて、靴をぬぐのも音のせぬように注意しながら、いきなり茶の間の前まで忍び込んだ。

「ここいらで、エヘンと咳ばらいでもするかな。いや待て待て。やつ独りでいる時にはどんな恰好をしているか、ちょっとすき見をしてやれ」

で障子の破れから茶の間の中を覗(のぞ)いてみると、さあ大変、山名宗三、青くなって硬直した。というのは、そこに、いとも不思議な光景が演じられていたからで。

二

想像どおり、お花はチャンと長火鉢の前に坐っている。布巾をかけたお膳も出ている。が、肝心のお花は決してクツクツ笑ってはいないのだ。それどころか、世にもまじめな様子で、泣いているのではないかと思うほどの緊張ぶりで、一枚の写真を持って、接吻したり、抱きしめたり、それはそれは見ちゃいられないのであった。

さてはと、山名宗三、ギクリと思い当たるところがあったので、もう胸は早鐘をつくよ

うだ。ソッと二、三畳あと帰りをすると、今度はドシドシと畳ざわりも荒々しく、ガラリとあいだの障子を引きあけて、

「オイ、今帰った」

なぜ出迎えないのだと言わぬばかりに、そこの長火鉢の向こうがわへドッカリ坐ったことである。

「アラッ」

一と声叫ぶやいなや、手に持っていた写真をいきなり帯のあいだへ隠すと、お花は、赤くなったり、青くなったり、へどもどしながら、でも、やっと気を沈めて、

「まあ、私、ちっとも存じませんで、ご免なさいまし」

そのいやにしとやかな口のきき方からして、食わせものだ。宗三、そう思った。それに、あの写真を隠したところを見ると、テッキリそうときまった。障子をあけるまでは、もしや自分の写真ではあるまいかと、一方では大いに自惚れてもいたのだが、写真を隠して青くなった様子では、むろん自分のではない。きっと、きゃつの写真に違いない。あの課長の村山面の。

と、宗三が疑念を抱くには、抱くだけの理由があった。

新妻のお花は課長村山の遠縁の者で、長らく彼の家に寄寓していたのを、縁あって宗三が貰い受けたのだ。媒酌はいうまでもなく課長さんである。課長さんといっても年配は宗

三とさして違わぬ年若だし、奥さんはあっても、評判の不器量もの、疑い出せば、何がなんだか知れたものではないのである。宗三、ていよくお下がり頂戴に及んだのか、それも今となっては怪しいものなのである。

それに、もう一つおかしいのは、お花のやつ、しげしげと村山家をおとずれる一件だ。まだ一と月にしかならぬに、宗三が知っているだけでも、四、五へんは行っている。時には夜に入って帰ったこともあるくらいだ。

いろいろと考えるに従って、もうもう癪で癪で、宗三は胸がはち切れそうだ。彼がまた大のやきもち焼きときているので。が、まずさあらぬていで夕食をすませると、いつものように戯談口（じょうだんぐち）をきき合うでもなく、そうかといって、写真の正体をきわめぬあいだは、書斎にとじこもるわけにもいかず、双方妙に気まずく睨み合いといった形。

「それはいったい誰の写真だ」

と、たびたび喉まで込み上げてくるのを、やっと噛み殺して宗三はじっとお花の挙動を監視している。やきもち焼きだけに、なかなか陰険な方で、彼のつもりでは、床へつく時にはきっとあの写真をどこかへしまうだろう。それを見きわめておいて、あとから探し出してやろうという気だ。

三

やがて、お花はだんまりで立ちあがると、こそこそと、どこかへ出て行った。はばかりとは方角が違う。どうやら納戸らしい。宗三自身は見る影もない腰弁だけれど、家だけは、おやじが御家人だったので、古いが手広な納戸なんていうものもある。じゃあタンスへでもしまうつもりかな、タンスといっても、幾つもあるから後になってはわからない。ともかく、お花の跡をつけてみるにしくはない。で宗三、そっと立ちあがると、女房のあとから、影のようについて行った。

案のじょう納戸だ。今はいったばかりのところで、まだタンスの錠前をガチャガチャいわせている。いったい、どのタンスの、どの引出しへしまうのかと、幸いの障子の破れに眼を当てて、そっと覗いて見ると、何しろ二た間兼用の五燭の電灯だから、それに障子の穴がやっと片目だけの大きさなので、見当をつけるのが、なかなか骨だったが、でも、ともかく入口から言って、正面のタンスの上の、小引出しの左の端ということだけはわかった。お花のうしろ姿は、そこへ一物を投げ込むと、ピシャンとしめて、大急ぎでこちらへやってきそうな様子。

見られては一大事と、宗三、元の茶の間へ逃げ帰ると、敷島(しきしま)を一本、つけるが早いか口へ持って行って、スパリスパリととりすました。

それからご両人睨み合いよろしくあって、だが、そうしていても際限がないので、どちらが口を切るともなく、砂をかむような世間話を二た口三口取りかわしているうちに、やがて九時だ。宗三、思惑があるのでいつもより少し早いのだが、いそいで床にはいった。

さて、その真夜中、お花の寝息をうかがって、これなら大丈夫と思ったか、宗三むっくり起き上がって、寝巻きの前をかき合わせると、ソロリソロリと寝間のそとへ忍び出した。行く先はいうまでもなく納戸だ。やっとたどりついて、宵に見当をつけておいた、正面のタンスの上の一ばん左の小引出し、胸をドキドキさせながらひらいてみると、あった、あった。邪推ではなかった。十数枚の大きいのや小さいのや写真のかさねてある一ばん上に、課長の村山の半身像が、いやにすましてのっかっている。でも念のために、震える手先に力を入れて、その写真を一枚一枚調べてみたが、男のものといっては村山のただ一枚で、あとはみんなお花の家庭の写真ばかりだ。もうもう疑う余地はない。そうときまった。うぬ、どうしてくれるか。くやしいのと、寒いので、宗三ガタガタと身を震わせて、はぎしりをかんだ。

四

その翌日、物も言わず、お花の差し出す弁当箱をひったくると、宗三、やけに急いで役所へ出勤したが、同僚の顔を見ても、癪でしようがない。はした月給を貰って、あの課長面(づら)にペコついているのかと思うと、どいつもこいつも、かたっぱしから、なぐり倒してやりたいような気がする。挨拶もしないで席につくと、ムーッとだまり込んだまま、いやに血走った眼で、まだ出勤しない課長の机を睨みつけた。

やがて、意気な背広の課長さんが、大きな折鞄を小脇にご出勤だ。一同自席から敬礼するのを軽く受けて席につく。鞄がバタンと机の上で鳴る。宗三は、むろん礼なんかしない。焼くような眼で睨んでいるばかりだ。

村山課長、一とわたり机の上の整理がすむと、エヘンと一咳(がい)して、拍子のわるい、

「山名君。ちょっと」

という仰せだ。宗三はよっぽど返事をしないでいようかと思ったが、まさかそうもならず、しぶしぶ席を立って、課長の机の前まで行った。もっとも「なんか御用で」なんて追従は言わない。ムッツリとしてつっ立っている。だが課長の方では、何も知らないものだから、いつもの通りお叱言(こごと)がはじまる。

「君、この統計は困るね。肝心の平均率が出ていないじゃないか。え、君」

見るとなるほど、こちらの手落ちだ。普通なら一言もなく引き下がるところだが、きょうはそうはいかない。虫の居どころが違う。返事もしないで、グッと相手を睨みつけている。

「君はこの統計をなんだと思っているのだ。ご丁寧に総計を並べたりして、そんなものはいらないのだ。平均率が必要なんだ。そのくらいのことわかりそうなものだね」

「そうですかっ」

宗三、いきなりびっくりするような大声でどなると、サッと書類を引ったくって、そのまま自席へ戻ってきた。これから、みっしり、閑(ひま)つぶしの御説法をはじめるつもりの課長さん、眼をぱちくり。

さて、自席に戻ると、宗三、なんだか一所懸命書き出した。殊勝にも統計を訂正するのかとみると、決してそうでない。白紙一枚ひろげると、筆太に先ず書いたのが、「辞職願」

五

面喰った課長の前に、小学生のお清書のような大文字の辞表を投げつけて、ぐっと溜飲を下げた宗三は、まだ午前十一時というに、大手を振って帰ってきた。

「お花、ちょっとここへおいで」

例の長火鉢の前へ、ドッカリと坐ると、さて、これから一と談判だ。ゆうべのことがあるのでお花はもうビクビクもの。

「あら、お帰りなさいまし。どっかお加減でも……」

「いや、からだに別状ない。僕はきょうから役所をよす。そのつもりでいてくれ。それから、役所をよしたわけはあの村山と衝突したからだ。だから、今日以後村山家へ出入りすることはふっつりやめてもらいたい。これは断じて守ってくれないと困る」

「まあ……」

といったが二の句がつげない。

「あ、それから」と、なにげなく、「お前は村山の写真を持っているはずだね。あれをちょっとここへ持っておいで」

夫の剣幕がひどいので拒むわけにもいかぬ。お花はしぶしぶ例の写真を持ってくる。宗三は、それをお花の目の前で、さも憎々しく、ズタズタに引きさくと、火鉢の中へくべてしまった。そして、やっとこれでせいせいしたという顔つきだ。

こうまでされては、お花とて悟らないわけにはいかぬ。さてはあの一件だなと、どうやら様子がわかった。そこで、ともかくも夫の口からそれを聞いた上のことと、こうなると女というものは手管のあるもので、すねてみたり、泣いてみたり、種々さまざまの手段を尽して、結局隙見の一見を白状させてしまった。

どうだ、これには一言もあるまい。写真をしまったところまで調べ上げてあるのだから、なんといってもこっちに手抜かりはないはずだ。宗三、勝利者の気組みで、ぐっと落ち着いて、お花の様子を眺めている。

するとお花、いきなりワッと泣き伏しでもするかと思いきや、どうしてどうして、宗三があっけに取られたことには、やにわにクックッと笑い出したのである。

「まあ、何かと思えば、あなた、あんまりですわ。村山さんと私と……ホホホホホ、あなたもずいぶん邪推深いかたね。あの写真、あれは、あれは、あのう、あなたのお写真でしたのよ」

といったかと思うと、お花、いきなり赤くなって、顔を隠すのであった。

「僕の写真だって、ばかな、うまくごまかそうと思ってもそれはだめだ。チャンと納戸へ尾行して、しまうところを睨んでおいたんだからな。あの引出しには村山の写真のほかには、僕の写真はおろか、男のは一枚もありゃしないじゃないか」

「ですから、なお変ですわ。そんなたくさん写真があったなんて。きっとあなたは寝惚けていらしったのよ。あなたのお写真は一枚だけ、大切に引出しの中の手文庫にしまってあるのですもの。いったいあなたのごらんなすったという引出しはどれですの」

「あの正面のタンスの上の、左の端の小引出しさ」

「あら、正面ですって、まあ、おかしい。私がゆうべあなたのお写真をしまったのは左側のタンスでしたのよ。引出しは上の左の端のですけれど。まるでタンスが違いますわ」

「そんなはずはない。やっぱりお前はごまかそうと思っているのだ。僕は小さな障子の穴から覗いたのだから、左側のタンスなぞ、だいいち見える道理がないのだ。なんといっても正面だ。いくらいそいでいたとはいえ、正面と左側と、まるで方向の違うものを間違えるはずはない」

「おかしいですわねえ」

「おかしくはない。お前はてれ隠しに、そんなでたらめを言っているのだ。つまらないまねはいいかげんによさないか」

「だって……」

「だってじゃない。なんといっても僕の目に間違いはない」

妙な押し問答になってきた。夫は部屋の正面の壁に沿って置かれたタンスだと言い、妻は左側面の壁に沿って置かれたそれだと主張する。両人の言い分のあいだには九十度の差異がある。

六

「あ、わかりましたわ」

突然お花が叫んだ。

「あなた、まあこちらへ来てごらんなさいまし。わかりました、わかりました」

無暗に袖を引っぱるので、宗三しようことなしについて行くと、それは納戸だった。

「これ、これ、あなた、これに違いありませんわ」

そこで、お花がそういって、ゆびさしたのは、一個の新らしい洋服ダンス。去年の暮れ、臨時手当に据置貯金の利息を足して買いととのえた新式洋服ダンス。それがいったいどうしたというのであろう。

「おわかりになりまして、ほら、この扉についている鏡ですよ。この扉がひらいていて、ちょうど障子の穴の前にきていたのですよ。ですから、正面のタンスが隠れて、飛んでもない左側のタンスが写ってそれがちょうど正面にあるように見えたのですよ」

なるほど、洋服ダンスの扉の鏡が、障子の穴の前に四十五度の角度でひらいていたとすれば、そこへ映った左側のものが真正面に見えたはずだ。二つのタンスの形もよく似ているので間違うのは無理ではない、殊に薄暗い電灯の光で、しかも大いそぎで見たのだもの。こいつはおれのしくじりかな、宗三はあまりの事にがっかりした。

他人の写真だと早合点したのは飛んだ間違いで、お花が宗三恋しさのあまり、彼宗三の写真に接吻したり抱きしめたりしていたのだとすると、こんなひどい間違いはない。ゾクゾクと嬉しがっているべき場合に、見当違いのかんしゃくを立てて、取り返しのつかぬ辞表まで書いたとは。

さあそこで、主客顚倒である。一挙にして頽勢(たいせい)を挽回したお花は、今度こそほんとうに泣き出した。

お役所をよしてあすからなんとするつもりだ。この不景気にすぐさま口があるではなし、そうかといって、遊んで食える身分でもなし、あなたもあんまり向こう見ずだ。それに、私が村山家へ出入りするといってお怒りなさるけれど、これもみんなあなたに出世させたいばっかりじゃありませんか。誰があんな家へ、進んで行きたいことがあるものですか。人の気も知らないで、といって恨む、怨じる、歎く、それはそれは。

山名宗三、今は一言もない。それればかりか、さしずめこれからの身のふり方に困(こう)じ果てた。「すまじきものは嫉妬だなあ」彼はつくづく嘆じたことである。

だが、読者諸君、男というものは、少々陰険に見えても、性根はあくまでお人好しにできているものだ。そして、女というものは、表面何も知らないねんねえのようであっても、心の底には生れつきの陰険が巣くっているものだ。このお花だって、お話の表面に現われただけの女だかどうだか甚(はなは)だ疑わしいものである。もしも、例の鏡のトリックが彼女の創作であったとしたらどうだ。そして、彼女が接吻し、抱きしめたのは、やっぱり村山課長の写真であったとしたらどうだ。

それはともかく、男である山名宗三は、そこまで邪推をたくましくする陰険さはなかったのである。

人でなしの恋

一

門野(かどの)、ご存知でいらっしゃいましょう。十年以前になくなった先(せん)の夫なのでございます。こんなに月日がたちますと、門野と口に出して言ってみましても、いっこう他人様のようで、あの出来事にしましても、なんだか、こう夢ではなかったかしら、なんて思われるほどでございます。

門野家へ私がお嫁入りをしましたのは、どうした御縁からでございましたかしら。申すまでもなく、お嫁入り前に、お互いに好き合っていたなんて、そんなみだらなのではなく、仲人(なこうど)が母を説きつけて、母がまた私に申し聞かせて、それを、おぼこ娘の私は、どう否やが申せましょう、おきまりでございますわ、畳にのの字を書きながら、ついうなずいてしまったのでございます。

でも、あの人が私の夫になるかたかと思いますと、狭い町のことで、それに先方も相当の家柄なものですから、顔ぐらいは見知っていましたけれど、噂によれば、なんとなく気むずかしいかたのようだがとか、あんな綺麗なかたのことだから、ええ、ご承知かもしれませんが、門野というのは、それはそれは、凄いような美男子で、いいえ、おのろけではございません、美しいといいますうちにも、病身なせいもあったのでございましょう、どこやら陰気で、青白く、透きとおるような、ですから、一そう水ぎわ立った殿御ぶりだったのでございますが、それが、ただ美しい以上に、何かこう凄いような感じだったのでございます。

そのように綺麗なかたのことですから、きっとほかに美しい娘さんもおありでしょうし、もしそうでないとしましても、私のようなこのお多福が、どうまあ一生可愛がってもらえよう、などと、いろいろ取り越し苦労もしますれば、従ってお友だちだとか、召使いなどの、そのかたの噂話にも聞き耳を立てるといった調子なのでございます。

そんなふうにして、だんだん洩れ聞いたところを寄せ集めてみますと、心配をしていた、一方のみだらな噂などはこれっぱかりもない代りには、もう一つの気むずかし屋の方は、どうして一と通りでないことがわかってきたのでございます。

いわば変人とでも申すのでございましょう。お友だちなども少なく、多くはうちの中に引っこみ勝ちで、それに一ばんいけないのは、女ぎらいという噂すらあったのでございます。それも、遊びのおつき合いをなさらぬための、そんな噂なら別条はないのですけれど、ほんとうの女ぎらいらしく、私との縁談にしましてからが、もともと親御さんたちのお考えで、仲人に立ったかたは、私の方よりは、かえって先方のご本人を説きふせるのに骨が折れたほどだと申すのでございます。

もっとも、そんなハッキリした噂を聞いたわけではなく、誰かがちょっと口をすべらせたのから、私が、お嫁入りの前の娘の敏感で、独り合点をしていたのかもしれません。いいえ、いざお嫁入りをして、あんな目にあいますまでは、ほんとうに私の独り合点にすぎないのだと、しいてもそんなふうに、こちらの都合のよいように、気休めを考えていたことでございます。これで、いくらか、うぬぼれもあったのでございますわね。

あの時分の娘々(むすめむすめ)した気持を思い出しますと、われながら可愛らしいようでございます。一方ではそんな不安を感じながら、でも、隣町の呉服屋へ衣裳を見立てに参ったり、それをうちじゅうの手で裁縫したり、道具類だとか、こまごました手廻りの品々を用意したり、その中へ先方からは立派な結納が届く、お友だちにはお祝いの言葉やら、羨望の言葉やら、誰かに会えばひやかされるのがなれっこになってしまって、それがまた恥かしいほど嬉しくて、うちじゅうにみちみちた華やかな空気が、十九の娘をもう有頂天にしてしまったのでございます。

一つは、どのような変人であろうが、気むずかし屋さんであろうが、いま申す水ぎわ立った殿御振りに、私はすっかり魅せられていたのでもございましょう。それに又、そんな性質のかたに限って、情が濃(こま)やかなのではないか、私なら私一人を守って、すべての愛情を私一人に注ぎつくして、可愛がってくださるのではないか、などと、私はまあなんてお人よしにできていたのでございましょう。そんなふうに思ってもみるのでございました。

はじめのあいだは、遠い先のことのように、指折り数えていた日取りが、夢の間に近づいて、近づくに従って、甘い空想がずっと現実的な恐れに代って、いざ当日、御婚礼の行列が門前に勢揃いをいたします。その行列がまた、自慢に申すのではありませんが、十幾吊りの私の町にしては飛びきり立派なものでしたが、その中にはさまって、車に乗る時の心持というものは、どなたも味わいなさることでしょうけれど、ほんとうにもう、気が遠くなるようでございましたっけ。まるで屠所の羊でございますわね。精神的に恐ろしいばかりでなく、もう身内がずきずき痛むような、それはもう、なんと申してよろしいのやら……

二

何がどうなったのですか、ともかくも夢中でご婚礼をすませて、一日二日は、夜さえ眠ったのやら眠らなかったのやら、舅、姑がどのようなかたなのか、召使いたちが幾人いるのか、挨拶もし、挨拶されていながらも、まるで頭に残っていないという有様なのでございます。

するともう、里帰り、夫と車を並べて、夫のうしろ姿を眺めながら走っていても、それが夢なのか現なのか……まあ、私はこんなことばかりおしゃべりしていまして、ご免くださいまし、肝心のお話がどこかへ行ってしまいますわね。

　そうして、ご婚礼のごたごたが一段落つきますと、案ずるよりは生むが易いと申しますか、門野は噂ほどの変人というでもなく、かえって世間並よりは物柔らかで、私などには、それは優しくしてくれるのでございます。

　私はほっといたしますと、今までの苦痛に近い緊張が、すっかりほぐれてしまいまして、人生というものは、こんなにも幸福なものであったのかしら、なんて思うようになってまいったのでございます。

　それに舅、姑お二人とも、お嫁入り前に母親が心づけてくれましたことなど、まるでむだに思われるほどよいおかたですし、ほかには、門野は一人子だものですから、小姑などもなく、かえって気抜けのするくらい、お嫁さんなんて気苦労のいらぬものだと思われたのでございました。

　門野の男ぶりは、いいえ、そうじゃございませんのよ、これがやっぱり、お話のうちなのでございますわ。そうして一しょに暮らすようになってみますと、遠くから垣間見ていたのと違って、私にとっては生れてはじめての、この世にたった一人のかたなのですもの、それは当たり前でございましょうけれど、日がたつにつれて、だんだん立ちまさって見え、その水ぎわ立った男ぶりが、類(たぐい)なきものに思われはじめたのでございます。

　いいえ、お顔が綺麗だとか、そんなことばかりではありません。恋なんてなんと不思議なものでございましょう。門野の世間並をはずれたところが、変人というほどではなくても、なんとやら憂鬱で、しょっちゅう一途に物を思いつづけているような、しんねりむっつりとした、それで、器量はと申せば、今いう透きとおるような美男子なのでございますよ、それがもう、いうにいわれぬ魅力となって、十九の小娘を、さんざんに責めさいなんだのでございます。

ほんとうに世界が一変したのでございます。二た親のもとで育てられていた十九年を、現実世界にたとえますなら、ご婚礼の後の、それが不幸にもたった半年ばかりのあいだではありましたけれど、そのあいだはまるで夢の世界か、おとぎ話の世界に住んでいる気持でございました。大げさに申しますれば、浦島太郎が乙姫さまのご寵愛を受けたという竜宮世界、あれでございますわ。

世間ではお嫁入りはつらいものとなっていますのに、私はまるで正反対ですわね。いいえ、そう申すよりは、そのつらいところまで行かぬうちに、あの恐ろしい破綻が参ったという方が当たっているのかもしれませんけれど。

その半年のあいだを、どのようにして暮らしましたことやら、ただもう楽しかったと申すほかに、こまごましたことなど忘れてもおりますし、それに、このお話には大して関係のないことですから、おのろけめいた思い出話は止しにいたしましょうけれど、門野が私を可愛がってくれましたことは、それはもう世間のどのような女房思いのご亭主でも、とてもまねもできないほどでございました。

むろん私は、それをただありがたいことに思って、いわば陶酔してしまって、なんの疑いをいだく余裕もなかったのでございますが、この門野が私を可愛がりすぎたということには、あとになって考えますと、実に恐ろしい意味があったのでございます。

といって、何も可愛がりすぎたのが破綻の元だと申すわけではありません。あの人は、真心をこめて、私を可愛がろうと努力していたにすぎないのでございます。それが決して、だましてやろうというような心持ではなかったのですから、あの人が努力すればするほど、私はそれを真に受けて、真からたよって行く、身も心も投げ出してすがりついて行く、というわけでございました。

ではなぜ、あの人がそんな努力をしましたか、もっとも、これらのことは、ずっとずっと後になって、やっと気づいたのでありますけれど、それには、実に恐ろしい理由があったのでございます。

三

「変だな」と気づいたのは、ご婚礼からちょうど半年ほどたった時分でございました。今から思えば、あの時、門野の力が、私を可愛がろうとする努力が、いたましくも尽きはててしまったものに違いありません。その隙に乗じて、もう一つの魅力が、グングンとあの人を、そちらの方へひっぱり出したのでございましょう。

男の愛というものが、どのようなものであるか、小娘の私が知ろうはずはありません。門野のような愛しかたこそ、すべての男の、いいえ、どの男にもまさった愛しかたに違いないと、長いあいだ信じきっていたのでございます。ところが、これほど信じきっていた私でも、やがて、少しずつ、少しずつ、門野の愛になんとやら偽りの分子が含まれていることを、感づきはじめないではいられませんでした。

夜ごとのねやのエクスタシイは形の上にすぎなくて、心では、何か遥かなものを追っている、妙に冷たい空虚を感じたのでございます。私を眺める愛撫のまなざしの奥には、もう一つの冷たい眼が、遠くの方を凝視しているのでございます。愛の言葉をささやいてくれます、あの人の声音すら、なんとやらうつろで、器械仕掛けの声のようにも思われるのでございます。

でも、まさか、その愛情が最初からすべて偽りであったなどとは、当時の私には思いも及ばぬことでした。これはきっと、あの人の愛が私から離れてどこかの人に移りはじめたしるしではあるまいか、そんなふうに、疑ってみるのが、やっとだったのでございます。

疑いというものの癖として、一度そうしたきざしが現われますと、ちょうど夕立雲がひろがる時のような、恐ろしい早さでもって、相手の一挙一動、どんな微細な点までも、それが私の心一ぱいに、深い深い疑惑の雲となって、群がり立つのでございます。

あの時のお言葉の裏にはきっとこういう意味を含んでいたに違いない。いつやらのご不在は、あれはいったいどこへいらしったのであろう。こんなこともあった、あんなこともあった。疑い出しますと際限がなく、よく申す、足の下の地面が突然なくなって、そこへ大きなまっ暗な空洞がひらけて、果てしれぬ地獄へ吸い込まれて行く感じなのでございます。

ところが、それほどの疑惑にもかかわらず、私は、何一つ、疑い以上のハッキリしたものを摑むことはできないのでございました。門野が家をあけると申しましても、ごくわずかの間で、それがたいていは行き先が知れているのですし、日記帳だとか手紙類、写真まで、こっそり調べてみましても、あの人の心持を確かめ得るような跡は、少しも見つかりはしないのでございます。

ひょっとしたら、娘心のあさはかにも、根もないことを疑って、むだな苦労を求めているのではないかしら。幾度か、そんなふうに反省してみましても、一度根を張った疑惑は、どう解こうすべもなく、ともすれば、私の存在をさえ忘れ果てた形で、ぼんやりと一つ所を見つめて、物思いにふけっているあの人の姿を見るにつけ、やっぱり何かあるに違いない、きっときっと、それにきまっている。では、もしや、あれではないのかしら。

と言いますのは、門野はさっきから申しますように、非常に憂鬱なたちだものですから、自然引っ込み思案で、一間にとじこもって本を読んでいるような時間が多く、それも書斎では気が散っていけないと申し、裏に建っていました土蔵の二階へ上がって、幸いそこに先祖から伝わった古い書物がたくさん積んでありましたので、薄暗い所で、夜などは昔ながらの雪洞(ぼんぼり)をともして、一人ぼっちで書見をするのが、あの人のもっと若い時分からの、一つの楽しみになっていたのでございます。それが、私がまいってから半年ばかりというものは、忘れたように、土蔵のそばへ足ぶみもしなくなっていたのが、ついそのころになって、又しても、しげしげと土蔵へはいるようになってまいったのでございます。このことに何か意味がありはしないか。私はふとそこへ気がついたのでございました。

四

土蔵の二階で、書見をするというのは少し風変りとは申せ、別段とがむべきことでもなく、なんの怪しいわけもないと、一応はそう思うのですけれど、また考えなおせば、私としましては、できるだけ気をくばって、門野の一挙一動を監視もし、あの人の持ち物なども調べましたのに、なんの変ったところもなく、それで、一方ではあの抜けがらの愛情、うつろな眼、そして時には私の存在をすら忘れたかと見える物思いでございましょう。もう蔵の二階を疑いでもするほかには、なんのてだても残っていないのでございます。

それに妙なのは、あの人が蔵へ行きますのが、きまって夜ふけなことで、時には隣に寝ていますす私の寝息をうかがうようにして、こっそりと床の中をぬけ出して、お小用にでもいらっしったのかと思っていますと、そのまま長いあいだ帰っていらっしゃらない。縁側に出てみれば、土蔵の窓にぼんやりとあかりがついているのでございます。なんとなく凄いような、いうにいわれない感じに打たれることがしばしばなのでございます。

土蔵だけはお嫁入りの当時、一とまわり中を見せてもらいましたのと、時候の変り目に一、二度はいったばかりで、たとえ、そこへ門野がとじこもっていましても、まさか、蔵の中に私をうとうとしくする原因がひそんでいようとも考えられませんので、別段あとをつけてみたこともなく、従って蔵の二階だけが、これまで、私の監視をのがれていたのでございますが、それをすら、今は疑いの眼をもって見なければならなくなったのでございます。

お嫁入りをしましたのが春のなかば、夫に疑いをいだきはじめましたのがその秋のちょうど名月時分でございました。今でも不思議に覚えていますのは、門野が縁側に向こうむきにうずくまって、青白い月光に洗われながら、長いあいだじっと物思いにふけっていた、あのうしろ姿、それを見て、どういうわけか、妙に胸を打たれましたのが、あの疑惑のきっかけになったのでございます。

それから、やがてその疑いが深まって行き、ついには、あさましくも、門野のあとをつけて、土蔵の中へはいるまでになったのが、その秋の終りのことでございました。

なんというはかない縁でありましょう。あのようにも私を有頂天にさせた夫の深い愛情が(先にも申す通り、それは決してほんとうの愛情ではなかったのですけれど)たった半年のあいだにさめてしまって、私は今度は玉手箱をあけた浦島太郎のように、生れてはじめての陶酔境から、ハッと眼覚めると、そこには恐ろしい疑惑と嫉妬の無間地獄が、口をあけて待っていたのでございます。

でも最初は、土蔵の中が怪しいなどとハッキリ考えていたわけではなく、疑惑に責められるまま、たった一人の時の夫の姿を垣間見て、できるならば迷いを晴らしたい、どうかそこに私を安心させるようなものがあってくれますようにと祈りながら、一方ではそのような泥棒じみた行ないが恐ろしく、といって一度思い立ったことを、今さら中止するのはどうにも心残りなままに、ある晩のこと、袷一枚ではもう肌寒いくらいで、その頃まで庭に鳴きしきっていました秋の虫どもも、いつか声をひそめ、それにちょうど闇夜で、庭下駄で土蔵への道々、空を眺めますと、星はきれいでしたけれど、それが非常に遠く感じられ、不思議に物淋しい晩のことでありましたが、私はとうとう土蔵へ忍びこんで、そこの二階にいるはずの夫の隙見を企てたのでございます。

もう母屋では、ご両親をはじめ召使いたちも、とっくに床についておりました。田舎町の広い屋敷のことでございますから、まだ十時ごろというのに、シーンと静まり返って、蔵まで参りますのに、まっ暗な茂みを通るのが、こわいようでございました。

その道が又、お天気でもじめじめしたような地面で、茂みの中には、大きなガマが住んでいて、グルルル……グルルル……と、いやな鳴き声さえ立てるのでございます。それをやっと辛抱して、蔵の中へたどりついても、そこも同じようにまっ暗で、樟脳のほのかな薫りにまじって、冷たい、かび臭い、蔵特有の一種の匂いが、ゾーッと身を包むのでございます。

もし心の中に嫉妬の火が燃えていなかったら、十九の小娘にどうまああのようなまねができましょう。ほんとうに恋ほど恐ろしいものはございませんわね。

闇の中を手探りで、二階への階段まで近づき、そっと上をのぞいてみますと、暗いのも道理、梯子段を登った所の落とし戸が、ピッタリ締まっているのでございます。

私は息を殺して、一段一段と音のせぬように注意しながら、やっとのことで梯子の上まで登り、ソッと落とし戸を押し試みてみましたが、門野の用心深いことには、上から締まりをして、ひらかぬようになっているではございませんか。ただ、ご本を読むのなら、何も錠までおろさなくてもと、そんなちょっとしたことまでが、気がかりの種になるのでございます。

どうしようかしら。ここを叩いてあけていただこうかしら。いやいや、この夜ふけに、そんなことをしたなら、はしたない心のうちを見すかされ、なおさら疎んじられはしないかしら。でも、このような、蛇の生殺しのような状態が、いつまでもつづくのだったら、とても私には耐えられない。いっそ思い切ってここをあけていただいて、母屋から離れた蔵の中を幸いに、今夜こそ、日頃の疑いを夫の前にさらけ出して、あの人のほんとうの心持を聞いてみようかしら。

などと、とつおいつ思いどまって、落とし戸の下にたたずんでいましたとき、ちょうどそのとき、実に恐ろしいことが起こったのでございます。

五

その晩、どうして私は蔵の中へなど参ったのでございましょう。夜ふけに蔵の二階で、何事があろうはずもないことは、常識で考えてもわかりそうなものですのに、ほんとうにばかばかしいような、疑心暗鬼から、ついそこへ参ったというのは、理窟では説明のできない、何かの感応があったのでございましょうか。この世には、時々常識では判断のつかないような、俗にいう虫の知らせでもあったのでございましょうか。意外なことが起こるものでございます。

そのとき、私は蔵の二階から、ひそひそばなしの声を、それも男女二人の話し声を、洩れ聞いたのでございました。男の声はいうまでもなく門野のでしたが、相手の女は一体全体何者でございましょうか。

まさかと思っていました私の疑いが、あまりに明らかな事実となって現われたのをみますと、世慣れぬ小娘の私は、ただもうハッとして、腹立たしいよりは恐ろしく、恐ろしさと、身も世もあらぬ悲しさに、ワッと泣き出したいのを、わずかに喰いしめて、瘧(おこり)のように身をおののかせながら、でも、そんなでいて、やっぱり上の話し声に聞き耳を立てないではいられなかったのでございます。

「このような逢う瀬をつづけていては、あたし、あなたの奥様にすみませんわね」

細々とした女の声は、それがあまりに低いために、ほとんど聞きとれぬほどでありましたが、聞こえぬところは想像でおぎなって、やっと意味を取ることができたのでございます。声の調子で察しますと、女は私よりは三つ四つ年かさで、しかし私のようにこんな太っちょうではなく、ほっそりとした、ちょうど泉鏡花さんの小説に出てくるような、夢のように美しい方に違いないのでございます。

「私もそれを思わぬではないが」

と、門野の声がいうのでございます。

「いつもいって聞かせる通り、私はもうできるだけのことをして、あの京子を愛しようと努めたのだけれど、悲しいことには、それがやっぱりだめなのだ。若い時から馴染を重ねたお前のことが、どう思い返しても、思い返しても、私にはあきらめかねるのだ。京子にはお詫びのしようもないほどすまぬけれど、すまないすまないと思いながら、やっぱり、私はこうして、夜毎(よごと)にお前の顔を見ないではいられぬのだ。どうか私の切ない心のうちを察しておくれ」

門野の声ははっきりと、妙に切り口上に、せりふめいて、私の心に食い入るように響いてくるのでございます。

「嬉しうございます。あなたのような美しいかたに、あのご立派な奥様をさしおいて、それほどに思っていただくとは、私はまあ、なんという果報者でしょう。嬉しうございますわ」

そして、極度に鋭敏になった私の耳は、女が門野の膝にでももたれたらしいけはいを感じるのでございます。それから何かいまわしい衣ずれの音や、口づけの音までも。

まあ御想像なすってくださいませ。私のその時の心持がどのようでございましたか。もし今の年でしたら、なんのかまうことがあるものですか、いきなり戸を叩き破ってでも、二人のそばへ駈けこんで、恨みつらみのありったけを並べもしたでしょうけれど、何を申すにも、まだ小娘の当時では、とてもそのような勇気が出るものではございません。込み上げてくる悲しさを、袂(たもと)の端でじっと抑えて、おろおろと、その場を立ち去りもえせず、死ぬる思いをつづけたことでございます。

やがて、ハッと気がつきますと、ハタハタと、板の間を歩く音がして、誰かが落とし戸の方へ近づいてまいるのでございます。今ここで顔を合わせては、私にしましても、あんまり恥かしいことですから、私は急いで梯子段を降りると、蔵のそとへ出て、その辺の暗闇へそっと身をひそめ、一つにはそうして女めの顔をよく見覚えてやりましょうと、恨みに燃える眼をみはったのでございます。

ガタガタと落とし戸をひらく音がして、パッと明かりがさし、雪洞を片手に、それでも足音を忍ばせておりてきましたのは、まごうかたなき私の夫、そのあとにつづくやつめと、いきまいて待てど暮らせど、もうあの人は、蔵の大戸をガラガラと閉めて、私の隠れている前を通りすぎ、庭下駄の音が遠ざかって行ったのに、女は降りてくるけはいもないのでございます。

蔵のことゆえ一方口で、窓はあっても、皆金網が張りつめてありますので、ほかに出口はないはず。それが、こんなに待っても、戸のひらくけはいも見えぬのは、あまりといえば不思議なことでございます。だいいち、門野が、そんな大切な女を一人あとに残して、立ち去るわけもありません。これはもしや、長いあいだの企らみで、蔵のどこかに、秘密な抜け穴でもこしらえてあるのではなかろうか。

そう思えば、まっ暗な穴の中を、恋に狂った女が、男に逢いたさ一心で、怖さを忘れ、ゴソゴソと這っている景色が、幻のように眼に浮かび、そのくら闇の中に一人でいるのが怖くなってまいりました。また夫が私のいないのを不審に思ってはと、それも気がかりなものですから、ともかくも、その晩は、それだけで、母屋の方へ引き返すことにいたしました。

六

それ以来、私は幾度闇夜の蔵へ忍んで行ったことでございましょう。そして、そこで、夫たちのさまざまの睦言を立ち聞きしては、どのように、身も世もあらぬ思いをしたことでございましょう。

そのたびごとに、どうかして相手の女を見てやりましょうと、いろいろに苦心をしたのですけれど、いつも最初の晩の通り、蔵から出てくるのは夫の門野だけで、女の姿なぞはチラリとも見えはしないのでございます。

ある時はマッチを用意して行きまして、夫が立ち去るのを見すまし、ソッと蔵の二階へ上がって、マッチの光でその辺を探しまわったこともありましたが、どこへ隠れる暇もないのに、女の姿はもう影もささぬのでございます。

またある時は、夫の隙をうかがって、昼間、蔵の中へ忍び込み、隅から隅をのぞきまわって、もしや抜け道でもありはしないか、又(また)ひょっとして、窓の金網でも破れてはいないかと、さまざまに調べてみたのですけれど、蔵の中には、鼠一匹逃げ出す隙間も見当たらぬのでございました。

なんという不思議でございましょう。それを確かめますと、私はもう、悲しさ口惜しさよりも、いうにいわれぬ無気味さに、思わずゾッとしないではいられませんでした。そうしてその翌晩になれば、どこから忍んで参るのか、やっぱり、いつもの艶めかしいささやき声が、夫との睦言を繰り返し、又幽霊のように、いずことも知れず消え去ってしまうのでございます。

もしや何かの生霊が、門野に魅入っているのではないでしょうか。生来憂鬱で、どことなく普通の人と違ったところのある、蛇を思わせるような門野には（それゆえに又、私はあれほども、あの人に魅せられていたのかもしれません）そうした生霊というような異形のものが、魅入りやすいのではありますまいか。などと考えますと、はては、門野自身が、何かこう魔性のものにさえ見え出して、なんとも形容のできない、変な気持になってまいるのでございます。

いっそのこと、里へ帰って、一部始終を話そうか。それとも、門野の親御さまたちに、このことをお知らせしようか。私はあまりの怖さ無気味さに幾たびかそれを決心しかけたのですけれど、でも、まるで雲をつかむような、怪談めいた事柄を、うかつに言い出しては、頭から笑われそうで、かえって恥をかくようなことがあってはならぬと、娘心にもやっとこらえて、一日二日は、その決心を延ばしていたのでございます。考えてみますと、その時分から、私はずいぶんきかん坊でもあったのでございますわね。

そして、ある晩のことでございました。私はふと妙なことに気づいたのでございます。それは、蔵の二階で門野たちのいつもの逢う瀬がすみまして、門野がいざ二階を降りるという時に、パタンと軽く、何かの蓋のしまる音がして、それからカチカチと錠前でもおろすらしいけはいがしたのでございます。よく考えてみれば、この物音は、ごくかすかではありましたが、いつの晩にも必らず聞いたように思われるのでございます。

蔵の二階でそのような音を立てるものは、そこに幾つも並んでいます長持のほかにはありません。さては相手の女は長持の中に隠れているのではないかしら。生きた人間ならば、食事もとらなければならず、第一、息苦しい長持の中に、そんな長いあいだ忍んでいられよう道理はないはずですけれど、なぜか、私には、それがもう間違いのない事実のように思われてくるのでございます。

そこへ気がつきますと、もう、じっとしてはいられません。どうかして、長持の鍵を盗み出して、長持の蓋をあけて、相手の女めを見てやらないでは気がすまぬ。なあに、いざとなったら、喰いついてでも、ひっ掻いてでも、あんな女に負けてなるものか。もうその女が長持の中に隠れているときまりでもしたように、私は歯ぎしりを噛んで、夜の明けるのを待ったものでございます。

その翌日、門野の手文庫から鍵を盗み出すことは、案外やすやすと成功いたしました。その時分には私はもうまるで夢中ではありましたけれど、それでも、十九の小娘にしましては、身にあまる大仕事でございました。それまでとても、眠られぬ夜がつづき、さぞかし顔色も青ざめ、からだも痩せ細っていたことでありましょう。幸いご両親とは離れた部屋に起き伏ししていましたのと、夫の門野は、あの人自身のことで夢中になっていましたのとで、その半月ばかりのあいだを、怪しまれもせずすごすことができたのでございましょう。

さて、鍵を持って、昼間でも薄暗い、冷たい土の匂いのする、土蔵の中へ忍び込んだときの気持、それがまあ、どんなでございましたか。よくまああのようなまねができたものだと、今思えば、いっそ不思議な気もするのでございます。

ところが鍵を盗み出す前でしたか、それとも蔵の二階へ上がりながらでありましたか、千々(ちぢ)に乱れる心の中で、私はふと滑稽なことを考えたものでございます。どうでもよいことではありますけれど、ついでに申し上げておきましょうか。それは、先日からのあの話し声は、もしや門野が独りで、声色を使っていたのではないかという疑いでございました。まるで落とし話のような想像ではありますが、例えば小説を書きますためとか、お芝居を演じますためとかに、人に聞こえない蔵の二階で、そっとせりふのやり取りを稽古していらっしゃるのではあるまいか、そして、長持の中には女なぞではなくて、ひょっとしたら、芝居の衣裳でも隠してあるのではないかという、途方もない疑いでございました。

ホホホホホ、私はのぼせ上がっていたのでございますわね。意識が混乱して、ふとそのような、わが身に都合のよい妄想が浮かび上がるほど、それほど私の頭は乱れきっていたのでございました。なぜと申して、あの睦言の意味を考えましても、そのようなばかばかしい声色を使う人が、どこの世界にあるものでございますか。

七

門野家は町でも知られた旧家だものですから、蔵の二階には、先祖以来のさまざまの古めかしい品々が、まるで骨董屋の店先のように並んでいるのでございます。三方の壁には今申す丹塗りの長持が、ズラリと並び、一方の隅には、昔風の縦に長い本箱が、五つ六つ、その上には、本箱にはいりきらぬ黄表紙、青表紙が、虫の食った背中を見せて、ほこりまみれに積み重ねてあります。棚の上には、古びた軸物の箱だとか、大きな紋のついた両掛け、葛籠の類、古めかしい陶器類、それらにまじって、異様に眼を惹きますのは、鉄漿の道具だという巨大なお椀のような塗り物、塗り盥、それには皆、年数がたって赤くなっていますけれど、一々金紋が蒔絵になっているのでございます。

それから一ばん無気味なのは、階段を上がったすぐの所に、まるで生きた人間のように鎧櫃の上に腰かけている、二つの飾り具足、一つは黒糸縅のいかめしいので、もう一つあれが緋縅と申すのでしょうか、黒ずんで、ところどころ糸が切れてはいましたけれど、それが昔は、火のように燃えて、さぞかし立派なものだったのでしょう、兜もちゃんと頂いて、それに鼻から下を覆う、あの恐ろしい鉄の面までも揃っているのでございます。

昼でも薄暗い蔵の中で、それをじっと見ていますと、今にも籠手、脛当てが動き出して、ちょうど頭の上に懸けてある、大身の槍を取るかとも思われ、いきなりキャッと叫んで、逃げ出したい気持さえいたすのでございます。

小さな窓から、金網を越して、淡い秋の光がさしてはいますけれど、その窓があまりに小さいため、蔵の中は、隅の方になると、夜のように暗く、そこに蒔絵だとか、金具だとかいうものだけが、魑魅魍魎(ちみもうりょう)の眼のように、怪しく、鈍く、光っているのでございます。その中で、あの生霊の妄想を思い出しでもしようものなら、女の身で、どうまあ辛抱ができましょう。その怖さ恐ろしさを、やっとこらえて、ともかくも、長持をひらくことができましたのは、やっぱり、恋という曲者(くせもの)の強い力でございましょうね。

まさかそんなことがと思いながら、でもなんとなく薄気味わるくて、一つ一つ長持の蓋をひらく時には、からだじゅうから冷たいものがにじみ出し、ハッと息も止まる思いでございました。ところが、その蓋を持ち上げて、まるで棺桶の中でも覗く気で、思いきって、グッと首を入れてみますと、予期していました通り、或いは予期に反して、どれもこれも古めかしい衣類だとか、夜具、美しい文庫類などがはいっているばかりで、なんの疑わしいものも出てはこないのでございます。でも、あのきまったように聞こえてきた、蓋のしまる音は、錠前のおりる音は、一体なにを意味するのでありましょう。おかしい、おかしいと思いながら、ふと眼にとまったのは、最後にひらいた長持の中に、幾つかの白木の箱がつみ重なっていて、その表に、床しいお家流で「お雛様」だとか「五人囃子」だとか

「三人上戸」だとか、書きしるしてある雛人形の箱でございました。私は、どこにも恐ろしいものがいないことを確かめて、いくらか安心していたのでもありましょう、その際ながら、女らしい好奇心から、ふとそれらの箱をあけて見る気になったものでございます。

一つ一つそとに取り出して、これがお雛様、これが左近の桜、右近の橘と、見て行くに従って、そこに、樟脳の匂いと一緒に、なんとも古めかしく、物懐かしい気持がただよって、昔もののきめこまやかな人形の肌が、いつとなく、私を夢の国へ誘って行くのでございました。

私はそうして、しばらくのあいだは、雛人形で夢中になっていましたが、やがてふと気がつきますと、長持の一方のがわに、ほかのと違って、三尺以上もあるような長方形の白木の箱が、さも貴重品といった感じで、置かれてあるのでございます。その表には、同じくお家流で「拝領」としるされてあります。なんであろうと、そっと取り出して、それをひらいて中の物を一と眼見ますと、ハッと何かの気に打たれて、私は思わず顔をそむけたのでございます。

そして、その瞬間に、霊感というのはああした場合を申すのでございましょうね、数日来の疑いが、もう、すっかり解けてしまったのでございます。

八

それほど私を驚かせたものが、ただ一個の人形にすぎなかったと申せば、あなたはきっと「なあんだ」とお笑いなさるかもしれません。ですが、それは、あなたが、まだほんとうの人形というものを、昔の人形師の名人が精根を尽くして、こしらえ上げた芸術品を、御存知ないからでございます。

あなたはもし、博物館の片隅なぞで、ふと古めかしい人形に出あって、そのあまりの生々しさに、なんとも知れぬ戦慄をば感じなすったことはないでしょうか。それがもし女児人形や稚児人形であった時には、それの持つ、この世のほかの夢のような魅力に、びっくりなすったことはないでしょうか。あなたはおみやげ人形といわれるものの、不思議な凄味を御存知でいらっしゃいましょうか。或いはまた、往昔、衆道の盛んでございました時分、好き者たちが、なじみの色若衆の似顔人形を刻ませて、日夜愛撫したという、あの奇態な事実を御存知でいらっしゃいましょうか。

いいえ、そのような遠いことを申さずとも、例えば、文楽の浄瑠璃人形にまつわる不思議な伝説、近代の名人安本亀八の生人形なぞをご承知でございましたなら、私がその時、ただ一個の人形を見て、あのように驚いた心持を、充分お察しくださることができると存じます。

私が長持の中で見つけました人形は、後になって門野のお父さまに、そっとお尋ねして知ったのでございますが、殿様から拝領の品とかで、安政の頃の名人人形師立木と申す人の作と申すことでございます。

俗に京人形と呼ばれておりますけれど、実は浮世人形とやらいうものなそうで、身のたけ三尺あまり、十歳ばかりの小児の大きさで、手足も完全にでき、頭には昔風の島田を結い、昔染めの大柄友染が着せてあるのでございます。

これも後に伺ったのですけれど、それが立木という人形師の作風なのだそうで、そんな昔のできにもかかわらず、その娘人形は、不思議と近代的な顔をしているのでございます。まっ赤に充血して何かを求めているような、厚味のある唇、唇の両脇で二段になった豊頬、物言いたげにパッチリひらいた二重瞼、その上に鷹揚に頬笑んでいる濃い眉、そして何よりも不思議なのは、羽二重で紅錦を包んだように、ほんのりと色づいている、微妙な耳の魅力でございました。

その花やかな、情慾的な顔が、時代のために幾ぶん色があせて、唇のほかは妙に青ざめ、手垢がついたものか、滑らかな肌がヌメヌメと汗ばんで、それゆえに、一そう悩ましく、艶めかしく見えるのでございます。

薄暗く、樟脳臭い土蔵の中で、その人形を見ました時には、ふっくらと恰好よくふくらんだ乳のあたりが、呼吸をして、今にも唇がほころびそうで、そのあまりの生々しさに、私はハッと身震いしたほどでございました。

まあ、なんということでございましょう、私の夫は、命のない、冷たい人形を恋していたのでございます。この人形の不思議な魅力を見ましては、もう、そのほかに謎の解きようはありません。人嫌いな夫の性質、蔵の中の睦言、長持の蓋のしまる音、姿を見せぬ相手の女、いろいろの点を考え合わせて、その女と申すのは、実はこの人形であったと解釈するほかはないのでございます。

これは後になって、二、三の方から伺ったことを、寄せ集めて、想像しているのでございますが、門野は生れながらに夢見勝ちな、不思議な性癖を持っていて、人間の女を恋する前に、ふとしたことから、長持の中の人形を発見して、それの持つ強い魅力に魂を奪われてしまったのでございましょう。

あの人は、ずっと最初から、蔵の中で本なぞ読んではいなかったのでございます。あるかたから伺いますと、人間が人形とか仏像とかに恋したためしは、昔から決して少なくはないと申します。不幸にも私の夫がそうした男で、さらに不幸なことには、その夫の家に偶然稀代の名作人形が保存されていたのでございます。

人でなしの恋、この世のほかの恋でございます。そのような恋をするものは、一方では、生きた人間では味わうことのできない、悪夢のような、或いは又おとぎ話のような、不思議な歓楽に魂をしびらせながら、しかし又一方では、絶え間なき罪の呵責に責められて、どうかしてその地獄を逃れたいと、あせりもがくのでございます。門野が私を娶（めと）ったのも、無我夢中に私を愛しようと努めたのも、皆そのはかない苦悶の跡にすぎぬのではないでしょうか。

そう思えば、あの睦言の「京子にすまぬ云々」という言葉の意味も解けてくるのでございます。夫が人形のために女の声色を使っていたことも、疑う余地はありません。ああ、私は、なんという月日のもとに生れた女でございましょう。

九

さて私の懺悔話と申しますのは、実はこれからあとの、恐ろしい出来事についてでございます。長々とつまらないおしゃべりをしました上に、「まだつづきがあるのか」と、さぞ、うんざりなさいましょうが、いいえ、御心配には及びません。その要点と申しますのは、ほんのわずかな時間で、すっかりお話しできることなのでございますから。

びっくりなすってはいけません。その恐ろしい出来事と申しますのは、実はこの私が人殺しの罪を犯したお話でございます。

そのような大罪人が、どうして処罰をも受けないで安穏に暮らしているかと申しますと、その人殺しは私自身直接に手を下したわけではなく、いわば、間接の罪なのですから、たとえあのとき、私がすべてを自白していましても、罪を受けるほどのことはなかったのでございます。

とはいえ、法律上の罪はなくとも、私は明らかにあの人を死に導いた下手人でございます。それを、娘心のあさはかにも、一時の恐れにとりのぼせて、つい白状しないですごしましたことは、返す返すも申しわけなく、それ以来ずっと今日まで、私は一夜としてやすらかに眠ったことはありません。今こうして懺悔話をいたしますのも、亡き夫への、せめてもの罪亡ぼしでございます。

しかし、その当時の私は、恋に眼がくらんでいたのでございましょう。私の恋敵が、相手もあろうに生きた人間ではなくて、いかに名作とはいえ、冷たい一個の人形だとわかりますと、そんな無生の泥人形に見替えられたかと、もう口惜しくて、口惜しいよりは畜生道の夫の心があさましく、もしこのような人形がなかったなら、こんなことにもなるまいと、はては立木という人形師さえうらめしく思われるのでございました。

ええ、ままよこの人形めの、なまめかしいしゃっ面を、叩きのめして、手足を引きちぎってしまったなら、門野とて、まさか相手のない恋もできはすまい。そう思うと、もう一刻も猶予がならず、その晩、念のために、もう一度夫と人形との逢う瀬を確かめた上、翌早朝、蔵の二階へ駈け上がって、とうとう人形をめちゃめちゃに引っちぎり、眼も鼻も口もわからぬように叩きつぶしてしまったのでございます。こうしておいて、夫のそぶりを注意すれば、まさかそんなはずはないのですけれど、私の想像が間違っていたかどうかわかるわけなのでございます。

そうして、ちょうど人間の轢死人のように、人形の首、胴、手足とばらばらになって、きのうに変る醜いむくろをさらしているのを見ますと、私はやっと胸をさすることができたのでございます。

十

その夜、何も知らぬ門野は、又しても私の寝息をうかがいながら、雪洞(ぼんぼり)をつけて、縁外の闇へと消えました。申すまでもなく人形との逢う瀬を急ぐのでございます。私は眠ったふりをしながら、そっとそのうしろ姿を見送って、一応は小気味のよいような、しかし又なんとなく悲しいような、不思議な感情を味わったことでございます。

人形の死骸を発見したとき、あの人はどのような態度を示すでしょう。異常な恋の恥かしさに、そっと人形のむくろを取り片づけて、そ知らぬふりをしているか、それとも、下手人を探し出して、おこりつけるか、怒りのあまり叩かれようと、どなられようと、もしそうであったなら、私はどんなに嬉しかろう。門野がおこるからには、あの人は人形と恋なぞしていなかったしるしなのですもの。私はもう気もそぞろに、じっと耳をすまして、土蔵の中のけはいをうかがったのでございます。

そうして、どれほど待ったことでしょう。待っても待っても、夫は帰ってこないのでございます。懐れた人形を見た上は、蔵の中になんの用事もないはずのあの人が、もういつもほどの時間もたったのに、なぜ帰ってこないのでしょう。もしかしたら、相手はやっぱり人形ではなくて、生きた人間だったのでしょうか。それを思うと気が気でなく、私はもう辛抱がしきれなくて、床から起き上がりますと、もう一つの雪洞を用意して、闇のしげみを蔵の方へと走るのでございました。

蔵の梯子段を駈け上がりながら、見れば、例の落とし戸は、いつになくひらいたまま、それでも上には雪洞がともっているとみえ、赤茶けた光が、階段の下までも、ぼんやり照らしております。ある予感にハッと胸を躍らせて、一と飛びに階上へ飛び上がって、「旦那さま」と叫びながら、雪洞のあかりにすかしてみますと、ああ、私の不吉な予感は的中したのでございました。

そこには夫のと、人形のと、二つのむくろが折り重なって、板の間は血潮の海、二人のそばに家重代の名刀が、血を啜(すす)っていたのでございます。人間と土くれとの情死、それが滑稽に見えるどころか、なんともしれぬ厳粛なものが、サーッと私の胸を引きしめて、声も出ず涙も出ず、ただもう茫然と、そこに立ちつくすほかはないのでございました。

見れば、私に叩きひしがれて、なかば残った人形の唇から、さも人形自身が血を吐いたかのように、血潮の筋が一としずく、その首を抱いた夫の腕の上にタラリと垂れて、そして人形は、断末魔の無気味な笑いを笑っているのでございました。

一

この話は、柾木愛造と木下芙蓉との、あの運命的な再会から出発すべきであるが、それについては、先ず男主人公である柾木愛造の、いとも風変りな性格について、説明しておかねばならない。

柾木愛造は、すでに世を去った両親から、幾ばくの財産を受け継いだ一人息子で、当時二十七歳の、私立大学中途退学者で、独身の無職ものであった。ということは、あらゆる貧乏人、あらゆる家族所有者の羨望の的であるところの、この上もなく安易で自由な身の上を意味するのだが、柾木愛造は不幸にも、その境涯を楽しんで行くことができなかった。彼は世にたぐいもあらぬ厭人病者であったからである。

彼のこの病的な素質は、一体全体どこから来たものであるか、彼自身にも不明であったが、その徴候は、遠く彼の幼年時代に発見することができた。彼は人間の顔さえ見れば、なんの理由もなく、眼に一杯涙が湧き上がった。そして、その内気さを隠すために、あらぬ天井を眺めたり、手の平で涙を隠したり、まことにぶざまな恥かしい格好をしなければならなかった。隠そうとすればするほど、それを相手に見られているかと思うと、一層おびただしい涙がふくれ上がってきて、ついには「ワッ」と叫んで、気ちがいになってしまうより、どうにもこうにも仕方がなくなる、といった感じであった。彼は肉親の父親に対しても、家の召使いに対しても、時とすると母親に対してさえ、この不可思議な羞恥を感じた。従って彼は人間を避けた。人間が懐かしいくせに、彼自身の恥ずべき性癖を恐れるがゆえに、人間を避けた。そして、薄暗い部屋の隅にうずくまって、身のまわりに、積木のおもちゃなどで、可憐な城壁を築いて、独りで幼い即興詩をつぶやいている時、僅かに安易な気持になれた。

年長(としちょう)じて、小学校という不可解な社会生活にはいって行かねばならなかった時、彼はどれほどか当惑し、恐怖を感じたことであろう。彼はまことに異様な小学生であった。母親に彼の厭人癖を悟られることが堪え難く恥かしかったので、独りで学校へ行くことは行ったけれど、そこでの人間との戦いは実に無残なものであった。先生や同級生に物を言われても、涙ぐむほかになんのすべをも知らなかったし、受け持ちの先生が他級の先生と話をしているうちに、柾木愛造という名前が洩れ聞こえただけで、彼はもう涙ぐんでしまうほどであった。

中学、大学と進むに従って、このいむべき病癖は、少しずつ薄らいでは行ったけれど、小学時代は、全期間の三分の一は病気をして、病後の養生にかこつけて学校を休んだし、中学時代には、一年のうち半分ほどは仮病を使って登校せず、書斎をしめ切って、家人のはいってこないようにして、そこで小説本と、荒唐無稽な幻想の中に、うつらうつらと日を暮らしていたものだし、大学時代には、進級試験を受ける時のほかは、殆ど教室にはいったことがなく、といって、他の学生のようにさまざまな遊びに耽るでもなく、自宅の書庫の、買い集めた異端の書物の塵に埋まって、しかし、それらの書物を読むというよりは、虫の食った青表紙や、十八世紀の洋紙や皮表紙の匂いをかぎ、それらのかもし出す幻怪な大気の中で、ますます嵩じてきた空想に耽り、昼と夜との見境のない生活をつづけていたものである。

そのような彼であったから、後に述べるたった一人の友だちを除いては、まるで友だちというものがなかったし、友だちのないほどの彼に、恋人のあろうはずもなかった。人一倍やさしい心を持ちながら、彼に友だちも恋人もなかったことをなんと説明したらよいのであろう。彼とても、友情や恋をあこがれぬではなかった。濃やかな友情や甘い恋の話を聞いたり読んだりした時には、もし自分もそんな境涯であったなら、どんなにか嬉しかろうと、羨まぬではなかった。だが、たとえ彼の方で友愛なり恋なりを感じても、それを相手に通じるまでに、どうすることもできない障害物が、まるで壁のように立ちはだかっていた。

柾木愛造には、彼以外の人間という人間が、例外なく意地わるに見えた。彼の方で懐かしがって近寄って行くと、相手は忠臣蔵の師直のように、ついとそっぽを向くかと思われた。中学生の時分、汽車や電車の中などで、二人連れの話し合っている様子を見て、しばしば驚異を感じた。彼らのうち一人が熱心に喋り出すと、聞き手の方はさもさも冷淡な表情で、そっぽを向いて窓のそとの景色を眺めたりしている。時たま思い出したように合点をするけれど、めったに話し手の顔を見はしない。そして、一方がだまると、今度は冷淡な聞き手だった方が、打って変って熱心な口調で話し出す。すると、前の話し手は、ついとそっぽを向いて、俄かに冷淡になってしまう。それが人間の会話の常態であることを悟るまでに、彼は長い年月を要したほどである。これは些細な一例でしかないけれど、すべてこの例によって類推できるような人間の社交上の態度が、内気な彼を沈黙させるに充分であった。彼は又、社交会話に洒落(彼によればその大部分が、不愉快な駄洒落でしかなかったが)というものの存在するのが、不思議でしようがなかった。洒落と意地わるとは同じ種類のものであった。彼は、彼が何かを喋べっている時、相手の眼が少しでも彼の眼をそれて、ほかの事を考えていると悟ると、もうあとを喋べる気がしないほど、内気者であった。言葉をかえていうと、それほど彼は愛について貪婪(どんらん)であった。そして、余りに貪婪であるがゆえに、彼は他人を愛することが、社交生活をいとなむことができなかったのであるかも知れない。

だが、それればかりではなかった。もう一つのものがあった。卑近な実例を上げるならば、彼は幼少のころ、女中の手をわずらわさないで、自分で床を上げたりすると、その時分まだ生きていた祖母が、「おお、いい子だいい子だ」といって御褒美を呉れたりしたものであるが、そうして褒められることが、身内が熱くなるほど恥かしくて、いやでいやで、褒めてくれる相手に、極度の憎悪を感じたものである。引いては、愛することも、愛されることも、「愛」という文字そのものすらが、一面ではあこがれながらも、他の一面では、からだがキューッとねじれてくるほども、なんとも形容しがたいいやあな感じをともなった。これは彼がいわゆる自己嫌悪、肉親憎悪、人間憎悪などの一連の特殊な感情を、多分に付与されていることを語るものであるかもしれない。彼と彼以外のすべての人間とは、まるで別種類の生物であるように思われて仕方がなかった。この世界の人間どもの、意地わるのくせに、あつかましくて忘れっぽい陽気さが、彼には不思議でたまらなかった。彼はこの世において、全く異国人であった。彼はいわば、どうかした拍子で、別の世界へ放り出された、たった一匹の、孤独な陰獣でしかなかった。

そのような彼が、どうしてあんなにも、死にもの狂いな恋をなし得たか。不思議といえば不思議であるが、だが考え方によっては、そのような彼であったからこそ、あれほどの、物狂わしい、人外境の恋ができたのだとも、いえないことはない。彼の恋にあっては、愛と憎悪とは、もはや別々のものではなかったのだから。しかし、それは後に語るべき事柄である。

幾ばくの財産を残して両親が相ついで死んだあとは、家族に対する見栄や遠慮のために、苦痛をしのんでつづけていた、ほんの僅かばかりの社会的な生活から、彼は完全に逃れることができた。それを簡単にいえば、彼はなんの未練もなく私立大学を退校して、土地と家屋を売り払い、かねて目星をつけておいた郊外の、もの淋しいあばら家へ引き移ったのである。かようにして、彼は学校という社会から、又隣近所という社会から、全く姿をくらましてしまうことができた。人間である以上は、どこへ移ったところで、全然社会を無視して生存することはできないのだけれど、柾木愛造が最も嫌ったのは、彼の名前や人となりを知っている、見知り越しの社会であったから、隣近所に一人も知合いのない、淋しい郊外へ移住したことは、その当座、彼に「人間社会を逃れてきた」という、安易な気持を与えたものである。

その郊外の家というのは、向島の吾妻橋から少し上流のKという町にあった。そこは近くに安待合や貧民窟がかたまっていて、河一つ越せば浅草公園という盛り場をひかえているにもかかわらず、思いもかけぬところに、広い草原があったり、ひょっこり釣堀のこわれかかった小屋が立っていたりする、妙に混雑と閑静とを混ぜ合わせたような区域であったが、そのとある一角に、(このお話は大地震よりは余程以前のことだから)立ち腐れになったような、化物屋敷同然の、だだっ広い屋敷があって、柾木愛造は、いつか通りすがりに見つけておいて、それを借り受けたのであった。

こわれた土塀や生垣で囲まれ、雑草のしげるにまかせた広い庭のまん中に、壁の落ちた大きな土蔵がひょっこり立っていて、そのわきに、手広くはあるけれど、ほとんど住むに耐えないほど荒れ古びた母屋があった。だが、彼にとっては、母屋なんかはどうでもよかったので、彼がこの化物屋敷に住む気になったのは、まったくその古めかしい土蔵の魅力によってであった。厚い壁でまぶしい日光をさえぎり、外界の音響を遮断した、樟脳臭い土蔵の中に、独りぼっちで住んでみたいというのは、彼の長年のあこがれであった。ちょうど貴婦人が厚いヴェールで彼女の顔を隠すように、彼は土蔵の厚い壁で、彼自身の姿を、世間の視線から隠してしまいたかったのである。

彼は土蔵の二階に畳を敷きつめて、愛蔵の異端の古書や、横浜の古道具屋で手に入れた、等身大の木彫の仏像や、数個の青ざめたお能の面などを持ち込んで、そこに彼の不思議な檻を造りなした。北と南の二方だけにひらかれた、たった二つの小さな鉄棒をはめた窓が、すべての光源であったが、それを更らに陰気にするために、彼は南の窓の鉄の扉を、ピッシャリと締め切ってしまった。それゆえ、その部屋には、年中一寸の陽光さえも直射することはなかった。これが彼の居間であり、書斎であり、寝室であった。

階下は板張りのままにして、彼のあらゆる所有品を、祖先伝来の丹塗りの長持や、紋章のような錠前のついたいかめしい簞笥や、虫の食った鎧櫃や、不用の書物をつめた本箱や、そのほかさまざまのがらくた道具を、メチャクチャに置き並べ積み重ねた。

母屋の方は十畳の広間と、台所わきの四畳半との畳替えをして、前者をめったにこない客のための応接間に備え、後者は炊事に雇った老婆の部屋に当てた。彼はそうして、雇い婆さんにも、土蔵の入口にすら近寄らせない用意をした。土蔵の出入口の、厚い土の扉には、内からもそとからも錠をおろす仕掛けにして、彼がその二階にいる時は内がわから、外出の際は外がわから、戸締まりができるようになっていた。それはいわば、怪談のあかずの部屋に類するものであった。

雇い婆さんは、家主の世話で、ほとんど理想に近い人が得られた。身寄りのない六十五歳の年寄りであったが、耳が遠いほかには、これという病気もなく、至極まめまめしい小綺麗な老人であった。何より有難いのは、そんな婆さんにも似合わず、楽天的な呑気者で、主人が何者であるか、彼が土蔵の中で何をしているか、というようなことを、猜疑し穿鑿(せんさく)しなかったことである。彼女は所定の給金をきちんきちんと貰って、炊事の暇々には、草花をいじったり、念仏を唱えたりして、それですっかり満足しているように見えた。

いうまでもなく、柾木愛造は、その土蔵の二階の、昼だか夜だかわからないような薄暗い部屋で、彼の多くの時間を費した。赤茶けた古書のページをくって一日をつぶすこともあった。ひねもす部屋のまん中に仰臥して、仏像や壁にかけたお能の面を眺めながら、不可思議な幻想に耽ることもあった。そうしていると、いつともなく日が暮れて、頭の上の小さな窓のそとの黒ビロウドの空に、おとぎ話のような星がまたたいていたりした。

暗くなると、彼は机の上の燭台に火をともして、夜ふけまで読書をしたり、奇妙な感想文を書き綴ったりすることもあったが、多くの夜は、土蔵の入口に錠をおろして、どこともなくさまよい出るのがならわしになっていた。極端な人嫌いの彼が、盛り場を歩き廻ることを好んだというのは、甚(はなは)だ奇妙だけれど、彼は多くの夜、河ひとつ隔てた浅草公園に足を向けたものである。だが、人嫌いであったからこそ、話しかけたり、ジロジロ顔を眺めたりしない、漠然たる群集を、彼は一層愛したのであったかもしれない。そのような群集は、彼にとって、局外から観賞すべき、絵や人形にしかすぎなかったし、又、夜の人波にもまれていることは、土蔵の中にいるよりも、かえって人眼を避けるゆえんでもあったのだから。人は、無関心な群集のただ中で、最も完全に彼自身を忘れることができた。群集こそ、彼にとってこよなき隠れ蓑であった。そして柾木愛造のこの群集好きは、あの芝居のはね時をねらって、木戸口をあふれ出る群集にまじって歩くことによって、僅かに夜更けの淋しさをまぎらしていた、ポオの Man of crowd の一種不可思議な心持とも、相通ずるところのものであった。

さて、冒頭に述べた、柾木愛造と木下芙蓉との、運命的な再会というのは、この土蔵の家に引き移ってから、二年目、彼がこのような風変りな生活の中に、二十七歳の春を迎えて間もないころ、淀んだ生活の沼の中に、突然石を投じたように、彼の平静をかき乱したところの、一つの重大な出来事だったのである。

二

先にもちょっと触れておいたが、かくも人嫌いな柾木愛造にも、例外として、たった一人の友だちがあった。それは、実業界にちょっと名を知られた父の威光で、ある商事会社の支配人を勤めている、池内光太郎という、柾木と同年輩の青年紳士であったが、あらゆる点が柾木とは正反対で、明るい、社交上手な、物事を深く掘り下げて考えない代りには、末端の神経はかなりに鋭敏で、人好きのする、好男子であった。彼は柾木と家も近く小学校も同じだった関係で、幼少の頃から知り合いであったが、お互いが青年期に達した時分、柾木の不可思議な思想なり言動なりを、それが池内にはよくわからないだけに、すっかり買いかぶってしまって、それ以来引きつづき、柾木のような哲学者めいた友だちを持つことを、一種の見栄にさえ感じて、柾木の方ではむしろ避けるようにしていたにもかかわらず、しげしげと彼を訪ねては、少しばかり見当違いな議論を吹きかけることを楽しんでいたのである。また、華やかな社交に慣れた彼にとっては、柾木の陰気な書斎や、柾木の人間そのものが、こよなき休息所であり、オアシスでもあったのだ。

その池内光太郎が、ある日、柾木の家の十畳の客間で(柾木はこの唯一の友だちをさえ、土蔵の中へは入れなかった)、柾木を相手に、彼の華やかな生活の一断面を吹聴しているうちに、ふと次のようなことを言いだしたのである。

「僕は最近、木下芙蓉っていう女優と近づきになったがね。ちょっと美しい女なんだよ」

彼はそこで一種の微笑を浮かべて、柾木の顔を見た。それはここにいう「近づき」とは、文字のままの「近づき」でないことを意味するものであった。「まあ聞きたまえ。この話は君にとってもちょっと興味がありそうなんだから。というのは、その木下芙蓉の本名が木下文子なんだ。君、思い出さないかい。ホラ、小学校時代、僕らがよくいたずらをした、あの美しい優等生の女の子さ。たしか、僕たちより三年ばかり下の級だったが」

そこまで聞くと、柾木愛造は、ハッとして、俄かに顔がほてってくるのを感じた。さすがに彼とても、二十七歳の今日では、久しく忘れていた赤面であったが、ああ、赤面しているなと思うと、ちょうど子供の時分、涙を隠そうとすればするほど、一層涙ぐんできたのと同じに、それを意識するほど、ますます眼の下が熱くなってくるのをどうすることもできなかった。

「そんな子がいたかなあ。だが、僕は君みたいに早熟でなかったから」

彼はてれ隠しに、そんなことを言った。だが、幸いなことに、部屋が薄暗かったせいか、相手は彼の赤面には気づかぬらしく、やや不服な調子で、

「いや、知らないはずはないよ。学校じゅうで評判の美少女だったから。久しく君と芝居を見ないが、どうだい、近いうちに一度木下芙蓉を見ようじゃないか。幼顔そのままだから、君だって見れば思い出すに違いないよ」

と、如何にも木下芙蓉との親交が得意らしいのである。
芙蓉の芸名では知らなかったけれど、いうまでもなく、柾木愛造は、木下文子の幼顔を記憶していた。彼女については、彼が赤面したのも決して無理ではないほどの、実に恥かしい思い出があったのである。

彼の少年時代は、先にも述べた通り、極度に内気な、はにかみ屋の子供であったけれど、彼のいうように早熟でなかったわけでなく、同じ学校の女生徒に、幼いあこがれをいだくことも人一倍であった。そして、彼が四年級の時分から、当時の高等小学の三年級までも、ひそかに思いこがれた女生徒というのが、ほかならぬ木下文子だったのである。といっても、例えば池内光太郎のように、彼女の通学の途中を擁して、お下げのリボンを引きちぎり、彼女の美しい泣き顔を楽しむなどという、すばらしい芸当は思いも及ばなかったので、風を引いて学校を休んでいる時など、発熱のためにドンヨリとうるんだ脳の中を、文子の笑顔ばかりにして、熱っぽい小さい腕に、彼自身の胸を抱きしめながら、ホッと溜息をつくぐらいが、関の山であった。

ある時、彼の幼い恋にとって、まことに奇妙な機会が恵まれたことがある。それは、当時の高等小学二年級の時分で、同級の餓鬼大将の、口ひげの目立つような大柄な少年から、木下文子に(彼女は尋常部の三年生であった)付文をするのだから、その代筆をしろと命じられたのである。彼はもちろん級中第一の弱虫であったから、この腕白少年にはもうビクビクしていたもので、「ちょっとこい」と肩をつかまれた時には、例の眼に涙を一杯浮かべてしまったほどで、その命令には、一も二もなく応じるほかはなかった。彼はこの迷惑な代筆のことで胸を一杯にして、学校から帰ると、お八つもたべないで、一と間にとじこもり、机の上に巻紙をのべ、生れてはじめての恋文の文案に、ひどく頭を悩ましたものである。だが、幼い文章を一行二行と書いて行くに従って、彼に不思議な考えが湧き上がってきた。

「これを彼女に手わたす本人はかの腕白少年であるけれど、書いているのは正しく私だ。私はこの代筆によって、私自身のほんとうの心持を書くことができる。あの娘は私の書いた恋文を読んでくれるのだ。たとえ先方では気づかなくても、私は今、あの娘の美しい幻をえがきながら、この巻紙の上に、思いのたけをうちあけることができるのだ」

この考えが彼を夢中にしてしまった。彼は長い時間を費して、巻紙の上に涙さえこぼしながら、あらゆる思いを書きしるした。

腕白少年は翌日そのかさばった恋文を、木下文子に渡したが、それは恐らく文子の母親の手で焼き捨てられでもしたのであろう。その後快活な文子のそぶりにさしたる変りも見えず、腕白少年の方でも、いつかけろりと忘れてしまった様子であった。ただ代筆者の柾木少年だけが、いつまでも、クヨクヨと、甲斐なくうち捨てられた恋文のことを、思いつづけていたのである。

又、それから、間もなく、こんなこともあった。恋文の代筆が彼の思いを一層つのらせたのであろう。余りに堪え難い日がつづいたので、彼はまことに幼い一策を案じ、人眼のないおりを見定めて、ソッと文子の教室に忍び込み、文子の机の上げ蓋をひらいて、そこに入れてあった筆入れから、一ばんちびた、ほとんど用にもたたぬような短い鉛筆を一本盗み取り、大事に家へ持ち帰ると、彼の所有になっていた小簞笥のひらきの中を綺麗に清め、今の鉛筆を半紙に包んで、まるで神様でもあるように、その奥のところへ祭っておいて、淋しくなると、ひらき戸をあけて、彼の神様を拝んでいた。その当時、木下文子は、彼にとって神様以下のものではなかったのである。

その後、文子の方でもどこかへ引越して行ったし、彼の方でも学校が変ったので、いつか、忘れるともなく忘れてしまっていたのだが、今、池内光太郎から、木下文子の現在を聞かされて、相手は少しも知らぬことではあったけれど、そのような昔の恥かしい思い出に、彼は思わず赤面してしまったのであった。

雑沓中の孤独といった気持の好きな、柾木のような厭人病者は、浅草公園の群集と同じに、汽車や電車の中の群集、劇場の群集などを、むしろ好むものであったから、彼は芝居のことも世間なみには心得ていたが、木下芙蓉といえば、以前は影の薄い場末の女優でしかなかったのが、最近ある人気俳優の新劇の一座に加わってから、グッと売り出して、首席女優ではないけれど、顔とからだの圧倒的な美しさが特殊の人気を呼んで、一座の女優中でも、二番目ぐらいには羽振りのよい名前になっていた。柾木は、かけ違って、まだ彼女の舞台を見てはいなかったが、彼女についてこの程度の知識は持っていた。

その人気女優が、昔々の幼い恋の相手であったとわかると、厭人病者の彼も、少しばかり浮き浮きして、ひどく彼女が懐かしいものに思われてくるのであった。それが今では、池内光太郎の恋人であろうとも、どうせ彼にはできない恋なのだから、一と眼彼女の舞台姿を見て、ちょっとめめしい気持になるのも、わるくないなと感じたのである。

彼らがK劇場の舞台で、木下芙蓉を見たのは、それから三、四日後であったが、柾木愛造に取っては、まことに幸か不幸か、それはちょうど首席の女優が病気欠勤をして、その持ち役のサロメを、木下芙蓉が代演している際であった。

二匹の鯛が向き合っているような形をした、非常に特徴のある大きな眼や、鼻の下が極端に短くて、その下に、絶えず打震えている、やや上方にまくれ上がった、西洋人のように自在な曲線の唇や、殊にそれが婉然と頬笑んだ時の、忘れ難き魅力に至るまで、その昔の俤をそのまま留めてはいたけれど、十幾年の歳月は、可憐なお下げの小学生を、恐ろしいほど豊麗な全き女性に変えてしまったと同時に、その昔の無邪気な天使は、柾木の神様でさえあった聖なる乙女は、いつしか妖艶たぐいもあらぬ魔女と変じていたのである。

柾木愛造は、輝くばかりの彼女の舞台姿に、最初のほどは、恐怖に近い圧迫を感じるばかりであったが、それが驚異となり、憧憬となり、逆に限りなき眷恋と変じて行った。おとなの柾木がおとなの文子を眺める眼は、もはや昔のように聖なるものではなかった。彼は心に恥じながらも、知らずしらず舞台の文子を汚していた。彼女の幻を愛撫し、彼女の幻をいだき、彼女の幻を打擲した。それは、隣席の池内光太郎が彼の耳に口をつけて、ささやき声で、芙蓉の舞台姿に、野卑な品評を加えつづけていたことが、彼に不思議な影響を与えたのでもあったけれど。

サロメが最終の幕だったので、それがすむと、彼らは劇場を出て、迎えの自動車にはいったが、池内は独り心得顔に、その近くの或る料理屋の名を、運転手に指図した。柾木愛造は池内の下心を悟ったけれど、一度芙蓉の素顔を見たくもあったし、サロメの幻に圧倒されて、夢うつつの気持だったので、しいて反対を唱えもしなかった。

彼らが料理屋の広い座敷で、上の空な劇評などを交わしているうちに、そこへ和服姿の木下芙蓉が案内されてきた。彼女は襖のそとに立って、池内の見上げた顔に、ニッコリと笑いかけたが、ふと柾木の姿を見ると、作ったような不審顔になって、眼で池内の説明を求めるのであった。

「木下さん。この方を覚えていませんか」

池内は意地わるな微笑を浮かべて言った。

「ええ」

と答えて、彼女はまじまじとした。

「柾木さん。僕の友だち。いつか噂をしたことがあったでしょう。僕の小学校の同級生で、君を大変好きだった人なんです」

「まア、私、思い出しましたわ。覚えてますわ。やっぱり幼顔って、残っているものでございますわね。柾木さん、ほんとうにお久しぶりでございました。わたくし、変りましたでしょう」

そういって、丁寧なおじぎをした時の、文子の巧みな嬌羞（きょうしゅう）を、柾木はいつまでも忘れることができなかった。

「学校中での秀才でいらっしゃいましたのを、私、覚えておりますわ。池内さんは、よくいじめられたり、泣かされたりしたので覚えてますし」

彼女がそんなことを言いだした時分には、柾木はもう、すっかり圧倒された気持であった。池内すら彼女の敵ではないように見えた。

小学校時代の思い出話が劇談に移って行った。池内は酒を飲んで、雄弁に彼の劇通を披瀝した。彼の議論はまことに雄弁であり、気が利いてもいたが、しかし、それはやっぱり、彼の哲学論と同じに、少しばかり上すべりであることをまぬがれなかった。木下芙蓉も、少し酔って、要所要所で柾木の方に眼まぜをしながら、池内の議論を反駁したりした。彼女にも、劇論では柾木の方が(通ではなかったけれど)本ものでもあり、深くもあることがわかった様子で、池内には揶揄をむくいながら、彼には教えを受ける態度を取った。お人よしの柾木は、彼女の意外な好意が嬉しくて、いつになく多弁にしゃべった。彼の物のい い方は、芙蓉には少しむずかしすぎる部分が多かったけれど、彼の議論に油がのってきた時には、彼女はじっと話し手の眼を見つめて、讃嘆に近い表情をさえ示しながら、彼の話に聞き入るのであった。

「これを御縁に、御ひいきをお願いしますわ。そして、時々、教えていただきたいと思いますわ」

別れる時に、芙蓉は真面目な調子でそんなことを言った。それがまんざらお世辞でないように見えたのである。

池内にあてられることであろうと、いささか迷惑に思っていたこの会合が、案外にも、かえって池内の方で嫉妬を感じなければならないような結果となった。芙蓉が女優稼業にも似げなく、どこか古風な思索的な傾向を持っていたことは、むしろ意外で、彼女が一層好もしいものに思われた。柾木は帰りの電車の中で、「学校中でも秀才でいらっしゃいましたのを、私、覚えておりますわ」といった彼女の言葉を、子供らしく、心のうちでくり返していた。

三

それ以来、世間に知られているところでは、柾木愛造が木下芙蓉を殺害したまでの、半年ばかりのあいだに、この二人はたった三度(しかも最初の一カ月のあいだに三度だけ)しか会っていない。つまり芙蓉殺害事件は、彼らが最後に会った日から、五カ月ものあいだをおいて、彼らがお互いの存在をすでに忘れてしまったと思われる時分に、まことに突然に起こったものである。これはなんとなく信じ難い、変てこな事実であった。空漠たる五カ月間が、犯罪動機と犯罪そのものとの連鎖をブッツリ断ち切っていた。それなればこそ、柾木愛造は、兇行後、あんなにも長いあいだ、警察の眼を逃れていることができたのである。

だが、これはあらわれたる事実でしかなかった。実際は、彼はいとも奇怪なる方法によってではあったが、その五カ月のあいだも、五日に一度ぐらいの割合で、しげしげと芙蓉に会っていた。そして、彼の殺意は、彼にとってはまことに自然な経路を踏んで、成長して行ったのである。

木下芙蓉は彼の幼い初恋の女であった。彼のフェティシズムが、彼女の持ち物を神と祭ったほどの相手であった。しかも、十幾年ぶりの再会で、彼は彼女のくらめくばかり妖艶な舞台姿を見せつけられたのである。その上、その昔の恋人が、当時は口を利いたことのなかった彼女が、やさしい眼で彼を見、微笑みかけ、彼の思想を畏敬し崇拝するかにさえ見えたのである。あれほどの厭人的な臆病者の柾木愛造ではあったが、さすがにこの魅力に打ち勝つことはできなかった。ほかの女からのように、彼女から逃避する力はなかった。

彼が彼女に恋を打明けるまでには、たった三度の対面で充分だったことが、よくそれを語っている。

三度とも、場所は変っていたけれど、彼らは最初と同じ三人で、ご飯をたべながら話をした。引張り出すのはむろん池内で、柾木はいつもお相伴といった形であったが、しかし、芙蓉がその都度快く招待に応じたのは、柾木に興味を感じていたからだと、彼はひそかに自惚れていた。池内が気の毒にさえ思われた。芙蓉は、池内に対しては、普通の人気女優らしい態度で、意地わるでもあれば、たかぶっても見せた。相手を翻弄するような口も利いた。その様子を見ていると、彼女は柾木の一ばん苦手な、恐怖すべき女でしかなかったが、それが柾木に対する時は、ガラリと態度が変って、芸術の使徒としての一俳優といった感じになり、まじめに彼の意見を傾聴するのであった。そして、会うことが度重なるほど、彼女のこの静かなる親愛の情は、濃やかになって行くかと思われた。

だが、気の毒な柾木は、実は大変な誤解をしていたのだ。芙蓉のような種類の女性は、二つ面の踊りと同じように、二つも三つもの、全く違った性格をたくわえていて、時に応じ、人に応じて、それを見事に使い別けるものだということを、彼はすっかり忘れていた。彼女の好意は、実は男友だちの池内光太郎が彼に示した好意と同じもので、彼の古風な小説にでもありそうな陰鬱な、思索的な性格を面白がり、すぐれた芸術上の批判力をめで、ただ気のおけない話相手として、親愛を示したにすぎないことを、彼は少しも気づかなかった。彼は自惚れの余り、池内の立場を憐みさえしたけれど、反対に池内の方でこそ、彼をあざ笑っていたのである。

池内の最初の考えでは、愛すべき木念仁(ぼくねんじん)の友だちに、彼自身の新しい愛人を見せびらかして、ちょっとばかり罪の深い楽しみを味わって見ようとしたまでで、その御用が済んでしまえば、そんな第三者は、もう邪魔なばかりであった。それに、彼は、柾木の小学時代の恥かしい所業については知るところがなかったけれど、近頃の柾木の様子が、妙に熱っぽく見えてきたことも、いささか気掛りであった。彼はこの辺が切り上げ時だと思った。

三度目に会った時、次の日曜日はちょうど月末で、芙蓉のからだに暇があるから、三人で鎌倉へ出かけようと、約束をして別れたので、柾木はその日落ち合う場所の通知が、今くるか今くるかと、待ち構えていても、どうしたわけか、池内からハガキ一本こないので、待ち兼ねて問い合わせの手紙まで出したのだが、それにもなんの返事もなく、約束の日曜日は、いつの間にか過ぎ去ってしまった。池内と芙蓉との間柄が、単なる知合い以上のものであることは柾木も大かたは推察していたので、もしかしたら池内のやつ、やきもちをやいているのではないかと、やっぱり自惚れて考えて、才子で好男子の池内に、それほど嫉妬されているかと思うと、彼はむしろ得意をさえ感じたのである。

だが、池内という仲立ちにそむかれては、手も足も出ない彼であったから、そうして、芙蓉と会わぬ日が長引くに従って、耐え難き焦燥を感じないではいられなかった。三日に一度は、三階席の群集に隠れて、ソッと彼女の舞台姿を見に行ってはいたけれど、そんなことは、むしろ焦慮を増しこそすれ、彼の烈しい恋にとって、なんの慰めにもならなかった。彼は多くの日、例の土蔵の二階にとじこもって、ひねもす、夜もすがら、木下芙蓉の幻をえがき暮らした。眼をふさぐと、まぶたの裏の暗闇の中に、彼女のさまざまな姿が、大写しになって、悩ましくもうごめくのだ。小学時代の、天女のように清純な笑顔にダブッて、半裸体のサロメの嬌笑が浮き出すかと思うと、金色の乳覆いで蓋をしたサロメの雄大な胸が、波のように息吐いたり、靨(えくぼ)のはいったたくましい二の腕が、まぶた一杯に蛇の踊りを踊ったり、それらの、おさえつけるような、兇暴な姿態にまじって、大柄な和服姿の彼女が、張り切った縮緬の膝をすりよせて、じっと上眼遣いに見つめながら、彼の話を聞いている、いとしい姿が、いろいろな角度で、からだのあらゆる隅々が大写しになって、彼の心をかき乱すのであった。考えることも、読むことも、書くことも、全く不可能であった。薄暗い部屋の隅に立っている、木彫りの菩薩像さえが、ややもすれば悩ましい連想の種となった。

ある晩、あまりに堪えがたかったので、彼は思い切って、兼ねて考えていたことを、実行して見る気になった。陰獣のくせに、彼は少しばかりお洒落だったので、いつも外出する時はそうしていたのだが、その晩も、婆やに風呂を焚かせ、身だしなみをして、洋服に着かえると、吾妻橋の袂(たもと)から自動車を雇って、そのとき芙蓉の出勤していたS劇場へと向かったのである。

　あらかじめ計ってあったので、車が劇場の楽屋口に着いたのは、ちょうど芝居のはねる時間であったが、彼は運転手に待っているように命じておいて、車を降りると、楽屋口の階段の傍らに立って、俳優たちが化粧を落として出てくるのを辛抱強く待ち構えた。彼はかつて、池内と一緒に、同じような方法で、芙蓉を誘い出したことがあるので、大体様子を呑み込んでいたのである。

　その付近には、俳優の素顔を見ようとする、町の娘どもにまじって、意気な洋服姿の不良らしい青年たちがブラブラしていたし、中には柾木よりも年長に見える紳士が、彼と同じように自動車を待たせて、そっと楽屋口を覗いているのも見受けられた。

　恥かしさを我慢して、三十分も待ったころ、やっと芙蓉の洋服姿が階段を降りてくるのが見えた。彼はつまずきながら、あわてて、その傍へ寄って行った。そして、彼が口の中で木下さんというかいわぬに、非常に間のわるいことには、ちょうどその時、違う方角から近寄って来た一人の紳士が、物慣れた様子で芙蓉に話しかけてしまったのである。柾木はのろまな子供のように赤面して、引き返す勇気さえなく、ぼんやりと二人の立ち話を眺めていた。紳士は待たせてある自動車を指して、しきりと彼女を誘っていた。知り合いと見えて芙蓉は快くその誘いに応じて、車の方へ歩きかけたが、その時やっと、彼女のあの特徴のある大きな眼が、柾木の姿を発見したのである。

「アラ、柾木さんじゃありませんの」

彼女の方で声をかけてくれたので、柾木は救われた思いがした。

「ええ、通り合わせたので、お送りしようかと思って」

「まア、そうでしたの。では、お願いしますわ。私ちょうど一度お眼にかかりたくっていたのよ」

彼女は先口の紳士を無視して、さも馴れ馴れしい口を利いた。そして、その紳士にあっさり詫言(わびごと)を残したまま、柾木に何かと話しかけながら、彼の車に乗ってしまったのである。柾木は、このはれがましい彼女の好意に、嬉しいよりは、面喰って、運転手にかねて聞き知った芙蓉の住所を告げるのも、しどろもどろであった。

「池内さんたら、この前の日曜日のお約束をフイにしてしまって、ひどござんすわ。それとも、あなたにおさしつかえがありましたの」

車が動き出すと、その震動につれて、彼の身近く寄り添いながら、彼女は話題を見つけ出した。彼女はその後も池内と三日にあげず会っていたのだから、これはむろんお世辞にすぎなかった。柾木は、芙蓉のからだの暖い感触にビクビクしながら、さしつかえのあったのは、池内の方だろうと答えると、彼女は、では、今月の末こそは、是非どこかへ参りましょう、などといった。

彼らがちょっと話題を失って、ただ触覚だけで感じ合っていた時、俄かに車内が明るくなった。車が、街燈やショーウインドーで、まぶしいほど明るい、或る大通りにさしかかったのである。すると、芙蓉は小声で「まア、まぶしい」とつぶやきながら、大胆にも自分のがわの窓のシェードをおろして、柾木にも彼のがわの窓のをおろしてくれるように頼むのであった。これは別の意味があったわけではなく、女優稼業の彼女は、人眼がうるさくて、一人の時でもシェードをおろしていたくらいだから、まして男と二人で乗っている際、ただ、その用心に眼かくしをしたまでであった。同時にそれは、彼女が柾木という男性にたかをくくっていた印でもあった。

だが、柾木の方では、それをまるで違った意味に曲解しないではいられなかった。彼はおろかにも、それを彼女がわざと作ってくれた機会だと思い込んでしまったのである。彼は震えながら、すべてのシェードをおろした。そして、彼はたっぷり一時間もたったかと思われたほど長いあいだ、正面を向いたまま身動きもしないでいた。

「もうあけてもいいわ」

車が暗い町にはいったので、芙蓉の方では気兼ねの意味で、こういったのだが、その声が柾木を勇気づける結果となった。彼はビクッと身震いをして、だまったまま、彼女の膝の上の手に、彼自身の手を重ねた。そして、だんだん力をこめながらそれをおさえつけて行った。

芙蓉はその意味を悟ると、何もいわないで、巧みに彼の手をすり抜けて、クッションの片隅へ身を避けた。そして柾木の木彫のようにこわばった表情を、まじまじと眺めていたが、ややあって、意外にも、彼女は突然笑い出した。しかも、それは、プッと吹き出すような笑いであった。

柾木は一生涯、あんな長い笑いを経験したことがなかった。彼女はいつまでも、いつまでも、さもおかしそうに笑いつづけていた。だが、彼女が笑っただけなれば、まだ忍べた。最もいけないのは、彼女の笑いにつれて柾木自身が笑ったことである。ああ、それがいかに唾棄すべき笑いであったか。もし彼があの恥かしい仕草を冗談にまぎらしてしまう積りだったとしても、その方が、なお一層恥かしいことではないか。彼は彼自身のお人好しに身震いしないではいられなかった。それが彼を撃った烈しさは、後に彼があの恐ろしい殺人罪を犯すに至った最初の動機が、実にこの笑いにあったといってもさしつかえないほどであった。

四

それ以来数日のあいだ、柾木は何を考える力もなく、茫然として蔵の二階に坐っていた。彼と彼以外の人間のあいだに、打ち破り難い厚い壁のあることが、一層痛切に感じられた。人間憎悪の感情が、吐き気のようにこみ上げてきた。

彼はあらゆる女性の代表者として、木下芙蓉を、この上憎みようがないほど憎んだ。だが、なんという不思議な心の働きであったか、彼は芙蓉を極度に憎悪しながらも、一方では、少年時代の幼い恋の思い出を忘れることができなかった。又、成熟した彼女の、眼や唇や全身のかもし出す魅力を、思い出すまいとしても思い出した。明らかに彼はなお木下芙蓉を恋していた。しかもその恋は、あの破綻の日以来、一層その熱度を増したかとさえ思われたのである。今や烈しき恋と、深い憎しみとは、一つのものであった。とはいえ、もし今後彼が芙蓉と眼を見かわすような場合が起こったならば、彼はいたたまらぬほどの恥と憎悪とを感じるであろう。彼は決して再び彼女と会おうとは思わなかった。そして、それにもかかわらず、彼は彼女を熱烈に恋していたのである。あくまでも彼女が所有したかったのである。

それほどの憎悪をいだきながら、やがて、彼がこっそりと三等席に隠れて、芙蓉の芝居を見に行き出したというのは、一見まことに変なことではあったが、厭人病者の常として、他人に自分の姿を見られたり、言葉を聞かれたりすることを、極度に恐れる反面には、人の見ていない所や、たとえ見ていても、彼の存在が注意を惹かぬような場所(例えば公園の群集の中)では、彼は普通人の幾層倍も、大胆に放肆(ほうし)にふるまうものである。柾木が土蔵の中にとじ籠って、他人を近寄せないというのも、一つには彼はそこで、人の前ではおさえつけていた自儘(じまま)な所業を、ほしいままに振舞いたいがためであった。そして厭人病者の、この秘密好みの性質には、兇悪なる犯罪人のそれと、どこかしら似通よったものを含んでいるのだが、それはともかく、柾木が芙蓉を憎みながら、彼女の芝居を見に行った心持も、やっぱりそれで、彼の憎悪というのは、その相手と顔を見合わせた時、彼自身の方で恥かしさに吐き気をもよおすような、一種異様の心持を意味したのだから、芝居小屋の大入り場から、相手に見られる心配なく相手を眺めてやるということは、決して彼のいわゆる憎悪と矛盾するものではなかったのである。

だが、一方彼の烈しい恋慕の情は、芙蓉の舞台姿を見たくらいで、いやされるわけはなく、そうして彼女を眺めれば眺めるほど、彼の満たされぬ欲望は、いやましに、深く烈しくなって行くのであった。

さて、そうした或る日のこと、柾木愛造をして、いよいよ恐ろしい犯罪を決心させるに至った、重大な機縁となるべき、一つの出来事が起こった。それは、やっぱり劇場へ芙蓉の芝居を見に行った帰りがけのことであるが、芝居がはねて、木戸口を出た彼は、かつての夜の思い出に刺戟されたのであったか、ふと芙蓉の素顔がいま見たくなったので、闇と群集にまぎれて、ソッと楽屋口の方へ廻ってみたのである。

建物の角を曲って、楽屋口の階段の見通せるところへ、ヒョイと出た時である。彼は意外なものを発見して、再び建物の蔭に身を隠さねばならなかった。というのは、そこの楽屋口の人だかりの中に、かの池内光太郎の見なれた姿が立ちまじっていたからである。

探偵のまねをして、先方に見つけられぬように用心しながら、じっと見ていると、しばらくして楽屋口から芙蓉が降りてきたが、池内は彼女を迎えるようにして、立ち話をしている。いうまでもなく、うしろに待たせた自動車に乗せて、彼女をどこかへ連れて行くつもりらしいのだ。

柾木愛造は、先夜の芙蓉のそぶりを見て、池内と彼女の間柄が、相当深く進んでいることを、想像はしていたけれど、まのあたり彼らの親しい様子を見せつけられては、今さらのように、烈しい嫉妬を感じないではいられなかった。それを眺めているうちに、彼の秘密好きな性癖がさせた業であったか、咄嗟（とっさ）のまに、彼は池内らのあとを尾行してやろうと決心した。彼は急いで、客待ちのタクシーを雇って、池内の車をつけるように命じた。

うしろから見ていると、池内の自動車は、尾行されているとも知らず、さもお人よしに、彼の車の頭光の圏内を、グラグラとゆれていたが、しばらく走るうちに、こちらから見えている背後のシェードが、スルスルとおろされた。いつかの晩と同じである。だが、おろした人の心持は、恐らく彼の場合とは全く違っているであろうと邪推すると、彼はたまらなくいらいらした。

池内の車が止まったのは、築地のある旅館の門前であったが、門内に広い植込みなどのある、閑静な上品な構えで、彼らの逢引きの場所としては、まことに恰好の家であった。彼らが、そういう場所として、世間に知られた家を、わざと避けた心遣いが、一そう小憎らしく思われた。

彼は二人が旅館へはいってしまうのを見届けると、車を降りて、意味もなく、そこの門前を行ったりきたりした。恋しさ、ねたましさ、腹立たしさに、物狂わしきまで興奮して、どうしても、このまま二人を残して帰る気がしなかった。

一時間ほども、その門前をうろつき廻ったあとで、彼は何を思ったのか、突然、門内へはいって行った。そして「お馴染でなければ」というのを、無理に頼んで、独りでそこの家へ泊ることにした。

手広い旅館ではあったが、夜も更けていたし、客も少ないとみえて、陰気にひっそりとしていた。彼は当てがわれた二階の部屋に通ると、すぐ床をとらせて横になった。そうして、もっと夜の更けるのを待ちかまえた。

階下の大時計が二時を報じた時、彼はムックリと起きあがって、寝間着のまま、そっと部屋を忍び出し、森閑とした広い廊下を、壁伝いに影のようにさまよって、池内と芙蓉の部屋を尋ねるのであった。それは非常に難儀な仕事であったが、スリッパの脱いである、間ごとの襖を、臆病な泥棒よりも、もっと用心をして、ソッと細目にひらいては調べて行くうちに、遂に目的の部屋を見つけだすことができた。電燈は消してあったが、まだ眠っていなかった二人のささやきかわす声によって、それと悟ることができたのである。二人が起きているとわかると、一層用心しなければならなかった。彼は躍る胸をおさえながら、少しも物音を立てないように、襖にピッタリからだをつけて、からだじゅうを耳にした。

中の二人は、まさか襖一とえのそとに、柾木愛造が立聞きしていようなどとは、思いも及ばぬものだから、ささやき声ではあったけれど、しゃべりたいほどのことを、なんの気がねもなくしゃべっていた。話の内容はさして意味のあるものでもなかったけれど、柾木にとっては、木下芙蓉の、うちとけて、乱暴にさえ思われる言葉遣いや、その懐かしい鼻声を、じっと聞いているのが、実に耐え難い思いであった。

彼はそうして、室内のあらゆる物音を聞き漏らすまいと、首を曲げ、息を殺し、全身の筋肉を、木像のようにこわばらせ、まっ赤に充血した眼で、どことも知れぬ空間を凝視しながら、いつまでも、いつまでも立ちつくしていた。

五

それ以来、彼が殺人罪を犯したまでの約五カ月のあいだ、柾木愛造の生活は、尾行と立聞きと隙見との生活であったといっても、決して言い過ぎではなかった。そのあいだ、彼はまるで、池内と芙蓉との情交につきまとう、無気味な影の如きものであった。

およそは想像していたのだけれど、実際二人の情交を見聞するに及んで、彼は今さらのように、身の置きどころもない恥かしさと、胸のうつろになるような悲しさを味わった。それはむしろ肉体的な痛みでさえあった。池内の圧迫的なけだもののような猫撫で声には、彼は人のいない襖のそとで赤面したほども、烈しい羞恥を感じたし、芙蓉の、昼間の彼女からはまるで想像もできない、乱暴な赤裸々な言葉遣いや、それでいて、その音波の一と波ごとに、彼の全身が総毛立つほども懐かしい彼女の甘い声には、彼はまぶたに溢れる熱い涙をどうすることもできなかった。そして、ある絹ずれの音や、ある溜息のけはいを耳にした時には、彼は恐怖のために、膝から下が無感覚になって、ガクガクと震え出しさえした。

彼はたった一人で、薄暗い襖のそとで、あらゆる羞恥と憤怒とを経験した。それで充分であった。もし彼が普通の人間であったら、二度と同じ経験をくり返すことはなかったであろう。いや、むしろ最初から、そのような犯罪者めいた立聞きなどを目論見はしなかったであろう。だが、柾木愛造は内気や人厭い(ひとぎらい)で異常人であったばかりでなく、恐らくはそのほかの点においても、例えば、秘密や、罪悪に不思議な魅力を感ずるところの、あのいまわしい病癖をも、彼は心の隅に多分に持ちあわせていたに違いないのである。そして、その潜在せる邪悪なる病癖が、彼のこの異常な経験を機縁として、俄かに目覚めたものに違いないのだ。

世にもいまわしき立聞きと隙見とによって覚えるところの、むず痒い羞恥、涙ぐましい憤怒、歯の根も合わぬ恐怖の感情は、不思議にも、同時に、一面においては、彼にとって、限りなき歓喜であり、たぐいもあらぬ陶酔であった。彼ははからずも覗いた世界の、あの兇暴なる魅力を、どうしても忘れることができなかった。

世にも奇怪な生活がはじまった。柾木愛造のすべての時間は、二人の恋人の逢引きの場所と時とを探偵すること、あらゆる機会をのがさないで、彼らを尾行し、彼らに気づかれぬように立聞きし、隙見することに費された。偶然にも、そのころから池内と芙蓉との情交が、一段と濃やかに、真剣になって行ったので、その逢う瀬もしげく、彼らも夢うつつの恋に酔うことが烈しければ烈しいほど、従って柾木が、あの歯ぎしりするような、苦痛と快楽の錯綜境にさまようことも、ますますその度数と烈しさを増して行った。

多くの場合、二人が別れる時に言いかわす次の逢う瀬の打ち合わせが、彼の尾行の手掛りとなった。彼らの逢引きの場所は、いつも築地の例の家とは限らなかったし、落ち合う場所も楽屋口ばかりではなかったが、柾木はどんな場合も見のがさず、五日に一度、七日に一度、彼らの逢う瀬のたびごとに、邪悪なる影となって、彼らにつきまとい、彼らと同じ家に泊りこみ、或いは襖のそとから、或いは壁ひとえの隣室から、時には、その壁に隙見の穴さえあけて、彼らの一挙一動を監視した(それを相手に悟られないために、彼はどれほどの艱難辛苦を嘗めたことであろう)。そして、ある時はあらわに、ある時はほのかに、恋人同士のあらゆる言葉を聞き、あらゆる仕草を見たのである。

「僕は柾木愛造じゃないんだからね。そんな話はちとお門違いだろうぜ」

ある夜のひそひそ話の中では、池内がふとそんなことを言い出すのが聞こえた。

「ハハハハハハ、全くだわ。あんたは話せないけど可愛い可愛い人。柾木さんは話せるけど、虫酸の走る人。それでいいんでしょ。あんなお人好しの、でくの坊に惚れるやつがあると思って。ハハハハハハハハ」

　芙蓉の低いけれど、傍若無人な笑い声が、錐のように、柾木の胸をつき抜いて行った。その笑い声は、いつかの晩の自動車の中でのそれと、全く同じものであった。柾木にとっては、無慈悲で意地わるな、厚さの知れぬ壁としか考えられないところのものであった。彼の立聞きを少しも気づかないで、ほしいままに彼を噂する二人の言葉から、柾木は、やっぱり彼がこの世の除けもので、全く独りぼっちな異人種であることを、いよいよ痛感しないではいられなかった。おれは人種が違うのだ。だから、こういう卑劣な唾棄すべき行為が、かえっておれにはふさわしいのだ。この世の罪悪もおれにとっては罪悪ではない。おれのような生物は、このほかにやって行きようがないのだ。彼はだんだんそんなことを考えるようになった。

　一方、彼の芙蓉に対する恋慕の情は、立聞きや隙見がたびかさなればかさなるほど、息も絶え絶えに燃えさかって行った。彼は隙見のたびごとに、一つずつ、彼女の肉体の新しい魅力を発見した。襖の隙間から、薄暗い室内の、蚊帳の中で(もうそのころは夏がきていたから)海底の人魚のように、ほの白くうごめく、芙蓉の絽の長襦袢姿を眺めたことも、一度や二度ではなかった。

　そのような折には、彼女の姿は、母親みたいに懐かしく、なよなよと夢のようで、むしろ幽幻にさえ感じられた。

だが、まるで違った場面もあった。そこでは、彼女は物狂わしき妖女となった。振りさばいた髪の毛は、無数の蛇ともつれ合って、着物をかなぐり捨てた全身が、まぶしいばかりに桃色に輝き、つややかな四肢が、空ざまにゆらめいた。柾木は、その兇暴なる光景に耐えかねて、ワナワナと震え出したほどである。

ある晩のこと、彼はこっそりと、二人の隣の部屋に泊りこんで、彼らが湯殿へ行ったあいだに、境の砂壁の腰貼りの隅に、火箸で小さな穴をあけた。これが病みつきとなって、それ以来、彼はできるかぎり、二人の隣室へ泊りこむことをもくろんだ。そして、どの家の壁にも、一つずつ、小さな穴をあけて行った。彼はこの狐のように卑劣な行為をつづけながら、ふと「おれはここまで堕落したのか」と、慄然とすることがあった。しかし、それは烈しい驚きではあっても、決して悔恨ではなかった。世の常ならぬ愛慾の鬼めが、彼を清玄(せいげん)のように、執拗な恥しらずにしてしまった。

彼はぶざまな格好で、這いつくばい、壁に鼻の頭をすりつけて、辛抱強く、小さな穴を覗き込むのだが、その向こう側には、凡そ奇怪で絢爛な、地獄の覗き絵がくりひろげられていた。毒々しい五色のもやが、眼もあやにもつれ合った。ある時は、芙蓉のうなじが、眼界一杯に、つややかな白壁のようにひろがって、ドキンドキンと脈をうった。ある時は、彼女の柔かい足の裏が、まっ正面に穴をふさいで、老人の顔に見えるそこの皺が、異様な笑いを笑ったりした。だが、それらのあらゆる幻惑の中で、柾木愛造を最も引きつけたものは、不思議なことに、彼女のふくらはぎに、ちょっとばかり、どす黒い血をにじませた、掻き傷の痕であった。それはひょっとしたら、池内の爪がつけたものだったかも知れないけれど、彼の眼の前に異様に拡大されてうごめく、まぶしいほどつややかな薄桃色のふくらはぎと、その表面を無残にもかき裂いた、生々しい傷痕の醜さとが、怪しくも美しい対照をなして、彼の眼底に焼きついたのであった。

だが、彼のこの人でなしな所業は、恥と苦痛の半面に、奇怪な快感を伴なっていたとはいえ、それは日一日と、気も狂わんばかりに、彼をいらだたせ、悩ましこそすれ、決して彼を満足させることはなかった。襖ひとえの声を聞き、眼前一尺の姿を見ながら、彼と芙蓉とのあいだには、無限の隔たりがあった。彼女のからだはそこにありながら、つかむことも、抱くことも、触れることとさえ、全く不可能であった。しかも、彼にとっては永遠に不可能な事がらを、池内光太郎は、彼の眼前で、さも無造作に、自由自在にふるまっているのだ。柾木愛造が、この世の常ならぬ、無残な苛責に耐えかねて、遂にあの恐ろしい考えをいだくに至ったのは、まことに無理もないことであった。それは実に、途方もない、気違いめいた手段ではあった。だが、それがたった一つ残された手段でもあったのだ。それをほかにしては、彼は永遠に、彼の恋を成就するすべはなかったのである。

六

彼が尾行や立聞きをはじめてから二た月ばかりたったころ、悪魔が彼の耳元に、ある無気味な思いつきをささやきはじめたのであったが、彼はいつとなく、その甘いささやきに引き入れられて行って、半月ほどのあいだに、とうとうそれを、思い返す余地のない実際的な計画として、決心するまでになってしまった。

ある晩、彼は久しぶりで、池内光太郎の自宅を訪問した。彼の方では、あの秘密な方法で、しげしげ池内に会っていたけれど、池内にしては一と月半ぶりの、やや気まずい対面だったので、何かと気を遣って、例の巧みな弁口(べんこう)で、池内自身も、その後芙蓉とはまるで御無沙汰になっているていに、言いつくろうのであったが、柾木は相手が芙蓉のことを言い出すのを待ち兼ねて、それをきっかけに、さも何気なく、

「いや、木下芙蓉といえば、僕は少しばかり君にすまないことをしているのだよ。ナニ、ほんの出来心なんだけれど、実はね、もう一と月以上も前のことだが、芙蓉がS劇場に出ていた時分、ちょうど芝居がはねる時間に、あの辺を通り合わせたものだから、楽屋口で芙蓉の出てくるのを待って、僕の車に乗せて、家まで送ってやったことがあるのだよ。でね、その車の中で、つい出来心で、僕はあの女に言い寄ったわけなのさ。だが君、怒ることはないよ。あの女は断然はねつけたんだからね。とても僕なんかの手には合わないよ。

君に内証にしておくと、なんだか僕が今でも、君とあの女の間柄をねたんでいるように当たって、気がすまないものだから、少し言いにくかったけれど、恥かしい失敗談を打ちあけたわけだがね。全く出来心なんだ。もうあの女に会いたいとも思わぬよ。君も知っている通り、僕は真剣な恋なんて、できない男だからね」

というようなことをしゃべった。なぜ、そうしなければならないのか、彼自身にも、ハッキリわからなかったけれど、あの一事を秘密にしておいては、なんだかまずいように思われた。それをあからさまに言ってしまった方が、かえって安全だという気がした。

狂人というものは、健全な普通人を、一人残らず、彼らの方がかえって気ちがいだと思い込んでいるものであるが、すると、柾木愛造が人嫌いであったのも、彼以外の人間を、異国人のように感じたのも、すべて、彼が最初から、一種の気ちがいであったことを、証拠立てているのかもしれない。

事実、彼はもはや気ちがいというほかはなかった。あの執拗で、恥知らずな尾行や立聞きや隙見なども、いうまでもなく狂気の沙汰であった。今度は彼は、それに輪をかけた、実に途方もないことをはじめたのである。というのは、あの人嫌いな陰気者の柾木愛造が、突然、新青年のように、隅田川の上流の、とある自動車学校に入学して、毎日欠かさずそこへ通よって、自動車の運転を練習しはじめたことで、しかも、彼は、それが彼の恐ろしい計画にとって、必然的な準備行為であると、まじめに信じていたのである。

「僕は最近、不思議なことをはじめたよ。僕みたいに古風な陰気な男が、自動車の運転を習っているといったら、君は定めし驚くだろうね。僕のところの婆やなんかも、僕が柄にもなく朝起きをして、一日も休まず自動車学校へ通学するのを見て、たまげているよ。毎日、毎日、練習用のフォードのぼろ車をいじくっているうちに、妙なもので、少しはコツがわかってきた。この分なら、もう一と月もしたら、免許が取れそうだよ。それがうまく行ったら、僕は一台車を買い込むつもりだ。そして、自分で運転して、気散じな自動車放浪をやるつもりだ。この気持がわかるかね。僕にしては、実にすばらしい思いつきなんだよ。たった一人で箱の中に坐っていて、少しも人の注意をひかないで、しかも非常な速度で自由自在に、東京中を放浪して歩くことができるのだ。君も知っているように、僕が出嫌いなのは、この自分のからだを人眼にさらす感じが、たまらなくいやだからだ。車に乗るにしても、運転手に物をいったり指図をしたりしなければならぬし、僕がどこへ行くかということを、少なくとも運転手だけには悟られてしまうからね。それが、自分で車を運転すれば、誰にも知られず、ちょうど僕の好きな土蔵の中にとじこもっているような気持のままで、あらゆる場所をうろつきまわることができる。どんな賑やかな大通りをも、雑沓をも、全く無関心な気持で、隠れ蓑を着た仙人のように、通行することができる。僕みたいな男にとっては、なんと理想的な散歩法ではあるまいか。僕は今、子供のように、運転手免状がもらえる日を、待ちこがれているのだよ」

柾木はこんな意味の手紙を、池内光太郎に書いた。それは彼の犯罪準備行為を、わざと大胆に暴露して、相手を油断させ、相手に疑いをいだかせまいとする、捨て身の計略であった。この場合、大胆に暴露することが、いたずらに隠蔽するよりもかえって安全であることを、彼はよく知っていたのだ。むろんその時分にも、一方では例の七日に一度ぐらいの、尾行と立ち聞きをつづけていたので、彼はその手紙を受取ってからの、池内の挙動に注意したが、彼は柾木の奇行を笑うほかに、なんの疑うところもなかったのである。

ずいぶん金も使ったけれども、僅か一と月ほどの練習で、彼は首尾よく運転手の免状を手に入れることができた。同時に、彼は自動車学校の世話で、箱型フォードの中古品を買い入れた。やくざなフォードを選んだのは、費用を省く意味もあったが、当時東京市中のタクシーには、大部分フォードが使用されていたので、その中に立ちまじって、目立たぬという点が、主たる理由であった。ある理由から、彼はそれを買い入れる時、客席の窓に新しくシェードを取りつけさせることを忘れなかった。前にもいったように、彼のK町の家には広い荒れ庭があったので、車庫を建てるのは、少しも面倒がなかった。

車庫が出来上がると、柾木はそこの扉をしめ切って、婆やに気づかれぬように注意しながら、二た晩もかかって、大工のまねごとをした。それは、彼の自動車の後部の座席を取りはずして、その内部の空ろな部分に、板を張ったり、クッションを改造したりして、そこに人一人横になれるほどの箱を作ることであった。つまり、外部からは少しもわからぬけれど、そのクッションの下に、長方形の棺桶のような、空虚な部分が出来上がったわけである。

さて、この奇妙な仕事がすむと、彼は古着屋町で、タクシーの運転手が着そうな詰襟服と、スコッチの古オーバーと、眼まで隠れる大きな鳥打帽とを買ってきて、それを身につけて運転席におさまり、時を選ばず、市中や近郊をドライブしはじめたのである。

それはまことに奇妙な光景であった。雑草の生い茂った荒れ庭。壁の落ちた土蔵。倒れかかったあばら家。くずれた土塀。その荒涼たる化物屋敷の門内から、たとえフォードの中古にもしろ、見たところ立派やかな自動車が、それが夜の場合には、怪獣の目玉のような二つの頭光を、ギラギラと光らせて、毎日、毎日、どこともなく知れずすべり出して行くのである。婆やをはじめ、付近の住民たちは、もうそのころは噂のひろまっていた、この奇人の世にも突飛な行動に、眼を見はらないではいられなかった。

一と月ばかりのあいだ、彼は、運転を覚えたばかりの嬉しさに、用もないのに自動車を乗り廻している、というていを装いつつ、無闇と彼のいわゆる自動車放浪を試みた。市内はもちろん、道路の悪くない限り、近郊のあらゆる方面に遠乗りをした。ある時は、自動車を、池内光太郎の勤め先の会社の玄関へ横づけにして、驚く池内を誘って宮城前の広場から、上野公園を一巡して見せたこともあった。池内は「君に似合わしからぬ芸当だね。だが、フォードの古物とは、気が利かないな」などと言いながら、でも、少なからず驚いている様子だった。もし彼が、現に彼の腰かけていたクッションの下に、妙な空隙がこしらえてあること、また、遠からぬ将来そこへ何物かの死体が隠されるであろうことを知ったなら、どんなに青ざめ、震え上がったことであろうと思うと、運転しながら、柾木は背中を丸くし、顔を胸に埋めて、湧き上がるニタニタ笑いを隠さなければならなかった。

又ある晩は、たった一度ではあったけれど、彼は大胆にも、木下芙蓉の散歩姿を、自動車で尾行したこともあった。もしそれが相手に見つかったならば、彼の計画はほとんどだめになってしまうほど、実に危険な遊戯であったが、しかし、危険なだけに、柾木はゾクゾクするほど愉快であった。洋装の美人が、さも気取った様子で、歩道をコツコツと歩いて行く。その斜めうしろから、一台のボロ自動車が、のろのろとついて行くのだ。美人が町角を曲るたびに、ボロ自動車もそこを曲る。まるで紐でつないだ飼犬みたいな感じで、まことに滑稽な、同時に無気味な光景であった。「御令嬢、ホラ、うしろから、あなたの棺桶がお供をしていますよ」柾木はそんな歌を、心の中でつぶやいて、薄気味のわるい微笑を浮かべながら、ソロソロと車を運転するのであった。

彼がこんなふうに、自動車を手に入れてから、一と月もの長い間、辛抱強くむだな日を送っていたのは、いうまでもなく、池内をはじめ婆やだとか近隣の人たちに彼の真意を悟られまいためであった。彼が自動車を買ったかと思うと、すぐさま芙蓉が殺されたのでは、少々危険だと考えたのである。だが、これはおもいすごしであったかもしれない。なぜといって、表面に現われたところでは、柾木と芙蓉とは、ただ小学校で顔見知りであった男女が、偶然十数年ぶりに再会して、三、四度席を同じうしたまでにすぎないし、それからでも、すでに四カ月の月日が経過しているのだから、柾木が自動車を買い入れた日と、芙蓉が殺害された日と、たとえピッタリ一致したところで、この二つの事柄のあいだに恐ろしい因果関係が存在しようなどと、誰が想像し得たであろう。どんなに早まったところで、彼には少しの危険さえなかったはずである。

それはともかく、さすが用心深い柾木も、一と月のあいだの、さも呑気そうな自動車放浪で、もはや充分だと思った。いよいよ実行である。だが、その前に準備しておかねばならない二、三のこまごました仕事が、まだ残っていた。と言うのは、タクシーの目印であるツーリングの赤いマークを印刷した紙切れを手に入れること、自動車番号を記したテイルの塗り板の替え玉を用意すること、芙蓉のために安全な墓場を準備しておくこと、などであったが、前の二つは大した困難もなく揃えることができたし、墓場についても、実に申し分のない方法があった。彼は自邸の荒れ庭のまん中に、水のかれた深い古井戸のあることを知っていた。ある日、彼は庭をぶらついていて、わざとそこへ足をすべらせ、向脛にちょっとした傷をこしらえて見せた。そして、その事を婆やに告げて、危ないから埋めることにしようと言い出したのである。ちょうどそのころ、近くに道路工事があって、不用の土を運ぶ馬力が、毎日彼の家の前を通り、工事の現場には、「土御入用の方は申し出て下さい」と立札がしてあった。柾木はその工事監督に頼んで、二た車ばかりの土を、彼の邸内へ運んでもらうことにしたのである。馬方は彼の荒れ庭の中へ馬車を引き込んで、その片隅へ乱暴に土の山をつくって行った。あとは、いつでも好きなときに、人足を頼んで、その土を古井戸の中へほうり込んでもらえばよいのである。いうまでもなく、彼は井戸を埋める前に芙蓉の死骸をその底へ投げ込み、上から少々土をかけて、人足だちに気づかれることなく、彼女を葬ってやるつもりであった。

さて、準備はぬかりなくととのった。もう決行の日をきめるばかりである。それについても、彼は確かな目算があった。というのは、しばしば述べたように、彼はその時分までも、例の尾行や立聞きをつづけていたので、彼ら(池内と芙蓉と)が次に出会う場所も、時間も、知っていたし、当時芝居の切れ目だったので、芙蓉は自宅から約束の場所へ出かけるのだが、そんなときに限って、彼女はわざと帳場の車を避け、きまったように、近くの大通りの角まで歩いて、そこで通りすがりのタクシーを拾うことまで、彼にはすっかりわかっていた。実をいうと、それがわかっていたからこそ、彼はあの変てこな自動車殺人のトリックを思いついたのである。

七

十一月のある日、その日は朝からすがすがしく晴れ渡って、高台の窓からは、富士山の頭が、ハッキリ眺められるような日和であったが、夜に入っても、肌寒いそよ風が渡って、空には梨地の星が、異様にあざやかにきらめいていた。

その夜の七時ごろ、柾木愛造の自動車は、二つの目玉を歓喜に輝かせ、爆音華やかに、彼の化物屋敷の門をすべり出し、人なき隅田堤を吾妻橋の方角へと、一文字に快走した。運転台の柾木愛造も、軽やかにハンドルを握り、彼に似合わしからぬ口笛さえ吹き鳴らして、さもいそいそと嬉しそうに見えた。

なんというはればれとした夜、なんという快活な彼のそぶり。あの恐ろしい犯罪へのかどでとしては、余りにも似合わしからぬ陽気さではなかったか。だが、柾木の気持では、陰惨な人殺しに行くのではなく、いま彼は、十幾年も待ちこがれた、あこがれの花嫁御寮を、お迎いに出かけるのだった。今夜こそ、かつては彼の神様であった木下文子が、幾夜の夢にたえがたきまで彼を悩まし苦しめた木下芙蓉の肉体が、完全に彼の所有に帰するのだ。なにびとも、あの池内光太郎でさえも、これを妨げる力はないのだ。ああ、この歓喜をなんにたとえることができよう。すき通った闇夜も、きらめく星も、自動車の風よけガラスの隙間から、彼の頬にざれかかるそよ風も、彼の世の常ならぬ結婚のかどでを、祝福するものでなくてなんであろう。

木下芙蓉の、その夜の逢引きの時間は八時ということであったから、柾木は、七時半には、もうちゃんと、いつも芙蓉が自動車を拾う大通りの四つ角に、車を止めて待ちかまえていた。彼は運転台で、背を丸くし、鳥打帽をまぶかにして、うらぶれた辻待ちタクシーの運転手を装った。前面の風よけガラスには、ツーリングの赤いマークのはいった紙を目立つように貼りだし、テイルの番号標は、いつの間にか、警察から下付されたものとは、まるで違う番号の、営業自動車用のにせ物にかわっていた。それは誰が見ても、ありふれたフォードの客待ち自動車でしかなかった。

「ひょっとしたら、今夜はなにかさしつかえができて、約束を変えたのではあるまいか」

待ち遠しさに、柾木がふとそんなことを考えたとき、ちょうどそれが合図でもあったように、向こうの町角から、ひょっこりと、芙蓉の和服姿が現われた。彼女はわざと地味なこしらえにして、茶っぽい袷（あわせ）に黒の羽織、黒いショールで顎を隠して、小走りに、彼の方へ近づいてくるのだが、街燈の作りなした影であったか、顔色もどことなく打ち沈んで見えた。

ちょうどそのときは、通り過ぎる空（から）自動車もなかったので、彼女は当然柾木の車に走りよった。いうまでもなく、柾木の欺瞞が効を奏して、彼女はその車を、辻待ちタクシーと思いこんでいたのである。

「築地まで、築地三丁目の停留場のそばよ」

柾木が運転台から降りもせず、顔をそむけたまま、うしろ手にあけた扉から、彼女は大急ぎですべりこんで、彼の背中へ行先を告げるのであった。

柾木は、心の内で凱歌を奏しながら、猫背になって、命ぜられた方角へ車を走らせた。淋しい町を幾曲りして、車は順路として、ある明かるい、夜店で賑わっている、繁華な大通りへさしかかったが、この大通りこそ、柾木の計画にとって最も大切な場所であった。彼は運転しながら、鳥打のひさしの下から、上眼使いに、前のバックミラーに映る背後の客席の窓を見つめていた。今か今かと、ある事の起こるのを待ち構えていた。

するると間もなく、まぶしい燈光をさけるために、半年前、柾木と同乗したときと同じように、芙蓉が客席の四方の窓のシェードを、一つ一つおろして行くのが見えた。〔註、当時の箱型フォードは、客席と運転手台との間に、ガラス戸の隔てがあり、窓にはブラインドのようなものがついていた〕柾木は、胸の中で小さな動物が、メチャメチャにあばれ廻っているように感じた。一里も走りつづけたほど喉が乾いて、舌が木のようにこわばってしまった。だが、彼は断末魔の苦しみで、これを堪えながら、なおも車を走らせるのであった。

賑かな大通りの中程へ進んだころ、前方から気ちがいめいた音楽が聞こえてきた。それはその町のとある空地に、大テントを張って興行していた、娘曲馬団の客寄せ楽隊で、旧式な田舎音楽が蛮声を張り上げて、かっぽれの曲を、めったむしょうに吹き鳴らしているのであった。曲馬団の前は、黒山の人だかりが人道を埋め、車道は雷のような音を立てて行きかう電車や、自動車、自転車で、急流をなし、耳を聾する音楽と、眼をくらます雑沓が、その辺一帯の通行者から、あらゆる注意力を奪ってしまったかに見えた。柾木が予期した通り、これこそ屈強の犯罪舞台であった。

彼は車道の片側へ車を寄せて、突然停車すると、眼にも見えぬ素早さで運転台を飛び降り客席に躍り込んで、ピッシャリと中から扉をしめた。そこはちょうど露店の焼鳥屋のうしろだったし、たとえ見た人があったところで、完全にシェードが下りているのだから、客席内の様子に気づくはずはなかった。

躍り込むと同時に、彼は芙蓉の喉を目がけて飛びついて行った。彼の両手のあいだで、白い柔かいものが、しなしなと動いた。

「許してください。許してください。僕はあなたが可愛いのだ。生かしておけないほど可愛いのだ」

彼はそんな世迷言を叫びながら、白い柔かいものを、くびれて切れてしまうほど、ぐんぐんとしめつけて行った。

芙蓉は、運転手だと思い込んでいた男が、気ちがいのように血相をかえて飛びこんできたとき、殺される者の素早い思考力で、咄嗟に柾木を認めた。だが、彼女は、悪夢の中でのように、全身がしびれ、舌が釣って、逃げ出す力も、助けを呼ぶ力もなかった。妙なことだけれど、彼女は大きくひらいた眼で、またたきもせず柾木の顔を見つめ、泣き笑いのような表情をして、さあここをと言わぬばかりに、彼女の頸をグッと彼の方へつき出したかとさえ思われた。

柾木は必要以上に長いあいだ、相手の頸をしめつけていた。離そうにも、指が無感覚になってしまって、いうことをきかなかったし、そうでなくても、手を離したら、ビチビチ躍り出すのではないかと、安心ができなかった。だが、いつまで押えつけているわけにも行かぬので、おそるおそる手を離してみると、被害者はクラゲのように、グニャグニャと、自動車の底へくずおれてしまった。

彼はクッションを取りはずし、難儀をして、芙蓉の死骸を、その下の空ろな箱の中へおさめ、元通りクッションをはめて、その上にぐったり腰をおろすと、気をしずめるために、しばらくのあいだ、じっとしていた。そとには相変らず、かっぽれの楽隊が勇ましく鳴り響いていたが、それが実は、彼をだますために、わざとなにげなくつづけられているので、安心をして、シェードをあげると、窓ガラスのそとに、無数の顔が折り重なって、千の眼で、彼を覗き込んでいるのではないかと、身ぶるいした。

彼はシェードの隙間から、おずおずとそとを覗いてみた。だが、安心したことには、そこには彼を見つめている一つの顔もなかった。電車も、自転車も、歩行者も、彼の自動車などには、全然無関心に、いそがしく通り過ぎて行った。

大丈夫だと思うと、少し正気づいて、乱れた服装をととのえたり、隠し残したものはないかと、車の中を改めたりした。すると床のゴムの敷物の隅に、小さなハンドバッグが落ちているのに気づいた。むろん芙蓉の持ち物である。ひらいてみると、これという品物も入っていなかったが、中に銀の懐中鏡があったので、ついでにそれをとり出して、自分の顔を写してみた。丸い鏡の中には、少し青ざめていたけれど、別に悪魔の形相も現われていなかった。彼は長いあいだ鏡を見つめて、顔色をととのえ、呼吸を静める努力をした。

やがて、やや平静を取りもどした彼は、いきなり運転台に飛び戻って、大急ぎで電車道を横切り、車を反対の方角に走らせた。そして、人通りのない淋しい町へ、淋しい町へと走って、とある神社の前で車を止め、前後に人のいないのを確かめると、ヘッドライトを消しておいて、咄嗟のあいだに、シェードを上げ、ツーリングのマークをはがし、テイルの番号標を元の本物と取り換え、再びライトをつけると、今度はすっかり落ちついた気持で、車を家路へと走らせるのであった。交番の前を通るたびに、わざと徐行して「お巡りさん、わたしゃ人殺しなんですよ。このうしろのクッションの下には、美しい女の死骸が隠してあるんですよ」などと独りごちて、ひどく得意を感じさえした。

八

家について、車を車庫に納めると、もう一度身の廻りを点検して、シャンとして玄関へ上がり、大声に台所の婆やを呼び出した。

「お前すまないが、ちょっと使いに行ってきておくれ。浅草の雷門に、鶴屋という洋酒屋があるだろう。あすこへ行ってね、なんでもいいから、これで買えるだけの上等の葡萄酒を一本取ってくるのだ。さあ、ここにおあしがある」

そういって彼が十円札を二枚つき出すと、婆やは、彼の下戸を知っているので、「まあ、お酒でございますか」と妙な顔をした。柾木は機嫌よくニコニコして「ナニ、ちょっとね、今晩は嬉しいことがあるんだよ」と弁解したが、これは、婆やが雷門まで往復するあいだに、芙蓉の死骸を、土蔵の二階へ運ぶためでもあったけれど、同時にまた、この不可思議な結婚式の心祝いに、少々お酒がほしかったのでもあった。

婆やの留守の三十分ばかりのあいだに、彼は魂のない花嫁を、土蔵の二階へ運んだ上、例の自動車のクッションの下の仕掛けを、すっかり取りはずして、元々通りに直しておく暇さえあった。こうして最後の証拠を湮滅してしまったわけである。

この上は、あかずの土蔵へ闖入(ちんにゅう)して、芙蓉の死骸そのものを目撃しない以上、誰一人彼を疑い得る者はない筈(はず)であった。

間もなく半ば狂せる柾木と、木下芙蓉の死体とが、土蔵の二階でさし向かいであった。燭台のたった一本のロウソクが赤茶けた光で、そこに恥もなく横たわった、花嫁御寮の冷たい裸身を照らし出し、それが、部屋の一方に飾ってある、等身大の木彫りの菩薩像や、青ざめたお能の面と、一種異様の、陰惨な、甘酸っぱい対象をなしていた。

たった一時間前まで、心持ちの上では、千里も遠くにいて、むしろ怖いものでさえあった、世間並に意地わるで、利口者の人気女優が、今はなんの抵抗力もなく、赤裸々のむくろを、彼の眼前一尺にさらしているかと思うと、柾木は不思議な感じがした。全く不可能な事柄が、突然、夢のように実現した気持であった。今度は反対に軽蔑したり、憐れんだりするのは、彼の方であった。手を握るはおろか、頰をつついても、抱きしめても、ほうり出しても、相手はいつかの晩のように、彼を笑うことも、嘲けることもできないのだ。なんたる驚異であろう。幼年時代には彼の神様であり、この半年のあいだは物狂おしきあこがれの的であった木下芙蓉が、今や全く彼の占有に帰したのである。

死体は、頸に青黒い扼殺(やくさつ)のあとがついているのと、皮膚の色がやや青ざめていたほかは、生前となんの変りもなかった。大きく見ひらいた、瀬戸物のようなうつろな眼が、空間を見つめ、だらしなくひらいた唇のあいだから、美しい歯なみと舌の先がのぞいていた。唇には生色がなくて、なんとやら花やしきの生人形(いきにんぎょう)みたいであったが、皮膚は青白くすべっこかった。仔細に見れば、二の腕や腿のあたりに生毛(うぶげ)も生えていたし、毛穴もみえたけれど、それにもかかわらず、全体の感じは、すべっこくて透き通っていた。

非現実なロウソクの光がからだ全体に無数の柔かい影を作った。胸から腹の表面は、砂漠の砂丘の写真のように、蔭ひなたが、雄大なるうねりをなし、からだ全体は、夕陽を受けた奇妙な白い山脈のように見えた。気高く聳(そび)えた嶺つづきの不可思議な曲線、滑かな深い谷間の神秘なる陰影、柾木愛造はそこに、芙蓉の肉体のあらゆる細部にわたって、思いもよらぬ、微妙な美と秘密とをみたのである。

生きているときは、人間はどんなにじっとしていても、どこやら動きの感じを免かれないものだが、死者には全くそれがない。このほんの僅かの差違が、生体と死体とを、まるで感じの違ったものにみせることは、恐ろしかった。芙蓉はあくまでも沈黙していた。あくまでも静止していた。だらしのない姿をさらしながら、叱りつけられた小娘のように、いじらしいほどおとなしかった。

柾木は彼女の手を取って、膝の上でもてあそびながら、じっとその顔に見入った。強直のこぬ前であったから、手はクラゲのようにぐにゃぐにゃしていて、そのくせ非常な重さだった。皮膚はまだ、ひなた水ぐらいの温度を保っていた。

「文子さん、あなたはとうとう僕のものになりましたね。あなたの魂がいくらあの世で意地わるを言ったり、嘲笑ったりしても、僕はなんともありませんよ。なぜって、僕は現にこうして、あなたのからだそのものを自由にしているのですからね。そして、あなたの魂の方の声や表情は、聞こえもしなければ、見えもしないのですからね」

柾木が話しかけても、死骸は生人形みたいに黙り返っていた。空ろな眼が霞のかかったように、白っぽくて、白眼の隅の方に、目立たぬほど灰色のポツポツが見えていた(それの恐ろしい意味を、柾木はまだ気づかなかった)。顎がひどく落ちて、口があくびをしたように見えるのが、少し気の毒だったので、彼は手で、それをグッと押し上げてやった。

押し上げても、押し上げても、元に戻るものだから、口をふさいでしまうのに、長いあいだかかった。でも、ふさいだ口は、一そう生前に近くなって、厚ぼったい花弁のかさなり合ったような恰好が、いとおしく、好ましかった。可愛らしい小鼻がいきんだようにひらいて、その肉が美しく透き通って見えるのも、言い難き魅力であった。

「僕たちはこの広い世の中で、たった二人ぼっちなんですよ。誰も相手にしてくれない、のけ者なんですよ。僕は人に顔を見られるのも恐ろしい、人殺しの大罪人だし、あなたは、そう、あなたは死びとですからね。私たちはこの土蔵の厚い壁の中に、人眼をさけて、ひそひそと話をしたり、顔を眺め合っているばかりですよ。淋しいですか。あなたはあんな華やかな生活をしていた人だから、これでは、あんまり淋しすぎるかもしれませんね」

彼はそんなふうに、死骸と話しつづけながら、ふと古い古い記憶を呼び起こしていた。田舎風の、古めかしく陰気な、八畳の茶の間の片隅に、内気な弱々しい子供が、積木のおもちゃで、彼のまわりに切れ目のない垣を作り、その中にチンと坐って、女の子のようにそう、人形を抱いて、涙ぐんで、そのお人形と話をしたり、頬ずりをしたりしている光景である。いうまでもなく、それは柾木愛造の六、七才の頃の姿であったが、その折の内気な青白い少年が、大きくなって、積木の垣の代りに土蔵の中にとじこもり、お人形の代りに芙蓉のむくろと話をしているのだ。なんという不思議な相似であろう。柾木はそれを思うと、急に眼の前の死骸がゾッと総毛立つほど恋しくなって、それが遠い昔のお人形でもあるように、芙蓉の上半身を抱き上げて、その冷たい頬に彼の頬を押しつけるのであったが、そうしてじっとしていると、まぶたが熱くなって、眼の前がふくれ上がって、ボタボタと涙が流れ落ち、それが熱い頬と冷たい頬の合せ目を、顎の方へツーツーとすべって行くのが感じられた。

九

その翌朝、北側の小さな窓の、鉄格子の向こうから、晩秋のうららかな青空がのぞきこんだとき、柾木愛造は、青黒くよごれた顔に、黄色くしぼんだ眼をして、部屋の片隅の菩薩の立像の足元にくずおれていたし、芙蓉の水々しいむくろは、悲しくもすでに強直して畳の上に横たわっていた。だが、それは、ある種の禁制の生人形のようで、決して醜くなかったばかりか、むしろ異様になまめかしくさえ感じられた。

柾木はそのとき、疲れきった脳髄を、むごたらしく使役して、奇妙な考えに耽っていた。最初の予定では、たった一度、芙蓉を完全に占有すれば、それで彼の殺人の目的は達するのだから、ゆうべのうちに、こっそりと死骸を庭の古井戸の底へ隠してしまう考えであった。それで充分満足する筈であった。ところが、これは彼の非常な考え違いだったことがわかってきた。

彼は、魂のない恋人のむくろに、こうまで彼を惹きつける力が潜んでいようとは、想像もしていなかった。死骸であるがゆえに、かえって、生前の彼女にはなかったところの、一種異様の、人外境の魅力があった。むせ返るような香気の中を、底知れぬ泥沼へ、果てしも知らず沈んで行く気持だった。悪夢の恋であった。地獄の恋であった。それゆえに、この世のそれの幾層倍、強烈で、甘美で、物狂わしき恋であった。

彼はもはや芙蓉のなきがらと別れるに忍びなかった。彼女なしに生きて行くことは考えられなかった。この土蔵の厚い壁の中の別世界で、彼女のむくろと二人ぼっちで、いつまでも、不可思議な恋にひたっていたかった。そうするほかにはなんの思案も浮かばなかった。「永久に……」と彼は何心なく考えた。だが、「永久」という言葉に含まれた、ある身の毛もよだつ意味に思い当たったとき、彼は余りの怖さに、ピョコンと立ち上がって、いきなり部屋の中を、忙しそうに歩きはじめた。一刻も猶予のならぬことだった。だが、どんなに急いでも、あわてても、彼には(恐らく神様にだって)どうすることもできないことだった。

「蟲、蟲」

彼の白い脳髄の襞を、無数の群蟲が、ウジャウジャと這い廻った。あらゆるものを喰い(くら)つくす、それらの微生物の、ムチムチという咀嚼の音が、耳鳴りのように鳴り渡った。

彼は長い躊躇のあとで、こわごわ朝の白い光線に曝された、恋人の上にかがみ込んで、彼女のからだを注視した。一見したところ、死後強直が、さきほどよりも全身に行き渡って、作り物の感じを増したほか、さしたる変化もないようであったが、仔細に見ると、もう眼がやられていた。白眼の表面は灰色の斑点で、ほとんど覆い尽され、黒眼もそこひのように溷濁して、虹彩がモヤモヤとぼやけて見えた。そして眼全体の感じが、ガラス玉みたいに、滑っこくて、固くて、しかもひからびたように、潤いがなくなっていた。そっと手を取って眺めると、拇指の先が、片輪みたいに手の平の方へ曲り込んだまま動かなかった。

彼は胸から背中の方へ眼を移して行った。無理な寝かたをしていたので、肩の肉が皺になって、そこの部分の毛穴が、異様に大きくひらいていたが、それを直してやるために、ちょっとからだを持ち上げた拍子に、背中の畳に接していた部分が、ヒョイと彼の眼に映った。それを見ると、彼はギョクンとして思わず手を離した。そこには、かの「死体の紋章」と言われている、青みがかった鉛色の小斑点が、すでに現われていたのだった。

これらの現象は、すべて正体の曖昧な極微有機物の作用であって、死後強直というえたいの知れぬ現象すらも、腐敗の前兆をなすところの、一種の糜爛であった。柾木はかつてなにかの書物で、この極微有機物には、空気にて棲息するもの、空気なくとも棲息するもの、および両棲的なるものの三類があることを読んだ。それが一体何物であるか、何処からやってくるかは、非常に曖昧であったけれど、とにかく、眼に見えぬ黴菌の如きものが、恐ろしい速度で、秒一秒と死体を蝕みつつあることは確かだった。相手が眼に見えぬえたいの知れぬ蟲だけに、どんな猛獣よりも一そう恐ろしかった。

柾木は、焔の見えぬ焼け焦げが、みるみる円周をひろげて行くのを、どうすることもできないときのような、恐怖と焦燥とを覚えた。立っても坐ってもいられない気持ちだった。

彼はなんの当てもなく、せかせかと梯子段を降りて母屋の方へ行った。婆やが妙な顔をして、「ご飯にいたしましょうか」と尋ねたが、彼は「いや」と言っただけで、また蔵の前まで帰ってきた。そして、そと側から錠前をおろすと、玄関へ走って行って、そこにあった下駄をつっかけ、車庫をひらいて、自動車を動かす支度をはじめた。エンジンが温まると、彼はそのまま運転台に飛び乗って、車を門のそとへ出し、吾妻橋の方角へ走らせた。賑やかな通りへ出ると、その辺に遊んでいた子供たちが、運転手の彼を指さして笑っているのに気づいた。彼はギョッとして青くなったが、次の瞬間、彼が和服の寝間着姿のままで車を運転していたことがわかった。なあんだと安心したけれど、そんな際にも、彼は顔をまっ赤にして、まごつきながら、車の方向を変えはじめた。

大急ぎで洋服に着換えて、再び門を出たときも、彼はどこへ行こうとしているのだか、まるで見当がついていなかった。そのくせ彼の頭は、脳味噌がグルグル廻るほど忙しく働いていた。真空、ガラス箱、氷、製氷会社、塩づけ、防腐剤、クレオソート、石炭酸……死体防腐に関するあらゆる物品が、意識の表面に浮かび上がっては沈んで行った。彼は町から町へ、無意味に車を走らせた。そして非常な速度を出しているくせに、同じ場所を幾度も幾度も通ったりした。ある町に氷と書いた旗の出ている家があったので、彼はそこで車を降りてツカツカと家の中へはいって行った。店の中に青ペンキを塗った大きな氷室ができていた。「もし、もし」と声をかけると、奥から四十ばかりのおかみさんが出てきて、彼の顔をジロジロと眺めた。「氷をくれませんか」と言うと、おかみさんは面倒臭そうなふうで「いかほど」ときいた。むろん彼女は病人用の氷のつもりでいるのだ。

「あの頭を冷やすんですから、たくさんは要りません。少しばかり分けてください」

内気の虫が、彼の言葉を、途中で横取りして、まるで違ったものに翻訳してしまった。縄でからげてもらった小さな氷を持って、車に乗ると、彼はまた当てもなく運転をつづけた。運転台の床で氷がとけて、彼の靴の底をベトベトにぬらした時分、彼は一軒の大きな酒屋の前を通りかかって、そこの店に三尺四方くらいの上げ蓋の箱に、塩が一杯に盛り上がっているのを発見すると、また車を降りて、店先に立った。だが、不思議なことに、彼はそこで塩を買う代りに、コップに一杯酒をついでもらって、車を止めたのはそれが目的ででもあったかのように、グイグイとあおった。

なんのために車を走らせているのか、わからなくなってしまった。ただ、なにかにウオーウオーと追い駈けられる気持で、せかせかと町から町を走り廻った。呑みつけぬ酒のために、顔がカッカとほてって、肌寒い気候なのに、額にはビッショリ汗の玉が発疹した。

そんなでいて、しかし、頭の中の、彼の屋敷の方角に当たる片隅には、絶えず芙蓉の死体があざやかに横たわっていた。そして、その幻影のクッキリと白い裸体が、焼け焦げがひろがるように、刻々に蝕(むしば)まれて行くのが見えていた。「こうしてはいられない。こうしてはいられない」彼の耳元で、ブツブツ、ブツブツ、そんな呟きが聞こえた。

無意味な運転を二時間あまりつづけたころ、ガソリンが切れて車が動かなくなった。しかも、それがちょうどガソリンスタンドのないような町だったので、車を降りて、その店を探し廻り、バケツで油を運搬するのに、悲惨なほど間の抜けたむだ骨折りをしなければならなかった。そして、やっと車が動くようになったとき、彼ははじめて気づいたように「はて、おれはなにをしていたのだっけ」としばらく考えていたが、「ああ、そうだ。おれは朝飯をたべていないのだ。婆やが待っているだろう。早く帰らなければ」と気がついた。彼はそばに立ち止まって彼の方を見ていた小僧さんに道をきいて、家の方角へと車を走らせた。三十分もかかって、やっと吾妻橋へ出たが、そのときまた、彼自身のやっていることに不審をいだいた。「ご飯」のことなど、とっくに忘れていたので、車を徐行させて、ボンヤリ考え込まなければならなかった。だが、今度は意外にも、天啓のようにすばらしい考えがひらめいた。

「チェッ、おれはさっきから、なぜそこへ気がつかなかったろう」彼は腹立たしげにつぶやいて、しかし晴れ晴れした表情になって、車の方向を変えた。行先は本郷の大学病院わきの、ある医療器械店であった。

白く塗った鉄製の棚だとか、チカチカ光る銀色の器械だとか、皮を剝いた赤や青の毒々しい人体模型だとか、薄気味わるい品物で埋まっている広い店の前で、彼はしばらく躊躇していたが、やがて影法師みたいにフラフラとそこへはいって行くと、一人の若い店員をとらえて、なんの前置きもなく、いきなりこんなことを言った。

「ポンプをください。ホラ、死体防腐用の、動脈へ防腐液を注射する、あの注射ポンプだよ。あれを一つ売ってください」

彼は相当ハッキリ口を利いたつもりなのに、店員は「へ？」と言って、不思議そうに彼の顔をジロジロ眺めた。彼は、今度は顔をまっ赤にして、もう一度同じことをくり返した。

「存じませんね、そんなポンプ」

店員はボロ運転手みたいな彼の風体を見おろしながら、ぶっきらぼうに答えた。

「ない筈はないよ。ちゃんと大学で使っている道具なんだからね。誰かほかの人に聞いてみてください」

彼は店員の顔をグッと睨みつけた。果し合いをしてもかまわないといった気持だった。

店員はしぶしぶ奥へはいって行ったが、しばらくすると少し年とった男が出てきて、もう一度彼の注文を聞くと、変な顔をして、

「一体なんにお使いなさいますんで」

と尋ね返した。

「むろん、死骸の動脈へフォルマリンを注射するんです。あるんでしょう。隠したってだめですよ」

「御冗談でしょう」と番頭は泣き笑いみたいな笑い方をして、「そりゃね、その注射器はあるにはありますがね。大学でもときたましか注文のないような品ですからね。あいにく手前どもには持ち合わせがないのですよ」

と一句一句丁寧に言葉を切って、子供に物を言うような調子で答えた。そして、気の毒そうに柾木の取り乱した服装を眺めるのだった。

「じゃあ、代用品をください。大型の注射器ならあるでしょう。一ばん大きいやつをください」

柾木は自分の言葉が自分の耳へはいらなかった。ただ轟々（ごうごう）と喉が鳴っているような感じだった。

「それならありますがね。でも変だな。いいんですか」

番頭は頭を掻きながら、躊躇していた。

「いいんです。いいからそれをください。さあ、いくらです」

柾木は震える手で蟇口（がまぐち）をひらいた。番頭は仕方なく、その品物を若い店員に持ってこさせて、

「じゃあまあお持ちなさい」

と言って柾木に渡した。

柾木は金を払って、その店を飛び出すと、それから、今度は近くの薬屋へ車をつけて、防腐液をしこたま買い求め、あわただしく家路についたのであった。

十

ギャッと叫んで逃げ出すほど、ひどくなっているのではないかと、柾木は息も止まる気持で、階段を上がったが、案外にも、芙蓉の姿は、かえって、朝みたときよりも美しくさえ感じられた。さわってみれば強直状態であることがわかったけれど、みたところでは、少しむくんだ青白い肉体が艶々しくて、海底に住んでいる、ある血の冷たい美しい動物みたいな感じがした。朝までは、眉が奇怪にしかめられ、顔全体が苦悶の表情を示していたのに、今の彼女は、聖母のようにきよらかな表情となって、彼がふさいでやった唇の隅が、少しほころび、白い歯でニッコリと笑っていた。眼が空ろだったし、顔色が蠟のように透き通っていたので、それは大理石に刻んだ、微笑せるそこひの聖母像であった。

柾木はすっかり安心した。さっきまでの焦燥がばかばかしく思われてきた。「もし芙蓉のこの刹那の姿を、永遠に保つことができたら」かなわぬことと知りながら、彼は果敢ない願いを捨て兼ねた。

彼は医学上の智識も、技術も、まるで持ち合わせなかったけれど、物の本で、動脈から防腐剤を注射して、全身の悪血をおし出してしまうやり方が、最も新しい手軽な死体防腐法であることを読んでいた。防腐液のうすめ方も記憶していた。そこで、甚だ不安だったけれど、ともかく、それをやってみることにして、婆やに気づかれぬように注意しながら、階下から水を入れたバケツや、洗面器などを運び、フォルマリンの溶液を作って、注射の用意をととのえた。

それから、芙蓉のからだの下へ大きな油紙をしいて、医学書を見ながら、カミソリで彼女の股間を深くえぐって、大動脈を切断した。血の海の中で、まっ赤なウナギのような動脈は、ヌルヌルすべって、なかなかうまくつかめなかった。

柾木は、まるで彼自身が手術でも受けているように、まっ青になって、烈しい息づかいをしながら、針をつけないガラスの注射器に、防腐液を含ませ、その先端のとがった部分を動脈の切り口にさし込み、継ぎ目のところを息が洩れぬように指でおさえ、一方の手で、ポンプを押した。だが、こんな作業が彼のような素人にできるものではなかった。彼の指がしびれたようになって、言うことを聞かなかったせいもあるけれど、いくら押しても、ポンプの中の溶液は減って行かぬのだ。いらいらして、力まかせにグイグイ押すと、溶液が逆流して、まっ赤な液体がそこら一面に溢れるばかり、何度やっても同じことだ。そこで彼は、まるで器械いじりをする小学生のように、汗みどろの真剣さで、あるいは血管との継ぎ目を糸でしばってみたり、あるいはそこにある太い静脈をも切断して、同じことをやってみたり、あらゆる手段を試みたが、ちょうど器械いじりの小学生が、骨を折れば折るだけ、かえって器械をメチャクチャにしてしまうように、ただ傷口を大きくするばかりであった。結局、彼がむだな素人手術を思いあきらめたのは、もう夜の十時ごろであった。なんと驚くべき努力であったろう。彼は午後から、ほとんど十時間のあいだ、この一事に夢中になっていたのである。

血潮や道具のあと始末をしたり、バケツの水で手を洗ったりしているうちに、失望の隙につけ込んで、睡魔がおそいはじめた。ゆうべ一睡もしていないのだし、二日間ぶっつづけに、頭やからだを極度に酷使したので、いかに興奮していたとはいえ、もう気力が尽きたのである。彼はクラクラとそこへぶっ倒れたまま、いきなり鼾(いびき)をかきはじめた。泥のような眠りだった。

ほとんど燃え尽きて、ジージーと音を立てているロウソクの光が、死人のように青ざめた顔の、鼻の頭にあぶら汗を浮かべ、大きな口をあいて泥睡している柾木の気の毒な姿と、その横に、まっ白に浮き上がって見える、芙蓉のむくろのなまめいた姿との、奇怪な対照の地獄絵を、赤々と照らし出していた。

十一

翌日柾木が眼を覚ましたのは、もうお昼すぎであった。睡りながらも、彼の心は「こうしてはいられない。こうしてはいられない」という気持で、一と晩中、闘争し苦悶しつづけていたのだが、さて眼が覚めると、かえってボンヤリしてしまって、きのうまでのことが、すべて悪夢にすぎなかったようにも思え、現に彼の眼の前に横たわっている芙蓉の死骸を見ても、部屋じゅうにみなぎっている薬品の匂いや、甘酸っぱい死臭にむせ返っても、それも夢のつづきで、まだほんとうに眼がさめていないような感じであった。

だが、いつまで待っても、夢は醒めそうにもない。たとえこれが夢の中の出来事としても、彼はもうじっとしているわけには行かなかった。そこで、彼はその方へ這って行って、ややはっきりした眼で、恋人の死体を調べたが、そこに起こったある変化に気づくと、ギヨッとして、俄かに意識が鮮明になった。

芙蓉は寝返りでも打ったように、一と晩のうちに姿勢がガラリと変っていた。ゆうべまでは、死骸とはいえ、どこかに反撥力が残っていて、無生物という気持がしなかったのに、いまみると彼女は全くグッタリと、身も心も投げ出した形で、やっと固形を保った、重い液体の一とかたまりのように横たわっていた。さわってみると、肉が豆腐みたいに柔かくて、もう死後強直が解けていることがわかった。だが、そんなことよりも、もっと彼を驚かせたのは、芙蓉の全身に現われたおびただしい屍斑であった。不規則な円形をなした、鉛色の紋々が、まるで奇怪な模様みたいに、彼女のからだじゅうを覆っていた。

幾億とも知れぬ極微なる蟲どもは、いつふえるともなく、いつ動くともなく、まるで時計の針のように正確に、着々と彼らの領土を侵蝕して行った。彼らの極微に比して、その侵蝕力は、実に驚くべき速さだった。しかも、人は彼らの暴力を眼前に眺めながら、どうすることもできないのだ。手をつかねて傍観するほかはないのだ。ひとたび恋人を葬むる機会を失したばかりに、生体に幾倍する死体の魅力を知りはじめ、痛ましくも地獄の恋に陥った柾木愛造は、その代償として、彼の眼の前で、いとしい恋人の五体が、戦慄すべき極微物のために、徐々に、しかも間違いなく蝕まれて行く姿を、拱手(きょうしゅ)して見守らなければならなかった。恋人のために死力を尽して戦いたいのだ。だが、彼らの恐るべき作業はまざまざと眼に見えていながら、しかも、戦うべき相手がないのだ。眼に見ることができないのだ。

彼は追い立てられるような気持で、きのう失敗した防腐法を、もう一度くり返すことを考えてみたが、考えるまでもなくだめなことはわかりきっていた。防腐液の注射はむろん彼の力に及ばないし、氷や塩をもちいる方法も、そのかさばった材料を運び入れる困難があったほかに、なんとなく彼と恋人とを隔離する感じが、いやであった。そして、たとえどんな方法をとってみたところで、幾ぶん分解作用を遅らすことはできても、結局、それを完全に防ぎうるものでないことが、彼にもよくわかっていた。彼のあわただしい頭の中に、巨大な真空のガラス瓶だとか、死体の花氷だとかの、荒唐無稽な幻影が浮かんでは消えて行った。製氷会社の薄暗い冷蔵室の中で、技師に嘲笑されている彼自身の姿さえ、空想された。

だが、あきらめる気にはなれなかった。

「ああ、そうだ。死骸にお化粧をしてやろう。せめて、うわべだけでも塗りつぶして、恐ろしい蟲どものひろがって行くのを見えないようにしよう」

考えあぐんだ彼は、ついにそんなことを思い立った。あきらめのわるい姑息な方法には違いなかったけれど、彼の不思議な恋を、一分でも一秒でも長く楽しむためには、このような一時のがれをでも試みるほかはないのだった。

彼は大急ぎで町に出て、胡粉(ごふん)と刷毛とを買って帰り、別の洗面器にそれを溶いて、人形師が生人形の仕上げでもするように、芙蓉の全身を塗りつぶした。そして、無気味な屍斑が見えなくなると、今度は、普通の絵の具で、役者の顔をするように、眼の下をピンク色にぼかしてみたり、眉を引いてみたり、唇に紅を塗ってみたり、耳たぶを染めてみたり、そのほか五体のあらゆる部分に、思うままの色彩をほどこすのであった。この仕事に彼はたっぷり半日を費した。最初はただ屍斑や陰気な皮膚の色を隠すのが目的であったが、やっているうちに、死体の粉飾そのものに異常な興味を覚えはじめた。彼は死体というキャンバスに向かって、妖艶なる裸像をえがく、世にも不思議な画家となり、さまざまな愛の言葉をささやきながら、興に乗じては、冷たいキャンバスに口づけをさえしながら、夢中になって絵筆を運ぶのであった。

やがて出来上がった彩色された死体は、妙なことに、彼がかつてS劇場でみた、サロメの舞台姿に酷似していた。生地の芙蓉も美しかったけれど、全身に毒々しく化粧した芙蓉は、一層生前のその人にふさわしく、言いがたい魅力を備えていた。蝕まれて、もはや取り返すすべもなく思われた芙蓉のむくろに、このような生気が残っていたことは、しかもそれが生前の姿にもまして悩ましき魅力を持っていたことは、思いもよらぬ幸運であった。

それから三日ばかりのあいだ、死体に大きな変化もなかったので、柾木は、日に三度食事に降りてくるほかは、全く土蔵にとじこもって、せっぱつまった最後の恋に、あすなき恋人のむくろとさし向かいで、気ちがいのように、泣きわめき、笑い狂った。彼には、それがこの世の終りとも感じられたのである。

そのあいだに、一つだけ、少し変った出来事があった。ある午後、粉飾せる死体のそばで、疲れきって泥のように眠っていた柾木は、婆やが土蔵の入口で引いている、呼鈴代りの鳴子の音に眼を覚ました。それは来客のときに限って使用することになっていたので、彼はもしや犯罪が発覚したのではないかと、ギョッとして、飛び起きると、芙蓉の死体に頭から蒲団をかぶせておいて、ソッと階段を降り、入口でしばらく耳をすましていたが、思い切って厚い扉をあけた。すると、そこにはやっぱり婆やが立っていて、「旦那様、池内様がお出でなさいました」と告げた。彼は池内と聞いてホッとしたが、次の瞬間、「ああ、やつめとうとうおれを疑い始め、様子をさぐりにきたんだな」と考えた。

「いると言ったのかい」と聞くと、婆やが悪かったのかとオドオドして、「はい、そう申しましたが」と答えた。彼は咄嗟に心をきめて「構わないから、探してみたけれどいないから、多分知らぬあいだに外出したのだろうといって、返してください。それからね。当分誰がきても、僕はいないように言っておくのだよ」と命じて、そのまま扉をしめてしまった。

だが、時がたつに従って、池内に会わなかったことが、悔まれてきた。勇気を出して会いさえすれば、一か八か様子がわかって、かえって気持が落ちついたであろうに、なまじ逃げたために、池内の心をはかりかねて、いつまでも不安が残った。静かな土蔵の二階で、だまりこくった死骸を前にして、じっと考えていると、その不安がジリジリとお化けのように大きくなり、身動きもできないほどの恐怖におそわれ、彼はその恐怖を打消すためだけにも、居つづけの遊蕩児のような、焼けくそな気持で、ギラギラと毒々しい着色死体を物狂わしく愛撫するのであった。

十二

三日ばかり小康がつづいたあとには、恐ろしい破綻が待ち受けていた、そのあいだ死体に別段の変化が現われなかったばかりでなく、不思議なお化粧のためとはいえ、彼女の肉体が前例なきほど妖艶に見えたというのは、たとえば消える前のロウソクが、一瞬異様に明るく照り輝くようなものであった。いまわしき蟲どもは、表面平穏を装いながら、その実、死体の内部において、幾億の極微なる吻（くちばし）をそろえ、ムチムチと、五臓を蝕み尽しているのであった。

ある日、長い眠りから目覚めた柾木は、芙蓉の死体に非常な変化が起っているのをみて、余りの恐ろしさに、あやうく叫び出すところであった。

そこには、もはやきのうまでの美しい恋人の姿はなくて、女角力（おんなずもう）のような白い巨人が横たわっていた。からだがゴム鞠のようにふくれたために、お化粧の胡粉が相馬焼みたいに、無数の亀裂を生じ、その網目のあいだから褐色の肌が気味わるく覗き、顔も巨大な赤ん坊のようにあどけなくふくれ上がっていた。柾木はかつてこの死体膨脹の現象について記載されたものを読んだことがあった。眼に見えぬ極微な有機物は、群をなして腸腺をつらぬき、これを破壊して血管と腹膜に侵入し、そこに瓦斯（ガス）を発生して、組織を液体化する醱酵素を分泌するのだが、この発生瓦斯の膨脹力は驚くべきものであって、死体の外貌を巨人と変えるばかりでなく、横隔膜を第三肋骨の辺まで押上げる力を持っている。同時に体内深くの血液を、皮膚の表面に押し出し、かの吸血鬼の伝説を生んだところの、死後循環の奇現象を起こすことがある。

ついに最後がきたのだ。死体が極度まで膨脹すれば、次にくるものは分解である。皮膚も筋肉も液体となって、ドロドロ流れ出すのだ。柾木はおびやかされた幼児のように、大きなうるんだ眼で、キョロキョロとあたりを見廻し、今にも泣き出しそうに、キュッと顔をしかめた。そして、そのままの表情で、長いあいだじっとしていた。

しばらくすると、彼は突然、なにか思い出した様子で、ピョコンと立ち上がると、せかせか本棚の前へ行って、一冊の古ぼけた書物を探し出した。背皮に「木乃伊」としるされていた。そんなものが今さらなんの役にも立たぬことはわかりきっていたにもかかわらず、命をかけた恋人が、刻々に蝕まれて行くいらだたしさに、物狂わしくなっていた彼は、熱心にその書物のページをくって、とうとう次のような一節を発見した。

「最も高価なる木乃伊の製法左の如し。先づ左側の肋骨の下を深く切断し、その傷口より内臓を悉く引き出だし、ただ心臓と腎臓とを残す。また、曲れる鉄の道具を鼻口より挿入して、脳髄を残りなく取り出し、かくして空虚となれる頭蓋と胴体を、棕梠酒にて洗浄、頭蓋には鼻孔より没薬等の薬剤を注入し、腹腔には乾葡萄その他の物を塡充し、傷口を縫合す。かくして、身体を七十日間曹達水に浸したる後、これを取り出し、護謨にて接合せる麻布を以て綿密に包巻するなり」

彼は幾度も同じ部分を読み返していたが、やがて、ポイとその本をほうり出したかと思うと、頭のうしろをコツコツと叩きながら、空眼をして、何事か胴忘れした人のように、「なんだっけなあ、なんだっけなあ、なんだっけなあ」とつぶやいた。そして、何を思ったのか、突然階段をかけ降り、非常な急用でもできた様子で、そそくさと玄関を降りるのであった。

門を出ると、彼は隅田堤を、なんということもなく、急ぎ足で歩いて行った。大川の濁水が、ウジャウジャと重なり合った無数の蟲の流れに見えた。行く手の大地が、匍匐(ほふく)する微生物で覆い隠され、足の踏みどころもないように感じられた。

「どうしよう、どうしようなあ」

彼は歩きながら、幾度も幾度も、心の苦悶を声に出した。あるときは、「助けてくれえ」と大声に叫びそうになるのを、やっと喉のところで喰い止めねばならなかった。

どこをどれほど歩いたのか、彼には少しもわからなかったけれど、三十分も歩きつづけたころ、あまりに心の内側ばかりを見つめていたので、つい爪先がお留守になり、小さな石につまずいて、彼はバッタリ倒れてしまった。痛みなどは感じもしなかったが、そのときふと彼の心に奇妙な変化が起こった。彼は立ち上がる代りに、一層身を低くし、土の上に這いつくばって、誰にともなく非常に丁寧なおじぎをした。

変な男が、往来のまん中で、いつまでもおじぎをしているものだから、たちまち人だかりになり、通りがかりの警官の眼にも留まった。それは親切な警官であったから、彼を助け起こして、住所を聞き、気ちがいとでも思ったのか、わざわざ吾妻橋の近くまで送り届けてくれたが、警官と連れ立って歩きながら、柾木は妙なことを口走った。

「おまわりさん、近頃残酷な人殺しがあったのをご存じですか。なぜ残酷だといいますとね。殺された女は、天使のように清らかで、なんの罪もなかったのです。と言って、殺した男もお人好しの善人だったのです。変ですね。それはそうと、私はその女の死骸のある場所をちゃんと知っているのですよ。教えてあげましょうか。教えてあげましょうか」

だが、彼がいくらそのことをくり返しても、警官は笑うばかりで、てんで取り合おうともしなかったのである。


それから数日の後、柾木がまる二日間食事に降りてこないので、婆やが心配をして家主に知らせ、家主から警察に届けいで、あかずの蔵の扉は、警官たちの手によって破壊された。薄暗い土蔵の二階には、むせ返る屍臭と、おびただしい蛆蟲の中に、二つの死骸がころがっていた。その一人は直ぐ主人公の柾木愛造と判明したけれど、もう一人の方が、行衛不明を伝えられた人気女優木下芙蓉のなれの果てであることを確かめるには、長い時間を要した。なぜといって、彼女の死体はほとんど腐爛していた上に、腹部が無残に傷つけられ、腐りただれた内臓が醜く露出していたほどであったから。

柾木愛造は露出した芙蓉の腹わたの中へ、うつぶしに顔を突込んで死んでいたが、恐ろしいことには、彼の醜くゆがんだ、断末魔の指先が、恋人の脇腹の腐肉に、執念深く喰い入っていたのである。

孤島の鬼

はしがき

私はまだ三十にもならぬに、濃い髪の毛が、一本も残らずまっ白になっている。このような不思議な人間がほかにあろうか。かつて白頭宰相といわれた人にも劣らぬ見事な綿帽子が、若い私の頭上にかぶさっているのだ。私の身の上を知らぬ人は、私に会うと第一に私の頭に不審の眼を向ける。無遠慮な人は、挨拶がすむかすまぬに、先ず私の白頭についていぶかしげに質問する。これは男女にかかわらず、私を悩ますところの質問であるが、そのほかにもう一つ、私の家内とごく親しい婦人だけがそっと私に聞きにくる疑問がある。それは私の妻の左側の腿の上部の所にある、恐ろしく大きな傷の痕についてである。そこには不規則な円形の、大手術の痕かと見える、むごたらしい赤痣があるのだ。

この二つの異様な事実は、しかし別段私たちの秘密だというわけではないし、私はことさらに、それらのものの原因について語ることを拒むわけでもない。ただ、私の話を相手にわからせることが非常に面倒なのだ。それについては実に長々しい物語があるのだし、たとえその煩わしさを我慢して話をしてみたところで、私の話の仕方が下手なせいもあろうけれど、聞き手は私の話を容易に信じてはくれない。たいていの人は「まさかそんなことが」と頭から相手にしない。私が大法螺吹きかなんぞのようにいう。私の白頭と、妻の傷痕という、れっきとした証拠物があるにもかかわらず、人々は信用しない。それほど私たちの経験した事柄というのは、奇怪至極なものであったのだ。

私は、かつて「白髪鬼」という小説を読んだことがある。それには、ある貴族が早過ぎた埋葬に会って、出るに出られぬ墓場の中で死の苦しみをなめたため、一夜にして漆黒の頭髪が、ことごとくしらがと化したと書いてあった。また、鉄製の樽の中へはいって、ナイヤガラの滝へ飛び込んだ男の話を聞いたことがある。その男は仕合わせにも大した怪我もせず瀑布をくだることができたけれど、その一刹那に、頭髪がすっかり白くなってしまった由である。およそ、人間の頭髪をまっ白にしてしまうほどの出来事は、このように、世にためしのない大恐怖か大苦痛を伴っているものだ。三十にもならぬ私のこの白頭も、人々が信用しかねるほどの異常事を私が経験した証拠にはならないだろうか。妻の傷痕にしても同じことがいえる。あの傷痕を外科医に見せたならば、彼はきっと、それがなにゆえの傷であるかを判断するに苦しむにちがいない。あんな大きな腫物のあとなんてあるはずがないし、筋肉の内部の病気にしても、これほど大きな切口を残すような藪医者はどこにもないのだ。焼けどにしては治癒のあとが違うし、生れつきのあざでもない。それはちょうど、そこからもう一本足がはえていて、それを切り取ったら、定めしこんな傷痕が残るであろうと思われるような、何かそんなふうな変てこな感じを与える傷口なのだ。これとてもまた、なみたいていの異変で生じるものではないのである。

そんなわけで、私は、このことを会う人ごとに聞かれるのが煩わしいばかりでなく、折角身の上話をしても、相手が信用してくれない歯痒さもあるし、それに実をいうと、私は、世人がかつて想像もしなかったようなあの奇怪事を――私たちの経験した人外境を、この世にはこんな恐ろしい事実もあるのだぞと、ハッキリと人々に告げ知らせたい慾望もある。そこで、例の質問をあびせられたときには、「それについては、私の著書に詳しく書いてあります。どうかこれを読んでお疑いをはらしてください」といって、その人の前にさし出すことのできるような、一冊の書物に、私の経験談を書き上げてみようと思い立ったわけである。

だが、何をいうにも、私には文章の素養がない。小説が好きで読むほうはずいぶん読んでいるけれど、実業学校の初年級で作文を教わって以来、事務的な手紙の文章のほかには、文章というものを書いたことがないのだ。なに、今の小説を見るのに、ただ思ったことをダラダラと書いて行けばいいらしいのだから、私にだってあのくらいのまねはできよう。それに私のは作り話でなく、身をもって経験した事柄なのだから、一層書きやすいというものだ、などと、たかをくくって、さて書き出してみたところが、なかなかそんな楽なものでないことがわかってきた。第一予想とは正反対に、物語が実際の出来事であるために、かえって非常に骨が折れる。文章に不馴れな私は、文章を駆使するのでなくて、文章に駆使されて、つい余計なことを書いてしまったり、必要なことが書けなかったりして、折角の事実が世のつまらない小説よりも一層作り話みたいになってしまう。ほんとうのことをほんとうらしく書くことさえ、どんなにむずかしいかということを、今さらのように感じたのである。

物語の発端だけでも、私は二十回も、書いては破り書いては破りした。そして結局、私と木崎初代(はつよ)との恋物語からはじめるのが一ばん穏当だと思うようになった。実をいうと、自分の恋のうち明け話を、書物にして衆人の眼にさらすというのは、小説家でない私には、妙に恥かしく、苦痛でさえあるのだが、どう考えてみても、それを書かないでは、物語の筋道を失うので、初代との関係ばかりではなく、そのほかの同じような事実をも、はなはだしいのは、一人物とのあいだに醸された同性恋愛的な事件までをも、恥を忍んで私は暴露しなければなるまいかと思う。

際立った事件のほうからいうと、この物語は二た月ばかり間を置いて起こった、二人の人物の変死事件或いは殺人事件を発端とするので、この話が世の探偵小説、怪奇小説というようなものに類似していながら、その実はなはだしく風変りであることは、全体としての事件が、まだ本筋にはいらぬうちに、主人公(或いは副主人公)である私の恋人木崎初代が殺されてしまい、もう一人は、私の尊敬する素人探偵で、私が初代変死事件の解決を依頼した深山木幸吉が、早くも殺されてしまうのである。しかも私の語ろうとする怪異談は、この二人物の変死事件を単に発端とするばかりで、本筋は、もっともっと驚嘆すべく、戦慄すべき大規模な邪悪、いまだかつて何人も想像しなかった罪業に関する、私の経験談なのである。

素人の悲しさに、大袈裟な前ぶればかりしていて、一向読者に迫るところがないようであるから(だが、この前ぶれが少しも誇張でないことは、後々に至って読者に合点が行くであろう)、前置きはこのくらいにとどめて、さて私の拙(つたな)い物語をはじめることにしよう。

思い出の一夜

当時私は二十五歳の青年で、丸の内のあるビルディングにオフィスを持つ貿易商、合資会社S・K商会のクラークを勤めていた。実際は、わずかばかりの月給など、ほとんど私自身のお小遣になってしまうのだが、といってW実業学校を出た私を、それ以上の学校へ上げてくれるほど、私の家は豊かではなかったのだ。

二十一歳から勤め出して、私はその春で丸四年勤続したわけであった。受持ちの仕事は会計の帳簿の一部分で、朝から夕方まで、パチパチ算盤玉をはじいていればよいのであったが、実業学校なんかやったくせに、小説や絵や芝居や映画がひどく好きで、一ぱし芸術がわかるつもりでいた私は、機械みたいなこの勤務を、ほかの店員たちよりも、一層いやに思っていたことは事実であった。同僚たちは、夜な夜なカフェ廻りをやったり、ダンス場へ通よったり、そうでないのは暇さえあればスポーツの話ばかりしているといった、派手で勇敢で現実的な人々が大部分であったから、空想好きで内気者の私には、四年もいたのだけれど、ほんとうの友だちは一人もないといってよかった。それがひときわ私のオフィス勤めを味気ないものにしていたのだった。

ところが、その半年ばかり前からというものは、私は朝々の出勤を今までほどいやに思わぬようになっていた。というのは、その頃十八歳の木崎初代が、はじめて見習いタイピストとしてS・K商会の人となったからである。木崎初代は、私が生れるときから胸に描いていたような女であった。色は憂鬱な白さで、といって不健康な感じではなく、からだは鯨骨のようにしなやかで弾力に富み、といってアラビヤ馬みたいに勇壮なのではなく、女にしては高く白い額に、左右不揃いな眉が不可思議な魅力をたたえ、切れの長い一かわ眼に微妙な謎を宿し、高からぬ鼻と薄過ぎぬ唇が、小さい顎を持ったしまった頬の上に浮彫りされ、鼻と上唇のあいだが人並みよりは狭くて、その上唇が上方にややめくれ上がった形をしている、と、細かに書いてしまうと、一向初代らしい感じがしないのだが、彼女は大体そのように、一般の美人の標準にはずれた、その代りには、私だけにはこの上もない魅力を感じさせる種類の女性であった。

内気者の私はふと機会を失って、半年ものあいだ、彼女と言葉をかわさず、朝、顔を見合わせても目礼さえしない間柄であった（社員の多いこのオフィスでは、仕事の共通なものや、特別に親しい者のほかは、朝の挨拶などもしないような習わしであった)。それが、どういう魔がさしたものか、ある日、私はふと彼女に声をかけたのである。後になって考えてみると、このことが、いや私の勤めているオフィスに彼女が入社してきたことすらが、まことに不思議なめぐり合わせであった。彼女と私とのあいだにかもされた恋のことをいうのではない。それよりも、そのとき彼女に声をかけたばっかりに、のちに私を、この物語にしるすような世にも恐ろしい出来事に導いた運命についていうのである。

そのとき木崎初代は、自分で結(ゆ)ったらしいオールバックまがいの、恰好のいい頭を、タイプライターの上にうつむけて、藤色セルの仕事着の背中を、やや猫背にして、何か熱心にキイを叩いていた。

HIGUCHI　HIGUCHI　HIGUCHI　HIGUCHI

HIGUCHI　HIGUCHI　HIGUCHI　HIGUCHI

見ると、レターペーパーの上には、樋口と読むのであろう、誰かの姓らしいものが、模様みたいにベッタリと並んでいた。

私は「木崎さん、ご熱心ですね」とかなんとかいうつもりであったのだ。それが、内気者の常として、私はうろたえてしまって、愚かにもかなり頓狂な声で、

「樋口さん」

と呼んでしまった。すると、響きに応じるように、木崎初代は私の方をふり向いて、

「なあに？」

と至極落ちついて、だが、まるで小学生みたいなあどけない調子で答えたのである。彼女は樋口と呼ばれて少しも疑うところがないのだ。私は再びうろたえてしまった。木崎というのは私のとんでもない思い違いだったのかしら。この疑問は少しのあいだ私に羞恥を忘れさせ、私は思わず長い言葉をしゃべった。

「あなた、樋口さんていうの？　僕は木崎さんだとばかり思っていた」

すると、彼女もまたハッとしたように、眼のふちを薄赤くして、いうのである。

「まあ、あたしうっかりして……木崎ですのよ」

「じゃあ、樋口っていうのは？」

あなたのラヴ……といいかけて、びっくりして口をつぐんだ。

「なんでもないのよ……」

そして木崎初代はあわてて、レターペーパーを器械からとりはずし、片手でもみくちゃにするのであった。

私はなぜこんなつまらない会話をしるしたかというに、それには理由があるのだ。この会話が私たちのあいだに、もっと深い関係を作るきっかけをなしたという意味ばかりではない。彼女が叩いていた「樋口」という姓には、また彼女が樋口と呼ばれてなんの躊躇もなく返事をした事実には、実はこの物語の根本に関する大きな意味が含まれていたからである。

この記事は、恋物語を書くのが主眼でもなく、そんなことで暇どるには余りに書くべき事柄が多いので、それからの、私と木崎初代との恋愛の進行については、ごくかいつまんでしるすにとどめるが、この偶然の会話を取りかわして以来、どちらが待ち合わせるともなく、私たちはちょくちょく帰りが一緒になるようになった。そして、エレベーターの中と、ビルディングから電車の停留所までと、電車にのってから彼女は巣鴨の方へ、私は早稲田の方へ、その乗換場所までの、僅かなあいだを、私は一日中の最も楽しい時間とするようになった。間もなく、私たちはだんだん大胆になって行った。帰宅を少しおくらせて、事務所に近い日比谷公園に立ち寄り、片隅のベンチに短い語らいの時間を作ることもあった。また、小川町の乗換場で降りて、その辺のみすぼらしいカフェにはいり、一杯ずつお茶を命じるようなこともあった。だが、うぶな私たちは、非常な勇気を出して、場末のホテルへはいって行くまでには、ほとんど半年もかかったほどであった。

私が淋しがっていたように、木崎初代も淋しがっていたのだ。お互いに勇敢なる現代人ではなかったのだ。そして、彼女の容貌が私の生れた時から胸に描いていたものであったように、嬉しいことには、私の容姿もまた彼女が生れた時から恋するところのものであったのだ。変なことをいうようだけれど、容貌については、私は以前からやや頼むところがあった。諸戸道雄というのは矢張りこの物語に重要な役目を演ずる一人物であって、彼は医科大学を卒業して、そこの研究室で或る奇妙な実験に従事している男であったが、その諸戸道雄が、彼は医学生であり、私は実業学校の生徒であったころから、この私に対して、かなり真剣な同性の恋愛を感じていたらしいのである。

彼は私の知る限りにおいて、肉体的にも、精神的にも、最も高貴な感じの美青年であり、私の方では決して彼に妙な愛着を感じているわけではないけれど、彼の気むずかしい選択にかなったかと思うと、少なくとも私は自分の外形について、いささかの自信を持ちうるように感じることもあったのである。だが、私と諸戸との関係については、後にしばしば述べる機会があるであろう。

それはともかく、木崎初代との、あの場末のホテルにおいての最初の夜は、今もなお私の忘れかねるところのものであった。それはどこかのカフェで、そのとき私たちは駈落ち者のような、いやに涙っぽく、やけな気持になっていたのだが、私は口なれぬウィスキーをグラスに三つも重ねるし、初代も甘いカクテルを二杯ばかりもやって、二人ともまっ赤になって、やや、正気を失った形で、それゆえ、たいした羞恥を感じることもなく、そのホテルのフロントに立つことができたのであった。私たちは巾の広いベッドを置いた、壁紙にしみのあるようないやに陰気な部屋に通された。ボーイが一隅の卓の上にドアの鍵と渋茶とを置いてだまって出て行ったとき、私たちは突然、非常な驚きの眼を見かわした。

初代は見かけの弱々しい割には、心にしっかりしたところのある娘であったが、それでも、酔いのさめた青ざめた顔をして、ワナワナと唇の色をなくしていた。

「君、怖いの？」

私は私自身の恐怖をまぎらすために、そんなことをささやいた。彼女は黙って、眼をつぶるようにして、見えぬほど首を左右に動かした。だが、いうまでもなく彼女は怖がっているのだった。

それはまことに変てこな、気まずい場面であった。二人ともまさかこんなふうになろうとは予期していなかった。もっとさりげなく、世のおとなたちのように、最初の夜を楽しむことができるものと信じていた。それが、そのときの私たちには、ベッドの上に横になる勇気さえなかったのだ。着物を脱いで肌をあらわすことなど思いも及ばなかった。一と口にいえば、私たちは非常な焦慮を感じながら、すでにたびたび交わしていた唇をさえ交わすことなく、むろんそのほかの何事をもしないで、ベッドの上に並んで腰をかけ、気まずさをごまかすために、ぎごちなく両足をブラブラさせながら、ほとんど一時間ものあいだ、だまっていたのである。

「ね、話しましょうよ。私なんだか小さかった時分のことが話してみたくなったのよ」

彼女が低い透き通った声でこんなことをいったとき、私はすでに肉体的な激しい焦慮を通り越して、かえって妙にすがすがしい気持になっていた。

「ああ、それがいい」

私はよいところへ気がついたという意味で答えた。

「話してください。君の身の上話を」

彼女はからだを楽な姿勢にして、澄みきった細い声で、彼女の幼少のころからの不思議な思い出を物語るのであった。私はじっと耳をすまして、長いあいだほとんど身動きもせず、それに聞き入っていた。彼女の声はなかばは子守歌のように、私の耳を楽しませたのである。

私は、それまでにも、またそれから以後にも、彼女の身の上話は、切れ切れに、たびたび耳にしたのであったが、このときほど感銘深くそれを聞いたことはない。今でも、そのおりの彼女の一語一語を、まざまざと思い浮かべることができるほどである。だが、ここには、この物語のためには、彼女の身の上話をことごとくはしるす必要がない。私はそのうちから、のちにこの話に関係を生じるであろう部分だけを、ごく簡単に書きとめておけばよいわけである。

「いつかもお話ししたように、私はどこで生れた誰の子なのかもわからないのよ。今のお母さん——あなたはまだ会わないけれど、私はそのお母さんと二人暮らしで、お母さんのためにこうして働いているわけなの——そのお母さんがいうのです。初代や、お前は私たち夫婦が若かった時分、大阪の川口という船着場で拾ってきて、丹誠をして育て上げた子なんだよ。お前は汽船待合所の薄暗い片隅に、手に小さな風呂敷包みを持って、めそめそと泣いていたっけ。あとで風呂敷包みをあけて見ると、中から多分お前の先祖のであろう。一冊の系図書きと、一枚の書きつけとが出てきて、その書きつけで初代というお前の名も、その時ちょうどお前が三つであったこともわかったのだよ。でもね、私たちには子供がなかったので、神様から授かったほんとうの娘だと思って、警察の手続もすませ、立派にお前を貰ってきて、私たちはたんせいをこらしたのさ。だからね、お前も水臭い考えを起こしたりなんぞしないで、私を——お父さんも死んでしまって、一人ぼっちなんだから——ほんとうのお母さんだと思っていておくれよ、とね。でも、私それを聞いても、なんだかおとぎ話でも聞かせてもらっているようで、ほんとうは悲しくもなんともなかったのですけれど、それが、妙なのよ、涙が止めどもなくながれてしようがなかったの」

彼女の育ての父親の在世の頃、その系図書きをいろいろ調べて、ずいぶんほんとうの親たちを尋ね出そうと骨折ったのだけれども、系図書きに破けたところがあって、ただ先祖の名前や号やおくり名が羅列してあるばかりで、そんなものが残っているところをみれば、相当の武士の家柄にはちがいないのだが、その人たちの属した藩なり、住居なりの記載が一つもないので、どうすることもできなかったのである。

「三つにもなっていて、私ばかですわねえ。両親の顔をまるで覚えていないのよ。そして、人ごみの中で置き去りにされてしまうなんて。でもね、二つだけ私、今でもこう眼をつむると、闇の中へ綺麗に浮き出して見えるほど、ハッキリ覚えていることがありますわ。その一つは、私がどこかの浜辺の芝生のような所で、暖かい日に照らされて、可愛い赤さんと遊んでいる景色なの。それは可愛い赤さんで、私は姉さまぶって、その子のお守りをしていたのかもしれませんわ。下の方には海の色がまっ青に見えていて、そのずっと向こうに紫色に煙って、ちょうど牛のねた形で、どこかの陸が見えるのです。私、ときどき思うことがありますわ。この赤さんは私の実の弟か妹で、その子は私みたいに置き去りにされないで、今でもどこかに両親と一緒に仕合わせに暮らしているのではないかと。そんなことを考えると、私なんだか胸をしめつけられるように、懐かしい悲しい気持になってきますのよ」

彼女は遠い所を見つめて、独りごとのようにいうのである。そして、もう一つの彼女の幼い記憶というのは、

「岩ばかりでできたような、小山があって、その中腹から眺めた景色なのよ。少し隔ったところに、誰かの大きなお屋敷があって、万里の長城みたいにいかめしい土塀や、母屋（おもや）の大鳥の羽根をひろげたように見える立派な屋根や、その横手にある白い大きな土蔵なんかが、日に照らされて、クッキリと見えているの。そして、それっきりで、ほかに家らしいものは一軒もなく、そのお屋敷の向こうのほうには、やっぱり青々とした海が見えているし、そのまた向こうには、やっぱり牛のねたような陸地が、もやにかすんで横たわって

いるのよ。きっとなんですわ。私が赤さんと遊んでいたところと、同じ土地の景色なのね。私、幾度その同じ場所を夢に見たでしょう。夢の中で、ああ、又あすこへ行くんだなと思って、歩いていると、きっとその岩山のところへ出るにきまっていますわ。私、日本中を隅々まで残らず歩き廻ってみたら、きっとこの夢の中の景色と寸分違わぬ土地があるに違いないと思いますわ。そしてその土地こそ私の懐かしい生れ故郷なのよ」

「ちょっと、ちょっと」私はそのとき、初代の話をとめて言った。「僕、まずいけれど、その君の夢に出てくる景色は、なんだか絵になりそうだな。かいてみようか」

「そう、じゃあ、もっと詳しく話しましょうか」

そこで私は机の上の籠に入れてあったホテルの用箋を取り出して、備え付けのペンで、彼女が岩山から見たという海岸の景色を描いた。この即席のいたずらがきが、後に私にとってはなはだ重要な役目をつとめてくれようなどとは、むろんその時には想像もしていなかったのである。

「まあ、不思議ねえ。その通りですのよ。その通りですのよ」

初代は出来上がった私の絵を見て、喜ばしげに叫んだ。

「これ、僕、貰っておいてもいいでしょう」

私は、恋人の夢をいだく気持で、その紙を小さく畳み、上衣の内ポケットにしまいながらいった。

初代は、それから又、彼女が物心ついてからの、さまざまの悲しみ喜びについて、尽きぬ思い出を語ったのである。それはここにしるす要はない。ともかくも、私たちは、そうして私たちの最初の夜を、美しい夢のように過してしまったのである。むろん私たちはホテルに泊りはしないで、その夜ふけに、めいめいの家に帰った。

異様なる恋

私と木崎初代との間柄は日と共に深くなっていった。それからひと月ばかりたって、同じホテルに二度目の夜を過したときから、私たちの関係はさきの夜の少年の夢のように、美しいばかりのものではなくなっていた。私は初代の家を訪ねて、彼女のやさしい養母とも話をした。そして間もなく、私も初代も、銘々の母親に、私たちの意中を打ちあけるようにさえなった。母親たちにも別段積極的な異議があるらしくはなかった。だが、私たちはあまりにも若かった。結婚というような事柄は、もやを隔てて遠い遠い向こう岸にあった。

若い私たちは、子供が指切りをするようなまねをして、幼い贈り物を取りかわしたものである。私は一カ月の給料をはたいて、初代の生れ月に相当する、電気石(でんきいし)をはめた指環を買い求めて、彼女に贈った。それを私は映画で覚えた手つきで、ある日、日比谷公園のベンチの上で、彼女の指にはめてやったのである。すると初代は子供みたいに、それを嬉し

がって（貧乏な彼女の指にはまだ一つの指環さえなかったのだ）しばらく考えていたが、

「ああ、私、思いついたわ」

彼女はいつも持っている、手提げの口をひらきながら、

「わかる？　私いま、何をお返しにすればいいかと思って、心配していたのよ。指環なんて、私買えないでしょう。でも、いいものがあるわ。ホラ、いつかもお話しした私の知らないお父さまやお母さまの、たった一つの形見の、あの系図書きよ。私、大切にして、外出する時にも、私のご先祖から離れないように、いつもこの手提げに入れて持っていますのよ。でも、これ一つが私と、どっか遠い所にいらっしゃるお母さまを、結びつけているのかと思うと、どんなことがあっても手離す気がしないのだけれど、ほかにお贈りするものがないのですから、私の命から二番目に大切なこれを、あなたにお預けしますわ。ね、いいでしょ。つまらない反古（ほご）のようなものですけれど、あなたも大切にしてね」

そして、彼女は手提げの中から、古めかしい織物の表紙のついた、薄い系図帳を取り出して、私に渡したのである。私はそれを受取って、バラバラとめくってみたが、そこには昔風な武張った名前が、朱線でつらねてあるばかりであった。

「そこに樋口って書いてあるでしょ。わかって。いつか私がタイプライターでいたずらして、あなたに見つかった名前。ね、私、木崎っていうよりも、樋口の方がほんとうの私の名前だと思っているものですから、あの時あなたに樋口って呼ばれて、つい返事してし

まったのよ」

彼女はそんなことをいった。

「これ、つまらない反古のようですけれど、でも、いつかずいぶん高い値をつけて買いにきた人があるのよ。近所の古本屋ですの。お母さんがふと口をすべらせたのを、どっからか聞き込んできたのでしょう。でもどんなにお金になっても、こればかりは譲れませんって、おことわりしましたの。ですから、まんざら値打のないものでもありませんわねえ」

彼女はまた、そんな子供らしいことをいった。

いわば、それがお互いの婚約の贈り物であったのだ。

だが、間もなく、私たちにとって少々面倒な事件が起こった。それは、地位にしろ、財産にしろ、学殖にしろ、私とは段違いの求婚者が、突然、初代の前に現われたことであった。彼は、有力な仲人(なこうど)を介し、初代の母親に対して、猛烈な求婚運動をはじめたのである。

初代がそれを母親から聞き知ったのは、私たちが例の贈り物を取りかわした、ちょうど翌日であったが、実はといって母親が打ちあけたところによると、親戚関係をたどって、求婚の仲介者が母親の所へ来はじめたのは、すでに一カ月も以前からのことだというのであった。私はそれを聞いて、いうまでもなく驚いたが、だが私の驚いたのは、求婚者が私よりは数段立ちまさった人物であったことよりも、また初代の母親の心がどうやらその人物の方へ傾いているらしいことよりも、初代に対する求婚者というのが、私と妙な関係を持っている、かの諸戸道雄その人であったことである。この驚きは、ほかのもろもろの驚きや心痛をうち消してしまったほど、ひどかったのだ。

なぜそんなに驚いたかというに、それについては、私は少しばかり恥かしいうちあけ話をしなければならないのであるが……

先にもちょっと述べたように、科学者諸戸道雄は、私に対して、実に数年の長いあいだ、ある不可思議な恋情をいだいていた。そして、私はというと、むろんそのような恋情を理解することはできなかったけれど、彼の学殖なり、一種天才的な言動なり、又異様な魅力を持つ容貌なりに、決して不快を感じてはいなかった。それゆえ彼の行為がある程度を越えない限りにおいては、彼の好意を、単なる友人としての好意を、受けるにやぶさかではなかったのである。

私は実業学校の四年生であったころ、家の都合もあったのだが、むしろ大部分は私の幼い好奇心から、同じ東京に家庭を持ちながら、私は神田の初音館という下宿屋に泊っていたことがあって、諸戸はそこの同宿人として知り合ったのが最初であった。年齢は六つも違って、そのとき私は十七歳、諸戸は二十三歳であったが、彼の方から誘うままに、何しろ彼は大学生でしかも秀才として聞こえていたほどだから、私はむしろ尊敬に近い気持で、喜んで彼とつき合っていたわけである。

私が彼の心持を知ったのは、初対面から二カ月ばかりたったころであったが、それは直接彼からではなく、諸戸の友人たちのあいだの噂話からであった。「諸戸と蓑浦は変だ」と盛んに言いふらす者があったのだ。それ以来注意してみると、諸戸は私に対する時に限って、その白い頬のあたりに微かな羞恥の表情を示すことに気づいた。私は当時子供であったし、私の学校にも、遊戯に近い感じでは、同じような事柄が行われていたので、諸戸の気持を想像して、独り顔を赤くするようなことがあった。それはそんなにひどく不快な感じではなかった。

彼はよく私を銭湯に誘ったことを思い出す。そこでは、きっと背中の流しっこをしたものであるが、彼は私のからだを石鹼のあぶくだらけにして、まるで母親が幼児に行水でも使わせるように、丹念に洗ってくれたものである。最初のあいだは、私はそれを単なる親切と解していたが、後には彼の気持を意識しながら、それをさせていた。それほどのことでは、別段私の自尊心を傷つけなかったからである。

散歩のときに手を引き合ったり、肩を組み合うようなこともあった。それも私は意識してやっていた。時とすると、彼の指先が烈しい情熱をもって私の指をしめつけたりするのだけれど、私は無心を粧って、しかし、やや胸をときめかしながら、彼のなすがままに任せた。といって、決して私は彼の手を握り返すことはしなかったのである。

また、彼がそのような肉体的な事柄ではなく、私に親切を尽したことはいうまでもなかった。彼は私にいろいろ贈り物をした。芝居や映画や運動競技などにも連れて行ってくれた。私の語学を見てくれた。私の試験の前などには、わがことのように骨折ったり心配したりしてくれた。そのような精神的な庇護については、今もなお彼の好意を忘れかねるほどである。

だが私たちの関係が、いつまでもその程度にとどまっているはずはなかった。ある期間を過ぎると、しばらくのあいだ、彼は私の顔さえ見れば憂鬱になってしまって、だまって溜息ばかりついているような時期がつづいたが、やがて彼と知合って半年もたったころ、私たちの上に、ついに或る危機がきたのだった。

その夜、私たちは下宿の飯がまずいといって、近くのレストランへ行って、一緒に食事をしたのだが、彼はなぜか、やけのようになって、したたか酒をあおり、私にも呑めといって聞かぬのだ。むろん私は酒なんか呑めなかったけれど、勧められるままに二、三杯口にしたところが、忽ち(たちま)カッと顔が熱くなり、頭の中にブランコでもゆすっているような気持で、何かしら放縦なものが心を占めて行くのを感じはじめた。

私たちは肩を組み合い、もつれるようにして、一高の寮歌などを歌いながら、下宿に帰った。

「君の部屋へ行こう。君の部屋へ行こう」

諸戸はそういって、私を引きずるようにして、私の部屋へはいった。そこには私の万年床が敷き放しになっていた。彼につき倒されたのであったか、私が何かにつまずいたのであったか、私はいきなり、その万年床の上にころがったのである。

諸戸は私の傍に突っ立って、じっと私の顔を見おろしていたが、ぶっきらぼうに、

「君は美しい」

といった。その刹那、非常に妙なことをいうようだけれど、私は女性に化して、そこに立っている、酔いのために上気はしていたけれど、それゆえに一層魅力を加えたこの美貌の青年は、私の夫であるという、異様な観念が私の頭をかすめて通り過ぎたのである。

諸戸はそこに膝まずいて、だらしなく投げ出された私の右手を捉えていった。

「あつい手だね」

私も同時に火のような相手の掌を感じた。


私がまっ青になって、部屋の隅に縮み込んでしまった時、みるみる諸戸の眉間に、取返しのつかぬことをしたという、後悔の表情が浮かんだ。そして喉につまった声で、

「冗談だよ。冗談だよ、今のは嘘だよ。僕はそんなことはしないよ」

といった。

それから、しばらくのあいだ、私たちは銘々そっぽを向いて、だまり込んでいたが、突然カタンという音がして、諸戸は私の机の上に俯伏(うつぶ)してしまった。両腕を組み合わせた上

に顔をうずめて、じっとしている。私はそれを見て、彼は泣いているのではないかと思った。

「僕を軽蔑しないでくれたまえ。君は浅間しいと思うだろうね。僕は人種が違っているのだ。すべての意味で異人種なのだ。だが、その意味を説明することができない。僕は時々一人で怖くなって慄え上がるのだ」

やがて彼は顔を上げてそんなことをいった。しかし彼が何をそんなに怖がっているのか、私にはよく理解できなかった。ずっと後になってある場面に遭遇するまでは。

私が想像した通り、諸戸の顔は、涙に洗われたようになっていた。

「君はわかっていてくれるだろうね。わかってさえいてくれればいいのだよ。それ以上望むのは僕の無理かも知れないのだから。だが、どうか僕から逃げないでくれたまえ。僕の話相手になってくれたまえ。そして僕の友情だけなりとも受け入れてくれたまえ。僕が独りで思っている、せめてもそれだけの自由を僕に許してくれないだろうか。ねえ、蓑浦君、せめてそれだけの……」

私は強情に押しだまっていた。だが、かきくどきながら、頬に流れる諸戸の涙を見ているうちに、私もまた瞼のあいだに熱いものがもり上がってくるのを、どうすることもできなくなってしまった。

私の気まぐれな下宿生活は、この事件を境にして中止された。あながち諸戸に嫌悪を感じたのではなかったが、二人のあいだにかもされた妙な気まずさや、内気な私の羞恥心が、私をその下宿にいたたまれなくしたのである。

それにしても、理解し難きは諸戸道雄の心であった。彼はその後も異様な恋情を棄てなかったばかりか、それは月日がたつに従って、いよいよこまやかに、いよいよ深くなりまさるかと思われた。そして、たまたま逢う機会があれば、それとなく会話のあいだに、多くの場合は、世にためしなき恋文のうちに、彼の切ない思いをかきくどくのであった。しかもそれが私の二十五歳の当時までつづいていたというのは、あまりにも理解し難き彼の心持ではなかったか。たとえ、私のなめらかな頰に少年のおもかげが失せなかったにもしろ、私の筋肉が世のおとなたちのように発達せず、婦女子の如く艶(つやや)かであったにもしろ。

そういう彼が、突如として、人もあろうに私の恋人に求婚したというのは、私にとって、はなはだしい驚きであった。私は彼に対して恋の競争者として敵意を抱く前に、むしろ一種の失望に似たものを感じないではいられなかった。

「もしや……もしや彼は、私と初代との恋を知って、私を異性に与えまいために、私を彼の心の内にいつまでも一人で保っておきたいために、みずから求婚者となって、私たちの恋を妨げようと企てたのではあるまいか」

自惚(うぬぼ)れの強い私の猜疑心は、そんな途方もないことまでも想像するのであった。

怪老人

これは甚だ奇妙な事柄である。一人の男がもう一人の男を愛するあまり、その男の恋人を奪おうとする。普通の人に想像もできないような事柄である。私は先に述べた諸戸の求婚運動を、もしや私から初代を奪わんがためではあるまいかと邪推したとき、私自身私の猜疑心を笑ったくらいである。だが、この一度きざした疑いは、妙に私を捉えて離さなかった。私は覚えていた。諸戸はいつか私に彼の異様な心持を、比較的詳しく打ちあけたおり「僕は婦人にはなんの魅力も感じることができないのだ。むしろ嫌悪を感じ、汚なくされ思われるのだ。君にはわかるかしら。これは単に恥かしいというだけの心持ではないのだよ。恐ろしいのだ。僕はときどき、いても立ってもいられぬほど恐ろしくなることがある」と述懐したことを覚えていた。

その生来女嫌いの諸戸道雄が、突然、結婚する気になり、しかもあんなに猛烈な求婚運動をはじめたというのは、まことに変ではないか。私はいま「突然」という言葉を使ったが、実をいうと、その少し前までは、私は絶えず諸戸の一種異様な、しかしはなはだ真剣な恋文を受取ってもいたし、ちょうど一カ月ばかり以前、諸戸に誘われて、一緒に帝国劇場を見物したことさえあった。そして、むろん、諸戸のこの観劇勧誘の動機は、私に対する愛情にあったことは申すまでもない。それはその折の彼の様子で疑う余地はないのだ。

それが僅か一カ月かそこいらのあいだに豹変して、私を捨て（というと二人のあいだに何かいまわしい関係でもできていたようだが、決してそんなことはない）、木崎初代に対して求婚運動をはじめたのであるから、まったく「突然」にちがいないのである。しかも、その相手に選ばれたのが、申し合わせたように、私の恋人の木崎初代であったというのは、偶然にしては少々へんに感じられるではないか。

というように、だんだん説明してみると、私の疑いもまんざら無根の猜疑ばかりではなかったことがわかるのである。だが、この諸戸道雄の奇妙な行動なり心理なりは、世の正常な人々にはちょっと会得しにくいかも知れぬ。そして、私のつまらぬ邪推を長々と述べ立てることを非難するかも知れぬ。私のように直接諸戸の異様な言動に接していない人々には、それももっともなことだ。では、私は順序を少し逆にして、のちに至ってわかったことを、ここで読者に打ちあけてしまったほうがよいかも知れぬ。つまり、この私の疑いは決して邪推ではなかったのだ。諸戸道雄は、私の想像した通り、私と初代との仲を裂く目的で、あんな大騒ぎの求婚運動をはじめたのであった。

どんなに大騒ぎな求婚運動であったかというと、

「そりゃ、うるさいのよ。毎日のように世話人がお母さんをくどきにくるらしいのよ。そして、あなたのこともちゃんと知っていて、あなたの家の財産だとか、あなたの会社の月給までお母さんに告げ口して、とても初代さんの夫となり、お母さんを養っていけるような人柄じゃない、なんて、それはひどいことまでいうのですって、それにくやしいのは、お母さんが向こうの人の写真を見たり、学歴や暮らし向きなんか聞いて、すっかり乗り気になっているのですわ。お母さんはいい人なんですけれど、今度ばかりは、私ほんとうにお母さんがにくらしくなった。浅間しいわ。近頃お母さんと私はまるでかたき同士よ。物をいえば、すぐそのことになって、喧嘩なんですもの」

初代はそんなふうに訴えるのだ。彼女の口裏から、私は諸戸の運動がどんなに烈しいものだかを察することができた。

「あんな人のお蔭で、お母さんと私のあいだが、変になってしまったことは、一と月前には想像さえできなかったほどですわ。例えばね、お母さんたら、近頃はしょっちゅう、私の留守中に、私の机や手文庫なんかを調べるらしいの。あなたの手紙を探して、私たちのあいだがどこまで行っているかを探るらしいのよ。私、几帳面なたちですから、引出しの中でも、キチンとしておくのに、それがよく乱れていますの。ほんとうにあさましいと思うわ」

そんなことさえあったのだ。おとなしい親思いの初代ではあったが、彼女はこの母親との戦いには決して負けていなかった。あくまでも意地を張り通して、母親の機嫌を損じることなどは、かえりみていなかった。

だがこの思いがけぬ障害は、かえって私たちの関係を一層複雑にも濃厚にもしたことであった。私は一時恐れをなした私の恋の大敵を見向きもせず、ひたすら私を慕ってくる初代の真心をどんなにか感謝したであろう。ちょうどそれは晩春のころであったが、私たちは、初代が家に帰って母親と顔を合わすことを避けたがるので、会社がひけてから、長い時間、美しく燈のはいった大通りや、若葉の匂いのむせ返る公園などを、肩を並べて歩いたものである。休日には郊外電車の駅で待ち合わせて、よく緑の武蔵野を散歩した。こう眼をつむると、小川が見えてくる。土橋が見えてくる。鎮守の森とでもいうような、高い老樹の林や石垣が見えてくる。それらの景色の中を、二十五歳の子供子供した私が、派手な銘仙に、私の好きな岩絵具の色をした織物の帯を高く結んだ初代と肩を並べて歩いているのだ。幼いと笑ってくださるな。これが私の初恋の最も楽しい思い出なのだ。僅々八、九カ月の間柄ではあったが、二人はもう決して離れることのできない関係になっていた。私は会社の勤めも、家庭のこともすっかり忘れてしまって、ただもう桃色の雲の中に、無我夢中で漂っていたのである。私は諸戸の求婚などはもう少しも恐れなかった。初代の変心を気遣う理由は少しもなかったからである。初代も今はたった一人の母親の叱責をさえ気にかけなかった。彼女は私以外の求婚に応ずる心は微塵もなかったからである。

私は今でも、あの当時の夢のような楽しさを忘れることができない。だが、それはほんとうに束の間であった。私たちが最初口をきき合ってからちょうど九カ月目、私ははっきりと覚えている、大正十四年六月二十五日であった。その日限り私たちの関係は打ち断たれてしまったのである。悲しいことに、木崎初代が死んでしまったからだ。諸戸道雄の求婚運動が成功したのではない。それも普通の死にかたではなく、世にも不思議な殺人事件の被害者として、無残にこの世を去ってしまったからである。

だが、木崎初代の変死事件にはいるに先だって、私は少しく読者の注意をひいておきたいことがある。それは初代が死の数日前に私に訴えたところの奇妙な事実についてである。これはのちにも関係のあることだから、読者の記憶の一隅にとどめておいてもらわねばならぬのだ。

ある日のこと、その日は会社の勤務時間中も、初代は終日青ざめて、何かしらおびえているふうに見えたのだが、会社が退けて、丸ノ内の大通りを並んで歩きながら、私がそれについて聞きただした時、初代はやっぱりうしろを振り返るようにしながら、私のそばにすりよって、次のような無気味な出来事を訴えたのである。

「ゆうべでもう三度目なのよ。いつもそれは私がおそく湯に行くときなんですが、あなたも知っていらっしゃる通り淋しい町でしょう、夜なんぞはもうまっ暗なのよ。なんの気なしに格子戸を開けて表へ出ると、ちょうど私の家の格子窓のところに、変なお爺さんが立ちどまっていますの。三度とも同じことなのよ。私が格子をあけると、なんだかハッとしたように姿勢を変えて、何食わぬ顔で通り過ぎてしまうけれど、でも、その瞬間まで、じっと窓のところから、家の中の様子をうかがっていたらしいそぶりですの。二度目までは、私の気のせいかも知れないと思ってましたけれど、ゆうべもそれなんでしょう。決して偶然な通りすがりの人じゃありませんわ。といって、御近所にあんなお爺さんは見たこともないし、私なんだか悪いことの前兆のような気がして、気味がわるくて仕方がないのよ」

私があやうく笑いそうになるのを見ると、彼女はやっきとなってつづけるのだ。

「それが普通のお爺さんじゃないのよ。私あんな無気味なお爺さんて、見たことがありませんわ。年も五十や六十じゃなさそうなの。どうしたって八十以上のお爺さんよ。まるで背中のところで二つに折れたみたいに腰が曲っていて、歩くにも、杖にすがって、鍵のように折れ曲って、首だけで向こうを見て歩くのよ。だから遠くから見ると、背の高さが、普通のおとなの半分くらいに見えますの。なんだか気味のわるい虫が這ってでもいるようなの。そして、その顔といったら皺だらけで、見わけられなくなっているけれど、あれじゃあ、若いときだって普通の顔じゃないわ。私怖いものだから、それに暗いので、よく見なかったけれど、でも、私の家の軒燈の光で、チラッと口の所だけ見てしまったのよ。唇がちょうど兎のように二つに割れていて、私と眼を合わせた時、てれ隠しに、ニヤッと笑った口というものは、私今でも思い出すと、寒気がするようよ。あんな化物みたいな、八十以上にも見える、お爺さんが、しかも夜更けに三度も私の家の前に立ちどまっているなんて、変ですわ。何か悪いことの起こる前兆じゃないでしょうか」

私は初代の唇が色を失って、細かく震えているのを見た。よほど怖かったものにちがいない。私はそのときは、彼女の思い過しだといって、笑って見せたことであるが、たとえこの初代の見たところが真実であったとしても、それが何を意味するのか少しもわからなかったし、八十以上の腰の曲ったお爺さんに危険な企らみがあろうとも思えない。私はそれを少女のばかばかしい恐怖として、ほとんど気にも止めなかった。だが、後になって、この初代の直覚が、恐ろしいほど当たっていたことがわかってきたのである。

入口のない部屋

さて、私は大正十四年六月二十五日のあの恐ろしい出来事を語らねばならぬ順序となった。

その前日、いやその前夜七時ごろまでも、私は初代と語り合っていたのだった。晩春の銀座の夜を思い出す。私はめったに銀座など歩くことはなかったのだが、その夜は、どうしたのか、初代が銀座へ行ってみましょうと言い出した。初代は見立てのいい柄の、仕立卸しの黒っぽい単衣物を着ていた。帯はやっぱり黒地に少し銀糸をまぜた織物であった。臙脂(えんじ)色の鼻緒の草履もおろしたばかりだった。私のよく磨いた靴と彼女の草履とが足並をそろえて、ペーヴメントの上をスッスッと進んで行った。私たちはその時、遠慮勝ちに新時代の青年男女の流行風俗をまねてみたのであった。ちょうど月給日だったので、私たちは少しおごって、新橋のある鳥料理へ上がったものだ。そして七時ごろまで、少しお酒を飲みながら、私たちは楽しく語り合った。酔ってくると私は、諸戸なんか、今にごらんなさい私だって、というような気焔を上げた、そして、今ごろ諸戸はきっとくしゃみをしているでしょうね、といって思い上がった笑いかたをしたのを覚えている。ああ、私はなんという愚かものであったのだろう。

私はその翌朝、ゆうべ別かれるとき初代が残して行った、私のすきでたまらない彼女の笑顔と、ある懐かしい言葉とを思い出しながら、春のようにうららかな気持で、S・K商会のドアをあけた。そして、いつもするように、先ず第一に初代の席を眺めた。毎朝どちらが先に出勤するかというようなことさえ、私たちの楽しい話題の一つになるのであったから。

だが、もう出勤時間が少し過ぎていたのに、そこには初代の姿はなく、タイプライターの覆いもとれてはいなかった。変だなと思って、自分の席の方へ行こうとすると、突然横合いから興奮した声で呼びかけられた。

「蓑浦君、大変だよ。びっくりしちゃいけないよ。木崎さんが殺されたんだって」

それは人事を扱っている庶務主任のK氏だった。

「今しがた、警察のほうから知らせがあったんだ。僕はこれから見舞いに行こうと思うんだが、君も一緒に行くかい」

K氏は幾分は好意的に、幾分はひやかし気味にいった。私たちの関係はほとんど社内に知れ渡っていたのだから。

「ええ、一緒に参りましょう」

私は何も考えることができなくて、機械的に答えた。私はちょっと同僚に断わって、K氏と同道して、自動車に乗った。

「どこで、誰に殺されたのですか」

車が走り出してから、私は乾いた唇で、かすれた声で、やっとそれを尋ねることができた。

「家でだよ。君は行ったことがあるんだろう。下手人はまるでわからないということだよ。とんだ目にあったものだね」

好人物のK氏はひとごとではないという調子で答えた。

痛さが余り烈しいときには、人はすぐ泣き出さず、かえって妙な笑い顔をするものだが、悲しみの場合も同じことで、それがあまりひどいときは涙を忘れ、悲しいと感じる力さえ失ったようになるものである。そして、やっとしてから、よほど日数がたってから、ほんとうの悲しさというものがわかってくるのだ。私の場合もちょうどそれで、私は自動車の上でも、先方について初代の死体を見た時でさえも、なんだか他人のことのようで、ボンヤリと普通の見舞い客みたいにふるまっていたことを記憶している。

初代の家は巣鴨宮仲の、表通りとも裏通りとも判別のつかぬ、小規模な商家としもた家とが軒を並べているような、細い町にあった。彼女の家と隣りの古道具屋とだけが平屋建てで、屋根が低くなっているので、遠くから目印になった。初代はこの三間か四間の小さな家に彼女の養母とたった二人で住んでいたのである。

私たちがそこに着いたときには、もう死体の調べなどもすんで、警察の人たちが付近の住人を取り調べているところだった。初代の家の格子戸の前には、一人の制服の警官が、門番みたいに立ちはだかっていたが、K氏と私とは、S・K商会の名刺を見せて、中へはいって行った。

六畳の奥の間に、初代はもう仏になって横たわっていた。全身を白い布で覆い、その前に白布をかけた机をすえて、小さな蠟燭と線香が立ててあった。一度会ったことのある小柄な彼女の母親が、仏(ほとけ)の枕元に泣き伏していた。そのそばに彼女の亡夫の弟だという人が、憮然として坐っていた。私はK氏の次に母親に悔みを述べて、机の前で一礼すると、仏のそばへ寄って、そっと白布をまくり初代の顔を覗いた。心臓を一とえぐりにやられたということであったが、顔には苦悶のあともなく、微笑しているのかと思われるほど、なごやかな表情をしていた。生前から赤みの少ない顔であったが、それが白蠟のように白けて、じっと眼をふさいでいた。胸の傷痕には、ちょうど彼女が生前帯をしめていた恰好で、厚ぼったく繃帯が巻いてあった。それを見ながら、私は、今からたった十三、四時間前に、新橋の鳥屋でさし向かいに坐って、笑い興じていた初代を思い出した。すると、内臓の病気ではないかと思ったほど、胸の奥がギュウと引締められるような気がした。その刹那、ポタポタと音を立てて、仏の枕元の畳の上に、つづけざまに私は涙をこぼしたのであった。

いや、私はあまりに帰らぬ思い出に耽り過ぎたようである。こんな泣きごとを並べるのがこの記録の目的ではなかったのだ。読者よ、どうか私の愚痴を許してください。

K氏と私とは、その現場でも、また後日役所に呼び出されさえして、いろいろと初代の日常に関して取り調べを受けたのであるが、それによって得た知識、また初代の母親や近所の人たちから聞き知ったところなどを総合すると、この悲しむべき殺人事件の経過は、大体次のようなものであったことがわかった。

初代の母親は、その前夜、やっぱり娘の縁談のことについて相談するために、品川のほうにいる彼女の亡夫の弟のところへ出向いて、遠方のことゆえ、帰宅したのはもう一時を過ぎていた。戸締まりをして、起きてきた娘としばらく話をして、彼女の寝室に定めてあるほうの、玄関ともいうべき四畳半へ臥せった。ここでちょっとこの家の間取りを説明しておくと、今いった玄関の四畳半の奥に六畳の茶の間があり、それが横に長い六畳で、そこから奥の六畳と三畳の台所と両方へ行けるようになっている。奥の間の六畳というのは、主客座敷と初代の居間との兼用になっていた。初代は勤めに出て家計を助けているので、主人格として一ばん上等の部屋を当てがわれていたのである。玄関の四畳半は南に面していて、冬は日当たりがよく、夏は涼しく、明るくて気持がよいというので、母親が居間のようにして、そこで針仕事などすることになっていた。中の茶の間は広いけれど、障子ひとえで台所だし、光線がはいらず、陰気でじめじめしているので、母親はそこを嫌って寝室にも玄関を選んだわけであった。なぜ私はこんなにこまごまと間取りを説明したかというに、実はこの部屋の関係が初代変死事件をあれほど面倒なものにした、一つの素因をなしていたからである。事のついでにもう一つ、この事件を困難にした事情を述べておくが、初代の母親は少し耳が遠くなっていた。それにその夜はよふかしをした上に、ちょっと興奮するような出来事もあったので、寝つきがわるかった代りには、わずかのあいだであったが、ぐっすりと熟睡してしまって、朝六時ごろに眼を覚ましたまでは、何事も知らず、少々の物音には気のつかぬ状態であった。

母親は六時に眼を覚ますと、いつもするように、戸をあける前に、台所へ行って、仕かけておいた竈の下をたきつけて、少し気掛りなことがあったものだから、茶の間の襖(ふすま)をあけて、初代の寝間をのぞいて見たのだが、雨戸の隙間からの光と、まだ、つけたままの机の上の置き電燈の光によって、一と目でその場の様子がわかった。布団がまくれて、仰臥した初代の胸がまっ赤に染まり、そこに小さな白鞘の短刀がつっ立ったままになっていた。格闘の跡もなく、さしたる苦悶の表情もなく、初代はちょっと暑いので、布団から乗出したという恰好で静かに死んでいた。曲者(くせもの)の手練が、たった一と突きで心臓をえぐったので、ほとんど苦痛を訴えるひまもなかったのであろう。

　母親はあまりの驚きに、そこにベッタリ坐ったまま「どなたかきてくださいよ」と連呼した。耳が遠いのでふだんから大声であったが、それが思いきり叫んだのであるから、たちまち壁ひとえの隣家を驚かせた。それから大騒ぎになって、ちょっとの間に近所の人たちが五、六人集まってきたが、はいろうにも、戸締まりをしたままなので、家の中へはいることができない。人々は「お婆さんここをあけなさい」と叫んで、ドンドン入口の戸を叩いた。もどかしがって裏へ廻る者もあったが、そこも締まりのままでひらくことができない。でもしばらくすると、母親が気が顚倒していたのでという意味の詫ごとをして締まりをはずしたので、人々はやっと屋内にはいり、恐ろしい殺人事件が起こったことを知ったのである。それから警察に知らせるやら、母親の亡夫の弟の家へ使いを走らせるやら大騒ぎになったが、もうそのころは町内じゅう総出の有様で、隣家の古道具屋の店先などは、そこの老主人の言葉を借りると「葬式なんかのおりの休憩所」といった観を呈していた。町内が狭いところへ、どの家からも、二、三人の人が門口へ出ているので、ひとしお騒ぎが大きく見えた。

　兇行のあったのは、後に警察医の検診によって、午前の三時ごろということがわかったが、兇行の理由と見なすべき事柄は、やや曖昧にしかわからなかった。初代の居間は、大して取り乱した様子もなく、箪笥なんかにも異状はなかったが、だんだん調べて行くと、初代の母親は二つの品物の紛失していることに気づいた。その一つは初代がいつも持っていた手提げ袋で、その中にはちょうど貰ったばかりの月給がはいっていた。その前夜少しごたごたしたことがあったので、それを袋から出すひまもなく、初代の机の上に置いたままになっていたはずだと、母親はいうのだ。

これだけの事実によって判断すると、この事件は何者かが、多分夜盗のたぐいであったにちがいないが、初代の居間に忍び込んで、あらかじめ目星をつけおいた月給入りの手提げ袋を盗み去ろうとしたとき、初代が眼を覚まして声を立てるか何かしたので、うろたえた賊が所持の短刀で初代を刺し、そのまま手提げ袋を持って逃亡したというふうに、想像することができた。母親がその騒ぎに気づかなかったのは少々変であるが、前にも述べた通り、初代の寝間と母親の寝間とが離れていたこと、母親は耳が遠い上に、その夜は殊に疲れて熟睡していたことなどを考えると、無理もないことであった。それはまた、初代が大声で叫び立てるひまを与えず、とっさの間に、賊が彼女の急所を刺したためだと考えることもできた。

読者は、私がそんな平凡な月給泥棒の話を、なぜこまごまとしるしているのかと、定めし不審に思われるであろう。なるほど以上の事実はまことに平凡である。だが事件全体は決して平凡ではなかった。実をいうと、その平凡でない部分を、私はまだ少しも読者に告げていないのである。物には順序があるからだ。

では、その平凡でない部分とはなんであるかというに、先ず第一は、月給泥棒がなぜチョコレートの缶を一緒に盗んでいったかということである。母親が発見した二つの紛失物の内の一つが、そのチョコレートの缶であったのだ。チョコレートと聞いて私は思い出した。その前夜、私たちが銀座を散歩した時、私は初代がチョコレートを好きなことを知っていたものだから、彼女と一緒に一軒の菓子屋にはいって、ガラス箱の中に光っていた美しい宝石のような模様の缶に入ったのを買ってやったのである。丸く平べったい掌くらいの小缶であったが、非常に綺麗に装飾がしてあって、私は中味よりも缶が気に入って、それを選んだほどであった。初代の死体の枕元に、銀紙が散らばっていたというのだから、彼女はゆうべ、寝ながら、その幾つかをたべたものにちがいない。人を殺した賊が、危急の場合、なんの余裕があって、またなんの物好きから、そんなくだらない、お金にして一円〔註、今の四百円ほど〕足らずのお菓子などを、持って行ったのであろうか。母親の思い違いではないか、どっかにしまい込んであるのではないかと、いろいろ調べてみたが、その綺麗な缶はどこからも出てこなかった。だが、チョコレートの缶くらいは、なくなろうとどうしようと、大した問題ではなかった。この殺人事件の不思議さは、もっともっとほかの部分にあったのである。

一体、この賊は、どこから忍び入り、どこから逃げ出したのであろう。先ず、この家には普通に人の出入りする箇所が三つあった。第一は表の格子戸、第二は裏の二枚障子になった勝手口、第三は初代の部屋の縁側である。そのほかは、壁と、厳重にとりつけた格子窓ばかりだ。この三つの出入口は、前夜充分に戸締まりがしてあった。縁側の戸にも一枚一枚クルルがついていて、中途からはずすことはできない。つまり泥棒は普通の出入口からはいることは絶対不可能だったのである。それは母親の証言ばかりでなく、最初叫び声を聞きつけて現場にはいった近隣の五、六人の人たちが充分認めていた、というのは、その朝彼らが初代の家にはいろうとして、戸を叩いたとき、すでに読者にもわかっている通り、表口も裏口も、中から錠がおろしてあって、どうしてもあけることができなかったからである。また初代の部屋にはいって、光線を入れるために、三人でそこの縁側の雨戸をくったときにも、雨戸には完全に締まりがしてあったのだ。とすると、賊はこの三つの出入口のほかから忍び込み、また逃げ去ったものと考えるほかないのだが、そんな箇所がどこにあったのであろうか。

先ず最初に気がつくのは、縁の下であるが、縁の下といっても、そとに現われている部分は、この家には二カ所しかない、玄関の靴脱ぎの所と、初代の部屋の縁側の内庭に面した部分である。だが、玄関のほうは完全に厚い板が張りつけてあるし、縁側のほうは犬猫の侵入を防ぐために、一面金網張りになっている。そして、そのいずれにも、最近取りはずしたような形跡はなかったのである。

少し汚ない話をするようだが、便所の掃除口はどうかというに、その便所は初代の部屋の縁側にあったのだが、掃除口は昔風の大きなものでなく、近いころ用心深い家主がつけかえたという話で、やっと五寸角ぐらいの小さなものであった。これも疑う余地はないのだ。また、台所の屋根についている明りとりにも異状はなかった。それの締まりをする細引はちゃんと折れ釘に結びつけたままになっていた。そのほか、縁側のそとの内庭のしめった地面にも、足跡などは見当たらず、一人の刑事が天井板の取りはずしのできる部分から、上にあがって調べてみたが、厚くつもったほこりの上にはなんの痕跡も発見することができなかった。とすると、賊は壁を破るか、表の窓の格子をとりはずして、出入りするほかには、全く方法がないのである。いうまでもなく、壁は完全だし、格子は厳重に釘づけになっていた。

さらにこの盗賊は、彼の出入りの跡をとどめなかったばかりでなく、屋内にも、なんらの証拠物を残していないのであった。兇器の白鞘の短刀は、子供のおもちゃにもひとしいもので、どこの金物屋にも売っているような品であったし、その鞘にも、初代の机の上にも、そのほか調べえた限りの場所に、一つの指紋さえ残っていなかった。むろん遺留品はなかった。妙な言い方をすれば、これは、はいらなかった泥棒が、人を殺し、物を盗んだのである。殺人と窃盗ばかりがあって、殺人者、窃盗者は影も形もないのである。

ポーの「モルグ街の殺人事件」やルルウの「黄色の部屋」などで、私はこれと似たような事件を読んだことがある。共に内部から密閉された部屋での殺人事件なのだ。だが、そういうことは外国のような建物でなければ起こらぬもの、日本流のヤワな板と紙との建築では起こらぬものと信じていた。それが今、そうばかりともいえぬことがわかってきたのだ。たとえヤワな板にもしろ、破ったり取りはずしたりすれば跡が残る。だから、探偵という立場からいえば、四分板も一尺のコンクリート壁もなんの変りもないのである。

だが、ここで、ある読者は一つの疑問を提出されるかもしれない。「ポーやルルウの小説では、密閉された部屋の中に被害者だけがいたのである。それゆえまことに不思議であったのだ。ところが君の場合では、君が一人で、この事件をさも物々しく吹聴しているにすぎないではないか。たとえ家は君のいうように密閉されていたにもしろ、その中には、被害者ばかりではなくて、もう一人の人物がちゃんといたのではないか」と。まことに左様である。当時、検事や警察の人々も、その通りに考えたのであった。

賊の出入りした痕跡が絶無だとすると、初代に近づきえた唯一の人は彼女の母親であった。盗まれた二た品というのも、ひょっとしたら彼女の欺瞞であるかもしれない。小さな二た品を人知れず処分するのはさして面倒なことではない。第一おかしいのは、たとえ一と間隔たっていたとはいえ、耳が少しくらい遠かったとはいえ、眼ざといはずの老人が、人一人殺される騒ぎを、気づかなかったという点である。この事件の係りの検事は、定めしそんなふうに、考えたことであろう。

そのほか、検事はいろいろな事実を知っていた。彼女らがほんとうの親子でなかったこと、最近は結婚問題で、絶えず争いのあったこと。ちょうど殺人のあった夜も、母親は亡夫の弟の力を借りるために彼を訪問したのだし、帰ってから二人のあいだに烈しいいさかいがあったらしいことも、隣家の古道具屋の老主人の証言で明らかになっている。私が陳述したところの、母親が初代の留守中に、彼女の机や手文庫をソッと調べていたなどということも、かなり悪い心証を与えた様子であった。

可哀そうな初代の母親は、初代の葬儀の翌日、ついにその筋の呼出しを受けたのである。

恋人の灰

私はそれから二、三日会社を休んでしまって、母親や兄夫婦に心配をかけたほど、一と間にとじこもったきりであった。たった一度、初代の葬儀に列したほかには一歩も家を出なかった。

一日二日とたつに従って、ハッキリとほんとうの悲しさがわかってきた。初代とのつき合いは、たった九カ月でしかなかったけれど、恋の深さ烈しさは、そんな月日できまるものではない。私はこの三十年の生涯に、それはいろいろの悲しみも味わってきたけれど、初代を失ったときほどの深い悲しみは一度もない。私は十九の年に父親を、その翌年に一人の妹をなくしたが、生来柔弱なたちの私は、その時もずいぶん悲しんだけれど、でも、初代の場合とは比べものにならぬ。恋は妙なものだ。世にたぐいなき喜びを与えてもくれる代りには、また人の世の一ばん大きな悲しみを伴なってくる場合もあるのだ。私は幸か不幸か失恋の悲しみというものを知らぬのだが、どのような失恋であろうとも、それはまだ耐えることができるであろう。失恋というあいだは、まだ相手は他人なのだ。だが私の場合は、双方から深く恋し合って、あらゆる障碍（しょうがい）を物ともせず、そうだ、私のよく形容するように、どことも知れぬ天上の桃色の雲に包まれて、身も魂も溶け合って、全く一つのものになりきってしまっていた。どんな肉親もこうまで一つになりきれるものではないと思うほど。初代こそは、一生涯に、たった一度巡り合った私の半身であったのだ。その初代がいなくなってしまった。病死なればまだしも看病するひまもあったであろうに、私と機嫌よく別れてから、たった十時間あまりののちに、彼女はもう物いわぬ悲しい蠟人形となって、私の前に横たわっていたのだ。しかも、無残に殺されて、どこの誰ともわからぬやつに、あの可憐な心臓をむごたらしく抉られて。

私は彼女の数々の手紙を読み返しては泣き、彼女から贈られた彼女のほんとうの先祖の系図帳をひらいては泣き、大切に保存してあった、いつかホテルで描いた彼女の夢に出てくるという浜辺の景色を眺めては泣いた。誰に物をいうのもいやだった。誰の姿を見るのもいやだった。私はただ、狭い書斎にとじこもって、眼をつむって、今はこの世にない初代とだけ逢っていたかった。心の中で、彼女とだけ話がしていたかった。

彼女の葬式の翌朝、私はふとあることを思いついて、外出の用意をした。嫂（あによめ）が「会社へいらっしゃるの」と聞いたけれど、返事もしないでそとに出た。むろん会社へ出るためではなかった。初代の母親を慰問するためでもなかった。私はちょうどその朝は、なき初代の骨上げが行われることを知っていた。ああ、私はかつての恋人の悲しき灰を見るために、いまわしい場所を訪れたのである。

私はちょうど間に合って、初代の母親や親戚の人たちが、長い箸を手にして、骨上げの儀式を行っているところへ行き合わした。私は母親にその場にそぐわぬ悔みを述べて、ボンヤリ竈の前に立っていた。そんな際、誰も私のぶしつけをとがめる者はなかった。隠亡が金火箸で乱暴に灰のかたまりをたたき割るのを見た。そして彼はまるで冶金家が坩堝の金糞の中から何かの金属でも探し出すように、無造作に、死人の歯を探し出して、別の小さな容器に入れていた。私は、私の恋人が、そうして、まるで「物」のように取り扱われるのを、ほとんど肉体的な痛みをさえ感じて、眺めていた。だが、こなければよかったなどとは思わなかった。私には最初から、ある幼い目的があったのだから。

私はある機会に、人々の眼をかすめて、その鉄板の上から、一と握りの灰を、無残に変った私の恋人の一部分を盗みとったのである(ああ、私はあまりに恥かしいことを書き出してしまった)。そして、その付近の広い野原へ逃れて、私は、気ちがいみたいに、あらゆる愛情の言葉をわめきながら、それを、その灰を、私の恋人を、胃の腑の中に入れてしまったのであった。

私は草の上に倒れて、異常なる興奮にもがき苦しんだ。「死にたい、死にたい」とわめきながら、ころげまわった。長いあいだ、私は、そこにそうして横たわっていた。だが私は、恥かしいけれど死ぬほど強くはなかった。或いは、死んで恋人と一体になるというような、古風な気持にはなれなかった。その代りに、私は死の次に強く、死の次に古風な、一つの決心をしたのである。

私は、私から大切な恋人を奪ったやつを憎んだ。初代の冥福のためにというよりは、私自身のために恨んだ。腹の底からそいつの存在を呪った。私は検事が如何に疑おうと、警察官がなんと判断しようと、初代の母親が下手人だとはどうしても信じられなかった。だが、初代が殺された以上、たとえ賊の出入りした形跡が絶無であろうとも、そこには下手人が存在しなければならぬ。何者だかわからぬもどかしさが、一層私の憎しみをあおった。私は、その野原に仰臥して、晴れた空にギラギラと輝いていた太陽を、眼のくらむほど見つめながら、それを誓った。

「おれはどうしたって、下手人を見つけ出してやる。そしておれたちの恨みをはらしてやる」

私が陰気な内気者であったことは、読者も知る通りであるが、その私が、どうしてそのような強い決心をすることができたのであるか、また、その後のあらゆる危険に突き進んで行った、あの私に似げなき勇気を獲得することができたのであるか、私は顧みて不思議に思うほどであるが、それはすべて亡びた恋のさせるところであったろう。恋こそ奇妙なものである。それは時には人を喜びの頂天に持ち上げ、時には悲しみのどん底につきおとし、また時には、人に比類なき強力を授けさえするのだ。

やがて、興奮から醒めた私は、やっぱり同じ場所に横たわったまま、やや冷静に、これから私のなすべきことを考えた。そして、さまざまに考えめぐらすうちに、ふと或る人のことを思い出した。その名は読者もすでに知っている。私が素人探偵と名づけたところの、深山木幸吉のことである。警察は警察でやるがいい。私は私自身で犯人を探し出さないでは承知できぬのだ。「探偵」という言葉はいやだけれど、私は甘んじて「探偵」をやろうと決心した。それについては、私の奇妙な友人の深山木幸吉ほど、適当な相談相手はないのである。私は立ちあがると、その足で付近の省線電車の駅へと急いだ。鎌倉の海岸近くに住む深山木の家を訪ねるためであった。

読者諸君、私は若かった。私は恋を奪われた恨みにわれを忘れた。前途にどれほどの困難があり、危険があり、この世のほかの活地獄が横たわっているかを、まるで想像もしていなかった。そのうちのたった一つをすら、予知することができたなら——私のこの向う見ずな決心が、やがて私の尊敬すべき友人深山木幸吉の生命をさえ奪うものであることを、予知しえたならば——私は或いは、あのような恐ろしい復讐の誓いをしなかったかもしれないのだ。だが、私はそのとき、なんのそのような顧慮もなく、成否はともかくも、一つの目的を定めえたことが、やや私の気分をすがすがしくしたのであったか、足並みも勇ましく、初夏の郊外を、電車の駅へと急いだのである。

奇妙な友人

私は内気者で、同年輩の華やかな青年たちには、あまり親しい友だちを持たなかった代りに、年長のしかも少々風変りな友だちにめぐまれていた。諸戸道雄もその一人にちがいなかったし、これから読者に紹介しようとする深山木幸吉などは、中でも風変りな友だちであった。そして、私のまわり気かもしれぬけれど、年長の友だちはほとんどすべて、深山木幸吉とても例外ではなく、多かれ少なかれ、私の容貌に一種の興味を持っているように思われた。たとえいやな意味ではなくとも、何かしら私の身内に彼らを引きつける力があるらしくみえた。そうでなくて、あのようにそれぞれ一方の才能に恵まれた年長者たちが、青二才の私などにかまってくれるはずはなかったからだ。

それはともかく、深山木幸吉というのは、私の勤め先の年長の友人の紹介で、知り合いになった間柄であったが、当時四十歳をだいぶ過ぎていたにもかかわらず、妻もなく子もなく、そのほかの血縁らしいものは私の知る限り一人もなく、ほんとうの独り者であった。独り者といっても諸戸のように女嫌いというわけではなく、これまでにずいぶんいろいろな女と夫婦みたいな関係を結んだらしく、私の知るようになってからでも、二、三度そういう女を変えているのだが、いつも長続きがしないで、しばらくあいだを置いて訪ねてみると、いつの間にか女がいなくなっている、といった調子であった。「俺のは刹那的一夫一婦主義だ」といっていたが、つまり極端に惚れっぽく、飽きっぽいたちなのである。誰しも感じたり言ったりはするけれど、それを彼のように傍若無人に実行したものは少ないであろう。こういうところにも彼の面目が現われていた。

彼は一種の雑学者で、何を質問しても知らぬといったことがなかった。別に収入の道はなさそうであったが、いくらか貯えがあるとみえ、稼ぐということをしないで、本を読むあいだあいだには、世間の隅々に隠れている、様々な秘密をかぎ出してくるのを道楽にしていた。中にも犯罪事件は彼の大好物であって、有名な犯罪事件で、彼の首を突っ込まぬはなく、ときどきはその筋の専門家に有益な助言を与えるようなこともあった。

独り者の上に彼の道楽がそんなふうであったから、どこへ行くのか、三日も四日も家をあけているようなことが、ちょくちょくあって、うまく彼の在宅のおりに行き合わせるのはなかなかむずかしいのだ。その日もまた留守を食うのではないかと心配しながら歩いていると、幸いなことには彼の家の半丁も手前から、もう彼の在宅であることがわかった。というのは、可愛らしい子供らの声にまじって、深山木幸吉の聞き覚えのある胴間声が、変な調子で当時の流行歌を歌っていたからである。

近づくと、チャチな青塗り木造の西洋館の玄関をあけっ放しにして、そこの石段に四、五人の腕白小僧が腰をかけ、一段高いドアの敷居の所に深山木幸吉があぐらをかき、みんなが同じように首を左右に振りながら、大きな口をあいて、

「どこから私しゃ来たのやら
　いつまたどこへ帰るやら」

とやっていたのである。彼は自分に子供がないせいか、非常な子供好きで、よく近所の子供を集めては、餓鬼大将となって遊んでいた。妙なことは、子供らもまた、彼らの親たちとは反対に、近所ではつまはじきのこの奇人のおじさんになついていたのである。

「さあ、お客さんだ。美しいお客さまがいらしった。君たちまた遊ぼうね」

私の顔を見ると、深山木は敏感に私の表情を読んだらしく、いつものように一緒に遊ぼうなどとはいわないで、子供らを帰し、私を彼の居間に導くのであった。

西洋館といっても、アトリエか何かのお古と見えて、広間のほかに小さな玄関と台所のようなものがついているきりで、その広間が、彼の書斎、居間、寝室、食堂を兼ねていたのだが、そこにはまるで古本屋の引越しみたいに、書物の山々が築かれ、そのあいだに古ぼけた木製のベッドや、食卓や、雑多の食器や、缶詰や、ソバ屋の岡持などが、めちゃくちゃに放り出してあった。

「椅子がこわれてしまって、一つきゃない。まあ、それにかけてください」

といって、彼自身は、ベッドの薄よごれたシーツの上にドッカとあぐらをかいたもので

ある。

「用事でしょう。何か用事を持ってきたんでしょう」

彼は乱れた長い頭髪を、指でうしろへかきながら、ちょっとはにかんだ表情をした。彼は私に会うと、きっと一度はこんな表情をするのだ。

「ええ、あなたの智恵をお借りしたいと思って」

私は、相手の西洋乞食みたいな、カラーもネクタイもない皺くちゃの洋装を見ながらいった。

「恋、ね、そうでしょう。恋をしている眼だ。それに、近頃とんと僕の方へはご無沙汰だからね」

「恋、ええ、まあ……その人が死んじまったんです。殺されちまったんです」

私は甘えるようにいった。いってしまうと、どうしたことか止めどもなく涙がこぼれた。私は眼の所へ腕を当てて、ほんとうに泣いてしまったのだ。深山木はベッドから降りてきて、私のそばに立って、子供をあやすように、私の背中を叩きながら、何かいっていた。悲しみのほかに、不思議に甘い感触があった。私のそうした態度が、相手をワクワクさせていることを、私は心の隅で自覚していた。

深山木幸吉は実に巧みな聞き手であった。私は順序を立てて話をする必要はなかった。一語一語、彼の問うに従って答えて行けばよいのであった。結局私は何もかも、木崎初代と口を利きはじめたところから、彼女の変死までのあらゆることをしゃべってしまった。深山木が見せよというものだから、例の初代の夢に出てくる海岸の見取り図も、彼女から預かった系図帳さえも、ちょうど内ポケットに持っていたので、取り出して彼に見せた。彼はそれらを、長いあいだ見ていたようであったが、私は涙を隠すために、あらぬかたを向いていたので、そのときの彼の表情などには、少しも気づかなかった。

私はいうだけいってしまうと、だまり込んでしまった。深山木も異様に押しだまっていた。私はうなだれていたのだが、あまり長いあいだ相手が黙っているので、ふと彼の方を見上げると、彼は妙に青ざめた顔をして、じっと空間を見つめていた。

「僕の気持をわかってくださるでしょう。僕はまじめに敵討ちを考えているのです。せめて下手人を僕の手で探し出さないでは、どうにも我慢ができないんです」

私が相手を促すようにいっても、彼は表情も変えず、だまり込んでいた。何かしら妙なものがあった。日頃の東洋豪傑風な、無造作な彼が、こんな深い感動を示すというのは、ひどく意外に思われた。

「僕の想像が誤まりでなけりゃ、これは君が考えているよりは、つまり表面に現われた感じよりは、ずっと大袈裟な、恐ろしい事件かもしれないよ」

やっとしてから、深山木は考え考え、厳粛な調子でいった。

「人殺しよりもですか」

私はどうして彼がそんなことを口走ったのか、まるで判断もつかず、漫然と聞き返した。

「人殺しの種類がだよ」

深山木はやっぱり考え考え、陰気に答えた。

「手提げがなくなったからといって、ただの泥棒の仕業でないことは、君にもわかっているだろう。かといって、単なる痴情の殺人にしては、あまり考え過ぎている。この事件の蔭には、非常にかしこい、熟練な、しかも、残忍酷薄なやつが隠れている。並々の手際ではないよ」

彼はそういって、ちょっと言葉を切ったが、なぜか、少し色のあせた唇が、興奮のためにワナワナ震えていた。私は彼のこんな表情を見るのははじめてだった。彼の恐怖が伝わって、私も妙にうしろが顧みられるような気がしはじめた。だが、愚かな私は、彼がそのとき、私以上に何事を悟っていたか、何がかくも彼を興奮させたか、その辺のことには、まるで気がつかなかった。

「心臓のまん中をたった一と突きで殺しているといったね。泥棒が見とがめられたための仕業にしては、手際がよすぎる。ただ一と突きで人間を殺すなんて、なんでもないようだが、余程の手練がなくてはできるものではないのだよ。それに出入りした跡の全くないこと、指紋の残っていないこと、なんとすばらしい手際だ」彼は讃歎するようにいった。

「だが、そんなことよりも、もっと恐ろしいのは、チョコレートの缶のなくなっていたことだ。なぜそんなものが紛失したのだか、はっきり見当がつかぬけれど、なんだかただごとでない感じがするんだ。そこにゾーッとするようなものがあるんだ。それに初代が三晩も見たというよぼよぼの老人……」

彼は言葉尻をにごして、だまってしまった。

私たちはてんでの考えに耽って、じっと眼を見合わせていた。窓のそとには、昼過ぎたばかりの日光がギラギラ輝いていたが、室の中は、妙にうそ寒い感じだった。

「あなたも、初代の母親には疑うべき点はないと思いますか」

私はちょっと深山木の考えをただしておきたかったので、それを聞いてみた。

「一笑の価値もないよ。なんぼ意見の衝突があったところで、思慮のある年寄りが、たった一人のかかり子を、殺すやつがあるものかね。それに、君の口ぶりで察すると、母親という人は、そんな恐ろしいことのできる柄ではないよ。手提げ袋は人知れず隠せるにしてもだ、母親が下手人だったら、なんの必要があって、チョコレートの缶が紛失したなんて、変な嘘をつくものかね」

深山木はそういって立ち上がったが、ちょっと腕時計を見ると、

「まだ時間がある。明るいうちに着けるだろう。ともかく、その初代さんの家へ行ってみようじゃないか」

彼は室の一隅のカーテンの蔭へはいって、何かゴソゴソやっていたかと思うと、間もな

く少しばかり見られる服装に変って出てきた。「さあ行こう」無造作にいって、帽子とステッキを掴むと、もう戸外へ飛び出していた。私もすぐさま彼のあとを追った。私は深い悲しみと、一種異様の恐れと、復讐の念のほかには何もなかった。例の系図帳や私のスケッチなどを、深山木がどこへ始末したのかも知らなかった。初代の死んでしまった今となって、私にそんな物の入用もなく、てんで念頭にもおいていなかった。

汽車と電車の二時間あまりの道中を、私たちはほとんどだまり込んでいた。私の方では何かと話しかけるのだけれど、深山木が考え込んでいて取り合ってくれないのだ。でも、たったひとこと、彼が妙なことをいったのを覚えている。これは後々にも関係のある大切な事柄だから、ここに再現しておくと、

「犯罪がね、巧妙になればなるほど、それは上手な手品に似てくるものだよ。手品師はね、密閉した箱の蓋をあけないで、中の品物を取り出す術を心得ている。ね、わかるだろう。だが、それには種があるんだ。ご見物様方には、全く不可能に見えることが、彼にはなんの造作もありはしないのだ。今度の事件がちょうど密閉された手品の箱だよ。実際見た上でないとわからぬけれど、警察の人たちは大事な手品の種を見落としているにちがいない。その種がたとえ眼の前に曝されていても、思考の方向が固定してしまうと、とんと気のつかぬものだ。手品の種なんて、大抵見物の眼の前に曝されているんだよ。多分それはね、出入口という感じが少しもしない箇所なのだ。それでいて考え方を換えると非常に

大きな出入口なんだよ。まるで開けっぱなしみたいなもんだ。錠もかからねば、釘を抜いたり、破壊したりする必要もない。そういう箇所は開け放しのくせに誰もしまりなんてしないからね。ハハハハハハ、僕の考えていることは実に滑稽なんだよ。ばかばかしいことだよ。だが案外当たっていないとはきまらない。手品の種はいつもばかばかしいものだからね」

探偵家というものが、なぜそんなふうに思わせぶりなものであるか、幼稚なお芝居気に富んでいるものであるかということを、今になっても、私はときどき考える。そして、腹立たしくなるのだ。もし、深山木幸吉が、彼の変死に先だって、彼の知っていたことを、すべて私に打ちあけてくれたならば、あんなにも事を面倒にしないですんだのである。だがそれは、シャーロックホームズがそうであったように、またはデュパンがそうであったように、優れた探偵家の免がれがたい衒気(げんき)であったのか、彼も亦(また)一度首を突っ込んだ事件は、それが全く解決してしまうまで、気まぐれな思わせぶりのほかには、彼の推理の片影さえも、傍人に示さぬのを常としたのである。

私はそれを聞くと、彼がすでに何事か、事件の秘密をつかんでいるように思ったので、もっと明瞭に打ちあけてくれるように頼んだけれど、かたくなな探偵家の虚栄心から、彼はそれきり口をつぐんでしまって、何事をもいわなかった。

七宝の花瓶

木崎の家は、もう忌中の貼紙も取れ、立番の警官もいなくなって、何事もなかったようにひっそりと静まり返っていた。あとでわかったことであるが、ちょうどその日、初代の母親は骨上げから帰ると間もなく、警察の呼び出しを受けて警官に連れて行かれたというので、彼女の亡夫の弟という人が、自分の家から女中を呼び寄せて、陰気な留守番をしていたのであった。

私たちが格子戸をあけてはいろうとすると、出会いがしらに中から意外な人物が出てきた。私とその男とは、非常な気まずい思いで、ぶつかった眼をそらすこともできず、しばらく無言で睨み合っていた。それは求婚者であったにかかわらず、初代の在世中には、一度も木崎家を訪れなかった諸戸道雄が、なぜかその日になって、悔みの挨拶にきているのだった。彼はよく身に合ったモーニングコートを着て、しばらく見ぬ間に少しやつれた顔をして、どうにも眼のやりばがないという様子で、立ちつくしていたが、やっとの思いらしく私に言葉をかけた。

「あ、蓑浦君、しばらく。お悔みですか」

私はなんと返事していいのかわからなかったので、かわいた唇でちょっと笑ってみせた。

「僕、君に少しお話ししたいことがあるんだが、そとで待ってますから、御用がすんだら、ちょっとその辺までつき合ってくれませんか」

実際用事があったのか、その場のてれ隠しにすぎなかったのか、諸戸はチラと深山木のほうを見ながら、そんなことをいった。

「諸戸道雄さんです。こちらは深山木さん」

私はなんの気であったか、どぎまぎして二人を紹介してしまった。双方とも私の口から噂を聞き合っていた仲なので、名前をいっただけで、お互いに名前以上の色々なことがわかったらしく、二人は意味ありげな挨拶をかわした。

「君、僕にかまわずに行ってきたまえ。僕はここのうちへちょっと紹介さえしといてくれりゃいいんだ。どうせしばらくこの辺にいるから、行ってきたまえ」

深山木は無造作にいって、私を促がすので、私は中にはいって、見知り越しの留守居の人々に、ソッと私たちの来意を告げ、深山木を紹介しておいて、そとに待ち合わせていた諸戸と一緒に、遠方へ行くわけにはいかぬので、近くのみすぼらしいカフェへはいった。

諸戸としては、私の顔を見れば彼の異様な求婚運動について、なんとか弁解しなければならぬ立場であっただろうし、私のほうでは、そんなばかなことがと打ち消しながらも、心の奥では、諸戸に対して、ある恐ろしい疑念をいだいていて、それとなく彼の気持を探ってみたい、というほどハッキリしていなくても、何かしら、この好機会に彼を逃がしてはならぬというような心持があって、それに深山木が私に行くことを勧めた調子も、なんだか意味ありげに思われたので、お互いの不思議な関係にもかかわらず、私たちはつい、そんなカフェなどにはいったものであろう。

私たちはそこで何を話したか、今ではひどく気まずかったという感じのほかは、ハッキリ覚えていないのだが、おそらくほとんど話をしなかったのではないかと思われる。それに、深山木が用事をすませて、そのカフェを探し当ててはいってきたのが、あまりに早かったのだ。

私たちは飲物を前にして、長いあいだうつむき合っていた。私は相手を責めたい気持、彼の真意を探りたい気持で一杯ではあったが、なに一つ口に出してはいえなかった。諸戸のほうでも妙にもじもじしていた。先に口をひらいたほうが負けだといった感じであった。奇妙な探り合いであった。だが、諸戸がこんなことをいったのを覚えている。

「今になって考えると、僕はほんとうにすまぬことをした。君はきっと怒っているでしょう。僕はどうして謝罪していいかわからない」

彼は、そんなことを遠慮勝ちに、口の中で、くどくどとくり返していた。そして、彼が一体何について謝罪しているのか、ハッキリしないうちに、深山木がカーテンをまくって、つかつかとそこへはいってきた。

「お邪魔じゃない？」

彼はぶっきら棒にいって、ドッカと腰をおろすと、ジロジロ諸戸を眺めはじめるのだった。諸戸は深山木の来たのを見ると、なんであったかわからぬが、彼の目的を果たしもせず、突然別れの挨拶をして、逃げるように出て行ってしまった。

「おかしい男だね。いやにソワソワしている。何か話したの？」

「いいえ、なんだかわからないんです」

「妙だな。いま木崎の家の人に聞くとね。あの諸戸君は初代さんが死んでから、三度目なんだって、訪ねてくるのが。そして妙にいろいろなことを尋ねたり、家の中を見て廻ったりするんだって。何かあるね。だが、かしこそうな美しい男だね」

深山木はそういって、意味ありげに私を見た。私はその際ではあったけれど、でも顔を赤くしないではいられなかった。

「早かったですね。何か見つかりましたか」

私はてれ隠しに質問した。

「いろいろ」

彼は声を低めてまじめな顔になった。彼の鎌倉を出るときからの興奮は、増しこそすれ決してさめていないように見えた。彼は何かしら、私の知らないいろいろなことを心の奥底に隠していて、独りでそれを吟味しているらしかった。

「おれは久しぶりで大物にぶつかったような気がする。だがおれ一人の力では少し手強いかもしれぬよ。とにかく、おれはきょうからこの事件にかかりきるつもりだ」

彼はステッキの先で、しめった土間にいたずら書きをしながら、独りごとのようにつづけた。

「大体の筋道は想像がついているんだが、どうにも判断のできない点が一つある。解釈の方法がないではないが、そして、どうもそれがほんとうらしく思われるのだが、もしそうだとすると、実に恐ろしいことだ。前例のない極悪非道だ。考えても胸がわるくなる。人類の敵だ」

彼はわけのわからぬことを呟きながら、なかば無意識にそのステッキを動かしていたが、ふと気がつくと、そこの地面に妙な形が描かれていた。それは燗徳利を大きくしたような形で、花瓶を描いたものではないかと思われた。彼はその中へ、非常に曖昧な書体で「七宝」と書いた。それを見ると、私は好奇心にかられて、思わず質問した。

「七宝の花瓶じゃありませんか。七宝の花瓶が何かこの事件に関係があるのですか」

彼はハッとして顔を上げたが、地面の絵模様に気づくと、慌ててステッキでそれを掻き消してしまった。

「大きな声をしちゃいけない。七宝の花瓶、そうだよ。君もなかなか鋭敏だね。それだよ、わからないのは。おれは今その七宝の花瓶の解釈で苦しんでいたのだよ」

だが、それ以上は、私がどんなに尋ねても、彼は口を緘して語らぬのであった。

間もなく私たちはカフェを出て、巣鴨の駅へ引き返した。方向が反対なので、私たちがそこのプラットフォームで別れるとき、深山木幸吉は「一週間ばかり待ちたまえ。どうしてもそのくらいかかる。一週間したら何か吉報がもたらせるかもしれないから」といった。私は彼の思わせぶりが不服であったけれど、でも、ひたすら彼の尽力を頼むほかはなかったのである。

古道具屋の客

家人が心配するので、私はその翌日から、進まぬながらＳ・Ｋ商会へ出勤することにした。探偵のことは深山木に頼んであるのだし、私にはどう活動のしてみようもなかったので、一週間といった彼の口約を心頼みに、空ろな日を送っていた。会社がひけると、いつも肩を並べて歩いた人の姿の見えぬ淋しさに、私の足はひとりでに、初代の墓地へと向かうのであった。私は毎日、恋人にでも贈るような花束を用意して行って、彼女の新しい卒塔婆の前で泣くのを日課にした。そしてそのたびごとに、復讐の念は強められて行くようにみえた。私は一日一日不思議な強さを獲得していくように思われた。

三日目にはもう辛抱ができなくて、私は夜汽車に乗って、鎌倉の深山木の家を訪ねてみたが、彼は留守だった。近所で聞くと「おととい出かけたきり、帰らぬ」ということであった。あの日巣鴨で別かれてから、そのまま彼はどこかへ行ったものとみえる。私はこの調子だと、約束の一週間がくるまでは、訪ねてみてもむだ足を踏むばかりだと思った。

だが、四日目になって私は一つの発見をした。それが何を意味するのだか、全く不明ではあったけれど、ともかくも一つの発見であった。私は四日おくれてやっと、深山木の想像力のほんの一部分をつかむことができたのだ。

あの謎のような「七宝の花瓶」という言葉が、一日として私の頭から離れなかった。その日は、私は会社で仕事をしながら、算盤をはじきながら、「七宝の花瓶」のことばかり思っていた。妙なことに、巣鴨のカフェで深山木のいたずら書きを見た時から、「七宝の花瓶」というものが、私にはなんだかはじめての感じがしなかった。どこかにそんな七宝の花瓶があった。それを見たことがあるという気がしていた。しかも、それは死んだ初代を連想するような関係で、私の頭の隅に残っているのだ。それが、その日、妙なことには算盤に置いていたある数に関連して、ヒョッコリ私の記憶の表面に浮かび出した。

「わかった。初代の家の隣の古道具屋の店先で、それを見たことがあるのだ」

私は心の中で叫ぶと、その時はもう三時を過ぎていたので、早びけにして、大急ぎで古道具屋へ駈けつけた。そして、いきなりその店先へはいって行って、主人の老人をつかまえた。

「ここに大きな七宝の花瓶が、たしかに二つ列べてありましたね。あれは売れたんですか」

私は通りすがりの客のように装って、そんなふうに尋ねてみた。

「へえ、ございましたよ。ですが、売れちまいましてね」

「惜しいことをした。欲しかったんだが、いつ売れたんです。二つとも同じ人が買ったんですか」

「対になっていたんですがね。買手は別々でした。こんなやくざな店にはもったいないような、いい出物でしたよ、相当お値段も張っていましたがね」

「いつ売れたの？」

「一つは、惜しいことでございました。ゆうべでした。遠方のお方が買って行かれましたよ。もう一つは、あれはたしか先月の、そうそう二十五日でした。ちょうどお隣に騒動のあった日で、覚えておりますよ」

というようなぐあいで、話好きらしい老人は、それから、長々といわゆるお隣の騒動について語るのであったが、結局、そうして私の確かめえたところによると、第一の買手は商人風の男で、その前夜約束をして金を払って帰り、翌日の昼頃使いの者がきて風呂敷に包んであった花瓶を担いで行った。第二の買手は洋服の若い紳士で、その場で自動車を呼んで、持ち帰ったということであった。両方とも通りがかりの客で、どこのなんという人だかもちろんわからない。

言うまでもなく、第一の買手が花瓶を受取りにきたのが、ちょうど殺人事件の発見された日と一致していたことが私の注意をひいた。だが、それがなにを意味するかは少しもわからない。深山木もこの花瓶のことを考えていたにちがいないが(老人は深山木らしい人物が、三日前に、同じ花瓶のことを尋ねてきたのをよく覚えていた)、どうして彼は、あんなにもこの花瓶を重視したのであろう。何か理由がなくてはかなわぬ。

「あれは確かに揚羽(あげは)の蝶の模様でしたね」

「ええ、ええ、その通りですよ。黄色い地にたくさんの揚羽の蝶が散らし模様になっていましたよ」

私は覚えていた。くすんだ黄色い地に銀の細線で囲まれた黒っぽいたくさんの蝶が、乱れとんでいる、高さ三尺くらいのちょっと大きい花瓶であった。

「どこから出たもんなんです」

「なにね、仲間から引き受けたものですが、出は、なんでも或る実業家の破産処分品だっていいましたよ」

この二つの花瓶は、私が初代の家に出入りするようになった最初から飾ってあった。ずいぶん長いあいだである。それが初代の変死後、引きつづいて僅か数日のあいだに、二つとも売れたというのは偶然であろうか。そこに何か意味があるのではないか。私は第一の買手の方にはまるで心当たりがなかったが、第二の買手には少し気づいた点があったので、最後にそれを聞いてみた。

「そのあとで買いにきた客は、三十くらいで、色が白くて、ひげがなく、右の頰にちょっと目立つ黒子のある人ではなかったですか」

「そうそう、その通りの方でしたよ。やさしい上品なお方でした」

果たしてそうであった。諸戸道雄にちがいないのだ。その人なら隣の木崎の家へ二、三度きたはずだが、気づかなかったかと尋ねると、ちょうどそこへ出てきた老人の細君が、加勢をして、それに答えてくれた。

「そういえば、あのお人ですわ。お爺さん」幸いなことには、彼女もまた老主人に劣らぬ饒舌家であった。「二、三日前に、ほら、黒いフロックを着て、お隣へいらっした立派な方。あれがそうでしたわ」

彼女はモーニングとフロックコートとを間違えていたけれど、もう疑うところはなかった。私はなお念のために、彼が呼んだ車のガレージを聞いて、尋ねてみたところ、送り先が諸戸の住居のある池袋であったこともわかった。

それはあまりに突飛な想像であったかもしれない。だが、諸戸のような、いわば変質者を、常規で律することはできぬのだ。彼は異性に恋しえない男ではなかったか。彼は同性の愛のためにその恋人を奪おうと企てた疑いさえあるではないか。あの突然の求婚運動がどんなに烈しいものであったか。彼の私に対する求愛がどんなに狂おしいものであったか。それを思い合わせると、初代に対する求婚に失敗した彼が、私から彼女を奪うために、綿密に計画された、発見の恐れのない殺人罪をあえて犯さなかったと、断言できるであろうか。彼は異常に鋭い理智の持ち主である。彼の研究はメスをもって小動物を残酷にいじくり廻すことではなかったか。彼は血を恐れない男だ。彼は生物の命を平気で彼の実験材料に使用している男だ。

私は彼が池袋に居を構えて間もなく、彼を訪ねたときの無気味な光景を思い出さないではいられぬ。

彼の新居は池袋の駅から半里も隔った淋しい場所にポッツリ建っている陰気な木造洋館で、別棟の実験室がついていた。鉄の垣根がそれを囲んでいた。家族は独身の彼と、十五、六歳の書生と、飯炊きの婆さんの三人暮らしで、実験動物の悲鳴のほかには、人の気配もしないような、物淋しい住まいであった。彼はそこと大学の研究室の両方で、彼の異常な研究にふけっていた。彼の研究題目は、直接病人を取り扱う種類のものではなくて、何か外科学上の創造的な発見というようなことにあるらしく思われた。

そこを訪ねたのは夜であった。鉄の門に近づくと、可哀そうな実験用動物の、それは主として犬であったが、耐えられぬ悲鳴を耳にした。それぞれ個性を持った犬どもの叫び声が、物狂わしき断末魔の連想をもって、キンキンと胸にこたえた。いま実験室の中で、もしやあのいまわしい活体解剖ということが行われているのではないかと思うと、私はゾッとしないではいられなかった。

門をはいると、消毒剤の強烈な匂いが鼻をうった。私は病院の手術室を思い出した。刑務所の死刑場を想像した。死を凝視した動物どもの、どうにもできぬ恐怖の叫びに、耳が掩いたくなった。いっそのこと、訪問を中止して帰ろうかとさえ思った。

夜もふけぬに、母屋(おもや)のほうはどの窓もまっ暗だった。わずかに実験室の奥のほうに明かりが見えていた。怖い夢の中でのように、私は玄関にたどりついて、ベルを押した。しばらくすると、横手の実験室の入口に電燈がついて、そこに主人の諸戸が立っていた。ゴム引きの濡れた手術衣を着て、血のりでまっ赤によごれた両手を前に突き出していた。電燈の下で、その赤い色が、怪しく光っていたのを、まざまざと思い出す。

恐ろしい疑いに胸をとざされて、しかし、それをどう確かめるよすがもなくて、私は夕闇せまる町をトボトボと帰途についた。

明正午限り

深山木幸吉との約束の一週間が過ぎて、七月の第一日曜のことであった。よく晴れた非常に暑い日であった。朝九時ごろ、私が鎌倉へ行こうと着換えをしているところへ、深山木から電報がきた。会いたいというのだ。

汽車は、その夏最初の避暑客で可なり混雑していた。海水浴には少し早かったけれど、暑いのと第一日曜というので、気の早い連中が、続々湘南の海岸へ押しかけるのだ。深山木家の前の往来は、海岸への人通りが途絶えぬほどであった。空地にはアイスクリームの露店などが、新しい旗を立てて商売をはじめていた。

だが、これらの華やかな、輝かしい光景に引き換えて、深山木は例の書物の中でひどく陰気な顔をして、考え込んでいた。

「どこへ行っていたのです。僕は一度お訪ねしたんだけど」

私がはいって行くと、彼は立ちあがりもしないで、そばの汚ないテーブルの上を指さしながら、

「これを見たまえ」

というのだ。そこには、一枚の手紙ようのものと、破った封筒とがほうり出してあったが、手紙の文句は鉛筆書きのひどく拙い字で、次のように記されてあった。

貴様はもう生かしておけぬ。明正午限り貴様の命はないものと思え。しかし、貴様の持っている例の品物を元の持ち主に返し、きょう以後かたく秘密を守ると誓うなら、命は助けてやる。だが、正午までに書留小包にして貴様が自分で郵便局へ持って行かぬと、間に合わぬよ。どちらでも好きな方を選べ。警察に言ったってだめだよ。証拠を残すようなへまはしないおれだ。

「つまらない冗談をするじゃありませんか。郵便できたんですか」

私はなにげなく尋ねた。

「いや、ゆうべ、窓からほうり込んであったんだよ。冗談じゃないかもしれない」

深山木はまじめな調子で言った。彼はほんとうに恐怖を感じているらしく、ひどく青ざめていた。

「だって、こんな子供のいたずらみたいなもの、ばかばかしいですよ。それに正午限り命をとるなんて、まるで映画みたいじゃありませんか」

「いや、君は知らないのだよ。おれはね、恐ろしいものを見てしまったんだ。おれの想像がすっかり的中してね。悪人の本拠を確かめることはできたんだけれど、そのかわり変なものを見たんだ。それがいけなかった。おれは意気地がなくて、すぐ逃げ出してしまった。君はまるで何も知らないのだよ」

「いや、僕だって、少しわかったことがありますよ。七宝の花瓶ね。何を意味するのだかわからないけれど、あれをね諸戸道雄が買って行ったんです」

「諸戸が？　変だね」

深山木は、しかし、それには一向気乗りのせぬ様子だった。

「七宝の花瓶には、一体どんな意味があるんです」

「おれの想像が間違っていなかったら、まだ確かめたわけではないけれど、実に恐ろしいことだ。前例のない犯罪だ。だがね、恐ろしいのは花瓶だけじゃない、もっともっと驚くべきことがある。悪魔の呪いといったようなものなんだ。想像もできない邪悪なのだ」

「一体、あなたには、もう初代の下手人がわかっているのですか」

「おれは、少なくとも彼らの巣窟をつきとめることはできたつもりだ。もうしばらく待ちたまえ。しかしおれはやられてしまうかもしれない」

深山木は彼のいうところの悪魔の呪いにでもかかったのであるか、ばかに気が弱くなっていた。

「変ですね。しかし、万一にもそんな心配があるんだったら、警察に話したらいいじゃありませんか。あなた一人の力で足りなかったら、警察の助力を求めたらいいじゃありませんか」

「警察に話せば、敵を逃がしてしまうだけだよ。それに、相手はわかっていても、そいつを挙げるだけの確かな証拠をつかんでいないのだ。いま警察がはいってきては、かえって邪魔になるばかりだ」

「この手紙にある例の品物というのは、あなたにはわかっているのですか。一体なんなのです」

「わかっているよ、わかっているから怖いのだよ」

「それを先方の申し出どおり送ってやるわけにはいかぬのですか」

「おれはね、それを敵に送り返すかわりに」彼はあたりを見廻すようにして、極度に声を舐め「君に宛てて書留小包で送ったよ。きょう帰ると、変なものが届いているはずだが、それを傷つけたり毀したりしないように、大切に保管してくれたまえ。おれの手元に置いては危ないのだ。君なら幾ぶん安全だから。非常に大切なものなんだから間違いなくね。そして、それが大切なものだっていうことを、人に悟られぬようにするんだよ」

私は深山木のこれらの、あまりにも打ちとけぬ秘密的な態度が、なんだかばかにされているようで、こころよくなかった。

「あなたは、知っているだけのことを、僕に話してくださるわけにはいかないのですか。一体この事件は、僕からあなたにお願いしたので、僕のほうが当事者じゃありませんか」

「だが、必らずしもそれがそうでなくなっている事情があるんだ。しかし、話すよ。むろん話すつもりなんだけれど、では、今夜ね、夕飯でもたべながら話すとしよう」

彼はなんだか気が気でないといったふうで、腕時計を見た。

「十一時だ。海岸へ出てみないか。変に気が滅入っていけない。一つ久しぶりで海につかってみるかな」

私は気が進まなかったけれど、彼がどんどん行ってしまうものだから、仕方なく彼のあとに従って、近くの海岸に出た。海岸には眼がチロチロするほども、けばけばしい色合いの海水着がむらがっていた。

深山木はいきなり猿股一つになると、何か大声にわめいて、波打ち際へ駈けて行き、海の中へ飛び込んだ。私は小高い砂丘に腰をおろして、彼の強いてはしゃぎ廻る様子を妙な気持で眺めていた。

私は見まいとしても、時計が見られてしようがなかった。まさかそんなばかなことがと思うものの、なんとなく例の脅迫状の「正午限り」という恐ろしい文句が気にかかるのだ。時間は容赦なく進んで行く、十一時半、十一時四十分と正午に近づくにしたがって、ムズムズと不安な気持が湧き上がってくる。それにそのころになって、私を一層不安にした事柄が起こった。というのは、果然、私は果然という感じがした、かの諸戸道雄が、海岸の群衆にまじって、遥か彼方に、チラリとその姿を見せたのである。彼がちょうどこの瞬間、この海岸に現われたのは、単なる偶然であっただろうか。

深山木はと見ると、子供好きの彼は、いつの間にか海水着の子供らに取り囲まれて、鬼ごっこか何かをして、キャッキャッとその辺を走り廻っていた。

空は底知れぬ紺青に晴れ渡り、海は畳のように静かだった。飛び込み台からは、うららかな掛け声と共に、次々と美しい肉弾が、空中に弧を描いていた。砂浜はギラギラと光り、陸に海に喜戯するあまたの群衆は、晴れ晴れとした初夏の太陽を受けて、明るく、華やかに輝いて見えた。そこには、小鳥のように歌い、人魚のようにたわむれ、小犬のようにじゃれ遊ぶもののほかは、つまり、幸福以外のものは何もなかった。このあけっ放しな楽園に、闇の世界の罪悪というようなものが、どこの一隅を探しても、ひそんでいようとは思えなかった。まして、そのまっただ中で血みどろな人殺しが行われようなどとは、想像することもできなかった。

だが、読者諸君、悪魔は彼の約束を少しだってたがえはしなかったのだ。彼は先には、密閉された家の中で人を殺し、今度は、見渡す限りあけっぱなしの海岸で、しかも数百の群衆のまん中で、その中のたった一人にさえ見とがめられることなく、少しの手掛りをも残さないで、見事に人殺しをやってのけたのである。悪魔ながら、彼はなんという不可思議な腕前を持っていたのであろうか。

理外の理

私は小説を読んで、よく、その主人公がお人好しで、へまばかりやっているのを見ると、自分であったら、ああはしまいなどと、もどかしく、歯痒く思うことがあるが、この私の記録を読む人も、主人公である私が、何か五里霧中に迷った形で、探偵をやるのだと言いながら、一向探偵らしいこともせず、深山木幸吉のいやな癖の思わせぶりに、いい気になって引きずられている様子を見て、きっとじれったく思っていらっしゃることでしょう。私とても、こんなふうにありのままに書いて行くのは、自分の愚かさを吹聴するようなものので、実はあまり気が進まぬのだけれど、当時、私は実際お坊ちゃんであったのだから、どうもいたし方がない。読者を歯がゆがらせる点については、事実談ならこうもあろうかと、大目に見てもらうほかはないのである。

さて、前章に引きつづいて、私は深山木幸吉の気の毒な変死の顚末を書き綴らなければならぬ。

深山木はそのとき猿股一つで、砂浜の上を海水着の子供らと、キャッキャといって走り廻っていた。彼が子供好きで、腕白共の餓鬼大将になって、無邪気に遊ぶのを好んだことは、すでにしばしば述べたところであるが、その時の彼のばかなはしゃぎ方には、子供好きというようなことのほかに、もっと深い原因があった。彼は怖がっていたのだ。例の下手な字の脅迫状の「正午限り」という文句におびえていたのだ。四十男の非常に聡明な彼が、あのような子供だましの脅迫状を真に受けるというのは、何か滑稽な感じがしたけれど、彼にしてはあんなものでも、まじめに怖がるだけの充分の理由があったことにちがいない。

彼はこの事件について彼の知りえたことを、ほとんど全く私に打明けていなかったので、彼のような磊落（らいらく）な男を、これほどまで恐怖させたところの蔭の事実の恐ろしさは、想像だもできなかったけれど、彼の真から怖がっている様子を見ると、私もついつりこまれて、華やかな海水浴場の、何百という群衆に取り囲まれながらも、なんだか変な気持になってくるのを、どうにもできなかった。誰かの言った「ほんとうにかしこい人殺しは、淋しい場所よりも、かえって大群衆のまん中を選ぶ」という言葉など思い出されるのであった。

私は深山木を保護する気持で砂丘をおりて、彼の喜戯している方へ近づいて行った。彼らは鬼ごっこにも飽きたとみえて、今度は、波打ち際に近いところに大きな穴を掘って、三、四人の十歳前後の無邪気な子供たちが、深山木をその中に埋ずめ、上からせっせと砂をかけていた。

「さあ、もっと砂をかけて、足も手もみんな埋めちまわなくちゃ。こらこら、顔はいけないぞ。顔だけは勘弁してくれ」

深山木はいいおじさんになって、しきりとわめいていた。

「おじさん。そんなにからだを動かしちゃ、ずるいや。じゃあ、もっとどっさり砂をかけてやるから」

子供らは両手で砂をかき寄せては、かぶせるのだけれど、深山木の大きなからだはなかなか隠れない。

そこから一間ばかり隔ったところに、新聞紙を敷いて、日傘をさして、きちんと着物をつけた二人の細君らしい婦人が、海にはいっている子供を見守りながら休んでいたが、ときどき深山木たちのほうを見て、アハアハと笑っていた。その二人の婦人たちが深山木の埋ずまっている場所からは一ばん近かった。反対のがわのもっと隔たったところには、派手な海水着の美しい娘さんがあぐらをかいて、てんでに長々と寝そべった青年たちと笑い興じていた。そのほかは、一カ所に腰をすえている人は見当たらなかった。

深山木のそばを通り過ぎる者は、絶え間もなくあったけれど、たまにちょっと立ちどまって笑って行く人があるくらいで、誰も彼の身近に接近したものはなかった。それを見ていると、こんなところで人が殺せるのだろうかと、やっぱり深山木の恐怖がばかばかしく思われてくるのだった。

「蓑浦君、時間は？」

私が近づくと、深山木は、まだそれを気にしているらしく尋ねるのだ。

「十一時五十二分。あと八分ですよ。ハハハハハ……」

「こうしていれば安全だね。君をはじめ近所にたくさん人が見ていてくれるし、手元に、こう四人の少年軍が護衛している。その上砂のとりでだ。どんな悪魔だって近寄れないね。ウフフフフ」

彼はやや元気を回復しているように見えた。

私はその辺を行ったりきたりしながら、さっきチラッと見た諸戸のことが気になるので、広い砂浜をあちらこちらと物色したが、どこへ行ったのか、彼の姿はもう見えなかった。それから、私は深山木のところから二、三間離れた場所に立ちどまって、しばらくのあいだボンヤリと、飛び込み台の青年たちの妙技を眺めていたが、少したって、深山木のほうを振り向くと、彼は子供らの丹誠でもうすっかり埋ずめられていた。砂の中から首だけ出して、眼をむいて空を睨んでいる様子は、話に聞く印度の苦行者を思い出させた。

「おじさん、起きてごらんよ。重いかい」

「おじさん、滑稽な顔をしてらあ、起きられないのかい。助けてあげようか」

子供らはしきりと深山木をからかっていた。だが、いくら「おじさん、おじさん」と連呼しても、彼は意地わるく空を睨んだまま、それに応じようともしなかった。ふと時計を見るともう十二時を二分ばかり過ぎていた。

「深山木さん、十二時過ぎましたよ。とうとう悪魔はこなかったですね。深山木さん、深山……」

ハッとして、よく見ると、深山木の様子が変だった。顔がだんだん白くなって行くようだし、大きく見ひらいた眼が、さっきから長いあいだ瞬きをしないのだ。それに、彼の胸の辺の砂の上に、どす黒い斑紋が浮き出して、それがジリジリと、少しずつひろがっているように見えるではないか。子供らもただならぬ気配を感じたのか、妙な顔をしてだまりこんでしまった。

私はいきなり深山木の首に飛びついて、両手でそれを揺り動かしてみたが、まるで人形の首みたいにグラグラするばかりだった。急いで胸の斑紋のところを掻きのけて見ると、厚い砂の底から小型の短刀の白鞘が現われてきた。その辺の砂が血のりでドロドロになっていたが、なお掻きのけると、短刀はちょうど心臓の部分に、根本までグサリと突きささっていた。

それからの騒動は、きまりきっていることだから、細叙を省くけれど、何しろ日曜日の海水浴場での出来事だったから、深山木の変死はまことに晴れがましいことであった。私は何百という若い男女の、好奇の眼を浴びながら、蓆(むしろ)をかぶせた死体のそばで、警官と問答したり、検事の一行がきて、現場の検証がすむと、死体を深山木の家へ運ぶのに付き添ったり、ひどく恥かしい思いをしなければならなかった。だが、そんな際にもかかわらず、私はその群衆の折り重なった顔のあいだに、ふと諸戸道雄の、やや青ざめた顔を発見して、何かしら強い印象を受けた。彼は黒山のようにむらがった野次馬のうしろから、じっと深山木の死体に眼を注いでいた。死体を運んでいるときにも、私は絶えずうしろの方に物怪(け)のような彼の気配を感じていた。諸戸が殺人の際、現場付近にいなかったことは明らかなのだから、彼を疑うべきなんらの理由もなかったのだけれど、それにしても諸戸のこの異様な挙動は、一体何を意味したのであろうか。

それから、もう一つしるしておかねばならぬのは、さして意外なことでもないが、深山木を運んで彼の家にはいったとき、ただでさえ乱雑な彼の居間が、まるで嵐のあとみたいにめちゃめちゃに取り散らされているのを発見したことである。いうまでもなく曲者が例の「品物」を探すために、彼の留守宅へ忍び込んだものにちがいなかった。

むろん私は検事の詳細な取り調べを受けた。そのとき私はすべての事情を正直に打ちあけたけれども、虫が知らせたとでもいうのか（この意味は後に読者に明かになるであろう）

深山木が脅迫状にしるされた「品物」を私に送ったことだけは、わざとだまっておいた。その「品物」について質問されても、ただ知らぬと答えた。

取り調べがすむと、私は近所の人の助けを借りて、死者と親しい友人たちに通知をしたり、葬儀の準備をしたり、いろいろ手間取ったので、あとを隣家の細君に頼んで、やっと汽車に乗ったのは、もう夜の八時頃であった。自然、私は諸戸がいつ帰ったのか、彼がそのあいだにどんなことをしたのか少しも知らなかった。

取り調べの結果、下手人は全く不明であった。死者と遊んでいた子供らは(彼らのうち三人は、海岸近くに住んでいる中流階級の子供で、一人は当日姉につれられて海水浴にきていた東京のものであった)砂に埋ずまっていた深山木の身辺へは、誰も近寄ったものがないと明言した。十歳前後の子供であったとはいえ、人一人刺殺されるのを見逃がすはずはなかった。又、彼から一間ばかりのところに腰をおろしていたかの二人の細君たちも、彼女らは深山木の身辺に近づいたものがあれば、気がつかぬはずはないような地位にいたのだが、そんな疑わしい人物は一度も見なかったと断言した。そのほか、その付近にいた人で、下手人らしい者を見かけたものは一人もなかった。

私とても同様に、なんの疑わしい者をも見なかった。彼から二、三間はなれたところに立ち、しばらく若者たちのダイヴィングに見とれていたとはいえ、もし彼に近づき、彼を刺したものがあったとすれば、それを眼の隅に捉え得ぬはずはなかった。まことに夢のように不思議な殺人事件といわねばならぬ。被害者は衆人に環視されていたのである。しかもなんぴとも下手人の影をさえ見なかったのである。深山木の胸深く、かの短刀を突き立てたのは、人間の眼には見ることのできぬ妖怪の仕業であったのだろうか。私はふと、何者かが短刀を遠方から投げつけたのではないかと考えてみた。だが、その時のすべての事情は、全くそんな想像を許さなかった。

注意すべきことは、深山木の胸の傷口が、そのえぐり方の癖ともいうべきものが、かつての初代の胸のそれと酷似していたことが、のちに取り調べの結果わかってきた。のみならず、兇器の白鞘の短刀が、両方とも同じ種類の安物であったことも明らかにされた。つまり、深山木殺しの下手人は、おそらく初代殺しの下手人と同一人物であろうと、推定がついたわけである。

それにしても、この下手人は、一体全体、どのような魔法を心得ていたのであろうか。一度は全く出入口のない、密閉された家の中へ、風のように忍び込み、一度は衆人環視の雑沓の場所で、数百人の眼をかすめて、通り魔のように逃れ去った。迷信がかったことの嫌いな私であったが、この二つの理外の理を見ては、何かしら怪談めいた恐怖をさえ感じないではいられなかった。

鼻欠けの乃木大将

私の復讐と探偵の仕事は、今や大切な指導者を失ってしまった。残念なことには、彼は生前彼の探りえたところ、推理した事柄を少しも私に打明けておかなかったので、私は彼の死に会って、全く途方に暮れてしまった。もっとも、彼は二、三暗示めいた言葉を洩らさぬではなかったが、不敏な私にはその暗示を解釈する力はないのだ。

それと同時に、一方では、私の復讐事業は、一そう重大さを加えてきた。今や私は、私の恋人のうらみを報いると共に、私の友人であり、先輩であった深山木のかたきをも討たねばならぬ立場に置かれた。深山木を直接殺したものは、かの眼に見えぬ不思議な下手人であったけれど、彼をそのような危険に導いた者は明らかに私であった。私が今度の事件を依頼さえせねば、彼は殺されることはなかったのである。私は深山木に対する申訳のためだけにでも、なにがなんでも、犯人を探し出さないではすまぬことになった。

深山木は殺される少し前に、脅迫状に書いてあった彼の死の原因となったところの「品物」を書留小包にして私に送ったと言ったが、その日帰ってみると、はたして小包郵便は届いていた。だが、厳重な荷造りの中から出てきたものは、意外にも、一個の石膏像であった。

それは石膏の上に、絵具を塗って、青銅のように見せかけた、どこの肖像屋にもころがっていそうな、乃木大将の半身像だった。ずいぶん古いものらしく、ところどころ絵具がはげて白い生地が現われ、鼻などは、この軍神に対して失礼なほど滑稽にかけ落ちていた。鼻かけの乃木大将なのだ。ロダンに、似たような名前の作品があったことを思い出して私は変な気持がした。

むろん、私はこの「品物」が何を意味するのか、なぜ人殺しの原因となるほど大切なのか、まるで想像もつかなかった。深山木は「毀さぬように大切に保管せよ」といった。又「それが大切な品だということを他人に悟られるな」ともいった。私はいくら考えても、この半身像の意味を発見することができないので、ともかく死者の指図に従って、人に悟られぬようにわざとがらくたものの入れてある押入れの行李（こうり）の中へ、それをソッとしまっておいた。この品のことは、警察では何も知らぬのだから、急いで届けるにも及ばなかったのだ。

それから一週間ばかりのあいだ、心はイライラしながらも、私は深山木の葬儀のために一日つぶしたほかは、なんのなすところもなく、いやな会社勤めをつづけた。会社がひけると欠かさず初代の墓場に詣でた。私は相ついで起こった不思議な殺人事件の顛末を、私のなき恋人に報告したことであったが、すぐ家へ帰っても寝られぬものだから、私は墓参りをすませると、町から町を歩き廻って、時間をつぶしたものである。

そのあいだ別段の変事もなかったが、二つだけ、はなはだつまらないようなことであるが、読者に告げておかねばならぬ出来事があった。その一つは、二度ばかり、誰かが私の留守中に私の部屋へはいって、机の引出しや本箱の中の品物を、取り乱した形跡のあったことである。私はそんなに几帳面なたちではなかったから、はっきりしたことはいえないのだが、なんとなく部屋の中の品物の位置、たとえば本箱の棚の書物の並べ方などが、私の部屋を出るときの記憶とは違っているように思われたのだ。家内の者に尋ねても、誰も私の持物をなぶった覚えはないということであったが、私の部屋は二階にあって、窓のそとは、他家の屋根につづいているのだから、誰かが屋根伝いに忍び込もうと思えば、全くできないことではないのだ。神経のせいだと打ち消してみても、なんとなく安からぬ思いがするので、もしやと、押入れの行李を調べてみたが、例の鼻かけの乃木将軍は、そのつど別状なく元のところに納まっていた。

それからもう一つは、ある日、初代の墓参りをすませて、いつも歩き廻る場末の町を歩いていたとき、それは省線の鶯谷に近い町であったが、とある空地に、テント張りの曲馬団がかかっていた。古風な楽隊や、グロテスクな絵看板が好ましく、私はその以前にも一度その前にたたずんだことがあったのだが、その夕方何気なく曲馬団の前を通りかかると、意外なことには、かの諸戸道雄が、木戸口から、急ぎ足で出て行く姿を認めたのである。先方では私に気づかぬようであったが、恰好のよい背広姿は、まぎれもなく私の異様な友人諸戸道雄であったのだ。

そんなことから、なんの証拠もないことであったが、私の諸戸に対する疑いは、ますます深められて行った。彼はなぜ初代の死後、あんなにたびたび木崎の家を訪れたのであるか、なんの必要があって、問題の七宝の花瓶を買い取ったのであるか。また彼がちょうど深山木の殺人現場にまで来合わせていたのは、偶然にしては少々変ではなかったか。そのおりの彼のいぶかしい挙動はどうであったか。それに、気のせいか、彼が彼の家とはまるで方角の違う鶯谷の曲馬団を見にきていたというのも、なんとなく異様な感じがするではないか。

そうした外面に現われた事柄ばかりでなく、心理的にも諸戸を疑う理由は充分あった。私としては非常に言いにくいことではあるが、彼は私に対して常人にはちょっと想像もできないほど、強い恋着を感じているらしかった。それが彼をして、木崎初代に心にもない求婚運動をなさしめた原因であったとしても、さして意外ではなかったのである。さらに、この求婚に失敗した彼が、初代は彼にとっては正しく恋敵だったのだから、感情の激するまま、その恋敵を人知れず殺害したかもしれないという想像も、全く不可能ではなかった。果たして彼が初代殺しの下手人であったとすると、その殺人事件の探偵に従事し、意外に早く犯人の目星をつけた深山木幸吉は、彼にとっては一日も生かしておけぬ大敵であったにちがいない。かくして諸戸は、第一の殺人罪を隠蔽するために引きつづいて第二の殺人を犯さねばならなかったと想像することもできるではないか。

深山木を失った私は、こんなふうにでも諸戸を疑ってみるほかには、全然探偵の方針が立たなかった。私は熟考を重ねた末、結局、もう少し諸戸に接近して、この私の疑いを確かめてみるほかはないと心を定めた。そこで、深山木の変死事件があってから一週間ばかりたった時分、会社の帰りを、私は諸戸の住んでいる池袋へと志したのである。

再び怪老人

私は二た晩つづけて諸戸の家をおとずれたのであったが、第一の晩は諸戸が不在のため空しく玄関から引き返すほかはなかったけれど、第二の晩には私は意外な収穫を得たのである。

もう七月の中旬にはいっていて、変にむし暑い夜であった。当時の池袋は今のように賑やかではなく、師範学校の裏に出ると、もう人家もまばらになり、細い田舎道を歩くのに骨が折れるほど、まっ暗であったが、私は、その一方は背の高い生垣、一方は広っぱといったような淋しいところを、闇の中に僅かにほの白く浮き上がっている道路を、眼をすえて見つめながら、遠くの方にポッツリポッツリと見えている燈火をたよりに、心元なく歩いていた。まだ暮れたばかりであったが、人通りはほとんどなく、たまさかすれ違う人があったりすると、かえって何か物の怪(け)のようで、無気味な感じがしたほどであった。

先にしるした通り、諸戸の邸(やしき)はなかなか遠く、駅から半みちもあったが、私はちょうどその中ほどまでたどりついたころ、行手に当たって、不思議な形のものが歩いているのを気づいた。背の高さは常人の半分くらいしかなくて、横幅は常人以上に広い一人物が、全身をエッチラオッチラ左右に振り動かしながら、そして、そのたびに或いは右に或いは左に、張子の虎のように、彼の異常に低いところについている頭をチラチラと見せながら、難儀そうに歩いて行くのである。といっては一寸法師のように思われるが、それは一寸法師ではなく、上半身が腰のところから四十五度の角度で曲っているために、うしろからはそんな背の低いものに見えたのだ。つまりひどく腰の曲った老人なのである。

その異様な老人の姿を見て、当然私は、かつて初代が見たという無気味なお爺さんを思い出した。そして、時が時であったし、ところがちょうど私が疑っている諸戸の家の付近であったので、私は思わずハッと息をのんだ。

注意して、悟られぬように尾行して行くと、怪老人は、果たして諸戸の家の方へ歩いて行く。一つ枝道を曲ると、一層道幅が狭くなった。その枝道は、諸戸の邸で終っているのだから、もう疑う余地がなかった。向こうにボンヤリ諸戸の家の洋館が見えてきたが、今夜はどうしたことか、どの窓にも燈火が輝いている。

老人は、門の鉄の扉の前でちょっと立ちどまって、何か考えているようであったが、やがて、扉を押して中へはいって行った。私は急いであとを追って門内に踏み込んだ。玄関と門のあいだにちょっと茂った灌木の植え込みがあって、その蔭に隠れたのか、私は老人を見失った。しばらく様子をうかがっていたが、老人の姿は現われない。私が門にかけつけるあいだに、彼は玄関にはいってしまったのか、それとも、まだ植え込みの辺にうろうろしているのか、ちょっと見当がつかなかった。

私は先方から見られぬように気をつけて、広い前庭をあちこちと探してみたが、老人の姿は消えたかのように、どこの隅にも発見できなかった。彼はすでに屋内にはいってしまったのであろう。そこで、私は思い切って、玄関のベルを押した。諸戸に会って、直接彼の口から何事かを探り出そうと決心したのだ。

間もなくドアがあいて、見知り越しの若い書生が顔を出した。諸戸に会いたいというと、彼はちょっと引っ込んでいったが、直ぐ引き返してきて、私を玄関の次の応接間へ通した。壁紙なり、調度なり、なかなか調和がよく、主人の豊かな趣味を語っていた。柔かい大椅子に腰かけていると、諸戸は酒に酔っているのか、上気した顔をして、勢いよくはいってきた。

「やあ、よくきてくれましたね。このあいだ、巣鴨ではほんとうに失敬しました。あの時はなんだかぐあいがわるくってね」

諸戸は快い中音で、さも快活らしくいうのだった。

「そのあとでもう一度お逢いしていますね。ホラ、鎌倉の海岸で」

決心をしてしまうと、私は存外ズバズバと物がいえた。

「え、鎌倉? ああ、あの時、君は気がついていたのですか、あんな騒動の際だったので、わざと遠慮して声をかけなかったのだが、あの殺された人、深山木さんとかいいましたね。君、あの人とはよほど懇意だったのですか」

「ええ、実は木崎初代さんの殺人事件を、あの人に研究してもらっていたんです。あの人はホームズみたいな優れた素人探偵だったのですよ。それが、やっと犯人がわかりかけたときに、あの騒動なんです。僕、ほんとうにがっかりしちゃいました」

「僕も大方そうだろうとは想像していましたが、惜しい人を殺したものですね。それはそうと、君、食事は? ちょうど今食堂をひらいたところで、珍らしいお客さんもいるんだが、なんだったら一緒にたべて行きませんか」

諸戸は話題を避けるようにいった。

「いいえ、食事はすませました。お待ちしますからどうぞ御遠慮なく。ですが、お客さんというのは、もしやひどく腰の曲ったお爺さんの人じゃありませんか」

「え、お爺さんですって。大違い、小さな子供なんですよ。ちっとも遠慮のいらないお客だから、ちょっと食堂へ行くだけでも行きませんか」

「そうですか。でも、僕くるとき、そんなお爺さんがここの門をはいるのを見かけたのですが」

「へえ、おかしいな。腰の曲ったお爺さんなんて、僕はお近づきがないんだが、ほんとうにそんな人がはいってきましたか」

意外な素人探偵

諸戸はなぜか非常に心配そうな様子を見せた。それから彼はなおも、私に食堂へ行くことを勧めたが、私が固辞するので、彼はあきらめて、例の書生を呼び出してこんなことを命じた。

「食堂にいるお客さんにね、ごはんをたべさせて、退屈しないように、君と婆やとで、よくお守りをしてくれたまえ。帰るなんて言い出すと困るからね。何かおもちゃがあったかしら……あ、それから、このお客さまにお茶を持ってくるのだ」

書生が去ると、彼はしいて作った笑顔で、私の方に向き直った。そのあいだに、私は部屋の一方の隅に置いてあった問題の七宝の花瓶に気づいて、こんな場所にそれを放り出しておく彼の大胆さに、いささか呆れた。

「立派な花瓶ですね。これ、僕どこかで一度見たような気がするんですが」

私は諸戸の表情に注意しながら尋ねた。

「ああ、あれですか。見たかもしれませんよ。初代さんの家の隣りの道具屋で買ってきたんだから」

彼は驚くべき平静さで答えた。それを聞くと、私はちょっと太刀打ちができない気がして、やや心臆（おく）するのを覚えた。

「僕は会いたかったのですよ。久しく君と打ちとけて話をしないんだもの」

諸戸は酔いにまぎらせて、少しく甘い言葉づかいをした。上気した頰が美しく輝き、長いまつげにおおわれた眼が、なまめかしく見えた。

「このあいだ巣鴨では、なんだか恥かしくていえなかったけれど、僕は君にお詫びしなければならないのです。君が許してくれるかどうかわからぬほど、僕はすまぬことをしているんです。でも、それは、僕の情熱がさせた業、つまり僕は君を他人にとられたくなかったのです。いや、こんな自分勝手なことをいうと、君はいつものように怒るだろうけれど、君だって僕の真剣な気持はわかっていてくれるはずだ。僕はそうしないではいられなかったのです……君は怒っているでしょう。ね、そうでしょう」

「あなたは初代さんのことをいっているのですか」

私はぶっきらぼうに聞き返した。

「そうです。僕は君とあの人のことが、ねたましくて堪えられなかったのです。それまでは、たとえ君は僕の心持をほんとうに理解してくれぬにもせよ、少なくとも君の心は他人のものではなかった。それが、初代さんというものが君の前に現われてから、君の態度が一変してしまった。覚えていますか、もう先々月になりますね。一緒に帝劇を見物した夜のことを。僕は君のあの絶えず幻を追っているような眼の色を見るに堪えなかった。その上、君は残酷にも平気で、さも嬉しそうに、初代さんの噂をさえ聞かせたではありませんか。僕があの時どんな心持だったと思います。恥かしいことです。いつもいう通り、僕はこんなことで君を責める権利などあろう道理はないのです。でも、僕はあの君の様子を見て、この世のすべての望みを失ってしまったような気がした。ほんとうに悲しかった。君の恋も悲しかったが、それよりも一層、僕のこの人なみでない心持が恨めしくてしようがなかった。それ以来というもの、僕は幾度手紙を上げても、君は返事さえくれなかったでしょう。以前はどんなにつれない返事にもせよ、返事だけはきっとくれたものだったのに」

いつになく、酔っている諸戸は雄弁であった。彼の女々しくさえ見えるくりごとは、だまっていれば果てしがないのである。

「それで、あなたは、心にもない求婚をなすったのですか」

私は憤(いきどお)ろしく、彼の饒舌を中断した。

「君はやっぱり怒っている。無理はありません。君は土足で僕の顔を踏んづけてくれてもかまわない。僕はどんなことをしてでも、このつぐないをしたいと思います。もっとひどいことでもいい。全く僕が悪かったのだから」

諸戸は悲しげに言った。だがそんなことで、私の怒りがやわらげられるものではなかった。

「あなたは自分のことばかりいっていらっしゃる。あなたはあまり自分勝手です。初代さんは僕の一生涯にたった一度出会った、僕にとってかけ換えのない女性なんです、それを、それを……」

しゃべっているうちに、新たな悲しみがこみ上げてきて、私はつい涙ぐんでしまった。そしてしばらく口を利くことができなかった。諸戸は私の涙にぬれた眼をじっと見ていたが、いきなり、両手で、私の手を握って、

「堪忍してください。堪忍してください」

と叫びつづけるのであった。

「これが勘弁できることだとおっしゃるのですか」私は彼の熱した手を払いのけていった。「初代は死んでしまったのです。もう取り返しがつかないのです。私は暗闇の谷底へつき落とされてしまったのです」

「君の心持はわかり過ぎるほどわかっている。でも、君は僕にくらべれば、まだ仕合わせだったのですよ。なぜといって、僕があれほど熱心に求婚運動をしても、義理のあるお母さんがあれほど勧めても、初代さんの心は少しもゆるがなかった。初代さんはあらゆる障碍（しょうがい）を見むきもせず、あくまで君を思いつづけていた。君の恋は充分すぎるほど報われていたのです」

「そんな言い方があるもんですか」私はもう泣き声になっていた。「初代さんの方でも、

僕をあんなに思っていてくれたればこそ、あの人を失った今、僕の悲しみは幾倍するのです。そんな言い方ってあるもんですか。あなたは求婚に失敗したものだから、それだけでは、あきたりないで、その上、その上……」

だが、私はさすがに、その次の言葉を言いよどんだ。

「え、なんですって。ああ、やっぱりそうだった。君は疑っているね。そうでしょう。僕に恐ろしい嫌疑をかけている」

私はいきなりワッと泣き出して、涙の下から途切れ途切れに叫んだ。

「僕はあなたを殺してしまいたい。殺したい。ほんとうのことをいってください。ほんとうのことをいってください」

「ああ、僕はほんとうにすまないことをした」諸戸は再び私の手をとってそれを静かにさすりながら、「恋人を失った人の悲しみが、こんなだとは思わなかった。だが、蓑浦君、僕は決して嘘はいわない。それはとんだ間違いですよ。いくらなんだって、僕は人殺しのできる柄じゃない」

「じゃあ、どうしてあんな気味のわるい爺さんがここの家へ出入りしているんです。あれは初代さんの見た爺さんです。あの爺さんが現われてから間もなく、初代さんが殺されてしまったんです。それから、なぜあなたはちょうど深山木さんの殺された日に、あすこにいたんです。そして、疑いを受けるようなそぶりを見せたんです。あなたはなぜ鶯谷の曲馬団へ出入りしたんです。僕は、あなたが、あんなものに興味を持っているなんて、一度も聞いたことがない。あなたはどうして、その七宝の花瓶を買ったんです。この花瓶が初代さんの事件に関係あることを、僕はちゃんと知っているんです。それから、それから」

私は狂気のように洗いざらいしゃべり立てた。そして、言葉が途切れると、まっ青になって、激情の余り瘧(おこり)みたいにブルブルと震え出した。

諸戸は急いで私のそばへ廻ってきて、私と椅子を分けてかけるようにして、両手で私の胸をしっかりと抱きしめ、私の耳に口を寄せて、やさしく囁(ささや)くのだった。

「いろいろな事情が揃っていたのですね。君が僕に疑いをかけたのも、まんざら無理ではないようです。でも、それらの不思議な一致には、全く別の理由があったのです。ああ、僕はもっと早くそれを君に打ちあければよかった。そして君と力をあわせて事に当たればよかったのだ。僕はね、蓑浦君、やっぱり君や深山木さんと同じように、この事件を一人で研究してみたのですよ。なぜそんなことをしたか、わかりますか。それはね、君へのお詫び心なんです。むろん僕は殺人事件には、少しも関係がないけれど、僕は初代さんに結婚を申し込んで君を苦しめた。その上初代さんが死んでしまったのでは、君があんまり可愛そうだと思ったのです。せめて下手人を探し出して、君の心を慰めたいと考えたのです。それればかりではない。初代さんのお母さんは、あらぬ嫌疑を受けて検事局へ引っぱられた。

その嫌疑を受けた理由の一つは結婚問題について娘と口論したことだったではありませんか。つまり間接には僕がお母さんを嫌疑者にしたようなものです。だから、その点からも僕は下手人を探し出して、あの人の疑いをはらして上げる責任を感じたのですよ。しかし、それは今ではもう必要がなくなった。君も知っているでしょうが、初代さんのお母さんは証拠が不充分のために、ことなく帰宅を許されたのです。きのうお母さんがここへ見えられての話でした」

だが疑い深い私は、この彼のまことしやかな、さもやさしげな弁解を、容易に信じようとはしなかった。恥かしいことだけれど、私は諸戸の腕の中で、まるで駄々っ子のようにふるまった。これはあとで考えてみると、人の前で声を出して泣いたりした恥かしさをごまかすためと、意識はしていなかったけれど、私をさほどまでも愛してくれていた諸戸に、かすかに甘える気持もあったのではないかと思われる。

「僕は信じることができません。あなたがそんな探偵のまねをするなんて」

「これはおかしい。僕に探偵のまねができないというのですか」諸戸は幾らか静まった私の様子に、少しく安心したらしく、「僕はこれでなかなか名探偵かもしれないのですよ。法医学だって一と通り学んだことがあるし。ああ、そうだ、これを言ったら、君も信用するでしょう。さっき君はこの花瓶が殺人事件に関係があると言いましたね。実に明察ですよ。君が気づいたのですか、それとも深山木さんに教わったのですか。その関係がどういう物だか、君は知らないようですね。その問題の花瓶というのはここにあるのではなくて、これと対になっていたもう一つの方なんですよ。ホラ、初代さんの事件のあった日にあの古道具屋から誰かが買って行った、あれなんです。わかりましたか。とすると、僕がこの花瓶を買ったのは、僕が犯人でなくて、むしろ探偵であることを証拠立てているではありませんか。つまり、これを買ってきて、この花瓶というものの性質をきわめようとしたんですからね」

ここまで聞くと、私は諸戸のいうところを、やや傾聴する気持になった。彼の理論は偽りにしてはあまりにまことしやかであったから。

「もしそれがほんとうならば僕はお詫びしますけれど」私は非常にきまりのわるいのを我慢して言った。「でも、あなたは全くそんな探偵みたいなことをやったのですか。そして何かわかったのですか」

「ええ、わかったのです」諸戸はやや誇らしげであった。「もし僕の想像が誤まっていなかったら、僕は犯人を知っているのです。いつだって、警察につき出すことができるのです。ただ残念なことには、彼がどういうわけで、あの二重の殺人を犯したかが不明ですけれど」

「え、二重の殺人ですって」私はきまりのわるさも忘れて驚いて聞き返した。「ではやっぱり、深山木さんの下手人も、同一人物だったのですか」

「そうだと思うのです。もし僕の考え通りだったら、実に前代未聞の奇怪事です。この世の出来事とは思えないくらいです」

「では聞かせてください。そいつはどうしてあの出入口のない密閉された家の中へ忍びこむことができたのです。どうしてあの群衆の中で、誰にも姿を見とがめられず、人を殺すことができたのです」

「ああ、ほんとうに恐ろしいことです。常識で考えては全く不可能な犯罪が、やすやすと犯されたということが、この事件の最も戦慄すべき点なのです。一見不可能に見えることが、どうして可能であったか。この事件を研究する者は、先ずこの点に着眼すべきであったのです。それがすべての出発点なのです」

私は彼の説明を待ちきれなくて、性急に次の質問に移っていった。

「一体下手人は何者です。われわれの知っているやつですか」

「多分君は知っているでしょう。だが、ちょっと想像がつきかねるでしょう」

ああ諸戸道雄は、はたして何事を言い出そうとするのだ。私には、今や朦朧(もうろう)とその正体がわかりかけてきたような気がする。かの怪老人は全体何者なれば諸戸の家を訪れたりしたのであろう。彼は今どこに隠れているのであるか。諸戸が曲馬団の木戸口に姿を見せたのは、なにゆえであったか。七宝の花瓶はいかなる意味でこの事件に関係を持っていたのであるか。今や諸戸に対する疑いは全くはれたのであるが、彼を信用すればするほど、私は種々雑多の疑問が、雲のごとく私の脳裏に浮かび上がってくるのを感じないではいられなかった。

盲点の作用

局面が俄かに一変した。

私が前章に述べたような種々の理由によって、この犯罪事件に関係があるにちがいないと睨んで、そのためわざわざ詰問に出掛けて行った諸戸道雄が、だんだん話してみると、意外にも犯人どころか、彼もまた、亡き深山木幸吉と同じく一箇の素人探偵であったことがわかってきたのである。

のみならず、諸戸はすでにこの事件の犯人を知っていると言い、それをいま私に打ちあけようとさえしているのだ、生前の深山木の鋭い探偵眼に驚いていた私は、ここにその深山木以上の名探偵を発見して、さらに一驚を喫しなければならなかった。長いあいだの交際を通じて、性慾倒錯者として、無気味な解剖学者として、諸戸がはなはだ風変りな人物であることは知っていたけれど、その彼に、かくのごとき優れた探偵能力があろうとは、まことに想像だにもしなかったところである。意外なる局面の転換に私はあっけにとられた形であった。

これまでのところでは、読者諸君にも多分そうであるように、当時の私にとっても、諸戸道雄は全く謎の人物であった。彼には何かしら、世の常の人間と違ったところがあった。彼の従事していた研究の異様なこと(その詳しいことは後に説明する機会がある)、性的倒錯者であったことなどが、彼をそんなふうに見せたのかもしれないが、しかし、どうもそれだけではなかった。彼の身辺には、表面善人らしく見えていて、その裏側にえたいの知れぬ悪がひそんでいる。彼の身辺には、陽炎(かげろう)のように無気味な妖気が立ち昇っている、といった感じなのである。それと、彼が素人探偵として私の前に現われたのが、あまりにも突然であったのとで、私は彼の言葉を信じきれない気持であった。

だが、それにもかかわらず、彼の探偵としての推理力は、以下に述べるように、実にすばらしいものであったし、また彼の人間としての善良さは、表情や言葉の端々にも見て取ることができたほどで、私は、心の奥底には、まだ一片の疑いを残しながらも、ついつい彼の言葉を信じ、彼の意見に従う気にもなって行ったのである。

「私の知っている人ですって。おかしいな、少しもわからない。教えてください」

私は再びそれを尋ねた。

「突然言ったのでは、君にはよく呑み込めないかもしれぬ。でね、少し面倒だけれど、僕の分析の経路を聞いてくれないだろうか。つまり、僕の探偵苦心談だね。もっとも冒険をしたり歩き廻ったりの苦心談じゃないけれど」

諸戸はすっかり安心した調子で答えた。

「ええ、聞きます」

「この二つの殺人事件はどちらも一見不可能に見える。一つは密閉された屋内で行われ、犯人の出入りが不可能だったし、一つは白昼群衆の面前で行われて、しかもなにびとも犯人を目撃しなかったというのだから、これもほとんど不可能な事柄です。だが不可能が行われるはずはないのだから、この二つの事件は、一応、その「不可能」そのものについて吟味してみることが最も必要でしょう。不可能の裏側をのぞいてみると、案外つまらない手品の種がかくされているものだからね」

諸戸も手品という言葉を使った。私は深山木もかつて同じような比喩を用いたことを思いあわせて、一そう諸戸の判断を信頼する気持になった。

「非常にばかばかしいことです(深山木も同じことをいった)。余りばかばかしいことなので、僕は容易に信じられなかった。一つだけでは信じられなかった。だが、深山木さんの事件が起こったので、やっぱり僕の想像が当たっていたことが確かめられたのです。ばかばかしいというのはね、欺瞞の方法が子供だましみたいだということで。だが、そのやり方は実にずば抜けて大胆不敵なのです。それがために、この犯罪人はかえって安全であったとも言いうる。さあなんと言っていいか、この事件にはちょっと人間世界では想像できないほどの、醜い、残忍な、野獣性がひそんでいる。一見ばかばかしいようではあるが、人間の智慧でなくて悪魔の智慧でなければ、考え出せない種類の犯罪なのです」

諸戸はやや興奮して、さも憎々しげにしゃべってきたが、ちょっとおしだまって、じっと私の眼をのぞき込んだ。私はその時、彼の眼の中には、いつもの愛撫の表情がうせて、深い恐怖の色がただよっているのを感じた。私もつり込まれて、同じ眼つきになっていたにちがいない。

「僕はこんなふうに考えた。初代さんの場合はね、皆が信じているように、犯人は全く出入りが不可能な状態であった。どの戸口も中から錠がおろしてあった。犯人が内部に残っているか、それとも共犯者が家の中にいたとしか考えられない事情であった。それがつまり初代さんのお母さんを被疑者にしてしまったわけなんだが、しかし、僕の聞いていたところでは、お母さんが下手人だとも考えられぬ。どんなことがあったって、一人娘を殺す親なんているはずがない。そこで僕はこの一見「不可能」に見える事情の裏には、何かちょっと人の気づかぬカラクリが隠されていると睨んだのです」

諸戸の熱心な話しぶりを聞いていると、私はふと変てこな、なにかそぐわぬものを感じないではいられなかった。私はハテナと思った。諸戸道雄は、一体どうして、こんなにも初代さんの事件に力こぶを入れているのであろう。恋人を失った私への同情からであろうか。或いはまた彼の生来の探偵好きのさせる業であろうか。だが、どうも変だ、ただそれだけの理由で、彼はこんなにも熱心になれたのであろうか。そこには、何かもっと別の理由があったのではないか。のちに思い当たったことであるが、私はなんとなくそんなふうに感じないではいられなかった。

「たとえばね、代数の問題をとくときに、いくらやってみても解けない。一と晩かかっても書きつぶしの紙がふえるばかりだ。これは不可能な問題に違いないと思うね。だが、どうかした拍子に、同じ問題をまるで違った方角から考えてみると、ヒョッコリなんの造作もなく解けることがある。それが解けないというのは、いわば呪文にかかっているんですね。思考力の盲点といったようなものに禍いされているんですね。この見方を全くかえてみるということが必要だったと思う。あの場合、出入口が全然なかったというのは、屋外からの出入口がなかったということです。戸締まりも完全だったし、庭に足跡もなかったし、天井も同様、縁の下へは外部からはいれないように網が張ってあった。つまりそとからはいる箇所は全くなかった。この「そとから」という考え方が禍したのですよ。犯人はそとからはいってそとへ出るものという先入主がいけなかったのですよ」

学者の諸戸は、変に思わせぶりな、学問的な物の言い方をした、私は彼の意味がいくらかわかったようでもあり、また、まるで見当がつかぬようでもあり、あっけにとられた形で、しかし非常な興味をもって聞き入っていた。

「では、そとからでなければ、一体どこからはいったのだというのでしょう。中にいたのは被害者とお母さんだけなんだから、犯人がそとからはいらなかったというのは、では、下手人はやっぱりお母さんだったという意味かと、反問するでしょう。それではまだ盲点にひっかかっているのです。なんでもないことですよ。これはね、いわば日本の建築の問題ですよ。ほら覚えていますか。初代さんの家はお隣りと二軒で一と棟になっている。あの二軒だけが平屋だから、すぐ気づくでしょう……」

諸戸は妙な笑いを浮かべて私を見た。

「じゃあ、犯人はお隣からはいって、お隣から逃げ出したというのですか」

私は驚いて尋ねた。

「それがたった一つの可能な場合です。一と棟になっているのだから、日本建築の常として、天井裏と縁の下は二軒共通なんです。僕はいつも思うのだが、戸締まり戸締まりとやかましくいっても、長屋建てじゃなんにもならない。おかしいね。裏表の戸締まりばかり厳重にして、天井裏とか縁の下の抜け道をほったらかしておくんだから、日本人は呑気ですよ」

「しかし」

私はムラムラと湧き起こる疑問を押えかねていった。

「お隣は人のいい老人夫婦の古道具屋で、しかも、あなたも多分お聞きでしょうが、あの朝は初代さんの死体が発見されたあとで近所の人に叩き起こされたんですよ。それまではあの家もちゃんと戸締まりがしてあったのです。それから老人が戸をあけた時分には、もう野次馬が集まっていて、あの古道具屋が休憩所みたいになってしまったのだから、犯人の逃げ出す隙はなかったはずですが、まさかあの老人が、共犯者で犯人を匿（かく）まったとは思えませんからね」

「君のいう通りですよ。僕もそんなふうに考えた」

「それから、もっと確かなことは、天井裏を通り抜けたとすれば、そこのちりの上に足跡か何か残っているはずなのに、警察で調べてなんの痕跡もなかったではありませんか。また縁の下にしても、みな金網張りなんかで通れないようになっていたではありませんか。まさか犯人が根太（ねだ）板を破り、畳を上げてはいったとも考えられませんからね」

「その通りです。だが、もっといい通路があるのです。まるで、ここからおはいりなさいといわぬばかりの、ごくごくありふれた、それゆえに、かえって人の気づかぬ大きな通路があるのです」

「天井と縁の下以外にですか。まさか壁からではないでしょう」

「いや、そんなふうに考えてはいけない。壁を破ったり、根太をはがしたり、小細工をしないで、なんの痕跡も残さず、堂々と出入りできる箇所があるのです。エドガア・ポーの小説にね、「盗まれた手紙」というのがある、読んだことありますか。ある賢い男が手紙を隠すのだが、最も賢い隠し方は隠さぬことだという考えから、無造作に壁の状差しへ投げ込んでおいたので、警察が家探しをしても発見することができなかった話です。これを一方からいうと誰も知っているようなごくあからさまな場所は、犯罪などの真剣な場合には、かえって閑却され、気づかれぬものだということになります。僕のいい方にすれば、一種の盲点の作用なんです。初代さんの事件でも、いってしまえばどうしてそんな簡単なことを見逃したのかとばかばかしくなるくらいだが、それが先に言った「賊はそとから」という観念にわざわいされたためですよ。一度「中から」とさえ考えたなら、すぐに気づくはずなんだから」

「わかりませんね。一体どこから出入りしたのですか」

私は相手にからかわれているような気がして多少不快でさえあった。

「ほら、どこの家でも、長屋なんかには、台所の板の間は、三尺四方ぐらい、上げ板になったところがある。ね、炭や薪なんかを入れておく場所です。あの上げ板の下は、大抵仕切りがなくて、ずっと縁の下へつづいているでしょう。まさか内部から賊がはいるとは考えぬので、そとに面したところには金網を張るほど用心深い人でも、あすこだけは一向戸締まりをしないものですよ」

「じゃ、その上げ板から初代さんを殺した男が出入りしたというのですか」

「僕はたびたびあの家へ行って見て、台所に上げ板のあること、その下には仕切りがなくて全体の縁の下と共通になっていることを確かめたのです。つまり、犯人はお隣の道具屋の台所の上げ板からはいって、縁の下を通り、初代さんの家の上げ板から忍び込み、同じ方法で逃げ去ったと考えることができます」

　この方法によれば、神秘的にさえ見えた初代殺しの秘密を、実にあっけなく解くことができた。私はこの諸戸の条理整然たる推理に一応は感服したのであるが、だが、よく考えてみると、そうして通路だけが解決されたところで、もっと肝要な問題がいろいろ残っている。古道具屋の主人がどうしてその犯人を気づかなかったのか。たくさんの野次馬の面前を、犯人は如何にして逃げ去ることができたのか。一体犯人とは何者であるか。諸戸は犯人は私の知っている者だといった。それは誰のことであろう。私は諸戸のあまりにも迂回的なものの言い方に、イライラしないではいられなかった。

魔法の壺

「まあ、ゆっくり聞いてくれたまえ。実は僕は初代さんなり深山木氏なりの敵討ちに、君にお手伝いして、犯人探しをやってもいいとさえ思っているのだから、僕の考えをすっかり順序だてて話をして、君の意見を聞こうじゃないですか。なにも僕の推理が動かすことのできぬ結論だというわけじゃないんだから」

　諸戸は私の矢つぎ早やな質問を押えて、彼の専門の学術上の講演でもするような調子で、まことに順序正しく彼の話をつづけるのであった。

「僕もむろんその点は、あとから近所の人に聞き合わせてよく知っている。古道具屋の主人なり野次馬なりの眼をかすめて、犯人が逃げ去ったと考えることはできないような状態でした。古道具屋の戸締まりがあけられた時には、すでに近所の人たちが往来に集まっていた。だから、たとえ犯人が縁の下を通って古道具屋の台所の上げ板から、そこの店の間なり裏口へ達したとしても、主人夫妻や野次馬たちに見とがめられずに戸外へ出ることは、全く不可能だったのです。彼はこの難関をどうして通過することができたか、僕の素人探偵はそこでハタと行き詰ってしまった。何かトリックがある。台所の上げ板に類した、人の気づかぬ欺瞞があるにちがいない。で、多分ご存じだろうが、僕はたびたび初代さんの家の付近をうろついて、近所の人の話などを聞き廻ったのです。そして、ふと気がついたのは、事件ののち、例の古道具屋から、何か品物が持ち出されなかったか。商売がら、店先にはいろいろな品物が陳列してある。そのうち何か持出されたものはないかということです。そこで、調べてみると、事件の発見された朝、警察の取り調べでゴタゴタしている最中に、ここにあるこれと一対の花瓶ですね。あれを買って行った者があることがわかった。そのほかには何も大きな品物は売れていない。僕はこの花瓶が怪しいと睨んだのです」

「深山木さんも、同じことをいいましたよ。だが、その意味が僕には少しもわからないのです」

私は思わず口をはさんだ。

「そう、僕にもわからなかった。しかし、なんとなく疑わしい気がしたのです。なぜかというと、その花瓶は、ちょうど事件の前夜、一人の客がきて代金を払い、品物はちゃんと風呂敷包みにして帰り、次の朝、使いの者が取りに来て担いで行ったというのが、時間的にうまく一致している。何か意味がありそうです」

「まさか花瓶の中に犯人が隠れていたわけじゃありますまいね」

「いや、ところが意外にも、その中に人が隠れていたと想像すべき理由があるのです」

「えっ、この中に。冗談をいってはいけません。それに第一この口をごらんなさい。高さはせいぜい三尺、さし渡しも広いところで一尺五寸ぐらいでしょう。僕の頭だけでも通りゃしない、この中に大きな人間がはいっていたなんて、おとぎ話の魔法の壺じゃあるまいし」

私は部屋の隅に置いてあった花瓶のそばへ行って、その口径を計って見せながら、あまりのことに笑い出してしまった。

「魔法の壺、そう、魔法の壺かもしれない。誰にしたって、僕だって最初は、そんな花瓶に人間がはいれようとは思わなかった。ところが、実に不思議なことだけれど、確かに隠れていたと想像すべき理由があるのです。僕は研究のために、その残っていた方の花瓶を買ってきたんですが、いくら考えてもわからない。わからないでいるうちに第二の殺人事件が起こった。あの深山木さんの殺された日には、僕は別の用件があって偶然鎌倉へ行ったんですが、途中で君の姿を見かけたものですから、つい君のあとをつけて海岸へ出てしまった。そして、計らずも第二の殺人事件を目撃するようなことになったのです。あの事件について、僕はいろいろと研究した。深山木さんが初代さんの事件を探偵していたことはわかっていたから、その深山木さんが殺された、しかも初代さんのときと同じようないわば神秘的な方法でやられた。とすると、この二つの事件には何か連絡があるのではないかと考えたからです。そして僕は一つの仮説を組み立てた。仮説ですよ。だから、確実な証拠を見るまでは空想だといわれても仕方がない。しかし、その仮説が考えうべき唯一のものであり、この一連の事件のどの部分にあてはめてみても、しっくり適合するとしたら、われわれはその仮説を信用してもさしつかえないと思うのです」

諸戸は酔いと興奮とのために、充血したまなざしをじっと私の顔に注ぎ、乾いた唇を舐め舐め、だんだん演説口調になりながら、雄弁に語りつづけるのであった。

「ここで初代さんの事件はちょっとお預かりにして、第二の殺人事件から話して行くのが便利です。僕の推理がそういう順序で組み立てられて行ったのだから。深山木さんは衆人環視の中で、いつ、誰に殺されたのか全くわからないような、不思議な方法で殺害された。ごく近くだけでも、絶えずあの人のほうを見ていた人が数人ある。君もその一人でしょう。そのほか、あの海岸には、数百の群衆が右往左往していた。殊に深山木さんの身辺には四人の子供が戯れていた。それらのうちのたった一人さえ、下手人を見なかったというのは、実に前例のない奇怪事じゃないですか。全く想像のできない事柄です。不可能事です。だが、被害者の胸に短刀が突き刺さっていたという事実が厳存する以上は、下手人がなければならぬ。彼はいかにしてこの不可能事をなしとげることができたか。僕はあらゆる場合を考えてみた。だがどんなに想像をたくましくしても、たった二つの場合を除いては、この事件は全く不可能に属します。二つの場合というのは、深山木さんが人知れず自殺をしたと見るのが一つ、もう一つは、非常に恐ろしい想像だけれど、戯れていた子供の一人、あの十才にも足らないあどけない子供の一人が、砂遊びにまぎれて、深山木さんを殺したという考えです。子供は四人いたけれど、深山木さんを埋めるために、てんでんの方角から砂を集めることで夢中になっていたでしょうから、その中の一人が、ほかの子供に気づかれぬように、砂をかぶせる振りをして、隠し持ったナイフを深山木さんの胸にうち込むのはさして困難な仕事ではありません。深山木さん自身も、相手が子供なので、ナイフを突刺されるまでは全く油断していたであろうし、突刺されてしまっては、もう声を立てるひまもなかったのでしょう。下手人の子供は、何喰わぬ顔をして、血や兇器をかくすために、上から上からと砂をかぶせてしまったのです」

私は諸戸のこの気ちがいめいた空想に、ギョッとして、思わず相手の顔を見つめた。

「この二つの場合のうち、深山木氏の自殺説はいろいろの点から考えて、全く成り立たない。すると、たとえそれがどれほど不自然に見えようとも、下手人はあの四人の子供のうちにいたと考えるほかには、われわれには全く解釈の方法がないのです。しかもこの解釈によるときは、同時にこれまでのすべての疑問がすっかり解けてしまう。一見不可能に見えた事柄が、少しも不可能ではなくなってくる。というのは、例の君のいわゆる「魔法の壺」の一件です。あんな小さな花瓶の中へ人が隠れるというのは、悪魔の神通力でも借りないでは不可能なことに思われた。だが、そう考えたのは、やっぱりわれわれの考え方の方向が固定していたからで、普通われわれは殺人者というものを犯罪学の書物の挿絵にあるような、獰猛(どうもう)な壮年の男子に限るもののように迷信しているために、幼い子供などの存在には全く不注意であった。この場合、子供という観念は全く盲点によって隠されてしまっていたのです。だが、一度子供というものに気づくと、花瓶の謎はたちどころに解決する。あの花瓶は小さいけれど、十才の子供なら隠れることができるかもしれない。そして大風呂敷で包んでおけば、花瓶の中は見えないし、風呂敷の結び目のたるみから出入りすることができる。はいったあとでそのたるみを、中から直して花瓶の口を隠すようにしておけばいいのですからね。魔法は花瓶そのものにあったのではなくて、中へはいる人間のがわにあったのです」

諸戸の推理は、一糸の乱れもなく、細かい順序を追って、まことに巧妙に進められて行った。だが私はここまで聞いていても、まだなんとなく不服である。その心が表情に現われたのか、諸戸は私の顔を見つめて、さらに語りつづけるのであった。

「初代さんの事件には、犯人の出入口の不明なことのほかに、もう一つ重大な疑問があったね。忘れはしないでしょう。なぜ犯人が、あんな危急の場合に、チョコレートの缶なぞを持ち去ったかということです。ところが、この点も、犯人が十歳の子供であったとすると、わけなく解決できる。美しい缶入りのチョコレートは、その年ごろの子供にとって、ダイヤモンドの指環や、真珠の首飾りにもまして、魅力のある品ですからね」

「どうも僕にはわかりません」私はそこで口をはさまずにはいられなかった。「チョコレートの欲しいような、あどけない幼児が、どうして罪もないおとなを、しかも二人まで殺すことができたのでしょう。お菓子と殺人との対象があんまり滑稽じゃありませんか。この犯罪に現われた極度の残忍性、綿密な用意、すばらしい機智、犯行のすぐれた正確さなどを、どうしてそんな小さな子供に求めることができましょう。あなたのお考えは、あまりうがちすぎた邪推ではないでしょうか」

「それは、子供自身がこの殺人の計画者であったと考えるから変なのです。この犯罪はもちろん子供の考え出したことではなく、背後に別の意志がひそんでいる。ほんとうの悪魔が隠れている。子供はただよく仕込まれた自動機械にすぎないのです。なんという奇抜な、しかし身の毛もよ立つ思いつきでしょう。十才の子供が下手人だとは、誰も気がつかぬし、たとえわかったところで、おとなのような刑罰を受けることはない。ちょうど、かっぱらいの親分が、いたいけな少年を手先に使うのと同じ思いつきを、極度におし拡めたものといえましょう。それに子供だからこそ、花瓶の中へ隠して安全に担ぎ出すこともできたし、用心深い深山木氏を油断させることもできたのです。いくら教え込まれたにしろ、チョコレートに執着するような無邪気な子供に、果たして人が殺せるかというかもしれませんが、児童研究者は、子供というものは、案外にも、おとなに比べて非常な残忍性を持っていることを知っています。蛙の生皮をはいだり、蛇を半殺しにして喜ぶのは、おとなの同感しえない子供特有の趣味です。そしてこの殺生には全然なんの理由もないのです。進化論者の説によると、子供は人類の原始時代を象徴していて、おとなより野蛮で残忍なものです。そういう子供を、自動殺人機械に選んだ蔭の犯人の悪智恵には、実に驚くじゃありませんか。君は十才やそこいらの子供をいかに訓練したところで、これほどまで巧みな殺人者に仕上げることは不可能だと考えているかもしれない。なるほど、非常にむずかしいことです。子供は全く物音を立てぬように縁の下をくぐり、上げ板から初代さんの部屋に忍び込み、相手が叫び声を立てる暇もないほど手早く、しかも正確に彼女の心臓を刺し、再び道具屋に戻って、一と晩じゅう、花瓶の中で窮屈な思いに耐えなければならなかった。また海岸では、三人の見知らぬ子供と戯れながら、その子供らに少しも気づかれぬあいだに、砂の中の深山木氏を刺し殺さなければならなかった。十才の子供に、果たしてこの難事がなしとげられたであろうか。又たとえなしとげたにしても、あとで誰にも悟られぬように固く秘密を守ることができたであろうか、と考えるのは一応もっともです。しかし、それは常識にすぎません。訓練というものがどれほど偉い力を持っているか、この世にはどんな常識以上の奇怪事が存在するかを知らぬ人の言い草です。シナの曲芸師は五、六歳の子供に、股のあいだから首を出すほどもそり返る術を教え込むことができるではありませんか。チャリネの軽業師は、十才に足らぬ幼児に、三丈も高い空中で、鳥のように撞木（しゅもく）から撞木へ渡る術を教え込むことができるではありませんか。ここに一人の極悪人がいて、あらゆる手段をつくしたならば、十才の子供だって殺人の奥義を会得しないと、どうして断言することができましょう。また、嘘をつくことだって同じです。通行人の同情をひくために、乞食に雇われた幼児が、どんなに巧みにひもじさを装い、そばに立っているおとな乞食を、さも自分の親であるかのごとくに装うことができるか。君はあの驚くべき幼年者の技巧を見たことがありますか。子供というものは、訓練の与え方によっては、決しておとなにひけをとるものではないのですよ」

諸戸の説明を聞くと、なるほどもっともだとは思うけれど、私は無心の子供に、血みどろな殺人罪を犯させたという、この許すべからざる極悪非道を、にわかに信じたくはなかった。何かまだ抗弁の余地がありそうに思われて仕方がないのだ。私は悪夢から逃れようともがく人のように、あてもなく部屋中を見廻した。諸戸が口をつぐむと、にわかにシーンとしてしまった。比較的賑やかなところに住みなれた私には、その部屋が異様な別世界みたいに思われた。暑いので窓は少しずつ開けてあったけれど、風が全くないので、そとの闇夜が、何かまっ黒な厚さの知れぬ壁のように感じられるのであった。

私は問題の花瓶に眼をそそいだ。これと同じ花瓶の中に、少年殺人鬼が、一と晩のあいだ身をかくしていたのかと想像すると、なんともいえぬいやな暗い感じにおそわれた。同時に、なんとかして、諸戸のこのいまわしい想像を打ち破る方法はないものかと考えた。そして、じっと花瓶を眺めているうちに、私はふとある事柄に気づいた。にわかに元気な声で反対した。

「この花瓶の大きさと、海岸で見た四人の子供の背たけと比べてみると、どうも無理ですよ。三尺たらずの壺の中へ三尺以上の子供が隠れるということは、不可能です。中でしゃがむとしては幅が狭すぎるし、第一この小さな口からいくら痩せた子供にもしろ、ちょっとはいれそうにも見えぬではありませんか」

「僕も一度は同じことを考えた。そして実際同じ年頃の子供を連れてきて、試して見さえした。すると、予想の通り、その子供にはうまくはいれなかったが、子供のからだの容積と、壺の容積とを比べてみると、もし子供がゴムみたいに自由になる物質だとしたら、充分はいれることが確かめられた。ただ人間の手足や胴体が、ゴムみたいに自由に押し曲げられぬために、完全に隠れてしまうことができないのです。そして、子供がいろいろにやっているのを見ているうちに、僕は妙なことを連想した。それはずっと前に、誰かから聞いた話なんですが、牢破りの名人というものがあって、頭だけ出し入れする隙間さえあれば、からだをいろいろに曲げて、むろんそれには特別の秘術があるらしいのだが、ともかくその穴から全身抜け出すことができるのだそうです。そんなことができるものとすれば、この花瓶の口は、十才の子供の頭より大きいのだし、中の容積も充分あるのだから、ある種の子供にはこの中へ隠れてしまうことが、全く不可能ではあるまいと考えた。では、どんな種類の子供にそれができるかというと、すぐに連想するのは、小さい時から毎日酢を飲ませられて、からだの節々がクラゲみたいに自由自在になっている、軽業師の子供です。軽業師といえば、妙にこの事件と一致する曲芸がある。それはね、足芸で、足の上に大きな壺をのせ、その中へ子供を入れて、クルクル廻す芸当です。見たことがありましょう。あの壺の中へはいる子供は、壺の中で、いろいろからだを曲げて、まるで鞠みたいにまんまるになってしまう。腰の辺から二つに折れて、両膝のあいだへ頭を入れている。あんな芸当のできる子供なら、この花瓶の中へ隠れることも、さして困難ではあるまい。ひょっとしたら、犯人はちょうどそんな子供があったので、この花瓶のトリックを考えついたのかもしれない。僕はそこへ気づいたもんだから、友だちに軽業の非常に好きな男があるので、早速聞き合わせてみると、ちょうど鶯谷の近くに曲馬団がかかっていて、そこで同じ足芸もやっていることがわかった」

そこまで聞くと、私は悟るところがあった。この会話のはじめのほうで、諸戸が子供の客があるといったのは、多分その曲馬団の少年軽業師であって、私がいつか鶯谷で諸戸を見たのは、彼がその子供の顔を見きわめるために行っていたのだということである。

「で、僕はすぐその曲馬団を見物に行ってみたところが、足芸の子供が、どうやら鎌倉の海岸にいた四人のうちの一人らしく思われる。ハッキリした記憶がないので断定できないけれど、ともかく、この子供を調べてみなければならないと思った。目的の子供が東京にいたというのは、あの四人のうちで一人だけ東京から海水浴にきていた子供のあったことと一致するわけですからね。だが、うっかり手出しをしては、相手に用心させて、真の犯人を逃がしてしまう虞れがあるので、非常に迂遠な方法だけれど、僕は自分の職業を利用して、子供だけをそとへつれ出すことを考えた。つまり医学者として軽業師の子供の畸形的に発育した生理状態を調べるのだから、一と晩貸してくれと申し込んだのです。それには、興行界に勢力のある親分を抱き込んだり、座主に多分のお礼をしたり、子供には例の好物のチョコレートをたくさん買ってやる約束をしたり、なかなか骨が折れたのですが」と諸戸は言いながら窓際の小卓にのせてあった紙包みをひらいて見せたが、その中にはチョコレートの美しい缶や紙函が三つも四つもはいっていた。「やっと今晩その目的を果たして、軽業少年を単独でここへ引っぱってくることができた。食堂にいるお客さんというのは、すなわちその子供なんですよ。だが、さっき来たばかりで、まだなにも尋ねていない。海岸にいたと同じ子供かどうかも、ハッキリわかっていないのですよ。ちょうど幸いだ。君と二人でこれから調べてみようではありませんか。君ならあの時の子供の顔を見覚えているだろうから。それに、この花瓶の中へはいれるかどうかを、実際にためして見ることもできますしね」

語り終って諸戸は立ち上がった。私を伴なって食堂へ行くためである。諸戸の探偵談は、この世にありそうもない、まことに異様な結論に到達したのであったが、しかし私は非常に複雑でいながら、実に秩序整然たる彼の長談議に、すっかり堪能した形で、今はもはや異議をはさむ元気もうせていた。私たちは小さいお客さまを見るために、椅子を離れて廊下へと出て行った。

少年軽業師

私は一と目見て、それが、鎌倉の海岸にいた子供の一人であることを感じた。そのことを諸戸に合図すると、彼は満足らしくうなずいて、子供のそばへ腰をおろした。私も食卓をはさんで席についた。ちょうどその時、子供は食事をおえて、書生に絵雑誌を見せてもらっていたが、私たちに気がつくと、ただニヤニヤ笑って、私たちの顔を眺めた。薄汚れた小倉の水兵服を着て、何か口をもぐもぐさせている。一見白痴のように見えて、その奥底にはなんともいえぬ陰険な相がある。

「この子は芸名を友之助っていうのですよ。年は十二だそうだけれど、発育不良で小柄だから十くらいにしか見えない。それに義務教育も受けていないのです。言葉も幼稚だし、字も知らない。ただ芸が非常にうまくて、動作がリスのように敏捷なほかは、智恵のにぶい一種の低能児ですね。しかし動作や言葉に妙に秘密的なところがある。常識はひどく足りないが、そのかわりには、悪事にかけては普通人の及ばぬ畸形な感覚を持っているのかもしれない。いわゆる先天的犯罪者型に属する子供かもしれないのです。今までのところ、何を聞いても曖昧な返事しかしない。こちらのいうことがわからないような顔をしているのですよ」

諸戸は私に予備知識を与えておいて、少年軽業師友之助の方へ向き直った。

「君、このあいだ鎌倉の海水浴へ行っていたね。あのとき、おじさんは君のすぐそばにいたのだよ。知らなかった?」

「知らねえよ。おいら、海水なんか行ったことねえよ」

友之助は、白い眼で諸戸を見上げながら、ぞんざいな返事をした。

「知らないことがあるもんか。ほら、君たちが砂の中へ埋めていた、肥ったおじさんが殺されて、大騒ぎがあったじゃないか。知っているだろう」

「知るもんか。おいら、もう帰るよ」

友之助は怒ったような顔をして、ピョコンと立ちあがると、実際帰りそうな様子を示した。

「ばかをお言い、こんな遠い所から一人でなんか帰れやしないよ。君は道を知らないじゃないの」

「道なんか知ってらい。わからなかったらおとなに聞くばかりだい。おいら十里くらい歩いたことがあるんだから」

諸戸は苦笑して、しばらく考えていたが、書生に命じて、例の花瓶とチョコレートの包みを持ってこさせた。

「もう少しいておくれ、おじさんがいいものをやろう。君は何が一ばん好き?」

「チョコレート」

友之助は立ったまま、まだ怒った声で、しかし正直なところを答えた。

「チョコレートだね。ここにチョコレートがたくさんあるんだよ。君はこれがほしくないの。欲しくなかったら帰るがいいさ。帰ればこれが貰えないのだから」

子供は、チョコレートの大きな包みを見ると、一瞬間さも嬉しそうな表情になったが、しかし強情に欲しいとはいわぬ。ただ、元の椅子に腰をおろして、だまって諸戸を睨んでいる。

「それみたまえ、君は欲しいのだろう。じゃあ上げるからね、おじさんのいうことを聞かなければだめだよ。ちょっとこの花瓶をごらん。綺麗だろう。君はこれと同じ花瓶を見たことがあるね」

「ううん」

「見たことがないって。どうも君は強情だね。じゃあ、それはあとにしよう。ところで、この花瓶と、君がいつもはいる足芸の壺とどちらが大きいと思う？　この花瓶の方が小さいだろう。この中へはいれるかい。いくら君が芸がうまくっても、まさかこの中へははいれまいね。どうだね」

といっても、子供がだまりこんでいるので、諸戸はさらに言葉をつづけて、

「どうだね。一つやってみないかね。ご褒美をつけよう。君がその中へうまくはいれたら、チョコレートの函を一つ上げよう。ここで食べていいんだよ。だが、気の毒だけれど、君にはとてもはいれそうもないね」

「はいれらい。きっとそれをくれるかい」

友之助は、なんといっても子供だから、つい諸戸の術中に陥ってしまった。

彼はいきなり七宝の花瓶に近づくと、その縁に両手をかけてヒョイと花瓶の朝顔形の口の上に飛び乗った。そして、先ず片足を先に入れ、残った足は、腰のところで二つに折ってお尻の方から、クネクネと不思議な巧みさで、花瓶の中へはいって行った。頭が隠れてしまっても、さし上げた両手が、しばらく宙にもがいていたが、やがてそれも見えなくなった。実に不思議な芸当であった。上から覗いて見ると、子供の黒い頭が、内側から栓のように、花瓶の口一ぱいに見えている。

「うまいうまい。もういいよ。じゃあご褒美を上げるから出ておいで」

出るのは、はいるよりむずかしいとみえて、少し手間取った。頭と肩は難なく抜けたけれど、はいる時と同じように、足を折り曲げて、お尻を抜くのに、一ばん骨が折れた。友之助は花瓶を出てしまうと、ちょっと得意らしく微笑して、下へおりたが、別に褒美を催促するでもなく、やっぱり押しだまったまま、ジロジロと私たちの顔を眺めて突っ立っている。

「じゃ、これを上げるよ。構わないからおたべなさい」

諸戸がチョコレートの紙箱にはいったのを渡すと、子供はそれを引ったくるようにして、無遠慮に蓋をひらき、一箇の銀紙をはがして、口にほうりこんだ。そして、さもおいしそうに、ベタベタいわせながら、眼では、諸戸の手に残っている、一ばん美しい缶入りの分を、残念そうに眺めている。彼の貰ったのが、粗末な紙箱入りなのを、はなはだ不服に思っているのだ。これらの様子によっても、チョコレートやその容器に対して、彼がまことに並々ならぬ魅力を感じていたことがわかる。

諸戸は彼を膝の上にかけさせて、頭を撫でてやりながら、

「おいしいかい。君はいい子だね。だがね、そのチョコレートはそんなに上等のではないのだよ。この金色の缶にはいったやつは、それの十倍も美しくって、おいしいのだよ。ホラこの缶の綺麗なことをごらん。まるでおひさまみたいにキラキラ輝いているじゃないか。今度は君にこれを上げるよ。だが、君はほんとうのことをいわなければだめだ。私の

尋ねることにほんとうのことをいわなければ上げることはできない。わかったかい」

諸戸はちょうど催眠術者が暗示を与えるときのように、一語一語力をいれながら、子供にいい聞かせた。友之助は驚くほどの早さで、次から次と銀紙をはがしては、チョコレートを口に運ぶのが忙しくて、諸戸の膝から逃げようともせず、夢中でうなずいている。

「この花瓶はいつかの晩、巣鴨の古道具屋にあったのと、形も模様も同じでしょう。君は忘れはしないね。その晩にこの中へ隠れていて、真夜中時分そっとそこから抜け出し、縁の下を通ってお隣の家へ行ったことを。そこで君は何をしたんだっけな。よく寝ている人の胸のところへ、短刀を突きさしたんだね。ほら、忘れたかい。その人の枕もとに、やっぱり美しい缶入りのチョコレートがあったじゃないか。そいつを君は持ってきたじゃあないか。あのとき君が突きさしたのは、どんな人だったか覚えているかい。さあ答えてごらん」

「美しい姉やだったよ。おいら、その人の顔を忘れちゃいけないって、おどかされたんだ」

「感心感心、そういうふうに答えるものだよ。それから、君はさっき鎌倉の海岸なんか行ったことがないといったけれど、あれは嘘だね。砂の中のおじさんの胸へも、短刀をつき刺したんだね」

友之助は相変らず、たべることで夢中になっていて、この問いに対しても、無心にうなずいたが、突然何事かに気づいた様子で、非常な恐怖の表情を示した。そして、いきなり、たべかけたチョコレートの箱を投げ出すと、諸戸の膝をとびのこうとした。

「怖わがることはないよ。僕たちも君の親方の仲間なんだから、ほんとうのことをいったって、大丈夫だよ」

諸戸はあわててそれを止めながらいった。

「親方じゃない「お父つぁん」だぜ。お前も「お父つぁん」の仲間なんかい。おいら「お父つぁん」が怖くてしようがねえんだ。内証にしといてくれよ、ね」

「心配しないだって、大丈夫だよ。さあ、もう一つだけでいい、おじさんの尋ねることに答えておくれ。その「お父つぁん」は今どこにいるんだね。そして、名前はなんとかいったね。君は忘れちまったんじゃあるまいね」

「ばかいってら「お父つぁん」の名前を忘れるもんか」

「じゃいってごらん。なんといったっけな。おじさんは胴忘れしてしまったんだよ。さあいってごらん。ほら、そうすればこのお日さまのように美しいチョコレートの缶がお前のものになるんだよ」

この子供に対して、チョコレートの缶は、まるで魔法みたいな作用をした。彼は、ちょうどおとなたちが莫大な黄金の前には、すべての危険を顧みないのと同じに、このチョコレートの缶の魅力に何事をも忘れてしまうように見えた。彼は今にも諸戸に答えそうな様子を示した。その刹那、異様な物音がしたかと思うと、諸戸は「アッ」と叫んで、子供をつき離して飛びのいた。変てこな、ありそうもないことが起こったのだ。次の瞬間には、友之助はそこのジュウタンの上にころがっていた。白い水兵服の胸のところが、赤インキをこぼしたように、まっ赤に染まっていた。

「蓑浦君あぶない。ピストルだ」

諸戸は叫んで、私をつき飛ばすように、部屋の隅へ押しやった。だが用心した第二弾は発射されなかった。たっぷり一分間、私たちはだまったまま、ぼんやりと立ちつくしていた。

何者かが、ひらいてあった窓のそとの暗闇から、少年を沈黙させるために発砲したのである。いうまでもなく友之助の告白によって危険を感じる者の仕業であろう。ひょっとしたら、友之助のいわゆる「お父つぁん」であったかもしれない。

「警察へ知らせよう」

諸戸はそこへ気がつくと、いきなり部屋を飛び出していったが、やがて彼の書斎から、付近の警察署を呼び出す電話の声が聞こえてきた。

それを聞きながら、私は元の場所に立ちつくして、ふと、さっきここへくるとき見かけた、無気味な、腰のところで二つに折れたような老人の姿を思いだしていた。

乃木将軍の秘密

何者かは知らぬが、相手が飛道具を持っていて、しかもそれが単なるおどかしでないことがわかっていたものだから、私たちは犯人を追跡するどころか、私も書生や婆やも、青くなってその部屋を逃げ出し、期せずして警察へ電話をかけている諸戸の書斎へ集まってしまった。

しかし諸戸だけは、比較的勇敢であって、電話をかけ終ると、玄関のほうへ走って行って、大声で書生の名を呼び、提灯をつけてこいと命じた。そうなると、私もじっとしているわけにもいかず、書生を手伝って、提灯を二つ用意し、すでに門のそとへかけ出している諸戸のあとを追ったが、闇夜のため見通しがつかぬので、犯人がどっちへ逃げ去ったのか、全くわからない。それから、もしやまだ邸内に潜伏しているのではないかと、提灯をたよりに、ザッと探してみたが、どこの茂みの蔭にも、建物のくぼみにも、人の姿を見いだすことはできなかった。むろん犯人は、私たちが電話をかけたり、提灯をつけたり、ぐずぐず手間どっていたあいだに、遠く逃げ去ったものにちがいない。私たちは手をつかねて警官の来着を待つほかはなかった。

しばらくすると、管轄の警察署から数名の警官が駈けつけてくれたが、田舎道を徒歩でやってきたので、可なり時間がたっていて、すぐに犯人を追跡する見込みは立たなかった。

近くの電車の駅へ電話をかけて手配するにしても、もうおそ過ぎた。

第一に到着した人たちが、友之助の死体を調べたり、庭内を念入りに捜索したりしているあいだに、やがて検事局や警視庁からも人がきて、私たちはいろいろと質問を受けた。止むなくすべての事情を打ちあけると、その筋をさしおいて、いらぬおせっかいをするものでないと、ひどく叱りつけられたばかりか、その後もたびたび呼び出しを受けて、何人もの人に同じ答えをくり返さねばならなかった。いうまでもなく私たちの陳述によって、警察を通じて、鶯谷の曲馬団に変事が伝えられ、そこから死体引取りの人がやってきたが、曲馬団の方では、この事件については全く心当たりがないとのことであった。

諸戸は例の異様な推理――少年軽業師友之助が、二つの事件の下手人だという推理を、警察の人たちにも物語らねばならぬ羽目となったものだから、警察では一応は曲馬団にも手入れをして、厳重に取り調べを行った模様であるが、座員には一人として疑わしい者もなく、やがて曲馬団が鶯谷の興行を打ち上げて、地方へ廻って行ってしまうと同時に、この曲馬団に対する疑いも、そのまま立ち消えとなった様子であった。また、警察は、私の陳述によって八十くらいに見える例の怪老人のことも知ったのであるが、そのような老人は、いかほど捜索しても発見することができなかった。

十才のいたいけな少年が二度も殺人罪を犯したり、八十才のよぼよぼの老翁が最新式のブローニングを発射して、その十才の少年を殺したなどという考えは、あまりにも荒唐無稽で、かつ幻想的であったためか、常識に富むその筋の人々の満足を買うことができなかったようである。それには諸戸が、帝国大学の卒業生ではあったけれど、官途にもつかず、開業もせず、奇怪千万な研究に没頭していたのだし、また、私はといえば、恋に狂った文学青年みたいな男だったものだから、警察では私たちを一種の妄想狂——復讐や犯罪探偵に夢中になった変り者——というふうに解釈したらしく、邪推かも知れぬけれど、諸戸のかの条理整然たる推理をも、妄想狂の幻として、まじめには聞いてくれなかったように思われた(十才やそこいらの子供の、チョコレートに引かされての自白などは、警察ではまるで問題にしなかった)。つまり、警察は警察自身の解釈によって、この事件の犯人を探したらしいのだ。しかし、結局これという容疑者さえもあがらず、そのままに一日一日と日がたって行くのであった。

曲馬団からは、損害賠償という意味で、多額の香奠をまき上げられるし、警察からはひどく叱られた上に、探偵狂扱いにされるし、諸戸はこの事件にかかり合ったばっかりに、さんざんな目にあわされたのであるが、しかし、彼はそのために元気を失うようなことはなく、かえって一層熱心を増したかに見えた。

のみならず、警察が妄想的な諸戸の説を信じなかったと同じ程度に、諸戸の方でもかかる事件に対してはあまりにも実際的過ぎる警察の人々を度外視しているらしく思われた。その証拠には、私はその後、深山木幸吉の受け取った脅迫状にしるされてあった「品物」

のこと、それを深山木が私に送るといったこと、送ってきたのは意外にも一箇の鼻かけの乃木将軍であったことなどを、諸戸に打ちあけたのだが、諸戸は取り調べの時それについては一言も陳述せず、私にもいってはならぬと注意を与えたほどである。つまり、この一連の事件を、彼自身の力で徹底的に調べ上げようとしているらしく見えた。

当時の私の心持をいうと、初代殺しの犯人に対する復讐の念は、当初と少しも変らなかったが、一方では事件が次々と複雑化し、予想外に大きなものになって行くのを、茫然と見守っている形であった。殺人事件が一つずつ重なって行くに従って、真相がわかってくるどころか、反対に、ますます不可解なものになって行くのを、あまりのことに、そら恐ろしく感じていた。

また諸戸道雄の思いがけぬ熱心さも、私にとっては理解しがたい一つの謎であった。先にもちょっと述べたことがあるが、彼がいかに私を愛していたからといって、また探偵ということに興味を持っていたからといって、これほどまで熱心になれるものではなく、それには何かもっと別の理由があったのではないかと、疑われさえしたのである。

それはともかく、少年惨殺事件があってから数日というものは、私たちの周囲もゴタゴタしていたし、正体のわからぬ敵に対する恐れに、私たちの心も騒いでいたので、むろん私はたびたび諸戸を訪問してはいたのだけれど、ゆっくり善後策を相談するほど、お互いに落ちついた気持になれなかった。私たちが次にとるべき手段について語り合ったのは、そんなわけで、友之助が殺されてから数日も経過したころであった。

その日も、私は会社を休んで(事件以来、会社の方はほとんどお留守になっていた)、諸戸の家を訪ねたのであるが、私たちが書斎で話し合っているとき、彼は大体次のような意見を述べたのである。

「警察の方では、どの程度まで進んでいるのか知らぬが、あまり信頼できそうもないね。この事件は、僕の考えでは、警察の常識以上のものだと思う。警察は警察のやり方で進むがいいし、僕たちは僕たちで一つ研究してみようじゃないか。友之助が真犯人の傀儡(かいらい)にすぎなかったように、友之助を撃った曲者も同じ傀儡の一人かもしれない。元兇は遠いやみの中に全く姿を隠している。だから、漫然と元兇を尋ねたところで、多分無駄骨に終るだろう。それよりも、近道は、この三つの殺人事件の裏には、どんな動機が潜んでいるか。何がこの犯罪の原因となったか、ということを確かめることだと思う。君の話によると、深山木氏が殺される前受取った脅迫状に「品物」を渡せという文句があった。おそらく犯人にとってはこの「品物」がなにびとの命にかえても大切なものであって、それを手に入れるために今度の事件が起こったと見るべきであろう。初代さんを殺したのも、深山木さんを殺したのも、君の部屋へ何物かが忍び込んで家探しをしたらしいのも、すべてこの「品物」のためだよ。友之助を殺したのは、むろん元兇の名前を知られたくないためだ。ところで、その「品物」は仕合わせと、いま僕らの手にはいっている、鼻かけの乃木将軍にどれほどの値打ちがあるか全くわからぬけれど、ともかく彼らの「品物」というのは、この乃木将軍の石膏像に違いないらしい。だから、僕らはさしずめ、この変てこな石膏像を調べてみなくてはなるまいね。この「品物」については警察は何も知らないのだから、僕らは非常な手柄を立てることができぬものでもない。それについてね、僕の家や君の家は、もう敵に知られていて危険だから、別に人知れず僕らの探偵本部を作る必要がある。実はそのために、僕は神田のあるところに、ちゃんと部屋を借りておいたよ。あす、君は例の石膏像を古新聞に包んで、つまらない品のように見せかけ、用心のため車に乗って、そこの家へきてくれたまえ。僕は先に行っているから、そこでゆっくり石膏像を調べて見ようじゃないか」

私はいうまでもなく、この諸戸の意見に同意して、その翌日打ち合わせた時間に、自動車を雇って、神田の教えられた家へ行った。それは神保町近くの学生町の、飲食店のゴタゴタと軒を並べた、曲りくねった細い抜け裏のようなところにある、一軒のみすぼらしいレストランで、二階の六畳が貸間になっていたのを、諸戸が借り受けたものであった。私が急な梯子を上がって行くと、大きな雨漏りのあとのついた壁を背にして、赤茶けた畳の上に、いつになく和服姿の諸戸が、ちゃんと坐って待っていた。

「汚ない家ですね」

といって私が顔をしかめると、

「わざとこんな家を選んだのさ。下は洋食屋だから、出入りが人目につかぬし、このゴタゴタした学生町なら、ちょっと気がつくまいと思ってね」

諸戸はさも得意らしく言った。

私はふと、小学生の時分によくやった探偵遊戯というものを思い出した。それは普通の泥棒ごっこではなくて、友だちと二人で、手帳と鉛筆を持って、深夜、さも秘密らしく近くの町々を忍び歩き、軒並みの表札を書き留めてまわり、何町の何軒目にはなんという人が住んでいるということを諳(そら)んじて、何か非常な秘密を握った気になって喜んでいたものである。その時の相棒の友だちというのが、ばかにそんな秘密がかったことが好きで、探偵遊びをするにも、彼の小さな書斎を探偵本部と名づけて、得意がっていたのだが、いま諸戸がこのような、いわゆる「探偵本部」を作って得意がっているのを見ると、三十歳の諸戸が、当時の秘密好きな変り者の少年みたいに思われ、私たちのやっていることが子供らしい遊戯のようにも感じられるのであった。

そして、そんな真剣の場合であったにもかかわらず、私はなんだか愉快になってきた。若い諸戸を見ると、彼にも、どうやら浮き浮きとした、子供らしい興奮が現われている。それに私たちの心の片隅には、確かに秘密を喜び、冒険を楽しむ気持があったのだ。それに諸戸と私との間柄は、単に友だちという言葉では言い表わせない種類のものであった。諸戸は私に対して不思議な恋愛を感じていたし、私の方では、むろんその気持をほんとうには理解できなかったけれど、頭だけではわかっていた。そして、それが、普通の場合のようにひどくいやな感じではなかった。彼と相対していると彼か私かどちらかが異性ででもあるような、一種甘ったるい匂いを感じた。ひょっとすると、その匂いが、私たち二人の探偵事務を一層愉快にしたのかもしれないのである。

それはともかく、諸戸はそこで、例の石膏像を私から受け取って、しばらく熱心に調べていたが、造作もなく謎を解いてしまった。

「僕は石膏像そのものには、なんの意味もないことを、あらかじめ知っていた。なぜといって、初代さんは、こんなものを持っていなかったけれど、殺されたのだからね。初代さんが殺されたとき盗まれたのは、チョコレートを別にすれば、手提げ袋だけだが、手提げの中へこの石膏ははいらない。とすると何かもっと小さなものだ。小さなものなれば、石膏像の中へ封じこむことができるからね。ドイルの小説に「六個のナポレオン像」というのがある。ナポレオンの石膏像の中へ宝石を隠す話だ。深山木さんは、きっとあの小説を思い出して、例の「品物」を隠すのに応用したものだよ。ホラ、ナポレオン、乃木将軍、非常に連想的じゃないか。で、いま調べてみるとね、汚れているので目だたぬけれど、この石膏は確かに一度二つに割って、また石膏で継ぎ合わせたものだよ。ここに、その新しい石膏の細い線が見える」

言いながら、諸戸は石膏のある個所を、指先に唾をつけてこすって見せたが、なるほどその下に継ぎ目がある。

「割ってみよう」

諸戸は、そういったかと思うと、いきなり石膏像を柱にぶっつけた。乃木将軍の顔が、無惨にもこなごなになってしまった。

弥陀の利益

さて、破れた石膏像の中には、綿が一杯詰まっていたが、綿を取りのけると、二冊の本が出てきた。その一つは、思いがけぬ木崎初代の実家の系図帳で、かつて彼女が私に預け、思い出してみると、私が最初深山木を訪ねた時、彼に渡したままになっていたものである。もう一つは、古い雑記帳ようのもので、ほとんど全ページ、鉛筆書きの文字で埋まっていた。それが如何に不思議千万な記録であったかはおいおいに説明する。

「ああ、これが系図帳だね。僕の想像していた通りだ」

諸戸はその系図帳の方を手に取って叫んだ。

「この系図帳こそ曲者なんだ。賊が命がけで手に入れようとした「品物」なんだ。それはね、今までのことをよく考えてみればわかることなんだよ、先ず最初、初代さんが手提げ袋を盗まれた。もっとも当時すでに系図帳は君の手に渡っていたけれど、その以前には初代さんはこれをいつも手提げに入れて身辺から離さなかったというのだから、賊はその手提げさえ奪えばいいと思ったのだよ。ところが、それがむだ骨に終ったので、今度は君に眼をつけたが、君は偶然に賊が手出しをする前に、深山木氏に系図帳を渡してしまった。深山木氏がそれを持ってどこかへ旅行した、そして、おそらく有力な手掛りをつかむことができた。間もなく例の脅迫状がきて、深山木氏は殺されたが、今度もまた、あいつの狙った系図帳は、すでにこの石膏像の中に封じて君の手に返っていたので、賊はむなしく深山木氏の書斎をかき乱したにすぎなかった。それで再び君が狙われることになった。だが賊も石膏像には気づかぬものだから、君の部屋をたびたび探しはしたけれど、ついに目的を果たさなかった。おかしいことに、賊はいつもあとへあとへと廻っていたのだよ。という順序を想像すると、賊の命がけで狙っていたものは、確かにこの系図帳なんだよ」

「それで思い当たることがありますよ」私は驚いて言った。「初代さんがね、僕に話したことがあります。近所の古本屋が、いくら高くてもいいから、その系図帳を譲ってくれとたびたび申し込んだそうです。こんなつまらない系図帳に大した値打ちがあるわけはないのですから、考えてみると、古本屋はおそらく賊に頼まれたのですね。古本屋に尋ねたら賊の正体がわかるのじゃないでしょうか」

「そんなことがあったとすると、いよいよ僕の想像が当たるわけだが、しかし、あれほどの考え深いやつだから、古本屋にだって、決して正体をつかまれちゃいまいよ。先ず古本屋を手先に使って、おだやかに系図帳を買い取ろうとした。それがだめとわかると、今度はひそかに盗み出そうとした。君がいつか話したね。初代さんが例の怪しい老人を見たころ、初代さんの書斎の物の位置が変っていたって。それが盗み出そうとした証拠だよ。だが、系図帳はいつも初代さんが肌身はなさず持って歩くことがわかったものだから、次には……」

諸戸はそこまでいって、ハッと何事かに気づいた様子でまっ青になった。そして、だまり込んで、大きくひらいた眼でじっと空間を見つめた。

「どうかしたの?」

と私が尋ねても、彼は返事もしないで、長いあいだおしだまっていたが、やがて、気をとりなおして、何気なく話の結末をつけた。

「次には……とうとう初代さんを殺してしまった」

だが、それは何か奥歯に物のはさまったような、ハキハキしない言い方であった。私は、その時の、諸戸の異様な表情をいつまでも忘れることができなかった。

「ですが、僕には、少しわからないところがありますよ。初代にしろ、深山木にしろ、なぜ殺さなければならなかったのでしょう。殺人罪まで犯さなくても、うまく系図帳を盗みだす方法があったでしょうに」

「それは、今のところ僕にもわからない。多分別に殺さねばならぬ事情があったのだろう。そういうところに、この事件の単純なものでないことが現われている。だが、空論はよして、実物を調べてみようじゃないか」

そこで、私たちは二冊の書き物を調べたのだが、系図帳のほうは、かつて私も見て知っているように、なんの変りとてもない普通の系図帳にすぎなかったけれども、もう一冊の雑記帳の内容は、実に異様な記事に満たされていた。私たちは一度読みかけたら、あまりの不思議さに中途でよすことができないほど、引きいれられて、最初にその雑記帳の方を読んでしまったのだが、記述の便宜上、その方はあと廻しにして、先ず系図帳の秘密について書きしるすことにしよう。

「封建時代の昔なら知らぬこと。系図帳などが、命がけで盗み出すほど大切なものだとは思えない。とすると、これには、表面に現われた系図帳としてのほかに、もっと別の意味があるのかも知れぬ」

諸戸は、一枚一枚念入りに、頁をめくりながらいった。

「九代、春延、幼名又四郎、享和三年家督、賜(たまわる)二百石、文政十二年三月二十一日歿、か。この前はちぎれていてわからない。藩主の名もはじめのほうに書いてあったのだろうが、あとは略して禄高だけになっている。二百石の微禄じゃあ姓名がわかったところで、何藩の臣下だか容易に調べはつくまいね。こんな小身者の系図に、どうしてそんな値打ちがあるのかしら。遺産相続にしたって、別に系図の必要もあるまいし、たとえ必要があったところで、盗み出すというのは変だからね。盗まないでも、系図が証拠になることなら、堂々と表だって要求できるわけだから」

「変だな。ごらんなさい。この表紙のところが、わざとはがしたみたいになっている」

私はふと、それに気づいた。先に初代から受取ったときには、確かに完全な表紙だったのが、苦心してはがしたように、表面の古風な織物と、芯の厚紙とが別々になっていて、めくってみると、織物の裏打ちをした何かの反古(ほご)の、黒々とした文字さえ現われてきた。

「そうだね。確かにわざわざはがしたんだ。むろん深山木氏がしたことだ。とすると、これには何か意味がなくてはならないね。深山木氏は何もかも見通しているらしいのだから、無意味にこれをはがすはずはない」

私は何気なく、裏打ちの反古の文字を読んでみた。すると、その文句がどうやら異様に感じられたので、諸戸にそこを見せた。

「これは何の文句でしょうね。和讃(わさん)かしら」

「おかしいね。和讃の一部でもなし、まさかこの時分お筆先でもあるまいし。物ありげな文句だね」

で、文句というのは次のようにまことに奇怪なものであった。

神と仏がおうたなら
巽(たつみ)の鬼をうちやぶり

　弥陀の利益をさぐるべし
　六道の辻に迷うなよ

「なんだか辻褄の合わぬまずい文句だし、書風も御家流まがいの下手な字だね。昔のあまり教養のないお爺さんでも書いたものだろう。だが、神と仏が会ったり、巽の鬼を打ちやぶったり、なんとなく意味ありげで、さっぱりわからないね。しかし、いうまでもなく、この変な文句が曲者だよ。深山木氏が、わざわざはがして調べたほどだからね」

「呪文みたいですね」

「そう。呪文のようでもあるが、僕は暗号文じゃないかと思うよ。命がけで欲しがるほど値打ちのある暗号文だね。もしそうだとすると、この変な文句に、莫大な金銭的価値がなくてはならない。金銭的価値のある暗号文といえば、すぐ思いつくのは、例の宝の隠し場所を暗示したものだが、そう思って、この文句を読んでみると、「弥陀の利益を探るべし」とあるのが、なんとなく「宝のありかを探せ」という意味らしく取れるじゃないか。隠された金銀財宝は、いかにも弥陀の利益にちがいないからね」

「ああ、そういえばそうも取れますね」

　えたいの知れぬ蔭の人物が(それはかの八十歳以上にも見える怪老人であろうか)あらゆる犠牲を払って、この表紙裏の反古を手に入れようとしている。それは反古の文句が宝の隠し場所を暗示しているからだ。それをどうかして嗅ぎつけたのだ。とすると、事件は非常に面白くなってくる。われわれにこの古風な暗号文が解けさえすれば、ポーの小説の「黄金虫」の主人公のように、たちまちにして百万長者になれるかもしれないのだ。

だが、私たちはそこでずいぶん考えてみたのだが、「弥陀の利益」が財宝を暗示することは想像しえても、あとの三行の文句は全くわからない。その土地なり、現場の地形なりに、大体通じている人でなくては、全然解きえないものかも知れぬ。とすると、私たちはその土地を全く知らないのだから、この暗号文は、(たとえ暗号だったとしても)永久に解くすべがないわけである。

だが、これが果たして、諸戸の想像したように、宝のありかを示す暗号だったであろうか。それはあまりにも浪漫的な、虫のいい空想ではなかったか。

人外境便り

さて私は、奇妙な雑記帳の内容を語る順序となった。系図帳の秘密が、もし諸戸の想像した通りだとすれば、むしろ景気のよい華やかなものであったのに反して、雑記帳のほうはまことに不思議で、陰気で、薄気味のわるい代物であった。われわれの想像を絶した、人外境の便りであった。

その記録は今も私の手文庫の底に残っているので、肝要な部分部分をここに複写しておくが、部分部分といっても、相当長いものになるかもしれない。だが、この不思議な記録こそ、私の物語の中心をなすところの、ある重大な事実を語るものなのだから、読者には我慢をしても読んでもらわねばならぬ。

それは一種異様の告白文であって、こまかい鉛筆書きの、仮名ばかりの、妙な田舎なまりのある文章で、文章そのものも、なんともいえない不思議なものであったが、読者の読みやすいように、田舎なまりを東京言葉になおし、漢字を多くして、次に写しておく。括弧や句読点も、私が書き入れたものである。

助八さんにたのんで、ないしょで、この帳面とエンピツを、もってきてもらいました。遠くのほうの国では、だれでも心におもったことを、字で書くのですから、わたしも、半ぶんのわたしですよ、書いてみます。

不幸(これは近ごろおぼえた字です)ということが、わたしにもよくよくわかってきました。ほんとうに不幸という字が使えるのは、わたしだけだとおもいます。遠くのほうに世界とか日本とかいうものがあって、だれでもその中に住んでいるそうですが、わたしは生れてから、その世界や日本というものを見たことがありません。これは不幸という字に、よくよくあてはまるとおもいます。わたしは、不幸というものに、辛抱しきれぬようになってきました。本に「神さま助けてください」ということが、よく書いてありますが、わたしはまだ神さまという物を見たことがありませんけれど、やっぱり「神さま助けてください」といいたいのです。そうすると、いくらか胸がらくになるのです。

わたしは悲しい心が話したいです。けれども、話す人がありません。ここへくる人は、私よりもずっと年の多い、まいにち歌を教えにくる助八さんという、この人は自分のことを「おじじ」といっています。おじいさんです。それから、物のいえない(唖というのです)三度ずつ、ご飯をはこんでくれるおとしさんと(この人は四十才です)ふたりだけで、おとしさんはだめにきまっているし、助八さんもあんまり物をいわない人で、わたしがなにか聞くと、眼をしょぼしょぼさせて、涙ぐんでばかりいますから、話してもしかたがありません。そのほかには自分だけです。自分でも話せるけど、自分では気が合わないので、言い合いをしているほど、腹がたってきます。もう一つの顔がなぜこの顔と違っているのか、なぜ別々の考えかたをするのか、悲しくなるばかりです。

助八さんは、わたしを十八才だといいます。十八才とは、生れてから、十八年たったことですから、私はきっと、この四角な壁の中に十八年住んでいたのでしょう。助八さんがくるたんびに、日を教えてくださいますから、一年の長さはわかりますが、それが十八年です。ずいぶん悲しいあいだです。そのあいだのことを、思い出し思い出し書いてみようとおもいます。そうすればわたしの不幸がみんな書けるでしょうとおもいます。

子供は母の乳を呑んで大きくなるものだそうですが、わたしは悲しいことに、そのころのことを少しも覚えておりません。母というのは女のやさしい人だということですが、わたしには母というものが少しも考えられません。母と似たもので、父というのがあるのも知ってますが、父のほうは、あれがそうだとすると、二へんか三べんあいました。その人は、「わしはお前のお父つぁんだよ」といいました。怖い顔のかたわ者でした。〔註、ここにいうかたわ者とは、普通の意味のかたわ者ではない。読進むに従い判明するであろう〕

わたしが一ばんはじめにおぼえているのは、四才か五才のときのことでしょうとおもいます。それより前は、真暗でわかりません。その時分からわたしは、この四角な壁の中におりました。厚い土でできた戸のそとへは、一ども出たことがありません。その厚い戸は、いつでもそとから錠がかけてあって、押しても叩いても動きません。

わたしの住んでいる四角な壁の中のことを一どよく書いておきましょう。わたしのからだの長さをもとにしていいますと、四方の壁はどれでもおよそわたしのからだの長さを四つつないだほどあります。高さはわたしのからだを二つかさねたほどです。天井には板がはってあって、助八さんに聞くと、その上に土をのせて、瓦がならべてあるのだそうです。その瓦のはしのほうは窓から見えております。

今わたしのすわっているところには畳が十枚しいてあって、その下は板になっております。板の下には、もう一つ四角いところがあります。梯子をおりてゆくのです。そこも広さは上と同じですが、畳がなくて、いろいろな箱がゴロゴロところがっています。わたしの着物を入れたタンスもあります。お手水(ちょうず)もあります。この二つの四角なところを部屋ともいい、ドゾウともいいます。助八さんはときどきクラともいってます。

クラにはさっきの土の戸のほかに、上に二つと下に二つの窓があります。みなわたしのからだの半分ぐらいの大きさで、太い鉄の棒が五本ずつはめてあります。それだから、窓からそとへ出ることはできません。

畳のしいてあるほうには、すみにフトンがつんであるのと、わたしのおもちゃを入れた箱があるのと(いまその箱のふたの上で書いております)、かべのクギに三味線がかけてあるだけで、ほかにはなんにもありません。

わたしはその中で大きくなりました。世界というものも、人のたくさんかたまってあるいている町というものも、一度も見たことがありません。町のほうは本の画でみたきりです。でも山と海は知っております。窓から見えるのです。山は土が高く重なったようなものですし、海は青くなったり、白く光ったりする、大きな水です。みんな助八さんに教えてもらいました。

四才か五才のときを思いだしてみますと、いまよりはよっぽど楽しかったようにおもわれます。なにも知らなんだからでしょう。そのじぶんには、助八さんやおとしさんはいないで、おくみというお婆さんがいました。みなかたわ者です。この人がひょっとしたら母ではないかと、よく考えてみますが、乳もなかったたし、どうもそんな気がしません。ちっくさんの人間を見たことがないものだから、そんなまちがったかんがえになったのです。でした。人間にはいろいろなかたちがあるのだと思っておりました。それは、わたしがたきたものであって、みんな同じ形をしているものだということを、長いあいだ知りませんわたしやほかの人たちは、みんな人間というもので、魚や虫やネズミなどとはべつの生

きょうは、わたしがはじめてびっくりしたときのことを書きましょう。

すから、なかなかはかどりません。一枚書くのに一日かかることもあります。書きはじめてから五日になります。字も知らないし、こんなに長く書くのははじめてでといってもよその人ではないのです。わたしのもう一つの名前なのです。す。おなかが一杯の時は、吉ちゃんがおとなしいので、この間に書きましょう。吉ちゃんおとしさんが、なんだか怒ったような顔をして、今お膳を持っておりていったところで

ったのでしょう。そして、いろいろなことを知ってしまったのでしょう。（中略）ッキャと笑っていました。ああ、あのじぶんはよかった。なぜわたしはこんなに大きくなり、フトンの上によじのぼったり、おもちゃの石や貝や木切れで遊んだりして、よくキャものをいうことも教えてくれました。わたしはまいにち、かべをつたわって歩きまわった

その人がときどきわたしを遊ばせてくれました。お菓子やご飯もたべさせてくれました。ません。顔やからだの形も知りません。あとで名前を聞いておぼえているくらいです。ともやさしい人ではなかったようです。でもあまり小さいじぶんだったので、よくわかり

七才ぐらいのときだと思います。その時分まで、わたしはおくみさんと、おくみさんの次にくるようになったおよねさんのほかには、人間を見たことがなかったものですから、あのとき、およねさんがなんぎをして、わたしの巾の広いからだをだき上げて、鉄棒のはまった高い窓から、そとの広い原っぱを見せてくれたとき、そこを一人の人間があるいてゆくのを見て、わたしはアッとびっくりしてしまったのです。それまでにも、原っぱを見たことはありましたが、人間が通るのは一度も見ませんからです。

およねさんは、きっと「ばか」というかたわだったのでしょう。なんにもわたしに教えてくれなんだものですから、その時まで、わたしは、人間のきまったかたちを、ハッキリ知らなんだのです。

原っぱをあるいている人は、およねさんと、同じかたちをしておりました。そして、わたしのからだは、その人とも、およねさんとも、まるでちがうのです。わたしは怖くなりました。

「あの人や、およねさんは、どうして顔が一つしかないの」といってわたしがたずねますと、およねさんは「アハハハハ知らねえよ」といいました。

その時は、なんにもわからずにしまいましたが、わたしは怖くってしようがないのです。寝ているとき、一つしか顔のない、妙なかたちの人間が、ウジャウジャと現われてくるのです。夢ばっかり見ているのです。

かたわということばをおぼえたのは、助八さんに歌をならうようになってからです。十才ぐらいのときです。「ばか」のおよねさんがこなくなって、今のおとしさんに代ってまもなく、わたしは歌や三味線をならいはじめたのです。

おとしさんがものをいわないし、わたしがいってもきこえないらしいので、妙だ妙だと思っていますと、助八さんが、あれはオシというかたわ者だと教えてくださいました。かたわ者というのは、あたりまえの人間とちがうところのあるものだと教えてくださいました。

それで、わたしが「そんなら、助八さんも、およねさんも、おとしさんも、みんなかたわじゃないか」と、いいますと、助八さんはびっくりしたような大きな眼でわたしをにらみつけましたが、「ああ、秀ちゃんや吉ちゃんは気の毒だね。なんにも知らなかったのか」といいました。

今では、わたしは三冊本をもらって、その小さな字の本を、なんべんもなんべんもよみました。助八さんはあまりものをいいませんけれど、それでも長いあいだにはいろいろなことを教えてくださいましたし、その本は助八さんの十ばいも、いろいろのことを教えてくださいました。それでほかのことは知りませんが、本に書いてあることはハッキリ知っております。その本にはたくさん人間や何かの画もかいてありました。それですから、人間というもののあたりまえのかたちも今ではわかりますが、その時は妙におもうばかりでした。

考えてみますと、わたしもずっと小さい時から、なんだか妙に思っていたことはいたのです。わたしには二つの、ちがったかたちの顔があって、一つのほうは美しくて、一つのほうはきたないのです。そして、美しいほうは、わたしの思う通りになって、ものをいうことでも、心に思った通りにいうのですが、きたないほうのは、わたしが少しも心に思わないことを、うっかりしているときに、しゃべりだすのです。やめさせようとしても、少しもわたしの思う通りにならないのです。

くやしくなって、ひっかいてやりますと、その顔が、怖い顔になって、どなったり、泣きだしたりします。わたしは少しも悲しくないのに、ポロポロ涙をこぼしたりします。そのくせ、わたしが悲しくて泣いているときでも、きたないほうの顔は、ゲラゲラ笑っていることがあります。

思う通りにならないのは、顔ばかりでなくて、二本の手と二本の足もそうです（わたしには四本の手と四本の足があります）。わたしのおもう通りになるのは右のほうの二本ずつの手足だけで、左のほうのは、私にさからってばかりいます。

わたしは考えることができるようになってから、ずっと、何かしばりつけられているような、思うようにならない気持ばかりしていました。それはこのきたない顔と、いうことを聞かぬ手と足があったからです。だんだん言葉がわかるようになってからは、わたしに二つ名前のあること、美しい顔のほうが秀ちゃんで、きたない顔のほうが吉ちゃんだということが、どうしてもへんでしかたがなかったのです。

そのわけが、助八さんに教えてもらって、ようようわかりました。助八さんたちがかたわではなくて、わたしの方がかたわだったのです。

不幸という字は、まだ知らなんだけれど、ほんとうに不幸という心になったのは、そのときからです。わたしは悲しくて悲しくて、助八さんの前でワーワー泣きました。

「かわいそうに、泣くんじゃないよ。わしはね、歌のほかはなにも教えてはならんと、いいつけられているので、くわしいことはいえぬが、お前たちはよくよく悪い月日のもとに生れあわせたんだよ。ふたごといってね。お前たちはお母さんの腹の中で、二人の子供が一つにくっついてしまって生れてきたんだよ。だが、切りはなすと死んでしまうから、そのままで育てられたのだよ」

助八さんがそういいました。わたしはお母さんの腹の中ということが、よくわからないので、尋ねましたが、助八さんは、だまって涙ぐんでいるばかりで、なにもいわないのです。わたしは今でも、お母さんの腹の中の言葉をよくおぼえていますが、そのわけは教えてくれないので、少しも知りません。

かたわ者というのは、ひどく人にきらわれるものにちがいありません。助八さんとおとしさんのほかには、きっとそのほかにも人がいるのですが、だれもわたしのそばへきてくれません。そしてわたしもそとへ出られないのです。そんなにきらわれるくらいなら、いっそ死んだほうがいいとおもいます。死ぬということは、助八さんは教えてくださいませんけれど、本で読みました。しんぼうできないほど痛いことをすれば、死ぬのだと思います。

むこうで、そんなに私をきらうなら、こちらでもきらってやれ、にくんでやれという考えが、ついこのごろできてきました。それで、わたしは、ちかごろは、わたしとちがったかたちの、あたりまえの人を、心のうちでかたわ者といってやります。書くときにもそう書いてやります。

鋸と鏡

〔註、このあいだに幼年時代の思い出がいろいろしるしてあるが、すべて省略する〕

助八さんは、よいおじいさんだということがだんだんわかってきました。けれども、よいおじいさんではありますけれども、だれかほかの人から(ひょっとしたら神さまかもしれません。それでなければ、あの怖い「お父つぁん」かも知れません)やさしくしてはならんと、いいつけられているのだということが、よくよくわかってきました。

わたしは(秀ちゃんも吉ちゃんも)話がしたくてしようがないのに、助八さんは歌を教えてしまうと、わたしが悲しんでも、しらん顔をしていってしまいます。長いあいだですから、ときどき話をすることもありますが、少し少ししゃべると、なにか眼に見えないものが、口をふさぎにきたように、だまってしまいます。「ばか」のおよねさんのほうが、よっぽどたくさんしゃべりました。けれども、わたしの聞きたいことは、少ししかいいませなんだ。

字やものの名や、人間の心のことをおぼえたのは、たいがい助八さんに教えてもらったのですが、助八さんは「わしは学問がないのでいかぬ」といいなさって、字もたくさんは教えてもらいません。

あるとき助八さんが三冊、本をもってあがってきて、「こんな本がわしの行李の中にのこっていたから、画でも見るがいい。わしにも読めぬから、お前はとても字を読むことはできないけれど、わしがいろいろな話をすると、ひどいめにあわされるから、この本を読めなくても、読んでいるあいだには、お前のよい話相手になるだろうから」といって、三冊の本をくださいました。

本の名は「子供世界」と「太陽」と「思出の記」です。表紙に大きな字で書いてありますから、本の名だとおもいます。「子供世界」というのは面白い、画のたくさんある本で、一ばんよく読めました。「太陽」はいろいろなことがならべて書いてあります。半分ぐらいはいまでもむずかしくてわかりません。「思出の記」というのも、悲しい楽しい本です。たびたび読むと、この本が一ばん好きになりました。それでもたくさんわからないところがあります。助八さんに尋ねても、わかることも、わからぬこともあります。

画も、字も、書いてあることも、遠い遠いところの、まるでわたしとはちがったことばかりですから、わかるところでも、ほんとうにわかっているのではありません。夢みたいにおもえるばかりです。それから、遠いところにある世界には、もっともっと、わたしの知っている百ばいも、いろいろなものや、考え方や、字などがあるのだそうですが、わたしは三冊の本と、助八さんの少しの話だけしか知りませんから、「子供世界」に書いてある太郎という子供でも知っていることで、わたしの少しも知らないようなことが、たくさんたくさんあるでしょうとおもいます。世界では、学校というものがあって、小さい子供にでもたくさんたくさん教えてくださいますそうですから。

本をもらいましたのは、助八さんがくるようになってから、二年ぐらいあとでしたから、わたしの十二才ぐらいの年かもしれません。けれども、もらってから二年か三年は、読んでも読んでも、わからぬことばかりでした。助八さんにわけをたずねても、教えてくださるときは少しで、あとはたいがいおとしさんのオシみたいに、返事をしなさいませんでした。

本が少し読めるようになったのと、ほんとうに悲しい心がわかるようになったのと、同じでした。かたわというものが、どのくらい悲しいものかということが、一日ずつ、ハッキリ、ハッキリわかってきました。

わたしが書いているのは、秀ちゃんのほうの心です。吉ちゃんの心は、私の思っているようにべつべつなものとすると、秀ちゃんにはわかりません。書いているのは、秀ちゃんのほうの手なのですから。けれども、かべのむこうの音がきこえるくらいには吉ちゃんの心もわかります。

わたしの心は、吉ちゃんのほうが、秀ちゃんよりも、よっぽどかたわです。吉ちゃんは本も秀ちゃんのように読めませんし、お話をしても、秀ちゃんの知っていることをたくさん知りません。吉ちゃんは力だけつよいのです。

それですけれども、吉ちゃんの心も、わたしがかたわ者だということを、ハッキリ、ハッキリ知っております。吉ちゃんと秀ちゃんは、そのことを話しするあいだは、けんかをしません。悲しいことばかり話します。

一ばん悲しかったことを書きます。

あるとき、ご飯のおかずに、知らぬおさかながついておりましたので、あとで助八さんにおさかなの名をききましたら、タコといいました。タコというのは、どんなかたちですかと尋ねますと、足の八つあるいやなかたちの魚だといいました。

そうすると、わたしは人間よりもタコに似ているのだとおもいました。わたしは手足が八つあります。タコの頭はいくつあるかしりませんが、わたしは頭の二つあるタコのようなものです。

それからタコの夢ばかり見ました。ほんとうのタコのかたちを知りませんものですから、小さいわたしのようなかたちのものだとおもって、そのかたちの夢を見ました。そのかたちのものが、たくさんたくさん、海の水の中をあるいている夢を見ました。

それから少しして、わたしのからだを二つに切ることを考えはじめました。よくしらべてみますと、わたしのからだの右のほうの半分は、顔も手も足も秀ちゃんのおもうようになりますが、左の半分は顔も手も足も少しも秀ちゃんのおもうようになりません。左のほうには、吉ちゃんの心がはいっているからだとおもいます。それですから、からだを半分に切ってしまったら、一人のわたしが、二人のべつべつの人間になれるとおもいました。助八さんとおとしさんのように、べつべつの秀ちゃんと吉ちゃんになって、かってにうごいたり、考えたり、ねむったりできるとおもいました。そうなれたらどんなにうれしいでしょうとおもいました。

秀ちゃんと吉ちゃんをべつの人間としますと、秀ちゃんのお尻の左がわと、吉ちゃんのお尻の右がわとが、一つになってしまっているのです。そこを切ればちょうど二人の人間になれます。

あるとき、秀ちゃんが吉ちゃんに、この考えを話しましたら、吉ちゃんも喜んでそうしようといいました。けれども、切るものがありません。のこぎりとか庖丁とかいうものを、しっておりますが、まだ見たことがありません。そうすると、吉ちゃんが、くいついて切ろうといいました。秀ちゃんが、そんなことはできませんというのに、吉ちゃんは、えらい力でくいつきましたが、わたしはキャッといって、大きなこえでなきだしました。吉ちゃんの顔も、いっしょに泣きだしました。それで、吉ちゃんは一ぺんだけでこりてしまいました。

一ぺんこりても、またかたわ者のことをおもいだしたり、けんかしたりして、悲しくなりますと、また切ろうとおもいました。あるとき、助八さんにのこぎりをもってきてくださいといいましたら、助八さんは、なにをするのかとききましたから、わたしを二つに切るといいましたら、助八さんはびっくりして、そんなことをしたら死んでしまうといいました。死んでもいいからといって、ワアワア泣いてたのんでも、どうしてもきいてくださいませんでした。（中略）

本がよく読めるようになったら、わたしは（秀ちゃんのほうです）お化粧という言葉をおぼえました。「子供世界」の画の女の子のように、からだやきものを美しくすることとおもいましたので、助八さんにききますと、あたまの髪をむすんだり、おしろいという粉をつけることだといいました。

それをもってきてくださいといいますと、助八さんは笑いました。そして、かわいそうに、お前もやっぱり女の子だからなあといいました。また、けれども、風呂にはいったことがないようでは、おしろいなんてつけられぬといいました。

わたしは風呂というものをきいて知っておりましたけれど、見たことがありません。ひと月に一度ぐらいおとしさんが（それもないしょだということですが）たらいにお湯をいれて、下の部屋へもってきてくださいますので、わたしはそのお湯でからだをあらうばかりです。

助八さんはお化粧するには、カガミというものがいることも教えてくださいましたが、助八さんはカガミを持っていないから、見せてもらうことはできませなんだ。

けれども、わたしがあんまりたのむものですから、助八さんは、これでもカガミの代りになるからといって、ガラスというものをもってきてくださいました。それをかべに立てのぞいてみますと、水にうつるよりも、よっぽどハッキリと、わたしの顔が見えました。

秀ちゃんの顔は、「子供世界」の画の女の子よりも、ずっときたないけれども、吉ちゃんよりは、よっぽどきれいですし、助八さんや、おとしさんや、およねさんよりも、よっぽどきれいです。それですから、ガラスを見てから、秀ちゃんはたいへんうれしくなりました。顔をあらって、おしろいをつけて、髪をきれいにむすんだら、画の女の子ぐらいになれるかもしれんとおもいました。

おしろいはなかったけれど、朝水で顔をあらうとき、いっしょうけんめいにこすって、顔をきれいにしようとおもいました。頭の髪も、ガラスを見て、じぶんで考えて、画にかいてあるようなふうにむすぶことをならいました。はじめはへたでしたけれど、だんだん髪のかたちが画に似てくるようになりました。わたしが髪をむすんでいるときに、オシのおとしさんがくると、おとしさんもてつだってくださいました。秀ちゃんがだんだんきれいになってゆくのが、うれしくてうれしくてしようがありませなんだ。

吉ちゃんは、ガラスを見ることも、きれいになることもすきでないものですから、秀ちゃんのじゃまばかりしましたが、それでもときどき「秀ちゃんはきれいだなあ」といって、ほめました。

けれども、きれいになるほど、秀ちゃんは、まえよりももっとかたわ者が悲しくなりました。いくら秀ちゃんだけきれいにしても、半分の吉ちゃんがきたないし、からだの巾があたりまえの人の倍もありますし、きものもきたないし、秀ちゃんの顔だけきれいにしても、悲しくなるばかりです。それでも、吉ちゃんの顔だけでも、きれいにしようとおもって、秀ちゃんが水でこすったり、髪をむすんだりしてやりますと、吉ちゃんはおこりだすのです。なんというわからない吉ちゃんでしょうか。(中略)

恐ろしき恋

秀ちゃんと吉ちゃんの心のことを書きます。

前に書いたように、秀ちゃんと吉ちゃんは、からだは一つです、心は二つです。切りはなしてしまえば、べつべつの人間になれるほどです。わたしは、だんだんいろいろなことがわかってきたものですから、いままでのように、両方とも自分だとおもうことが少しになって、秀ちゃんと吉ちゃんは、ほんとうはべつべつの人間だけれど、ただお尻のところでくっついているだけですとおもうようになってきました。

それで、おもに秀ちゃんの心のほうを書きますが、その心をかくさずに書くと、吉ちゃんのほうがおこるにきまっております。吉ちゃんは、字が秀ちゃんのようによめませんから、少しはいいけれど、それでもこのごろはうたがいぶかいからしんぱいです。それで、秀ちゃんは、吉ちゃんがねむっているあいだに、そっとからだをまげて、ないしょで書くことにしました。

まずはじめから書きます。小さいときは、かたわですから、おもうようにならないものですから、それがはらがたって、わがままをいいあって、けんかばかりしておりましたが、心がくるしかったり悲しかったりすることはありませなんだ。

かたわということが、ハッキリわかってからは、けんかをしても、今までのようにひどいけんかはしませなんだ。それでも、だんだんちがった、心のくるしいことができてきました。秀ちゃんは、かたわというものがきたなくてにくいとおもいました。それですから自分がきたなくてにくいのです。そして、いちばんきたなくてにくいのは、吉ちゃんです。吉ちゃんの顔やからだが、いつでもいつでも、秀ちゃんのよこにちゃんとくっついているかとおもうと、いやでいやで、にくらしくてにくらしくて、なんともいえないきもちになりました。吉ちゃんのほうでも同じでしょうとおもいます。それで、ひどいけんかはしませんかわりに、心のなかでは、いままでのなんばいもけんかをしておりました。(中略)

わたしのからだの半分ずつが、どこやらちがっていることを、ハッキリ心におもうようになったのは、一年ぐらいまえからです。タライでからだをあらうときに、一ばんよくわかりました。吉ちゃんのほうは、顔がきたないし、手も足も力がつよくてゴツゴツしています。色もくろいのです。秀ちゃんのほうは色がしろくて、手や足がやわらかいし、二つの丸い乳がふくらんでいるし。それから……

吉ちゃんのほうが男で、秀ちゃんのほうが女ということは、ずっとまえから助八さんにきいて知っていましたが、そのわけが一年ぐらいまえから、わかりかけてきましたのです。「思出の記」のいままでわからなんだところが、たくさんわかってきました。〔註、いわゆるシャム兄弟のように、癒合双体が生存を保った例がないではないが、この記事の主人公の場合は、医学上はなはだ解しがたい点がある。賢明な読者諸君はすでに或る秘密を推察されたであろう〕

ふたりの人間のくっついたかたわだものですから、わたしは一日に五ども六ども、あたりまえの人の倍も梯子をおりて……(中略)

そのうちに、秀ちゃんのほうに今までとちがったことがおこってきました。(中略)わたしはびっくりして、死ぬのではないかとおもって、ワアワア泣きだしました。助八さんがきて、わけをいってくださるまでは、心配で、しっかりと吉ちゃんのくびにしがみついておりました。

吉ちゃんのほうにも、もっともっとちがったことがおこってきました。吉ちゃんのこえがふとくなって、助八さんのこえのようになってきたのです。そして、吉ちゃんの心がひどくかわってきたのです。

吉ちゃんは手の指でも、力はつよいけれど、こまかいことはできません。三味線でも、秀ちゃんみたいに、かんどころがよくわかりませんし、歌でも、こえが大きいばかりで、ふしがへんです。そのわけは、吉ちゃんの心があらくて、こまかいことが、よくわからないためでしょうとおもいます。それですから、秀ちゃんが十ものを考えるあいだに、吉ちゃんは一つぐらいしか考えられません。そのかわりに、考えたことを、すぐしゃべったり、手でやったりいたします。

吉ちゃんはあるとき「秀ちゃんは、いまでもべつべつの人間になりたいか。ここのところを切りはなしたいか。吉ちゃんは、もうそんなことはしたくないよ。こんなふうにくっついているほうが、よっぽどうれしいよ」といいました。そして、涙ぐんで、赤いかおをしました。

なぜか知りませんが、そのとき秀ちゃんも顔があつくなってきました。そして、今まで一ども知らなんだような、妙な妙なきもちがしました。

吉ちゃんは、少しも秀ちゃんをいじめないようになりました。ガラスのまえでお化粧するときにも、朝、顔をあらうときにも、夜、フトンをしくときにも、少しもじゃまをしませんで、おてつだいをしました。何かすることは、みんな「吉ちゃんがするからいいよ」といって、秀ちゃんがらくなようにらくなようにと気をつけるのです。

秀ちゃんが、三味線をひいて、歌をうたっておりますと、吉ちゃんは、今までのように、あばれたり、どなったりしませんで、じっとして、秀ちゃんの口のうごくのを、見つめておりました。秀ちゃんが髪をむすぶときでも、同じでした。そして、うるさいほど、「吉ちゃんは秀ちゃんが好きだよ。ほんとうに好きだよ。秀ちゃんも吉ちゃんが好きだろう」と、いつもいつもいいました。

今まででも、左がわの吉ちゃんの手や足が、右がわの秀ちゃんのからだにさわることはたくさんありましたが、同じさわるのでもちがったさわりかたをするようになりました。ゴツゴツとさわるのではありませんで、虫がはっているように、ソッとなでたり、つかんだりします。それですけれども、そこのところが熱くなって、トントンと血のおとがわかるのです。

秀ちゃんは、夜、びっくりして、眼をさますことがあります。あたたかい生きものが、からだじゅうをはいまわっているようなきもちがして、ゾッとして眼をさますのです。夜はまっくらでわかりませんから、「吉ちゃんおきていたの」とききますと、吉ちゃんは、じっとしてしまって、返事もいたしません。左がわに寝ている吉ちゃんの、息や血のおとが、肉をつたわって、秀ちゃんのからだにひびいてくるばかりです。

ある晩、寝ているとき、吉ちゃんがひどいことをしました。秀ちゃんは、それから、吉ちゃんがきらいできらいでしようがないようになりました。殺してしまいたいくらいになりました。

秀ちゃんは、そのとき寝ていて息がつまりそうになって、死んでしまうのではないかとおもって、びっくりして眼をさましました。そうしますと、吉ちゃんの顔が秀ちゃんの顔の上にかさなって、吉ちゃんのくちびるが秀ちゃんのくちびるをおさえつけて、息ができぬようになっていたのです。けれども、吉ちゃんと秀ちゃんとは、腰のよこのところでくっついていますので、からだをかさねることができません。顔をかさねるのでも、よっぽどむずかしいのです。それを、吉ちゃんは、骨が折れてしまうほどからだをねじまげて、いっしょうけんめいに顔をかさねておりました。秀ちゃんの胸が横のほうからひどくおされるのと、腰のところの肉が、ちぎれるほど引っぱっているので、死ぬほどくるしいのです。秀ちゃんは「いやだいやだ吉ちゃん嫌いだ」といって、めちゃくちゃに、吉ちゃんの顔をひっかきました。それでも、吉ちゃんは、いつものように、けんかをしませんで、だまって顔をはなして寝てしまいました。

朝になりますと、吉ちゃんの顔がきずだらけになっていましたが、それでも吉ちゃんはおこりませんで、一日悲しい顔をしておりました。〔註、この不具者は羞恥を知らないので、このあと露骨な記事が多い。それらはすべて削除した〕

わたしひとりだけでかってに寝たりおきたり考えたりできたら、どんなにきもちがいいでしょうと、あたりまえの人間をうらやましくうらやましくおもいました。

せめて、本をよむときと、字を書くときと、窓から海のほうを見ているときだけでも、吉ちゃんのからだがはなれてほしいとおもいました。いつでもいつでも、吉ちゃんのいやな血のおとがひびいていますし、吉ちゃんのにおいがしていますし、からだをうごかすたんびに、ああ、私は悲しいかたわ者だとおもいだすのです。このごろでは、吉ちゃんのギラギラした眼が、顔のよこから、いつでも秀ちゃんを見ております。はないきの音がうるさくきこえますし、こわいようなにおいがしますし、私はいやでいやでたまりません。

あるとき吉ちゃんが、オンオン泣きながら、こんなことをいいました。それで、私は少し吉ちゃんがかわいそうになりました。

「吉ちゃんは秀ちゃんがすきですきでたまらんのに、秀ちゃんは吉ちゃんがきらいだもの、どうしよう、どうしよう。いくらきらわれても、はなれることはできんし、はなれなんだら、秀ちゃんのきれいな顔や、いいにおいがいつもしているし」といって泣きました。

吉ちゃんは、しまいにむちゃくちゃになって、私がいくらいやいやといっても、力ずくで、秀ちゃんをだきしめようとしますが、からだがよこにくっついているものですから、どうしてもおもうようになりません。それでわたしはいいきみだとおもいますが、吉ちゃんはよっぽどはらがたつとみえて、顔に一ぱい汗をだして、ギャアギャアどなっております。

それですから、よく考えてみますと、秀ちゃんも吉ちゃんも、同じように、かたわ者を悲しく悲しくおもっているのです。

吉ちゃんの一ばんいやなことを二つ書きます。吉ちゃんはこのごろ毎日ぐらい……………くせになりました。見るのがむねがムカムカするくらいですから、見ぬようにしておりますが、吉ちゃんのいやなにおいやむちゃくちゃなうごきかたがつたわってきますので、死ぬくらいいやにおもいます。

また、吉ちゃんは、力がつよいものですから、いつでも好きなときに、力ずくで、吉ちゃんの顔と秀ちゃんの顔とかさねて、秀ちゃんが泣きだそうとしても、口をおさえてこえのでぬようにします。吉ちゃんのギラギラする大きな眼が、秀ちゃんの眼にくっついてしまって、鼻も口もいきができぬようになって、死ぬほどくるしいのです。

それですから、秀ちゃんは、まいにちまいにち、泣いてばっかりおります。（中略）

奇妙な通信

まいにち一まいか二まいほか書けませんので、書きはじめてから、もう一と月ぐらいになりました。夏になりましたので、あせがながれてしかたがありません。

こんなに長く書くのは生れてからはじめてですし、おもいだすことや、考えることがへたですから、ずっと前のことや、ちかごろのことが、あべこべになってしまいます。

これから、わたしのすんでいるクラが、牢屋というものに似ていることを書きます。「子供世界」の本のなかに、悪いことをせぬ人が、牢屋というものに入れられて、悲しい思いをすることが書いてありました。牢屋というものはどんなものか知りませんが、わたしのすんでいるクラと似ているようにおもいました。

あたりまえの子供は、父や母とおなじところにすんで、一しょにごはんをたべたり、お話をしたり、あそんだりするものではないかとおもいました。「子供世界」にそういう画がたくさん書いてありました。これは遠いところにある世界だけのことでしょうか。わたしにも父や母があるなら、おなじように、たのしく一しょにすむことができるのではありませんでしょうか。

助八さんは、父や母のことをきいても、ハッキリ教えてくださいません。こわい「お父つぁん」にあわせてくださいとたのんでも、あわせてくださいません。

男と女ということが、ハッキリわからないまえには、吉ちゃんと、よくこのことをお話ししました。わたしはいやなかたわ者ですから、父と母も私をきらって、こんなクラの中へ入れて、わたしのかたちが、ほかの人に見えないようになさったのかもしれません。それでも、眼の見えないかたわ者やオシのかたわ者が、父や母と一しょにすんでいることが本に書いてあります。父や母は、かたわ者の子供は、あたりまえの子供よりも、かわいそうですから、たいそうたいそうやさしくしてくださいますことが書いてあります。なぜわたしだけはそうしてくださいませんのでしょうか。助八さんにたずねましたら、助八さんは涙ぐんで「お前の運がわるいのだよ」といいました。ほかのことはすこしも教えてくださいませなんだ。

クラのそとへ出たい心は、秀ちゃんも吉ちゃんもおなじでしたが、クラのあついかべのような戸を、手がいたくなるほどたたいたり、助八さんやおとしさんの出るときに、一しょに出るといって、あばれまわるのは、いつでも吉ちゃんのほうでした。そうすると、助八さんは、吉ちゃんの頰をひどくたたいて、わたしをはしらにしばりつけてしまいました。そのうえに、そとへ出ようとおもって、あばれたときには、ごはんが一ぺんだけたべられないのです。

それで、わたしは助八さんやおとしさんにないしょで、そとへ出ることを、いっしょうけんめいに考えました。吉ちゃんとそのことばかりそうだんしました。

あるとき、私は窓の鉄のぼうをはずすことを考えました。ぼうのはまっている、白い土をほって、鉄ぼうをはずそうとしたのです。吉ちゃんと、秀ちゃんと、かわりばんこに、指のさきから血が出るほど、長いあいだ土をほりました。そして、とうとう一本のぼうの

下だけはずしてしまいましたが、すぐ助八さんに見つかって、一日ごはんがたべられませんでした。（中略）

どうしても、こうしても、クラのそとへ出ることはできないと、おもってしまいましたら、悲しくて、悲しくて、しばらくのあいだは、わたしはまいにちまいにち、せのびをして、窓のそとばかり見ておりました。

海はいつものように、キラキラとひかっておりました。原っぱには、何もなくて、風が草をうごかしておりました。海の音がドウドウと、悲しくきこえておりました。あの海の向こうに世界があるのかとおもいますと、鳥のようにとんでゆけたらいいでしょうとおもいました。けれども、わたしみたいなかたわ者が、世界へゆきましたら、どんな目にあわされるかしれないとおもいますと、こわくなりました。

海のむこうのほうに、青い山のようなものが見えております。助八さんがいつか、「あれはミサキというもので、ちょうど牛が寝ているかたちだ」といいました。牛の画は見たことがありますが、牛が寝たらあんなかたちになるのかしらんとおもいました。また、あのミサキという山が世界のはじっこかしらんとおもいました。遠くの遠くのほうを、いつまでもじっと見ていますと、眼がぼうっとかすんできて、知らぬまに涙がながれています。（中略）

父も母もなく、牢屋のようなクラにおしこめられて、生れてから一ども、そとのひろいところへ出たことがないという、不幸だけでも、悲しくて悲しくて、死んでしまいたいほどですのに、ちかごろでは、そのほかに、吉ちゃんがいやないやなことをしますので、ときどき、吉ちゃんをしめ殺してやろうかとおもうことがあります。吉ちゃんが死ねば、きっと秀ちゃんも一しょに死んでしまいますでしょうから。

あるとき、ほんとうに吉ちゃんのくびをしめて、吉ちゃんが死にそうになったことがありますから、そのことを書きます。

あるばん寝ていますとき、吉ちゃんが、ムカデが半分にちぎれたときのように、ほんとうに、むちゃくちゃにはねまわりました。あんまりひどくあばれるので、病気になったのかとおもったくらいです。秀ちゃんが好きで好きでしようがないといって、秀ちゃんの首や胸をしめつけたり、足をねじまげたり、顔をかさねたりして、むちゃくちゃにもがきまわるのです。そして（中略）私はゾッとするほどきたないいやなきもちがしました。そして、吉ちゃんが、にくらしくてにくらしくてたまらないようになりました。それで、わたしはほんとうに殺すつもりで、ワッと泣きだして、吉ちゃんの首を、二つの手で、グングンしめつけました。

吉ちゃんはくるしがって、前よりもひどくあばれました。わたしはフトンをはねのけてしまって、たたみの上を、はしからはしへころげまわりました。四つの手と四つの足を、めちゃくちゃに、ふりまわしながら、ワアワア泣きながら、ころがりました。助八さんがきて、わたしをうごかぬようにおさえてしまうまで、そうしておりました。

そのあくる日から、吉ちゃんは少しおとなしくなりました。（中略）

わたしはもうもう、死んでしまいたい。死んでしまいたい。神さまたすけてください。

神さまどうかわたしを殺してください。（中略）

きょう、窓のそとにおとがしたものですから、のぞいてみますと、窓のすぐ下のへいのそとに、人間が立って、窓のほうを見あげておりました。大きい、ふとった男の人間です。「子供世界」の画にあるようなみょうな着物をきておりましたから、遠くの世界の人間かもしれないとおもいました。

わたしは大きなこえで「お前は誰だ」といいましたが、その人間はなにもいわず、じっとわたしを見ておりました。なんとなくやさしそうな人にみえました。わたしはいろいろなことが話したいとおもいましたが、吉ちゃんがこわい顔をしてじゃまをしますし、大きなこえを出して助八さんにきこえるとたいへんですから、ただその人の顔をみて笑ったばかりです。そうしますと、その人もわたしの顔をみて笑いました。

その人がいってしまうと、わたしはにわかに悲しくなりました。そして、どうかもう一どきてくださいと、神さまにおねがいしました。

それから、わたしはいいことをおもいだしました。もしあの人がもう一どきてくださったら、話はできませんけれども、遠くの世界の人間は、手紙というものを書くことが本に書いてありましたから、わたしも字を書いて、あの人に見せようとおもいました。けれども、手紙を書くのには長いことかかりますから、この帳面をあの人のそばへなげてやるほうがいいとおもいました。あの人はきっと字がよめますから、この帳面をひろって、わたしの不幸な不幸なことを知って、神さまのようにたすけてくださるかもしれません。

どうか、もういちど、あの人が、きてくださいますように。

雑記帳の記事は、そこでポッツリと切れていた。

雑記帳を読み終ったとき、諸戸道雄と私とは、しばらく言葉もなく、顔を見合わせていた。

私は俗にシャムの兄弟といわれる奇妙な双生児の話を聞いていないではなかった。シャムの兄弟というのは、シャン、エンという名前で、両方とも男で、剣状軟骨部癒合双体と名づける畸形双生児であったが、そうした畸形児は多くの場合死んで生れるか、出生後間もなく死亡するものであるのに、シャン、エンはその不思議なからだで六十三歳まで長命し、両方とも別々の女と結婚して、驚いたことには二十二人の完全な子供の父となったということである。

だが、そういう例は、世界でも珍らしいほどだから、われわれの国にそんな無気味な両頭生物が存在しようとは想像もしていなかった。しかも、それが一方は男で、一方は女で、男の方が女に執念深い愛着を感じ、女は男を死ぬほど嫌い抜いているというような、不思議千万な状態は、悪夢の中でさえも、かつて見ぬ地獄といわねばならぬ。

「秀ちゃんという娘は実に聡明ですね。いかに熟読したといっても、たった三冊の本からえた知識で、誤字や仮名違いはあっても、これだけの長い感想文を書いたのですからね。この娘は詩人でさえありますね。だが、それにしてもこんなことが、果たしてありうるでしょうか。罪の深いいたずらじゃないでしょうね」

私は医学者諸戸の意見を聞かないではいられなかった。

「いたずら？　いや、おそらくそうじゃあるまいよ。深山木氏がこうして大切にしていたところをみると、これには深い意味があるにちがいない。僕はふと考えたのだが、この終りの方に書いてある、窓の下へきたという人物は、よく肥えた洋服姿だったらしいから、深山木氏のことじゃあるまいか」

「ああ、僕もちょっとそんな気がしましたよ」

「そうだとすると、深山木氏が殺される前に旅行した先というのは、この双生児のとじこめられている土蔵のある地方だったにちがいない。そして、土蔵の窓の下へ深山木氏が現われたのは、一度ではなかった。なぜといって、深山木氏が二度目に窓の下へ行かなかったら、双生児はこの雑記帳を窓から投げなかっただろうからね」

「そういえば、深山木さんは、旅行から帰った時、なんだか恐ろしいものを見たといっていましたが、それはこの双生児のことだったのですね」

「ああ、そんなことをいっていたの？　じゃあ、いよいよそうだ。深山木氏は僕たちの知らない事実を握っていたのだ。そうでなければ、そんなところへ見当をつけて、旅行をするはずがないからね」

「それにしても、この可哀そうな不具者を見て、なぜ救い出そうとしなかったのでしょう」

「それはわからないけれど、すぐぶっつかって行くには、手強い敵だと思ったかもしれぬ。それで一度帰って、準備をととのえてから引き返すつもりだったかもしれぬ」

「それは、この双生児をとじこめている奴のことですね」私はその時、ふとあることに気づいて、驚いて言った。「ああ、不思議な一致がありますよ。死んだ軽業少年の友之助ね、あれが「お父つぁん」に叱られるといってましたね。この雑記帳にも「お父つぁん」というの言葉がある。そして両方とも悪い奴のようだから、もしやその「お父つぁん」というのが、元兇なんじゃありますまいか。そう考えるとこの双生児と今度の殺人事件との連絡がついてきますね」

「そうだ。君もそこへ気がついたね。だが、そればかりじゃない。この雑記帳は、よく注意して見ると、いろいろな事実を語っているのだよ。実に恐ろしい」諸戸は、そういって真底から恐ろしそうな表情をした。「もし僕の想像が当たっているならば、この全体の邪悪に比べては、初代さん殺しなんか、ほとんど取るに足らないほどの、小さな事件なんだよ。君はまだ悟っていないようだが、この双生児そのものに、世界中の誰もが考えなかったほどの、恐ろしい秘密が伏在しているんだよ」

諸戸が何を考えているのかハッキリはわからなかったけれど、次々と現われてくる事実の奇怪さに、私は何か奥底の知れぬ無気味なものを感じないではいられなかった。諸戸は青い顔をして考え込んでいた。その様子が、自分自身の心の中を、深く深く覗き込んでいるといった感じであった。私も雑記帳をもてあそびながら、黙想にふけっていた。だが、そうしているうちに、私はある驚くべき連想にぶつかって、ハッとしてわれに返った。

「諸戸さん。どうも妙ですよ。又一つ不思議な一致を思いつきましたよ。それはね。あなたにはまだ話さなかったか知らんが、初代さんがね、捨て子になる前の、二つか三つかの時分の、夢のような思い出話をしたことがあるんです。なんだか荒れ果てた淋しい海辺に、妙な古めかしい城みたいな屋敷があって、そこの断崖になった海岸で、初代さんが生れたばかりの赤ちゃんと遊んでいる景色なんです。そういう景色を夢のように覚えているというのです。私はそのとき、そこの景色を想像して、絵にかいて初代さんに見せたところが、そっくりだというものですから、その絵を大切にしていたんですが、いつか深山木さんに見せて、そのまま忘れてきてしまったのです、でも、僕はハッキリ覚えてますから、今でもかくことができますよ。ところで、不思議な一致というのは、初代さんの話では、その海の遥か向こうの方に、牛の寝た形の陸地が見えていたそうですが、この雑記帳にも、土蔵の窓から海を見ると、向こうに牛の寝た姿の岬があると書いてあるじゃありませんか。牛の寝たような岬はどこにでもあるでしょうから、偶然の一致かもしれないけれど、海岸の荒れ果てた様子といい、岬の形容といい、この文章は、初代さんの話そっくりなんです。暗号文を隠した系図帳を初代さんが持っていた。それを盗もうとした賊とこの双生児とは何か関係があるらしい。そして、初代さんも双生児も、同じような牛の形の陸地を見たという。とすると、これはなんとなく同じ場所のように思われるじゃありませんか」

この私の話の半ばから、諸戸はまるで幽霊にでも出あった人みたいな、一種異様な恐怖の表情を示したが、私が言葉を切ると、ひどくせきこんだ調子で、その海岸の景色をここでかいて見せてくれといった。そして、私が鉛筆と手帳を出して、ザッとその想像図を描くと、それを引ったくるようにして、長いあいだ画面に見入っていたが、やがてフラフラと立ち上がって、帰り支度をしながら言った。

「僕はきょうは頭がめちゃめちゃになって、考えがまとまらない。もう帰る。あす僕の家へきてくれたまえ。今ここでは、怖くて話せないことがあるんだから」

そういい捨てて、彼は私の存在を忘れたかのように、挨拶も残さず、ヨロヨロとよろめきながら、階段を降りて行くのであった。

北川刑事と一寸法師

私は諸戸の異様な挙動を理解することができなくて、独り取り残されたまま、しばらくはぼんやりしていたが、諸戸は「あすきてくれ、その時すっかり話をする」といったのだから、とも角一と先ず帰宅してあすを待つほかはなかった。

だが、この神田の家へくる道さえ、乃木将軍の像を古新聞などに包んで、用心に用心を重ねたくらいだから、その中にはいっていた大切な二た品を、私の自宅へ持ち帰るのは、非常に危険なことにちがいない。私はさほどにも感じないけれど、死んだ深山木といい、諸戸といい、曲者(くせもの)はただこの品物を手に入れたいばっかりに、人を殺したのだといっている。それにもかかわらず、いま諸戸がこの品物の処分法を指図もしないで、喪心のていで立ち去ったというのは、よくよくの事情があったことであろう。そこで、私はいろいろ考えた末、曲者はまさかこのレストランの二階まで感づいていないだろうと思ったので、二冊の帳面を、そこの長押(なげし)に懸けてあった古い額の、表装の破れ目から、ぐっと押しこんで、ちょっと見たのでは少しもわからぬようにしておいて、何食わぬ顔でそのまま自宅に立ち帰ったのである(だが、この私の内心いささか得意であった即興的な隠し場所は、決して安全なものでなかったことが、あとでわかった)。

それから、翌日のおひるごろ、私が諸戸を訪問するまで、別段のお話もない。そのあいだを利用して、ちょっと変った書き方をして、私が直接見聞したことではないけれど、ずっと後になって、本人の口から聞き知ったところの、北川という刑事の苦心談を、ここにはさんでおくことにする。時間的にもちょうどこの辺のところで起こった出来事なのだから。

北川氏は先日の友之助殺しに関係した池袋署の刑事であったが、ほかの警察官たちとは少しばかり違った考え方をする男であったから、この事件に対する諸戸の意見をまにうけたほどで、署長の許しを乞い、警視庁の人たちさえ手を引いてしまったあとまでも、根気よく尾崎曲馬団(例の鶯谷に興行していた友之助の曲馬団のこと)のあとをつけ廻って、困難な探偵をつづけていた。

その時分、尾崎曲馬団は、逃げるように、鶯谷を打ち上げて、遠く静岡県の或る町で興行していたが、北川刑事は、曲馬団と一緒にその地へ出張して、みすぼらしい労働者に変装して、もう一週間ばかりも、捜索に従事していた。一週間といっても、引っ越しや、小屋組みで四、五日もかかったので、客を呼ぶようになったのは、つい二、三日前であったが、北川氏は臨時雇いの人足になって、小屋組みの手伝いまでして、座員と懇意になることをつとめたから、もし彼らのあいだに秘密があれば、とっくに感づいていなければならないはずなのに、不思議となんの手掛りを摑むこともできなかった。「友之助が七月五日に鎌倉に行ったことがあるか」「そのとき誰が連れて行ったか」「友之助の背後に八十くらいの腰の曲った老人がいないか」などということを、一人一人に当たって、それとなく尋ねてみたけれど、誰もかれも知らぬと答えるばかりであった。しかも、その様子が決して嘘らしくなかったのである。

一座の道化役に、一人の小人(こびと)がいた。三十歳のくせに七、八歳の少年の背たけで、顔ばかりがほんとうの年よりもふけて見えるような、無気味な片輪者で、そんな男にありがちの低能者であった。北川氏は最初この男だけは別物にして、懇意になろうとも、物を尋ねようともしなかったが、だんだん日がたつにつれて、この小人は低能にはちがいないけれど、なかなか邪推深く、嫉妬もすれば、ある場合には普通人も及ばぬいたずらもする。ひょっとしたら、わざと低能を装って、それを一種の保護色にしているのかもしれない、ということがわかってきたので、かえって、こんな男に尋ねてみたら、案外何かの手掛りが摑めるかもしれぬと思うようになった。そこで、北川氏は根気よくこの小人を手なずけて、もう大丈夫と思った時分に、ある日、次のような問答をかわしたのだが、私がここへはさんで、しるしておきたいというのは、この変てこな問答のことなのである。

それはよく晴れた星の多い晩であったが、打出しになって、あと片づけもすんだころ、小人は話相手もないものだから、テントのそとに出て、一人ぼっちで涼んでいた。北川氏はこの好機をのがさず、彼に近寄り、暗い野天で無駄話をはじめたものである。つまらぬ世間話から、深山木氏が殺された問題の日の出来事に移って行った。北川氏はその日、鶯谷で曲馬団の客になって、見物していたと偽り、出鱈目にそのときの感想などを話したあとで、こんなふうに要点にはいって行った。

「あの日、足芸があって、友之助ね、ホラ池袋で殺された子供ね、あの子が壺の中へはいって、グルグル廻されるのを見たよ。あの子はほんとうに気の毒なことだったね」

「ウン、友之助かい、可愛そうなはあの子でございよ。とうとうやられちゃった。ブルブルブルブルブルブル。だがね、兄貴、その日に友之助の足芸があったてえな、おまはんの思いちがいだっせ、おれはこう見えても、物覚えがいいんだからな。あの日はね、友之助は小屋にいなかったのさ」

小人はどこの訛りともわからない言葉で、しかしなかなか雄弁にしゃべった。

「千円賭けてもいい。おれは確かに見た」

「だめだめ、兄貴そりゃ日が違うんだぜ。七月五日は、特別のわけがあって、おらぁちゃんと覚えているんだ」

「日が違うもんか。七月の第一日曜じゃないか。お前こそ日が違うんだろ」

「だめだめ」

一寸法師は闇の中で、おどけた表情をしたらしかった。

「じゃあ、友之助は病気だったのかね」

「あの野郎、病気なんかするもんかね。親方の友だちがきてね、どっかへ連れてかれたんだよ」

「親方って、お父つぁんのことだね。そうだろ」

と、北川氏は例の友之助のいわゆる「お父つぁん」をよく記憶していて探りを入れたものである。

「えっ、なんだって?」一寸法師は突然、非常な恐怖を示した。「お前どうしてお父つぁんを知っている」

「知らなくってさ。八十ばかりの、腰の曲ったよぼよぼのお爺さんだろ。お前たちの親方ってな、そのお爺さんのことさ」

「違う違う。親方はそんなお爺じゃありゃしない。腰なんぞ曲っているもんか。お前見たことがないんだね。もっとも小屋へはあまり顔出しをしないけど、親方ってのは、こう、ひどい佝僂(せむし)のまだ三十くらいの若い人さ」

北川氏は、なるほど佝僂だったのか、それで老人に見えたのかもしれないと思った。

「それがお父つぁんかい」

「違う違う。お父つぁんが、こんな所へきているものか、ずっと遠くにいらあね。親方とお父つぁんとは、別々の人なんだよ」

「別々の人だって、するとお父つぁんてのは、一体全体何者だね。お前たちのなにに当たる人なんだね」

「なんだか知らないけど、お父つぁんはお父つぁんさ。親方と同じような顔で、やっぱり伺僂だから、親方と親子かもしれない。だが、おらぁよすよ。お父つぁんのことを話しちゃあいけねえんだ、お前は大丈夫だと思うけど、もしお父つぁんに知れたら、おれはひどい目に合わされるからね。また箱ん中へ入れられっちまうからね」

箱の中と聞いて、北川氏は現代の一種の拷問具ともいうべき、ある箱のことを連想したが、それは同氏の思い違いで、一寸法師のいわゆる「箱」というのは、そんな拷問道具なんかより幾層倍も恐ろしい代物であったことが、あとでわかった。それはとにかく、北川氏は相手が案外くみしやすくて、だんだん話が佳境にはいるので、胸を躍らせながら質問を進めて行った。

「で、つまりなんだね。七月五日に友之助を連れてったのは、お父つぁんでなくて、親方の知合いなんだね。どこへ行ったね。お前聞かなかったかね」

「友のやつ、俺と仲よしだったから、俺だけにそっと教えてくれたよ。景色のいい海へ行って、砂遊びをしたり泳いだりしたんだって」

「鎌倉じゃないの」

「そうそう鎌倉とかいったっけ。友のやつ親方の秘蔵っ子だからね。ちょくちょく、いい目を見せてもらったのよ」

ここまで聞くと、北川氏は諸戸の突飛な推理（初代殺しも、深山木を殺したのも直接の下手人は友之助であったという）が、案外あたっていることを、信じないわけにはいかなかった。だがうかつに手出しをするのは考えものだ。親方というのを拘引して、実を吐かせるのもいいが、それではかえって、元兇を逸するような結果になるまいものでもない。その前に彼の背後の「お父つぁん」という人物を、もっと深く研究しておく必要がある。元兇はその「お父つぁん」のほうかもしれないのだから。それに、この事件は単なる殺人罪ではなくて、もっともっと複雑な恐ろしい犯罪事件かもしれない。北川氏はなかなかの野心家であったから、すっかり自分の手で調べ上げてしまうまで、署長にも報告しないつもりであった。

「お前さっき、箱の中へ入れられるっていったね。箱って一体なんだね。そんなに恐ろしいものかい」

「ブルブルブルブル、お前たちの知らない地獄だよ。人間の箱詰めを見たことがあるかい。手も足もしびれちまって、おれみたいな片輪者は、みんなあの箱詰めでできるんだよ。アハハハハ」

一寸法師は謎みたいなことをいって、気味わるく笑った。だが、彼はばかながらも、どこかに正気が残っているとみえて、いくら尋ねても、それ以上は冗談にしてしまって、ハッキリしたことをいわないのだ。

「お父つぁんが怖いんだな。いくじなし。だが、そのお父つぁんてな、どこにいるんだい。遠いところさ。おらあどこだか忘れちまった。海の向こうのずっと遠いところだよ。

「遠いところって」

地獄だよ。鬼が島だよ。おらあ思い出してもゾッとするよ。ブルブルブルブル」

というわけで、その晩はなんと骨折っても、それから先へ進むことができなかったけれど、北川氏は自分の見込みが間違っていなかったことを確かめて、大満足であった。同氏はそれから数日のあいだ根気よく一寸法師を手なずけ、相手が気を許して、もっと詳しく話してくれるのを待った。

そうしているうちに、だんだん「お父つぁん」という人物の、えたいの知れぬ恐ろしさが、一寸法師や友之助があんなに恐れおののいていたわけが、北川氏にも少しずつわかってくるような気がした。一寸法師の物のいい方が不明瞭なので、確かな形をつかむことはできなかったけれど、ある場合には、それは人間ではなくて、一種の無気味な獣類という感じがした。伝説の鬼というのは、こんな生きものをさして言ったのではないかとすら思われた。一寸法師の言葉や表情が、おぼろげに、そんな感じを物語っているのだった。

また「箱」というものの意味も、ぼんやりとわかってくるようであった。ほんの想像ではあったけれど。その想像にぶつかったとき、さすがの北川氏も、あまりの恐ろしさにゾッと身震いしないではいられなかった。

「おれは、生れたときから、箱の中にはいっていたんだよ。動くことも、どうすることも、できないのだよ。箱の穴から首だけ出して、ご飯をたべさせてもらったのだよ。そしてね、箱詰めになって、船にのって、大阪へきたんだ。大阪で箱から出たんだよ。その時おらあ、生れてはじめて、広々した所へ出されたんで、怖くなって、こう縮み上がってしまったよ」

一寸法師はあるとき、そういって、短い手足を生れたばかりの赤ん坊みたいに、キューッと縮めて見せるのだった。

「だけど、これは内証だよ。お前だけに話すんだよ、だからね、お前も内証にしておかないと、ひどい目に合わされるよ。箱詰めにされっちまうよ。箱詰めにされたって、おらあ知らないよ」

一寸法師は、さもさも怖そうな表情でつけ加えた。北川刑事が、警察の威力によらず、少しも相手に感づかせぬ穏和な方法によって、「お父つぁん」という人物の正体をつきとめ、ある島に行われていた想像を絶した犯罪事件を捜り出したのは、それから更に十数日ののちであったが、それはお話が進むに従って、自然読者にわかってくることだから、ここでは、警察の方でも、こうして、特志なる一刑事の苦心によって、曲馬団の方面から探偵の歩を進めていたことを、読者にお知らせするにとどめ、北川刑事の探偵談はこれで打ち切り、話を元に戻して、諸戸と私とのその後の行動を書きつづけることにする。

諸戸道雄の告白

神田の洋食屋の二階で、無気味な日記帳を読んだ翌日、私は約束に従って池袋の諸戸の家を訪ねた。諸戸の方でも、私を待ち受けていたとみえ、書生がすぐさま例の応接室へ案内した。

諸戸は室の窓やドアをすべて開けはなして「こうしておけば立ち聞きもできまい」と言いながら、席につくと、青ざめた顔をして、低い声で、次のような奇妙な身の上話をはじめたのである。

「僕の身の上は誰にも打ちあけたことがない。実をいうと僕自身でさえハッキリはわからないくらいだ。なぜハッキリわからないかということを、君だけに話しておこうと思う。そして僕の恐ろしい疑いをはらす仕事に、君にも協力してもらいたいのだ。その仕事というのは、つまり初代さんや、深山木氏の敵を探すことでもあるんだからね。

君はきっと今まで、僕の心持ちに不審をいだいていたにちがいない。例えば、なぜ僕が今度の事件に、こんなに熱心にかかり合っているのか、なぜ君の競争者になって、初代さんに結婚を申しこんだのか(君を慕って、君たちの恋をさまたげようとしたのはほんとうだが、しかしそれだけの理由ではなかったのだ。もっと深いわけがあったのだ)、なぜ僕が女を嫌って男性に執着をおぼえるようになったか、また、僕はなんのために医学を修め、現にこの研究室で、どんな変てこな研究をつづけているか、というようなことだ。それが、僕の身の上を話しさえすれば、すべて合点が行くのだ。

僕はどこで生れたか、誰の子だか、まるで知らない。育ててくれた人はある。学資をみついでくれた人はある。だが、その人が僕の親だかなんだかわからない。少なくともその人が親の心で僕を愛しているとは思えない。僕が物心を覚えたころには、紀州のある離れ島にいた。漁師の家が二、三十軒ポツリポツリ建っているような、さびれ果てた部落で、僕の家も、その中では、まるでお城みたいに大きかったけれど、ひどいあばら家だった。そこにいた僕の父母と称する人は、どう考えても僕の親とは思えない。顔も僕とちっとも似ていないし、二人とも醜い佝僂のかたわ者で、僕を愛してくれなかったばかりか、同じ家にいても、広いものだから父などとはほとんど顔を合わすこともないくらいだったし、それにひどく厳格で、何かすれば、必らず叱られる、むごい折檻を受けるという有様だった。

その島には学校がなくて、規則では二里も離れた向こう岸の町の学校へ通ようことになっていたけれど、誰もそこまで通学するものはなかった。僕は、だから、小学教育を受けていないのだ。そのかわり、家に親切な爺やがいて、それが僕に「いろは」の手ほどきをしてくれた。家庭がそんなだから、僕は勉強を楽しみにして、少し字が読めるようになると、家にある本を手当たり次第に読んだし、町へ出るついでに、そこの本屋でいろいろな本を買ってきて勉強した。

十三の年に、非常な勇気を出して、怖い父親に、学校に入れてくれるように頼んだ。父親は僕が勉強好きで、なかなか頭のいいことを認めていたから、僕の切なる願いを聞くと、頭から叱ることをしないで、少し考えてみるといった。そして、一と月ばかりたつと、やっと許しが出た。だが、それには実に異様な条件がついていたのだ。先ず第一は学校をやるくらいなら、東京に出て大学までみっちりと勉強すること、それには東京の知り合いに寄寓して、そこで中学校にはいる準備をし、うまく入学できたら、そのあとはずっと寄宿舎と下宿で暮らすこと、というので、僕にとっては願ってもない条件だった。ちゃんと東京の知り合いの松山という人に相談をして、その人から引き受けるという手紙まできた。第二の条件は、大学を出るまで国に帰らぬこと、というので、これは少々変に思ったけれど、そんな冷たい家庭や、かたわ者の両親などに未練はなかったから、僕はさして苦痛とも感じなかった。第三は、学問は医学を勉強すること、医学のどの方面をやるかは、大学に入るときに指図するが、もしその指図にそむいた場合は、すぐに学資の送金を中止することというので、当時の僕にとっては大していやな条件ではなかった。

だが、だんだん年がたつに従って、この第二、第三の条件には、非常に恐ろしい意味を含んでいたことがわかってきた。第二の、僕を大学を出るまで帰らせまいとしたのは、僕の家に何かしら秘密があって、大きくなった僕に、それを感づかれまいためであったにちがいないのだ。僕の家は荒れすさんだ古城のような感じの建物で、日のささない陰気な部屋がたくさんあって、なんとなく気味のわるい因縁話でもありそうな感じであったし、その上、幾つかのあかずの部屋というものがあって、そこにはいつも厳重に錠前がおろしてあって、中に何があるのだか少しもわからない。庭に大きな土蔵が建っていたが、これも年中あけたことがない。僕は子供心にも、この家には何かしら、恐ろしい秘密が隠されていると感づいていた。また、僕の家族は、親切な爺やを除くと、一人残らずかたわ者だったことも変にうす気味がわるかった。佝僂の両親のほかに、召使いだか居候だかわからないような男女が四人もいたが、それが申し合わせたように、盲人だったり、唖だったり、手足の指が二本しかない低能児だったり、立つこともできない水母(くらげ)のような骨なしだったりした。それと今のあかずの部屋とを結びつけて、僕はなんともいえない、ゾッとするような不快な感じを抱いたものだ。僕が親の膝元へ帰れなくなるのを、むしろ喜んだ気持が、君にもわかるでしょう。親のほうでも、その秘密を感づかれないために、僕を遠ざけようとしたのだ。それには、僕がそんな家庭に育ったにも似合わず、敏感な子供で、親たちがおそれをなしたせいもあるのだと思うがね。

だが、もっと恐ろしいのは第三の条件だった。僕が首尾よく大学の医科に入学したとき、国の父親からのいいつけだといって、以前寄寓した松山という男が僕の下宿を訪ねてきた。僕はその人に或る料理屋へ連れて行かれ、一と晩みっしり説法された。松山は父親の長い手紙を持っていて、その文面に基づいて意見を述べたわけだが、一と口にいえば、僕は普通の意味の医者になって金を儲けるにも及ばないし、学者となって名をあげる必要もない。それよりも、外科学の進歩に貢献するような大研究をなしとげて欲しいということであった。当時、世界大戦がすんだばかりで、めちゃくちゃになった負傷兵を、皮膚や骨の移植によって、完全な人間にしたとか、頭蓋骨を切開して、脳髄の手術をしたり、脳髄の一部分の入れ替えにさえ成功したというような、外科学上の驚くべき報告が盛んに伝えられた時代で、僕にもその方面の研究をしろという命令なのだ。これは両親が不幸な不具者であるところから、一層痛切にその必要を感じるわけで、たとえば手や足のないかたわ者には、義手義足の代りに本物の手足を移植して、完全な人間にすることもできるというような、素人考えもまじっていたのだ。

別段悪いことでもないし、もしそれを拒絶したら学資がとだえるので、僕はなんの考えもなくこの申し出を承諾した。そうして、僕の呪われた研究がはじまったのだ。基礎的な学課を一と通り終ると、僕は動物実験にはいって行った。鼠だとか猫だとか犬などを、むごたらしく傷つけたり、殺したりした。キャンキャン悲鳴を上げ、もがき苦しむ動物を、鋭いメスで切りさいなんだ。僕の研究は、主として活体解剖という部類に属するものだった。生きながら解剖するのだ。そうして、僕はたくさんの動物のかたわ者を作ることに成功した。ハンタアという学者は鶏のけづめを牡牛の首に移植したし、有名なアルゼリアの

「犀のような鼠」というのは、鼠の尻尾を鼠の口の上に移植して成功したのだが、僕もそれに似たさまざまの実験をやった。蛙の足を切断して、別の蛙の足をつないでみたり、二つ頭のモルモットをこしらえてみたりした。脳髄の入れ替えをするために、僕は何匹の兎を無駄に殺したことだろう。

人類に貢献するはずの研究が、裏から考えると、かえって、とんでもないかたわの動物を作り出すことでもあった。そして、恐ろしいことには、僕はこのかたわ者の製造に、不思議な魅力を感じるようになって行った。動物試験に成功するごとに、手紙で父親に誇らしげに報告した。すると、父親からは僕の成功を祝し激励する長い手紙がきた。大学を卒業すると、父親はさっきいったように松山を介して、僕にこの研究室を建ててくれた上、研究費用として、月々多額の金を送るようにしてくれた。それでいて、父親は僕の顔を見ようとはしないのだ。学校を卒業しても、前の条件を堅く守って、僕の帰省も許さず、自分で東京へ出てこようともしない。僕は、この父親の一見親切らしい仕打ちが、その実、みじんも子に対する愛から出たものでないことを感じないではいられなかった。いやそればかりではない。僕は父親の或る極悪非道な目論見を想像して身慄いした。父親は僕に顔を見られることさえ恐れているのだ。

僕が親を親と感じないわけはまだある。それは僕の母親と称する女に関してだが、この佝僂の醜悪極まる女が、僕を子としてではなく、一個の男性として愛したことだ。それをいうのは非常に恥かしいだけでなく、ムカムカと吐き気を催すほどいやなのだが、僕は十歳を越したころから、絶間なく母親のために責めさいなまれた。お化けのような大きな顔が、僕の上に襲いかかって、ところきらわず舐めまわした。その唇の感触を思いだしただけで、今でも総毛立つほどだ。あるむず痒い不快な感じで眼を醒ますと、いつの間にか母親が僕の寝床に添い寝していた。そして「ね、いい子だからね」といいながら、ここでいえないようなことを要求した。僕はあらゆる醜悪なものを見せつけられた。その堪え難い苦痛が三年もつづいた。僕が家庭を離れたく思った一半の理由は、実はこれなのだ。僕は女というものの汚なさを見つくした。そして、母親と同時に、あらゆる女性を汚なく感じ、憎悪するようになった。君も知っている僕の倒錯的な愛情は、こんなところからきているのではないかと思うのだよ。

それから、君は驚くかもしれないが、僕が初代さんに結婚を申し込んだのも、実は親の命令なのだよ。君と初代さんが愛し合う前から、僕は木崎初代という女と結婚しろと命じられていた。父から手紙がくるし、松山が父の使いみたいにして、たびたびやってくるのだ。偶然の一致とはいえ、不思議な因縁だね。だが、今いう通り、僕は女というものを憎みこそすれ、少しも結婚の意志がなかったので、親子の縁を切り送金を絶つとさえおどかされたけれど、なんとかごまかして、結婚の申し込みをしないでいた。ところが、間もなく、君と初代さんの関係がわかってきた。そこで、僕はガラリと気が変って、君らの邪魔をする意味で、父の命令に従う気になった。僕は松山の家へ行って、その決心を伝え、結婚の運動を進めてくれるように頼んだ。それからのことは、君も知っている通りだ。

今これだけの事実を話せば、君はそこから或る恐ろしい結論を引き出してくることができるかもしれない。現在僕たちの知っているだけの材料があれば、おぼろげながら、一つの筋道を組み立てることも不可能ではないのだ。だが、きのうあの双生児の日記を読むまでは、そして、君から初代さんの幼時の記憶にあったという景色のことを聞くまでは、さすがに僕も、そこまで邪推する力はなかった。それが、ああ、恐ろしいことだ。きのう君の描いて見せた、荒れ果てた海岸の景色が、僕にとってどんなに手ひどい打撃であったか。君、あの海岸の城のような家は、この僕が十三の年まで育った、あのいまわしい故郷にちがいないのだよ。

思い違いや偶然の符合にしては、三人の見た景色が、あまりに一致しすぎているじゃないか。初代さんは、牛の臥(ね)た形の岬を見た。城のような廃屋を見た。壁のはげ落ちた大きな土蔵を見た。双生児も、牛の形の岬を見た。そして、彼らは大きな土蔵に住んでいた。それはどちらも、僕の育った家の景色にピッタリと一致しているのだ。しかし、この三人は別の方面でも不思議なつながりを持っている。僕に初代さんと結婚することを強要したからには、僕の父は初代さんを知っていたにちがいない。その初代さんの下手人を探偵した深山木氏が、双生児の日記を持っていたところをみると、初代さんの事件と双生児とのあいだには、直接か間接か、いずれにしても何かのひっかかりがなければならない。しかも、その双生児は、僕の父の家に住んでいるとしか考えられないのだ。つまりわれわれ三人は(その一人は双生児だから、正しくいえば四人だが)眼に見えぬ悪魔の手にあやつられた哀れな人形でしかないのだ。そして、恐ろしい邪推をすれば、その悪魔の手の持ち主は、ほかならぬ僕の父と称する人物であるかもしれないのだよ」

諸戸はそういって、恐怖に満ちた表情で、ちょうど怪談を聞いている子供がするように、ソッとうしろを振り返るのであった。私は彼のいわゆる結論というのが、どんな恐ろしい事柄だか、まだまだ呑み込めなかったが、諸戸の奇怪至極な身の上話と、それを話している彼の一種異様の表情から、何かしら世の常ならぬ妖気を受けて、よく晴れた夏の真昼であったのに、ゾッと寒気をおぼえ、全身鳥肌立ってくるのを感じたのである。

悪魔の正体

諸戸はさらに語りつづけた。私は蒸し暑い日であったのと、異様な興奮のために、全身ビッショリと、あぶら汗を流していた。

「君、いま僕がどんな変てこな気持でいるか、想像できるかい。この僕の父親がね、殺人犯人かもしれないのだ。それも二重三重の殺人鬼なんだ。ハハハハハ、こんな変てことって世の中にあるものかね」

諸戸は、気ちがいみたいな笑い方をした。

「だって、僕にはまだよくわからないのですが、それは君の想像にすぎないかもしれませんよ」

私はなぐさめる意味でなく、諸戸のいうことを信じかねた。

「想像は想像だけれど、ほかに考えようがないのだ。僕の父はなぜ僕と初代さんを結婚させようとしたのだろう。それは初代さんのものが、夫である僕のものになるからだ。つまり例の系図帳が我が子のものになるからだ。父は系図帳の表紙裏の暗号文を手に入れることができる。それに、ばかりではない、もっと邪推することがもしあの暗号文が財宝のありかを示すものだとしたら、それだけを手に入れたところで、ほんとうの所有者である初代さんはまだ生きているのだから、どんなことでそれがわかって、取り戻されないものでもない。そこで、僕と初代さんとを結婚させれば、そんな心配がなくなってしまう。財宝も、その所有権も父の家のものになる。僕の父はそんなふうに考えたのではないだろうか、あの熱心な求婚運動は、そうとでも考えるほかに、解釈のくだしようがないじゃないか」

「でも、初代さんが、そんな暗号を持っていることが、どうしてわかったのでしょう」

「それはまだ、僕らにわかっていない部分だ。だが、初代さんの記憶にあった例の海岸の景色から想像すると、僕の家と初代さんとは、何かの因縁で結ばれていることは確かだ。

もしかしたら、僕の父は小さいころの初代さんを知っているのだ。それが、初代さんは三つのときに大阪で捨てられたので、多分父にも、最近までは行方がわからないでいたのだろう。と考えると、初代さんが暗号文を持っていることを、父が知っていたとしても、少しも不合理ではない。

まあ聞きたまえ。それから、あらゆる手段をつくして求婚運動を試みた。けれども母親を口説き落とすことはできても、初代さんを承知させることは不可能だった。初代さんは君に身も心も捧げつくしていたからだ。それがわかると、間もなく、初代さんは殺された。同時に手提げ袋が盗まれた。なぜだろう。手提げ袋の中に何かほかの大切なものがはいっていただろうか。一カ月分の給料を盗むために、誰があんな手数のかかる方法で殺人罪など犯すものか。目的は系図帳にあったのだ。その中に隠された暗号文にあったのだ。同時に、求婚運動が失敗したからには、後日の禍の種である初代さんをなきものにしようと、深くも企らんだ犯罪なのだ」

聞くに従って、私は諸戸の解釈を信じないわけにはいかなかった。そして、そのような父を持った諸戸の心持を想像すると、なんと慰めてよいのか、口を利くさえ憚かられた。

諸戸は熱病患者のように、無我夢中にしゃべりつづけた。

「深山木氏を殺したのも、同じ悪業の延長だ。深山木氏は恐るべき探偵的才能の持ち主だ。その名探偵が系図帳を手に入れたばかりか、わざわざ紀州の端の一孤島まで出掛けて行った。もう捨てておけない。探偵の進行を妨げるためにも、系図帳を手に入れるためにも、深山木氏を生かしておけない。犯人は(ああ、それは僕の父親のことだ)当然こんなふうに考えたにちがいない。そこで、深山木氏が一たん鎌倉に引き上げるのを待って、初代さんの場合と同じ、まことに巧妙な手段によって、白昼群衆のまっただ中で、第二の殺人罪を犯したのだ。なぜ島にいるあいだに殺さなかったか。それは父が東京にいたからだ、とは考えられないだろうか。蓑浦君、僕の父はね、僕にちっとも知らさないで、このあいだから、ずっとこの東京のどこかの隅に隠れているのかもしれないのだよ」

諸戸は、そういったかと思うと、ふと気がついたように、窓のそばへ立って行って、そとの植込みを見廻した。つい眼の先の繁みの蔭に、彼の父親がうずくまってでもいるかのように。だが、どんよりと薄曇った真夏の庭には、木の葉一枚微動するものはなく、物音も、いつもやかましく鳴きつづける蟬の声さえも、死に絶えたように静まり返っていた。

「どうして僕がそんなことを考えるかというとね」諸戸は席に戻りながらつづけた。「ほら、友之助の殺された晩ね、君がここへくる道で腰の曲った無気味な爺さんに会ったといった。しかも、その爺さんが僕の家の門内へはいったといった。だから、友之助を殺したのはその老人かもしれないのだ。僕の父はもうずいぶんの年だから、腰も曲っているかもしれない。そうでなくても、ひどい佝僂だから、歩いていると、君がいったように、八十くらいの老人に見えるかもしれない。その老人があれだとすると、僕の父は初代さんの家の前をうろうろした時分から、ずっと東京にいたと考えることもできるじゃないか」

諸戸は、救いを求めでもするように、眼をキョトキョトさせて、ふと押しだまってしまった。私も、いうべきことが非常にたくさんあるようでいて、つい口をきる言葉が見いだせず、ムッツリとだまりこんでいた。長い沈黙がつづいた。

「僕は決心をした」

やっとしてから、諸戸が低い声でいった。

「ゆうべ一と晩考えてきめたのだ。僕は十年ぶりで、一度国へ帰ってみようと思う。国というのは和歌山県の南端のKという船着場から、五里ほど西へ寄った海岸にある俗に岩屋島という、ろくろく人も住んでいない荒れ果てた小島で、これがかつては初代さんが住み、現にあの怪しい双生児の監禁されている孤島なのだ。伝説によれば、そこは昔、八幡(ばはん)船(せん)の海賊どもの根拠地であったそうだ。僕が、暗号文が財宝の隠し場所を示すものではないかと疑ったのも、そういう伝説があるからだよ。そこは父母の家ではあるけれど、実のところ、僕は二度と帰るまいと思っていた。廃墟みたいな薄暗い屋敷を想像しただけでも、なんともいえぬ寂しいような、怖いような、いやあな、いやあな感じがする。だが、僕はそこへ帰ろうと思うのだ」

諸戸は重々しい決心の色を浮かべていた。

「今の僕の心持では、そうするほかに道がないのだ。この恐ろしい疑いをいだいたまま、じっとしていることは一日だってできない。僕は父親が島へ帰るのを待って、いや、もうとっくに帰っているかもしれないが、父親と会って一か八かきめたいのだ。だが、考えても恐ろしい。もし僕の想像が当たって、父があの兇悪無残な犯人であったら。ああ、僕はどうすればいいのだ。僕は人殺しの子と生れ、人殺しに育てられ、人殺しの金で勉強し、人殺しに建ててもらった家に住んでいるのだ。そうだ、父が犯人ときまったら、僕は自首して出ることを勧めるのだ。どんなことがあったって、父親に打ち勝ってみせる。もしそれがだめだったら、すべてを滅ぼすのだ。悪業の血を絶やすのだ。佝僂の父親と刺し違えて死んでしまえばことがすむのだ。

だが、その前に、しておかねばならぬことがある。系図帳の正統な持ち主を探すことだ。系図帳の暗号文では、三人もの命が失われているのだから、おそらく莫大な値打があるにちがいない。それを初代さんの血族に手渡す義務がある。父の罪亡ぼしのためだけにでも、僕は初代さんのほんとうの血族を探し出して、幸福にしてあげる責任を感じる。それも、一度岩屋島へ帰れば、なんとか手掛りが得られぬこともなかろう。いずれにせよ、僕はあすにも、東京を立つ決心なのだ。蓑浦君、君はどう思う。僕は少し興奮しすぎているかもしれない。局外者の冷静な頭で、この僕の考えを判断してはくれないだろうか」

諸戸は私を「冷静な局外者」といったが、どうしてどうして冷静どころではなかった。神経の弱い私は、むしろ諸戸よりも興奮していたくらいである。

私は諸戸の異様な告白を聞いているうちに、一方では彼に同情しながらも、だんだんと正体を現わしてきた初代の敵に、しばらく余事にまぎれて忘れていた恋人の痛ましい最期を、まざまざと思い浮かべ、世界中でたった一つのものを奪われた恨みが、焔となって心中に渦巻いていた。

私は初代の骨上げの日、焼き場のそばの野原で、初代の灰を啖い、ころげ廻って復讐を誓ったことを、まだ忘れてはいなかった。もし諸戸の推察通り、彼の父親が真犯人であったとしたら、私は、私が味わっただけの、身も世もあらぬ嘆きを、やつにも味わせた上で、やつの肉を啖い骨をえぐらねば気がすまないのだ。

考えてみると、殺人犯人を父親に持った諸戸も因果であったが、恋人のかたきが親しい友だちの父親だとわかり、しかも、その友だちは私に親友以上の愛着と好意をよせている、この私の立場も実に異様なものであった。

「僕もいっしょにつれて行ってください。会社なんかくびになったってちっとも構やしない。旅費はなんとでもして都合しますから、つれて行ってください」

私は咄嗟に思い立って叫んだ。

「じゃあ、君も僕の考えは間違っていないと思うのだね。だが、君はなんのために行こうというの？」

諸戸は、わが身にかまけて、私の心持など推察する余裕は少しもなかった。

「あなたと同じ理由です。初代さんのかたきを確かめるためです。それから、初代さんの身内を探し出して系図帳を渡すためです」

「それで、もし初代さんの敵が僕の父親だとわかったら君はどうするつもり？」

この質問に、私はハッと当惑した。だが、私は嘘をいうのはいやだ。思いきって、ほんとうの心持を打ちあけた。

「そうなれば、あなたともお別れです。そして……」

「古風な復讐がしたいとでもいうの？」

「ハッキリ考えているわけじゃないけれど、僕の今の心持は、そいつの肉を啖ってもあきたりないのです」

諸戸はそれを聞くと、だまりこんで、怖い眼でじっと私を見つめていたが、ふっと表情がやわらぐと、突然、ほがらかな調子になっていった。

「そうだ、いっしょに行こう。僕の想像が当たっているとすると、僕は君にとっていわばかたきの子だし、そうでなくても、人かけものかわからないような僕の家族を見られるのは実に恥かしいけれど、もし君が許してくれるなら、僕は父や母に対して肉親の愛なんて少しも感じないのみか、かえって憎悪をいだいているくらいなのだから、いざとなれば、君の愛した初代さんのためなら、肉親はおろか、僕自身の命をかけても惜しくは思わぬ。蓑浦君、一緒に行こう。そして、力を合わせて、島の秘密を探ろうよ」

諸戸はそういって、眼をパチパチさせたかと思うと、ぎこちない仕草で私の手を握り、昔の「義を結ぶ」といった感じで、手先に力を入れながら、子供のように眼の縁を赤らめたのである。

さて、かようにして、私たちは、いよいよ諸戸の故郷である紀州の端の一孤島へと旅立つことになったのだが、ここでちょっと書き添えておかねばならぬことがある。

諸戸が父親を憎む気持には、そのときは口に出していわなかったけれど、あとになって思い合わせると、もっともっと深い意味があったのだ。それはいかなる犯罪にもまして恐るべく憎むべき事柄だった。人間ではなくてけだものの、この世ではなくて地獄でしか想像できないような、悪鬼の所業だった。諸戸はさすがにその点に触れることを恐れたのである。

だが、私の弱い心は、そのとき、三重の人殺しという血なまぐさい事実だけで、ヘトヘトに疲れ果てて、それ以上の悪業を考える余地がなかったのか、これまでのすべての事情を綜合すれば、当然悟らねばならぬそのことを、不思議と、少しも気づかなかったのである。

岩屋島

相談がまとまると、私たちはなによりも先ず、神田の洋食屋の二階の額の中へ隠しておいた系図帳と、双生児の日記のことが気がかりであった。

「日記にしろ系図帳にしろ、僕たちが持っていては非常に危険だ。暗号文さえ覚えこんでおけば、ほかのものに別段値打ちがあるわけではないから、いっそ二つとも焼き捨ててしまうほうがいい」

諸戸は、神田へ走る自動車の中で、こんな意見を持ち出した。私はむろん賛成であった。だが洋食屋の二階に上がって、心覚えの額の破れ目から手を入れて見ると、どうしたことか、その中は空っぽで、なんの手答えもない。下の人たちに尋ねても、誰も知らぬ。第一、きのうからその部屋へはいった者は一人もないとの答えであった。

「やられたんだ。あいつはわれわれの一挙一動を、少しも眼を離さず見張っているんだ。あんなに注意したんだがなあ」

諸戸は賊の手並みに感嘆して言った。

「だが、暗号文が敵の手に渡っては、一刻も猶予できませんね」

「いよいよあす立つことにきめた。もうこうなっては、逆にこっちからぶっつかって行くほかに手段はないよ」

その翌日、忘れもせぬ大正十四年八月十九日、私たちは南海の孤島を目ざして、いとも不思議な旅立ちをしたのである。

諸戸はただ旅をするといい残して、留守は書生と婆やに預け、私は神経衰弱をなおすために、友だちの帰省に同行して、田舎へ行くとの理由で会社を休み、家族の同意をも得た。ちょうど八月の末で、暑中休暇のさなかだったので、家族も会社の人たちも、別段私の申し出を怪しみはしなかった。「友だちの帰省に同行する」事実それにちがいなかった。だがなんという不思議な帰省であったろう。諸戸は父の膝元へ帰るのだ、しかし、父の顔を見るためではない。父の罪業を裁き、父と闘うために帰るのだ。

志州の鳥羽までは汽車、鳥羽から紀伊のK港までは定期船、それから先は漁師にでも頼んで渡してもらうほかは、便船とてもないのである。定期船といっても、現在では三千トン級の立派な船が通よっているが、その時分のは二、三百トンのボロ汽船で、旅客も少なく、鳥羽を離れるともうなんだか異郷の感じで、非常に心細くなったものである。そのボロ汽船に一日ゆられて、やっとK港に着くと、港そのものがうら淋しい漁師村にすぎないのに、さらに断崖になった人も住まぬ海岸を、海上五里、言葉さえ通じかねる漁師の小舟で、ほとんど半日を費して、ようやく岩屋島へ着くのである。

途中別段のこともなく、私たちは八月二十一日の昼ごろ、中継ぎのK港に上陸した。

桟橋はすなわち魚市場の荷揚所で、魚形水雷みたいな鰹だとか、腸の飛び出した、腐りかかった鮫だとかが、ゴロゴロところがり、磯の香と腐肉の臭いがムッと鼻をついた。

桟橋を上がったところに、旅館料理と看板を出した、店先に紙障子の目立ったような汚ならしい宿屋がある。私たちはとりあえずそこへはいって、材料だけは新鮮な鰹のさしみで昼食をやりながら、宿屋の女房をとらえて、渡し舟の世話を頼んだり、岩屋島の様子を尋ねたりした。

「岩屋島かな。近いとこやけど、まだ行って見たこともありませんけど、なんや気味のわるいとこでのんし。諸戸屋敷を別にして六、七軒も漁師のうちがありますやろか。見るとこもない、岩ばっかりの離れ島やわな」

女房はわかりにくい言葉でこんなことをいった。

「その諸戸屋敷の旦那が、近頃、東京へ行ったという噂を聞かないかね」

「聞かんな、諸戸屋敷の佝僂さんが、ここから汽船に乗りなしたら、じきわかるさかいに、滅多に見逃しやしませんがのんし。そやけど、佝僂さんとこには、帆前船があるさかいにのんし、勝手にどこへでも舟を着けて、わしらの知らんうちに、東京へ行ったかもしれんな。あんた方、諸戸屋敷の旦那をご存じかな」

「いや、そういうわけじゃないが、ちょっと岩屋島まで行って見たいと思うのでね。あすこまで舟を渡してくれる人はないだろうかね」

「さあ、天気がええのでのんし、あいにくみんな漁に行ってるさかいになあ」

だが、私たちがしきりに頼むものだから、方々尋ねまわって、結局、一人の年とった漁師を雇ってくれた。それから賃銭の交渉をして、さあお乗りなさいと用意ができるまでには、気の長い田舎のことで、小一時間もかかった。

舟はチョロと称する小さい釣り舟で、二人乗るのがやっとであった。「こんな舟で大丈夫ですか」と念を押すと、老漁夫は「気遣いない」といって笑った。

沿岸の景色は、どこの半島にもよく見るような、切り立った断崖の上部に、こんもり森の緑が縁どり、山と海とが直ちに接している感じであった。幸い海はよく凪いでいたけれど、断崖の裾は、一帯に白く泡立って見えた。諸所に胎内くぐりめいた穴のある奇岩がそそり立っていた。

日の暮れぬうちに島に着かぬと、今夜は闇だからというので、老漁夫は船足を早めたが、大きく突出した岬を一つ廻ると、岩屋島の奇妙な姿が眼前に現われた。

全島が岩でできているらしく、青いものはほんの少ししか見えず、岸はすべて数十尺もある断崖で、こんな島に住む人があるかと思われるほどであった。

近づくに従って、その断崖の上に、数軒の人家が点在するのが見えてきた。一方の端になんとなく城廓を思わせるような大きな屋根があって、そのそばに白く光っているのが、問題の諸戸屋敷の土蔵らしかった。

舟は間もなく島の岸に達したが、安全な船着場へはいるためには、断崖に沿ってしばらく進まなければならなかった。

そのあいだに一カ所、断崖の裾が、海水のためにに浸蝕されてできたものであろう、まっ暗な、奥行きの知れぬほら穴になっているところがあった。舟はほら穴の半丁ばかり沖を進んでいたのだが、老漁夫は、それを指さして、こんなことをいった。

「この辺の者は、あのほら穴のところを、魔の淵といいますがのんし、昔からちょいちょい人が呑まれるでのんし、何やらの祟りやいうてのんし、漁師どもが恐れて近寄りませんのじゃ」

「渦でもあるの」

「渦というわけでもないが、何やらありますのじゃ。一ばん近くでは、十年ばかり前にのんし、こんなことがありましたげな」

といって、老漁夫は次のような、奇妙な話をしたのである。

それはこの漁夫ではなくて、知合いの別の漁師の実見談なのだが、ある日、眼のギョロギョロしたみすぼらしい風体の男が、飄然とK港に現われて、ちょうど今の私たちのように、岩屋島へ渡った。そのとき頼まれたのがこの漁師の友だちであった。

四、五日たって、その漁師が夜網の帰りがけ、夜のしらじら明けに、偶然岩屋島のほら穴の前を通りかかると、ちょうど引汐どきで、朝凪ぎのさざなみが穴の入口に寄せては返すたびごとに、中から海草やごもくなどが少しずつ流れ出していたが、それにまじって、なんだか大きな白いものが動いているので、鮫の死骸かと見なおすと、驚いたことには、それが人間の溺死体であることがわかった。からだ全体はまだ穴の中にあって、頭部からソロソロと流れ出していたのだった。

漁師はすぐさま舟を漕ぎ寄せて、そのお客様を救い上げて、二度びっくりしたことには、この溺死体はまぎれもなく、先日K港から渡してやった旅の者であった。

多分崖から飛び込んで自殺をしたのだろうということで、そのままになってしまったが、古老の話を聞くと、そのほら穴は昔からの魔所で、いつの場合も、溺死体は半分からだをほら穴に入れて、ちょうどその奥から流れ出した恰好をしている。こんな不思議なことはない。おそらく奥のしれないほら穴の中に、魔性のものが住んでいて、人身御供を欲しがるのだろうという伝説さえあるくらい。魔の淵という名前も、そんなところから起こったのではあるまいかということであった。

老漁夫は語り終って、

「それでのんし、こんな廻り道をして、なるだけ穴のそばを通らぬようにしますのじゃ。旦那方も魔物に魅入られぬようにのんし、気をつけんとあかんな」

と、気味のわるい注意をしてくれた。だが、私たちはそれをなにげなく聞き流してしまった。後日この老漁夫の物語を思い出して、ギョッとしなければならぬような場合があろうとは、まさか想像しなかったのである。

話をしているあいだに、舟はちょっとした入江にはいっていた。その部分だけ、岸は一間くらいの低さになって、天然の岩に刻んだ石段が、形ばかりの船着場になっていた。見ると、入江の中には五十トンくらいに見える伝馬の親方みたいな帆かけ船が繋いであり、ほかにも、汚ない小舟が二、三見えたが、人間は一人もいなかった。

私たちは上陸すると、老漁夫を帰して、一種異様の感じに胸おどらせながら、ダラダラ坂を登って行った。

登りきると、眼界がひらけて、草もろくろく生えていない、だだっ広い石ころ道が、島の中心をなす岩山を囲んで、見渡す限りつづいていた。その向こうに、例の城廓みたいな諸戸屋敷が、荒廃の限りをつくしてそびえていた。

「なるほど、ここから見ると、向こうの岬が、ちょうど牛の寝ている恰好だ」

言われてその方を振り向くと、いかにも、いま舟で廻ってきた岬の端が、牛の寝た形に見えた。いつか初代さんが話した、赤ちゃんのお守りをして遊んでいたというのは、この辺ではないかしらと思って、私は妙な気持になった。

その時分には、もう島全体が夕闇に包まれて、諸戸屋敷の土蔵の白壁が、だんだん鼠色にかすんで行くのだった。なんともいえぬ淋しさだ。

「無人島みたいだね」私がいうと、

「そうだね。子供心に覚えているよりは、一層荒れ果ててすさまじくなっている。よくこんなところに人が住んでいられたものだ」諸戸が答えた。

私たちはザクザクと小石を踏んで、諸戸屋敷を目あてに歩いて行ったが、少し行くと妙なものを発見した。一人の老いさらばえた老翁が、夕闇の切り岸の端に腰かけて、遠くの方を見つめたまま、石像のようにじっとしているのだ。

私たちは思わず立ち止まって、異様な人物を注視した。

すると、足音で気づいたのか、海のほうを見ていた老翁がゆっくりゆっくり首をねじまげて、私たちを見返した。そして、老翁の視線が諸戸の顔にたどりつくと、そこでピッタリ止まって動かなくなってしまった。老翁はいつまでもいつまでも、穴のあくほど諸戸を見つめていた。

「変だな。誰だろう。思い出せない。きっと僕を知っているやつだよ」

一丁もこちらへきてから、諸戸は老翁の方を振り返りながらいった。

「佝僂ではなかったようだね」

私はこわごわそれをいってみた。

「僕の父のことかい。まさか、何年たったところで、父を見忘れはしないよ。ハハハハハハ」

諸戸は皮肉な調子で低く笑うのだった。

諸戸屋敷

近寄ると、諸戸屋敷の荒廃の有様は、一層甚だしいものであった。くずれた土塀、朽ちた門、それをはいると、境もなくてすぐ裏庭が見えるのだが、不思議千万なことには、その庭が、まるで耕やしたように、一面に掘り返されて、少しばかりの樹木も、あるものは倒れ、あるものは根こそぎにして放り出してあるといったあんばいで、眼も当てられぬ乱脈であった。それが屋敷全体の感じを、実際以上に荒れすさんだものに見せていた。

怪物のまっ黒な口みたいに見える玄関に立って、案内を乞うと、しばらくはなんのいらえもなかったが、再三声をかけているうちに、奥の方から、ヨタヨタと一人の老婆が出てきた。

夕暮の薄暗い光線のせいではあったが、私は生れてからあんな醜怪な老婆を見たことがなかった。背が低い上に、肉が垂れ下がるほどもデブデブ肥え太っていて、そのうえ佝僂で、背中に小山のような瘤があるのだ。顔はというと、皺だらけの渋紙色の中に、お玉じゃくしの恰好をした、キョロンとした眼が飛び出し、唇が当たり前でないと見えて、長い黄色な乱杭歯(らんぐいば)が、いつでも現われている。そのくせ上歯は一本もないらしく、口をふさぐと顔が提灯のように無気味に縮まってしまうのだ。

「誰だえ」

老婆は、私たちの方をすかして見て、怒ったような声で尋ねた。

「僕ですよ。道雄ですよ」

諸戸が顔をつき出してみせると、老婆はじっと見ていたが、諸戸を認めると、びっくりして、頓狂な声を出した。

「おや、道かえ。よくまあお前帰ってきたね。あたしゃもう、一生帰らないかと思っていたよ。そして、そこの人はえ」

「これ僕の友だちです。久しぶりで家の様子が見たくなったものですから、友だちと一緒に、はるばるやってきたんですよ。丈五郎さんは？」

「まあお前、丈五郎さんだなんて、お父つぁんじゃないか。お父つぁんとおいいよ」

この醜怪な老婆は諸戸の母親だった。

私は二人の会話を聞いていて、諸戸が父親のことを丈五郎という名で呼んだのも異様な感じだが、それよりも、もっと不思議なことがあった。というのは、老婆が、「お父つぁん」といった。その調子が、気のせいか、軽業少年友之助が死ぬ少しまえに口にした「お父つぁん」という呼び声と、非常によく似ていたことである。

「お父つぁんはいるよ。でもね、このごろ機嫌がわるいから、気をつけるがいいよ。まあとにかく、そんなとこに立っていないで、お上がりな」

私たちはかび臭いまっ暗な廊下を幾曲りして、とある広い部屋に通された。外観の荒廃している割には、内部は綺麗に手入れがしてあったけれど、それでも、どこやら廃墟といった感じをまぬがれなかった。

その座敷は庭に面していたので、夕闇の中に広い裏庭と、例の土蔵のはげ落ちた白壁の一部が、ぼんやり見えたが、庭にはやっぱり、無残に掘り返したあとが歴々と残っていた。

しばらくすると、部屋の入口に、物の怪の気配がして、諸戸の父親の怪老人が、ニョイと姿を現わした。それが、もう暮れきった部屋の中を、影のように動いて、大きな床の間を背にして、フワリと坐ると、いきなり、

「道、どうして帰ってきた」

と、とがめるようにいった。

そのあとから、母親がはいってきて、部屋の隅にあった行燈を持ち出し、老人と私たちのあいだに置いて、火をともしたが、その赤茶けた光の中に浮かび上がった怪老人の姿は、梟のように陰険で醜怪なものに見えた。佝僂で背の低い点は母親とそっくりだが、そのくせ顔だけは異様に大きくて、顔一面に女郎蜘蛛が足をひろげた感じの皺と、ウサギみたいにまん中で裂けている醜い上唇とが、ひと目みたら、一生涯忘れることができないほどの深い印象を与えた。

「一度家が見たかったものだから」

と、諸戸はさいぜん母親にいった通りを答えて、かたわらの私を紹介した。

「ふん、じゃあ貴様は約束を反古にしたわけだな」

「そういうわけじゃないけれど、あなたに是非尋ねたいことがあったものだから」

「そうか、実はおれのほうにも、ちと貴様に話したいことがある。まあ、いいから逗留して行け。ほんとうをいうと、おれも一度貴様の成人した顔が見たかったのだよ」

私の力では、そのときの味を出すことができないけれど、十年ぶりでの親子の対面は、ざっとこんなふうな、まことに変てこなものであった。不具者というものは、肉体ばかりでなく、精神的にも、どこかかたわなところがあるとみえて、言葉や仕草や、親子の情というようなものまで、まるで普通の人間とは違っているように見えた。私は以前、ある皮屋さんと話をした経験を持っているが、この不具老人の物の言い方が、なんとなくその皮屋に似ていた。

そんな変てこな状態のままで、この不思議な親子は、ポツリポツリと、それでも一時間ばかり話をしていた。そのうち今でも記憶に残っているのは、次の二つの問答である。

「あなたは近ごろどこかに旅行をなすったのじゃありませんか」

諸戸が何かのおりにその点に触れて言った。

「いんや、どこへも行かない。のうお高」

老人はそばにいた母親の方を振り向いて助勢を求めた。気のせいか、そのとき老人の眼が、ある意味をこめてギョロリと光ったように見えた。

「東京でね、あなたとそっくりの人を見かけたんですよ。もしかしたら、私に知らせないで、こっそり東京へ出られたのかと思って」

「ばかな。この年で、この不自由なからだで、東京なんぞへ出て行くものかな」

だが、そういう老人の眼が、やや血走って、額が鉛色に曇ったのを、私は見のがさなかった。諸戸はしいて追及せず、話頭を転じたが、しばらくすると、また別の重要な質問を発した。

「庭が掘り返してあるようですが、どうしてこんなことをなすったのですか」

老人は、この不意撃ちにあって、ハッと答えに窮したらしく、長いあいだ押しだまっていたが、

「なに、これはね、のうお高、六めの仕業だよ。ホラお前も知っている通り、家には可哀そうな一人前でない連中を養ってあるが、そのうちに六という気ちがいがいるのだよ。その六が、なんのためだか、庭をこんなにしてしまった。気ちがいのことだから、叱るわけにもいかぬのでのう」

と答えた。私にはそれが、出まかせの苦しい言いわけだとしか思えなかった。

その夜は、同じ座敷に床を取ってもらって、私たちは枕を並べて寝た。でも二人とも興奮のために、なかなか眠れない。といって迂闊(うかつ)な話もできないので、まじまじと押しだまっていたが、静かな夜に心がすんで行くにつれて、寝静まった広い屋敷のどこかで、細々と異様な人声が、切れてはつづいているのが、聞こえてきた。

「ウウウウウ」

と細くて甲高い唸り声だ。誰かが悪夢にうなされているのかとも思ったが、それにしてはいつまでもつづいているのが変である。

ボンヤリした行燈(あんどん)の光で、諸戸と眼を見かわしながら、じっと耳をすましているうちに、私はふと例の土蔵の中にいるという、あわれな双生児のことを思い出した。そして、もしやあの声は一つからだにつながり合った男女の、世にも無残な闘争を語るものではないかと、思わずゾッと身をすくめた。

あけがたにウトウトとして、ふと眼を醒まし、隣の床に諸戸の姿が見えぬので、私は寝すごしたかと、あわてて飛び起きて、洗面所を尋ねるために廊下のほうへ出て行った。不案内の私が、広い家の中を、まごまごしていると、廊下の曲り角から、母親のお高がひょいと飛び出して、私の行手をさえぎるように立ちはだかった。猜疑心の強い、不具の老婆は、私が何か家の中を見廻りでもするかと疑ったものらしい。だが、私が洗面所を尋ねると、やっと安心した様子で、「ああ、それならば」といって、裏口から井戸のところへ案内してくれた。

顔を洗ってしまうと、私はふとゆうべの唸り声と、それに関連して、土蔵の中の双生児のことを思い出し、深山木氏が覗いたという、塀そとの窓を一度見たくなった。あわよくば、双生児がその窓のところに出ているかもしれないのだ。

私はそのまま朝の散歩を装い、何気なく邸内を忍び出し、土塀に沿って、裏の方へ廻って行った。そとは大きな石ころのでこぼこ道で、わずかの雑草のほかには、樹木らしいものもない、焼野原の感じであったが、表門から土蔵の裏手に行く途中に、一カ所だけ、ちょうど沙漠のオアシスのように、丸く木の茂った場所があった。枝を分けて覗いて見ると、その中心に、古井戸らしく苔むした石の井桁がある。今は使用していないけれど、この淋しい孤島には立派すぎるほどの井戸である。昔は、諸戸屋敷のほかに、ここにも別の屋敷があったのかもしれない。

それはともかく、私は間もなく、問題の土蔵のすぐ下に達した。長い土塀に接して建っているので、そとからでもごく間近く見える。予期した通り、土蔵の二階には、裏手に向かって小さな窓がひらいていた。鉄棒のはまったところまで、例の日記の通りである。私は胸をおどらせながら、その窓を見上げて、辛抱強く立ちつくしていた。はげ残った白壁に、朝日が赤々と照りはえて、開放的な海の香が、ソヨソヨと鼻をうつ。すべてが明るい感じで、この土蔵の中に例の怪物が住んでいるなどとは、どうしても考えられないのだ。

だが、私は見た。しばらくわき見をしていて、ひょいと眼を戻すと、いつの間にか、窓の鉄棒のうしろに、胸から上の、二つの顔が並び、四本の手が鉄棒をつかんでいた。

一つの顔は青黒く、頬骨の立った、醜い男性であったが、もう一つは、赤味はなかったけれど、きめの細かいまっ白な若い女性の顔であった。

少女の一杯に見ひらいた眼が、私の見上げる眼とパッタリ出会うと、彼女はこの世の人間には見ることのできないような、一種不思議な羞恥の表情を示して、隠れるように首をうしろに引いた。

だが、それと同時に、なんということだ。この私もまた、ハッと顔を赤らめて、思わず眼をそらしたのである。私は愚かにも、双生児の娘の異様なる美しさに不意をうたれ、つい胸をおどらせたのであった。

三日間

諸戸の想像した通りだとすれば、彼の父の丈五郎は、そのからだの醜さに輪をかけた鬼畜である。世に比類なき極重悪人である。悪業成就のためには、恩愛の情なぞ顧みる暇はないのであろう。また道雄の方でも、すでにたびたび述べたように、決して父を父とは思っていない。父の罪業をあばこうとさえしている。この、世の常ならぬ親子が、一つ家に顔を見合わせていたのだから、ついに、あのような恐ろしい破綻がきたというのは、まことに当然のことであった。

平穏な日は、私たちが島に到着してから、たった三日間であった。四日目には私と諸戸とはもう口を利くことさえ叶わぬ状態になっていた。そして、その同じ日、岩屋島の住民が二人、悪鬼の呪いにかかって、例の人喰いのほら穴、魔の淵の藻屑と消えるような悲惨事さえ起こった。

だが、その平穏無事な三日間にも、しるすべき事柄がなかったのではない。

その一つは、土蔵の中の双生児についてである。私が諸戸屋敷に最初の夜を過ごした翌朝、土蔵の窓の双生児を垣間見て、その一方の女性(つまり日記にあった秀ちゃん)の美貌にうたれたことは前章にしるした通りだが、異様なる環境が、この片輪娘の美しさを際立たせたとしても、その垣間見の印象が、あれほど強く私の心をとらえたというのは、なんとやらただ事ではない感じがした。

読者も知るように、私はなき木崎初代に全身の愛を捧げていた。彼女の灰を呑みさえした。諸戸と一緒にこの岩屋島へきたのも、初代の敵を確かめたいばっかりではなかったか。その私が、たった一と目見たばかりの、しかも因果なかたわ娘の美しさにうたれたというのは、別の言葉を使えば、愛情を感じたことである。恋しく思ったことである。そうだ、私は白状するが、かたわ娘秀ちゃんに恋を感じたのである。ああ、なんという情ないことだ。初代の復讐を誓ったのは、まだきのうのように新しいことである。現にいま、お前はその誓いを実行するために、この孤島へきているのではないか。それが、到着するかしないに、人もあろうに、人外のかたわ娘を恋するとは。私はこうも見下げ果てた男であったのかと、そのときはそんなふうにわれとわが身を恥じた。

しかし、いかに恥かしいからといって、恋する心は、どうにもできぬ真実である。私は何かと口実を設け、我が心に言いわけをしながら、ひまさえあれば、ソッと屋敷を抜け出して、例の土蔵の裏手へ廻るのであった。

ところが、二度目にそこへ行ったとき、それは最初秀ちゃんを垣間見た日の夕方であったが、私にとって、一そう困ったことが起こった。というのは、そのとき、秀ちゃんの方でも、一方ならず私を好いていることがわかったのだ。なんという因果なことだ。私はそのたそがれの靄(もや)の中に、土蔵の窓がパックリと黒い口をひらいていた。私はその下に立って、辛抱強く娘の顔の覗くのを待っていた。待っても待っても、黒い窓にはいつまでたってもなんの影もささぬので、もどかしさに、不良少年みたいに、私は口笛を吹いたものだ。すると、寝そべっていたのが、いきなり飛び起きた感じで、秀ちゃんのほの白い顔が、チラと覗き、アッと思う間に、何かに引っぱられでもしたように、引っ込んでしまった。一瞬間ではあったが、私は秀ちゃんの顔が、私に向かってニッコリ笑いかけたのを見のがさなかった。そして「吉ちゃんのほうがやいていて、秀ちゃんを覗かせまいとするんだな」と想像すると、なんとやらくすぐったい感じがした。

秀ちゃんの顔が引っ込んでしまっても、私はその場を立ち去る気にはなれず、未練らしくじっと同じ窓を見上げていたが、ややあって、窓から私を目がけて、白いものが飛び出してきた。紙つぶてだ。足元に落ちたのを拾い上げて、ひらいて見ると、次のような鉛筆書きの手紙であった。

わたしのことわ本をひろうた人にきいてください、そうしてわたしをここからだしてください、あなたわきれいでかしこい人ですから、きっとたすけてくださいます。

非常に読みにくい字だったけれど、私は幾度も読み直してやっと意味をとることができた。「あなたわきれいで」というあからさまな表現には驚いた。例の日記帳の記事から想像しても、秀ちゃんの綺麗という意味は、われわれのとは少しちがっているのだけれど。

それから、同じ土蔵の窓に、実に意外なものを発見するまでの三日間、私は五、六度もそこへ行って(たった五、六度の外出に私はどんな苦心をしたことだろう)、人知れず秀ちゃんと会った。家人に悟られるのを恐れて、お互いに言葉をかわすことは控えたが、私たちは一度ごとに、双方の眼使いの意味に通暁して行った。そして、ずいぶん複雑な微妙な眼の会話を取かわすことができた。秀ちゃんは字はへただったけれど、また世間知らずであったけれど、生れつき非常にかしこい娘であることがわかった。

眼の会話によって、吉ちゃんが秀ちゃんをどんなにひどい目に合わせるかがわかった。ことに私が現われてからはやきもちを焼いて、一層ひどくするらしい。秀ちゃんはそれを眼と手まねで私に訴えた。

あるとき秀ちゃんをつきのけて、吉ちゃんの青黒い醜い顔が恐ろしい眼で長いあいだ私の方を睨むようなこともあった。その顔の不快な表情を、私は今でも忘れない、ひがみとねたみと、無智と、不潔との、けもののように醜悪無類な表情であった。それが、まるで睨みっこみたいに、瞬きもせず、執念深く私の方を見つめているのだ。

双生児の片割れが醜悪なけだものであることが、秀ちゃんへの憐みの情を一倍深めた。私は一日一日と、このかたわ娘が好きになって行くのをどうすることもできなかった。それが私にはなんだか前世からの不幸なる約束事のようにも感じられた。顔を見かわすたびごとに、秀ちゃんは早く救い出してくださいと催促した。私はなんの当てがあるでもないのに、

「大丈夫、大丈夫、今にきっと救って上げるから、もう少し辛抱してください」と胸をたたいて、可哀そうな秀ちゃんを安心させるようにした。

諸戸屋敷には幾つかの開かずの部屋があって、土蔵はいうまでもなく、そのほかにも、入口の板戸に古風な錠前のかかった座敷があちこちに見えた。諸戸の母親や男の召使いなどが、それとなく絶えず私たちの行動を見張っていたので、自由に家の中を歩き廻ることもできなかったが、私はある時、廊下を間違ったと見せかけてソッと奥の方へ踏み込んで行き、開かずの部屋のあることを確かめることができた。ある部屋では、気味のわるい唸り声が聞こえた。ある部屋では何かが絶えずゴトゴト動いている気配がした。それらはすべて、動物のように監禁された人間どもの立てる物音としか考えられなかった。

薄暗い廊下にたたずんで、じっと聞き耳を立てていると、いい知れぬ鬼気に襲われた。諸戸はこの屋敷にはかたわ者がウジャウジャしているといったが、開かずの部屋には土蔵の中の怪物(ああ、その怪物に私は心を奪われているのだ)にもました、恐ろしいかたわ者

どもが監禁されているのではなかろうか。諸戸屋敷はかたわ屋敷であったのか。だが丈五郎は、なぜなれば、そのようにかたわ者ばかり集めているのであろう。

平穏であった三日間には、秀ちゃんの顔を見たり、開かずの部屋を発見したほか、もう一つ変ったことがあった。ある日、私は諸戸が父親のところへ行ったきり、いつまでも帰らぬ退屈さに、少し遠出をして、海岸の船着場まで散歩したことがあった。

来たときには夕闇のために気づかなかったが、その道の中ほどの岩山の麓に、ちょっとした林があって、その奥に一軒の小さなあばら家が見えていた。この島の人家はすべて離れ離れに建っているのだが、そのあばら家は、ことに孤立している感じだった。どんな人が住んでいるのかと、ふと出来心で、私は道をそれて林の中へはいって行った。

その家は、家というよりも小屋といったほうがふさわしいほどの小さな建物で、しかも、到底住むに耐えぬほど荒れすさんでいた。その小屋の地面は小高くなっていたので、海も、例の対岸の牛の寝た形の岬も、さては魔の淵といわれる洞窟さえも、すべて一望のうちにあった。岩屋島の断崖は複雑な凹凸をなしていて、その一ばん出っ張った部分に魔の淵のほら穴があった。

奥底の知れぬほら穴は、魔物の黒い口のようで、そこにうち寄せる波頭が、恐ろしい牙に見えた。見つめていると、上部の断崖に魔物の眼や鼻さえも想像されてくる。都に生れ育った世間知らずの私には、この南海の一孤島は、あまりにも奇怪なる別世界であった。

数えるほどしか人家のない離れ島、古城のような諸戸屋敷、土蔵にとじこめられた双生児、開かずの部屋に監禁されたかたわ者、人を呑む魔の淵の洞窟、すべてこれらのものは、都会の子には、奇怪なるおとぎ話でしかなかったのだ。

単調な波の音のほかには、島全体が死んだように静まり返って、見渡す限り人影もなく、白っぽい小石道に、夏の日がジリジリと焦げついていた。

そのとき、ごく間近いところで咳払いの音がして、私の夢見心地を破った。振り向くと、小屋の窓に一人の老人が寄りかかって、じっと私の方を見つめていた。思い出すと、それは、私たちがこの島に着いた日、この辺の岸にうずくまって、諸戸の顔をジロジロと眺めていた、あの不思議な老人にちがいなかった。

「お前さん、諸戸屋敷の客人かな?」

老人は私がふり向くのを待っていたように話しかけた。

「そうです。諸戸道雄さんの友だちですよ。あなたは、道雄さんをご存じでしょうね」

私は老人の正体を知りたくて、聞き返した。

「知ってますとも。わしはな、むかし諸戸屋敷に奉公しておって、道雄さんの小さい時分抱いたり負んぶしたりしたほどじゃもの、知らいでか。じゃが、わしも年をとりましたでな。道雄さんはすっかり見忘れておいでのようじゃ」

「そうですか。じゃあ、なぜ諸戸屋敷へきて、道雄さんに会わないのです。道雄さんもきっと懐かしがるでしょうに」

「わしはごめんじゃ。いくら道雄さんにあいとうても、あの人畜生の屋敷の敷居を跨ぐのはごめんじゃ。お前さんは知りなさるまいが、諸戸の佝僂夫婦は、人間の姿をした鬼、けだものやぞ」

「そんなにひどい人ですか。何か悪いことでもしているのですかね」

「いやいや、それは聞いてくださるな、同じ島に住んでいるあいだは、迂闊なことをいおうものなら、わが身が危ない。あの佝僂さんにかかっては人間の命はちりあくたやでな。ただ、用心をすることや。旦那方はこれから出世する尊いからだや。こんな離れ島の老人にかまって、危ない目を見ぬように用心が肝腎やな」

「でも丈五郎さんと道雄さんは親子の間柄だし、私にしてもその道雄さんの友だちなんだから、いくら悪い人だといって、危ないことはありますまい」

「いや、それがそうでないのじゃ。現に今から十年ばかり前に、似たようなことがありました。その人も都からはるばる諸戸屋敷を訪ねてきた。聞けば丈五郎の従兄弟とかいうことであったが、まだ若い老先の長い身で、可哀そうに、見なされ、あのほら穴のそばの魔の淵というところへ、死骸になって浮き上がりました。わしはそれが丈五郎さんの仕業だとはいわぬ。じゃが、その人は諸戸屋敷に逗留していられたのや。屋敷のそとへ出たり、舟に乗ったりしたのを見たものは誰もないのや。わかったかな。老人のいうことに間違いはない。用心しなさるがよい」

老人はなおも、諄々（じゅんじゅん）として諸戸屋敷の恐怖を説くのであったが、彼の口ぶりはなんとなく、私たちも、十年以前の丈五郎の従兄弟という人と同じ運命におちいるのだ、用心せよといわぬばかりであった。まさかそんなばかなことがと思う一方では、都での三重の人殺しの手並みを知っている私は、もしやこの老人の不吉な言葉がほんとうになるのではあるまいかと、いやな予感に、眼の先が暗くなって、ゾッと身震いを感じるのであった。

さて、その三日のあいだ、諸戸道雄のほうはどうしていたかというと、

私たちは、毎晩枕を並べて寝たが、彼は妙に無口であった。口に出してしゃべるには、心の苦悶があまりに生々（なまなま）しすぎたのかもしれない。昼間も、彼は私とは別になって、どこかの部屋で、終日佝僂の父親と睨み合っているらしかった。長い用談をすませて、私たちの部屋へ帰ってくるたびに、ゲッソリと窶（やつ）れが見え、青ざめた顔に眼ばかり血走っている。そしてムッツリとだまりこんで、私が何を尋ねても、ろくろく返事もしないのだ。

だが、三日目の夜、ついに耐え難くなったのか、彼はむずかった子供みたいに蒲団の上をゴロゴロころがりながら、こんなことを口走った。

「ああ、恐ろしい。まさかまさかと思っていたことが、ほんとうだった。もういよいよおしまいだ」

「やっぱり、僕たちが疑っていた通りだったの」

私は声を低めて尋ねてみた。

「そうだよ。そして、もっとひどいことさえあったのだよ」

諸戸は土色の顔をゆがめて、悲しげに言った。私は、いろいろと彼のいわゆる「もっとひどいこと」について尋ねたけれど、彼はそれ以上何もいわなかった。ただ、

「あすはキッパリと断わってやる。そうすればいよいよ破裂だ。蓑浦君、僕は君の味方だよ。力をあわせて悪魔と戦おうよ。ね、戦おうよ」

といって、手を延ばして私の手首を握りしめるのだった。だが、勇ましい言葉に引きかえて、彼の姿のなんとみじめであったことか。無理もない、彼は実の父親を悪魔と呼び、敵に廻して戦おうとしているのだ。やつれもしよう。私は慰める言葉もなく、わずかに彼の手を握り返して、千万の言葉にかえた。

影　武　者

その翌日とうとう恐ろしい破滅がきた。

お昼過ぎ、私がひとりで啞の女中のお給仕で(これが秀ちゃんの日記にあったおとしさんだ)ご飯をすませても、諸戸が父親の部屋から帰ってこないので、ひとりで考えていても気が滅入るばかりだものだから、食後の散歩かたがた、私はまたしても土蔵の裏手へ、秀ちゃんと眼の話をしに出掛けた。

窓を見上げてしばらく立っていても、秀ちゃんも吉ちゃんも顔を見せぬので、私はいつもの合図の口笛を吹いた。すると、黒い窓の鉄格子の中へ、ヒョイと一つの顔が現われたが、私はそれを見て、ハッとして、自分の頭がどうかしたのではないかと疑った。なぜといって、そこに現われた顔は秀ちゃんのでも吉ちゃんのでもなく、父親の部屋にいるとばかり思っていた、諸戸道雄の引きゆがんだ顔であったからだ。

何度見直しても、私のまぼろしではなかった。まぎれもない道雄が、双生児の檻に同居しているのだった。それがわかった刹那、私は思わず大声に叫びそうになったのを、素早く諸戸が口に指を当てて注意してくれたので、やっと食い止めることができた。

私の驚き顔を見て、諸戸は狭い窓の中から、しきりと手まねで何か話すのだが、秀ちゃんの微妙な眼とは違って、それに話す事柄が複雑すぎるものだから、どうも意味が取れぬ。諸戸はもどかしがって、ちょっと待てという合図をして首を引込めたが、やがて、丸めた紙切れを私の方へ投げてよこした。

拾い上げてひろげて見ると、多分秀ちゃんのを借りたのであろう、鉛筆の走り書きで、次のように書いてあった。

少しの油断から丈五郎の奸計(かんけい)におちいり、双生児と同じ監禁の身の上となった。非常に厳重な見張りだから、到底急に逃げ出す見込みはない。だが、僕よりも心配なのは君だ。

君は他人だから一層危険だ。早くこの島から逃げ出したまえ。僕はもう諦めた。すべてを諦めた。探偵も、復讐も、僕自身の人生も。

君との約束にそむくのを責めないでくれたまえ、最初の意気込みに似ず気の弱い僕を笑わないでくれたまえ、僕は丈五郎の子なのだ。

懐かしき君とも永遠におさらばだ。諸戸道雄を忘れてくれたまえ。岩屋島を忘れてくれたまえ。そして無理な願いだけれど、初代さんの復讐などということも。

本土に渡っても警察に告げることだけは止してください。長年の交誼にかけて、僕の最後のお頼みだ。

読み終って顔を上げると、諸戸は涙ぐんだ眼で、じっと私を見おろしていた。悪魔の父はついにその子を監禁したのだ。私は道雄の豹変を責めるよりも、丈五郎の暴虐を恨むよりも、形容のできない悲愁に打たれて、胸の中が空虚になった感じだった。

諸戸は親子というかりそめの絆(きずな)に、いくたび心を乱したことであろう。はるばるこの岩屋島を訪れたのも、深く思えば私のためでもなく、初代の復讐などのためではむろんなく、その実は、親子という絆のさせた業であったかもしれないのだ。そして、最後の土壇場になって、彼はついに負けた。異様なる父と子の戦いは、かくして終局をつげたのであろうか。

長い長いあいだ、土蔵の中の諸戸と眼を見かわしていたが、とうとう彼の方から、もう行けという合図をしたので、私は別段の考えもなく、ほとんど機械的に諸戸屋敷の門のほうへ歩いて行った。立ち去るとき、諸戸の青ざめた顔のうしろの薄暗い中に、秀ちゃんのいぶかしげな顔がじっと私を見つめているのに気づいた。それが一そう私をはかない気持にした。

だが、私はむろん帰る気になれなかった。道雄を救わねばならぬ。秀ちゃんを助け出さねばならぬ。たとえ道雄がいかに反対しようとも、私は初代の敵を見捨てて、この島を立ち去ることはできぬ。そして、あわよくば、なき初代のために、彼女の財宝を発見してやらねばならぬ(不思議なことに、私はなんの矛盾をも感じないで、初代と秀ちゃんとを、同時に思うことができた)。諸戸の頼みがなくても、警察の力を借りるのは最後の場合だ。私はこの島に踏みとどまって、もっと深く探って見よう。滅入っている諸戸を力づけて、正義の味方にしよう。そして、彼の優れた智恵を借りて、悪魔と戦おう、私は諸戸屋敷の自分の居間に帰るまでに、雄々しくもこのように心をきめた。

部屋に帰ってしばらくすると、久しぶりで佝僂の丈五郎が醜い姿を現わした。彼は私の部屋にはいると、立ちはだかったまま、

「お前さんは、すぐに帰る支度をなさるがいい。もういっときでもここの家には、いや、この岩屋島には置いておけぬ。さあ支度をなさるがいい」

と、どなった。

「帰れとおっしゃれば帰りますが、道雄さんはどこにいるのです。道雄さんも一緒でなければ」

「息子は都合があってあわせるわけにはいかぬ。が、あれもむろん承知の上じゃ。さあ用意をするのだ」

争っても無駄だと思ったので、私は一と先ず諸戸屋敷を引き上げることにした。むろんこの島を立ち去るつもりはない。島のどこかに隠れていて、道雄なり秀ちゃんなりを、救い出す手だてを講じなければならぬ。

だが、困ったことには、丈五郎のほうでも抜け目なく、一人の屈強な下男をつけて、私の行く先を見届けさせた。

下男は私の荷物を持って先に立って歩いて行った。先日私に話しかけた不思議な老人の小屋のところへくると、いきなりそこへはいって行って、声をかけた。

「徳さん、おるかな。諸戸の旦那のいいつけだ、舟を出しておくれ。この人をKまで渡すのや」

「その客一人で帰るのかな」

老人はやっぱり、このあいだの窓から半身を出して、私の顔をジロジロ眺めながら答えた。

そこで結局、下男は私をその徳さんという老人に預けて、帰ってしまったのだが、丈五郎が、いわば裏切者であるこの老人に私を托したのは、意外でもあり、薄気味わるくもあった。

とはいえ、この老人が選ばれたことは、私にとって非常な好都合である。私は大略ことの仔細を打ちあけて老人の助力を乞うた。どうしても今しばらく、この島に踏みとどまっていたいと言い張った。

老人は先日と同じ筆法で、私の計画の無謀なことを説いたが、私があくまでも自説をまげぬので、ついに我を折って、私の乞いを容れてくれたばかりか、丈五郎をたばかる一つの名案をさえ持ち出した。

その名案というのは、

疑い深い丈五郎のことだから、私がこのまま島にとどまったのでは、承知するはずもなく、ひいては私を預かった老人が恨みを買うことになるから、ともかく一度本土まで舟を渡して見せなければならぬ。

それも、徳さんが一人で舟を漕いで行ったのでは、なんの利き目もないのだが、幸い徳さんの息子が私と年齢も、背恰好も似寄りだから、その息子に私の洋服を着せ、遠目には私と見えるように仕立てて、本土へ渡すことにしよう。私は息子の着物を着て、徳さんの小屋に隠れていればよいというのであった。

「お前さんの用事がすむまで、息子にはお伊勢参りでもさせてやりましょう」

徳さんは、そんなことをいって笑った。

夕方ごろ徳さんの息子は私の洋服を着込んで、そり身になって、徳さんの持ち舟に乗り込んだ。

私の影武者を乗せた小舟は、徳さんを漕ぎ手にして、行手にどのような恐ろしい運命が待ちかまえているかも知らず、夕闇せまる海面を、島の切り岸に沿って進んで行った。

殺人遠景

今や私は一篇の冒険小説の主人公であった。

二人を送り出して、今まで徳さんの息子が着ていた磯臭いボロ布子を身につけると、私は小屋の窓際にうずくまって、障子の蔭から眼ばかり出して、小舟の行手を見守っていた。

牛の寝た姿の岬は、夕もやに霞んで、黒ずんだ海が、鼠色の空と溶け合い、空には一つ二つ星の光さえ見えた。風が凪いで海面は黒い油のように静かであったが、ちょうど満ち潮時で、例の魔の淵の辺は、遠目にも海水が渦をなして、洞窟の中へ流れ込んでいるのが見えた。

小舟は凹凸のはげしい断崖に沿って、隠れたかと思うとまた切り岸の彼方に現われて、だんだん魔の淵へ近づいて行った。数丈の断崖は、まっ黒な壁のようで、その下を、おもちゃみたいな小舟が、あぶなげに進んで行く。時たま海面を伝わって、虫の鳴くような艪の音が聞こえてきた。徳さんも、息子の洋服姿も、夕闇にぼかされて、もう豆のような輪廓だけしか見えなかった。

もう一つ岩鼻を曲ると、魔の淵のほら穴にさしかかる。ちょうどその角に達したとき、私はふと小舟の真上の切り岸の頂上に、何かしらうごめくもののあるのに気づいた。ハッとして見直すと、それはまぎれもなく一人の男、しかも背中が瘤のようにもり上がった佝僂の老人であることがわかった。あの醜い姿をどうして見ちがえるものか。たしかに丈五郎だ。だが、諸戸屋敷の主人公が、今ごろ何用あって、あんな断崖の縁へ出てきたのであろう。

その佝僂男は、鶴嘴(つるはし)のようなものを手にして、うつむいて熱心に何事かやっている。鶴嘴に力をこめるたびに、鶴嘴のほかに、動くものがある。よく見ると、それは断崖の端に危なく乗っている一つの大岩であることがわかった。

ああ、読めた。丈五郎は、徳さんの舟がちょうどその下を通りかかるおりを見計らって、あの大岩を押し落とし、小舟を顚覆(てんぷく)させようとしているのだ。危ない。もっと岸を離れなければ危ない。だがここから叫んだところで、徳さんに聞こえるはずもない。私はみすみす丈五郎の恐ろしい企らみを知りながら、犠牲者を救う道がないのだ。天運を祈るほかにせんすべがないのだ。

傴僂の影が一つ大きく動いたかと見ると、大岩がグラグラと揺れて、アッと思う間に、非常な速度で、岩角に当たっては、無数のかけらとなって飛び散りながら、小舟を目がけて転落して行った。

大きな水煙が上がって、しばらくするとガラガラという音が、私のところまで伝わってきた。

小舟は丈五郎の図に当たって顚覆した。二人の乗り手は影もない。岩に当たって即死したのか。それとも舟を捨てて泳いでいるのか。残念ながら遠目にはそこまでわからぬ。丈五郎はと見ると、執念深い傴僂男は、ただ舟を顚覆しただけではあきたらぬとみえ、恐ろしい勢いで鶴嘴を使い、次から次とその辺の大岩小岩を押し落としている。すると、まるで海戦の絵でも見るように、海面一帯に幾つもの水煙が立ちのぼっては崩れるのだ。

やがて、彼は鶴嘴の手をやめて、じっと下の様子をうかがっていたが、犠牲者の最期を見届けて安心したのか、そのまま向こうへ立ち去った。

すべては一瞬間の出来事だった。そして、あまりに遠いので、何かしらおもちゃの芝居みたいで、可愛らしい感じがして、二人の生命を奪ったこの悲惨事が、それほど恐ろしいこととは思えなかった。だが、これは夢でも幻でもない、厳然たる事実なのだ。徳さんと息子とは、人鬼の奸計によって、おそらくは魔の淵の藻屑と消えてしまったのだ。

今こそ丈五郎の悪企みがわかった。彼は最初から私をなきものにするつもりだったのだ。

それを屋敷内で手を下しては何かと危険だものだから、舟にのせて、島との縁を切っておいて、舟の通路になっている断崖の上に待ち伏せ、魔の淵の迷信を利用して、徳さんの舟が、人間以上のものの魔力によって転覆したように見せかけようとしたのだ。それゆえ、彼は便利な銃器を使わず、難儀をして大岩を押し落としたのである。

渡船をほかの漁師に頼まず、不仲の徳さんを選んだのにも理由があった。彼は一石にして二鳥を落とそうとしたのだ。彼の悪事を感づいている私をなきものにすると同時に、以前の召使いで彼に反旗をひるがえした、それゆえ、彼の所業をある程度まで知っている徳さんを、事のついでに殺してしまおうと企らんだのだ。そして、それが見事図に当たったのだ。

丈五郎の殺人は、私の知っているだけでも、これでちょうど五人目である。しかも、よく考えてみると、恐ろしいことに、その五つの場合は、ことごとく、間接ながら、この私が殺人の動機を作ったといってもよいのだ。初代さんは私がなかったら諸戸の求婚に応じたかもしれない。諸戸と結婚さえすれば、彼女は殺されなくてすんだのだ。深山木氏は、いうまでもなく、私さえ探偵を依頼しなければ、丈五郎の魔手にかかるようなことはなかった。少年軽業師もそうだ。また徳さんにしろ、その息子にしろ、私がこの島へこなかったら、また影武者なぞを頼まなかったら、まさかこんなみじめな最期をとげることはなかったであろう。

考えるほど、私は空恐ろしさに身震いした。そして、殺人鬼丈五郎を憎む心が、きのうに幾倍するのをおぼえた。もう初代さんのためばかりではない、ほかの四人の霊のためにも、私はあくまでこの島に踏みとどまって、悪魔の所業をあばき、復讐の念願をとげないではおかぬ。私の力はあまりにも弱いかもしれない。警察の助力を乞うのが万全の策かもしれない。だが、この稀代の悪魔が、ただ国家の法律で審かれたのでは満足ができない。古めかしい言葉ではあるが、眼には眼を、歯には歯を、そして、やつの犯した罪業と同じ分量の苦痛をなめさせないでは、この私の腹が癒えぬのだ。

それには、丈五郎が私をなきものにしたと思いこんでいるのを幸い、先ずできるだけ巧みに、徳さんの息子に化けおおせて、彼の眼を逃れることが肝要だ。そして、ひそかに土蔵の中の道雄としめし合わせて、復讐の手段を考えるのだ。道雄としても、今度の殺人を聞いたなら、それでも親の味方をしようとはいわぬであろう。また、たとえ道雄が不同意でも、そんなことに構ってはおられぬ。私はあくまでも念願を果たすために努力する決心だ。

仕合わせなことに、その後、幾日たっても、ふたりの死骸は発見されなかった。おそらく、魔のほら穴の奥深く吸いこまれてしまったのでもあろう。私は首尾よく徳さんの息子に化けおおせることができた。もっとも、いつまでたっても徳さんの舟が帰らぬので、不審がって私の小屋を見舞いにくる漁師もないではなかったが、私は病気だといって、部屋の隅の薄暗いところに二つ折の屛風を立てて、顔をかくしてごまかしてしまった。

昼間はたいてい小屋にとじこもって人目を避け、夜になると、闇にまぎれて私は島中を歩き廻った。土蔵の窓の道雄や秀ちゃんを訪ねるのはもちろん、島の地理に通暁しておいて、何かのおりに役に立てることを心掛けた。諸戸屋敷の様子に心を配ったのはいうまでもないが、時には、人なきおりを見すまして門内に忍び入り、開かずの部屋の外側に廻って、密閉された戸の隙間から、内部の物音の正体を窺いさえした。

さて読者諸君、私はかようにして、無謀にも、世にたぐいなき殺人魔を向こうに廻して、戦いの第一歩を踏み出したのである。私の行手にどのような生き地獄が存在したか。どのような人外境が待ち構えていたか。この記録の冒頭に述べた、一夜にして私の頭髪を雪のようにした、あの大恐怖について書きしるすのも、さほど遠いことではないのである。

屋上の怪老人

私は影武者のお蔭で危なく難を逃れたが、少しも助かったという気持はしなかった。徳さんの息子に化けている私は、うっかり小屋のそとへ姿を現わすこともできず、まして舟を漕いで島を抜け出すなんて、思いもよらぬことであった。私はまるで、私の方が犯罪人ででもあるように、昼間はじっと徳さんの小屋の中に隠れて、夜になると外気を呼吸したり、縮んでいた手足を伸ばすために、コソコソと小屋を這い出すのであった。

食物は、まずいのさえ我慢すれば、当分しのぐだけのものはあった。不便な島のことだから、徳さんの小屋には、米も麦も味噌も薪も、たっぷり買いためてあったのだ。私はそれから数日のあいだ、えたいの知れぬ干し魚をかじり、味噌をなめて暮らした。

私は当時の経験から、どんな冒険でも、苦難でも、実際ぶつかってみると、そんなでもない、想像している方がずっと恐ろしいのだ、ということを悟った。

東京の会社で算盤をはじいていたころの私には、まるで想像もつかない、架空のお話か夢のような境遇である。ほんとうに私は一人ぼっちで、徳さんのむさくるしい小屋の隅に寝ころんで、天井板のない屋根裏を眺め、絶え間ない波の音を聞き、磯の香を嗅ぎながら、このあいだからの出来事がみんな夢ではないかと、変な気持になったこともたびたびであった。それでいて、そんな恐ろしい境遇にいながら、私の心臓はいつもの通りしっかりと脈うっていたし、私の頭は狂ったようにも思われぬ。人間は、どんな恐ろしい事柄でも、いざぶつかってみると、思ったほどでもなく平気で堪えて行けるものである。兵士が鉄砲玉に向かって突貫できるのも、これだなと思って、私は陰気な境遇にもかかわらず、妙に晴ればれした気持にさえなるのであった。

それはとも角、私は先ず第一に、諸戸屋敷の土蔵の中に幽閉されている諸戸道雄に、事の仔細を告げて、善後の処置を相談しなければならなかった。昼間が怖いといって、暮れきってしまっては、電燈もない島のことだから、どうすることもできない。私は黄昏どきの、遠目には人顔もさだかにわからぬ時分を見計らって、例の土蔵の下へ行った。心配したほどのこともなく、島中の人が死に絶えたかと思うように、どこにも人影はなかった。でも、私は目的の土蔵の窓の下にたどりつくと、ちょうどその土塀のきわにあった一つの岩を小楯に身を隠して、じっとあたりの様子をうかがった。塀の中や土蔵の窓から人声でも漏れはせぬかと聞き耳を立てた。

夕闇の中に、蔵の窓は、ポッカリと黒い口を開けて、だまりこんでいる。遠くの波打際から響いてくる単調な波の音のほかには、なんの物音もない。「やっぱり夢を見ているのではないか」と思うほど、すべてが灰色で、音も色もない、うら淋しい景色であった。

長い躊躇ののち、私はやっと勇気を出して、用意してきた紙つぶてを、狙い定めて投げ上げると、白い玉が、うまく窓の中へ飛び込んだ。その紙に、私はきのうからの出来事をすっかり書きしるし、私たちはこれからどうすればいいのかと、諸戸の意見を聞いてやったのである。

投げてしまうと、また元の岩の蔭に隠れて、じっと待っていたが、諸戸の返事はなかなか戻ってこぬ。もしかしたら、彼は私がこの島を立ち去らなかったのを怒っているのではないかと、心配しはじめたころ、もうほとんど暮れきって、土蔵の窓を見わけるのもむずかしくなった時分に、やっと、その窓のところへボンヤリと白い物が現われ、紙つぶてを私の方へ投げてよこした。

その白いものは、よく見ると諸戸ではなくて、懐かしい双生児の秀ちゃんの顔らしかったが、それが、闇の中でもなんとなく悲しげに打ち沈んでいるのが察しられた。秀ちゃんはすでに諸戸から委細のことを聞き知ったのであろうか。

紙つぶてをひろげて見ると、うす闇の中でも読めるように大きな字の鉛筆書きで、簡単にこんなことをしるしてあった。いうまでもなく諸戸の筆跡である。

「いまは何も考えられぬ。あすもう一度きてください」

それを読んで、私は暗然とした。諸戸は彼の父親ののっぴきならぬ罪状を聞かされて、どんなにか驚き悲しんだことであろう。私と顔を合わせることさえ避けて、秀ちゃんに紙つぶてを投げさせたのを見ても、彼の気持がわかるのだ。

私は、土蔵の窓からじっと、私の方を見つめているらしいボンヤリと白い秀ちゃんの顔に、うなずいて見せて、夕闇の中をトボトボ徳さんの小屋に帰った。そしてともし火もつけず、けもののように、ゴロリと横になったまま、何を考えるともなく考えつづけていた。

翌日の夕方、土蔵の下へ行って合図をすると、今度は諸戸の顔が現われて、左のような文句をしたためた紙切れを、ヒョイと投げてよこした。

こんなになった私を見捨てないで、いろいろ苦労をしてくれたのは、感謝の言葉もない。ほんとうのことをいうと、僕は君がこの島を去ったものと思って、どんなにか失望していただろう。僕は君と離れては、淋しくて生きていられないことが、しみじみわかった。丈五郎の悪事もはっきりした。僕はもう親子というようなことを考えないことにしよう。父は憎いばかりだ。愛情なんて少しも感じない。かえって他人の君にはげしい執着をおぼえる。君の助けを借りてこの土蔵を抜け出そう。そして、可愛そうな人たちを救わねばならぬ。初代さんの財産を発見せねばならぬ。それはつまり君を富ませることだからね。土蔵を抜け出すについては僕に考えがある。少し時期を待たねばならぬ。その計画については、おいおいに知らせることにしよう。毎日人目のないおりを見計らって、できるだけたびたび土蔵の下へきてください。昼間でもここへはめったに人もこないから大丈夫です。

諸戸は一度ぐらついた決心をひるがえして、親子の義理を断ったのである。だが、その裏には、私に対する不倫な愛情が、重大な動機になっていることを思うと、私は非常に変てこな気持になった。諸戸の不思議な熱情は、私には到底理解ができなかった。むしろ怖いようにさえ思われた。

それから五日のあいだ、私たちはこの不自由な逢瀬(おうせ)をつづけた(逢瀬とは変な言葉だが、そのあいだの諸戸の態度は、なんとなくこの言葉にふさわしかった)。その五日間の私の心持なり行動なりを、詳しく思い出せば、ずいぶん書くこともあるけれど、全体のお話には大して関係のないことだから、すべて略することにして、要点だけをつまんでみると、あの謎のような出来事を発見したのは、三日目の早朝、諸戸と紙つぶての文通をするために、私が何気なく土蔵に近づいたときであった。

まだ朝日の昇らぬ前で、薄暗くもあったし、それに島全体を朝もやが覆っていて、遠目が利かなかったせいもあるが、何よりも、それがあまり意外な場所であったために、私は例の塀そとの岩の五、六間手前まで、まるで気づかないでいたが、ふと見ると、土蔵の屋根の上に、黒い人影がモゴモゴとうごめいているではないか。

ハッとして、やにわにあと戻りをして、土塀の角に身を隠して、よく見ると、屋根の上の人物というのは、ほかならぬ佝僂の丈五郎であることがわかった。顔を見ずとも、からだ全体の輪廓でたちまちそれとわかるのだ。

私はそれを見ると、諸戸道雄の身の上を気遣わないではいられなかった。この片輪の怪物が姿を見せるところ、必らず凶事が伴なった。初代が殺される前に怪老人を見た。友之助が殺された晩には、私はその醜い後姿を目撃した。そしてついこのあいだは、彼が断崖の上で鶴嘴を揮うと見るや、徳さん親子が魔の淵の藻屑と消えたではないか。

だが、まさか息子を殺すことはあるまい。殺し得ないからこそ、土蔵に幽閉するような手ぬるい手段をとったのではないか。

いやいや、そうではない、道雄のほうでさえ親に敵対しようとしているのだ。それをあの怪物がわが子の命を奪うくらい、なにを躊躇するものか。道雄があくまで敵対すると見きわめがついたものだから、いよいよ彼をなきものにしようと企らんでいるにちがいない。

私が塀の蔭に身を隠して、やきもきとそんなことを考えているあいだに、怪物丈五郎は、少しずつ薄らいで行く朝もやの中に、だんだんその醜怪な姿をハッキリさせながら、屋根の棟の一方の端に跨がって、頻りと何かやっていた。

ああ、わかった。鬼瓦をはずそうとしているのだ。

そこには、土蔵の大きさにふさわしい、立派な鬼瓦が、屋根の両端に、いかめしくすえてあった。東京あたりではちょっと見られぬような、古風な珍らしい型だ。

あの鬼瓦をはがせば、屋根板一枚の下は、すぐ諸戸道雄の幽閉された部屋である。危ない危ない、頭の上で恐ろしい企らみが行われているとも知らず、諸戸はあの下でまだ眠っているかもしれない。といって、あの怪物のいる前で、口笛を吹いて合図をすることもできず、私はイライラするばかりで、なにをすることもできないのである。

やがて、丈五郎はその鬼瓦をすっかりはずして、小脇にかかえた。二尺以上もある大瓦なので、片輪者には抱えるのもやっとのことである。

さて、次には鬼瓦の下の屋根板をめくって、道雄と双生児の真上から丈五郎の醜い顔がヒョイと覗いて、ニヤニヤ笑いながら、いよいよ残虐な殺人にとりかかる。

私はそんなまぼろしを描いて、腋の下に冷汗を流しながら、立ちすくんでいたのだが、意外なことには、丈五郎は、その鬼瓦を抱えたまま、屋根の向こうがわへおりて行ってしまった。邪魔な鬼瓦をどこかに運んでおいて、身軽になって元のところへ戻ってくるのかと、いつまで待っていても、そんな様子はないのである。

私はおずおずと塀の蔭から例の岩のところまで進んで、そこに身を隠して、なおも様子をうかがっていたが、そのうちに朝もやはすっかり晴れ渡り、岩山の頂上から大きな太陽が覗き、土蔵の壁を赤々と照らすころになっても、丈五郎はついに姿を見せなかったのである。

神と仏

さきほどから、たっぷり三十分はたっているので、もう大丈夫だろうと、私は岩蔭に身をひそめたまま、思いきって、小さく口笛を吹いてみた。諸戸を呼び出す合図である。するとと待ちかまえていたように、蔵の窓に諸戸の顔が現われた。

岩蔭から首を出して、大丈夫かと眼で尋ねると、諸戸は頷いてみせたので、私は用意の手帳を裂いて、手早く丈五郎の不思議な仕草について書きしるし、その辺の小石を包んで、窓を目がけて投げこんだ。

しばらく待つと、諸戸の返事がきた。その文句。

僕は君の手紙を見て、非常な発見をした。喜んでくれたまえ。僕らの目的の一つは、間もなく成就することができそうだ。また、僕の身にさしあたり危険はないから安心したまえ。詳しく書いている暇はないが、ただ君にしてもらいたいことだけ書く。それによって、君は充分僕の考えを察することができよう。

(1)　危険を冒さぬ範囲で、この島のあらゆる隅々を歩き廻り、何か祭ってあるもの、たとえば稲荷さまのほこらとか、地蔵さまとか、神仏に縁あるものを探し出して、知らせてください。

(2)　近いうちに諸戸屋敷の雇人たちが、何かの荷物を積んで舟を出すはずだ。それを見つけたら、すぐに知らせてください。その時の人数も調べてください。

私はこの異様な命令を受取って、一応は考えてみたけれど、むろん諸戸の真意を悟ることはできなかったが、それ以上つぶて問答をくりかえしては危険なので、私は一応その場を立ち去った。

それから、諸戸の命令に従って、なるべく人家のないところ、人通りのないところと、まるで泥棒のように隠れまわって、終日島の中を歩いた。たとえ人に会っても化けの皮がはげぬよう、頬冠りをし、着物はむろん徳さんの息子の古布子(ふるぬのこ)で、手先や足に泥を塗って、ちょっと見たのではわからぬようにしてはいたが、それでも、昼ひなか、野外を歩きまわるのだから、私の気苦労は一と通りではなかった。それに、海辺とはいえ、八月の暑いさいちゅうに、炎天を歩きまわるのは、ずいぶん苦しかったけれども、このような非常の場合、暑さなど気にしているひまはなかった。そうして歩いて見てわかったことだが、この島はなんというさびれ果てた場所であろう。だが、人家はあっても、人がいるのかいないのか、長いあいだ歩いていて、遠目に二、三人の漁師の姿を見たほかには、終日誰にも出あわないのだ。これなら何も用心することはない。

私はその夕方までに、島を一周してしまったが、結局、神仏に縁のあるらしいものを二つだけ発見した。

岩屋島の西がわの海岸で、それは諸戸屋敷とは中央の岩山を隔てて反対のがわなのだが、ほとんど人家はなく、断崖の凸凹が殊に烈しくて、波打際にさまざまの形の奇岩がそそり立っている。その中に一と際目立つ烏帽子型の大岩があって、その大岩の頂きに、ちょうど二見が浦の夫婦岩(みょうといわ)のように、石で刻んだ小さい鳥居が建ててある。何百年前、この島がもっと賑やかであったころ、諸戸屋敷のあるじが城主のような威勢をふるっていたころ、この海岸の平穏を祈るために建てられたものであろう。御影石の鳥居は薄黒い苔に蔽われて、今ではその大岩の一部分と見誤まるほどに古びていた。

もう一つは、同じ西がわの海岸の、その烏帽子岩と向き合った小高いところに、これも非常に古い石地蔵が立っていた。昔はこの島を一周して完全な道路ができていたらしく、ところどころにその跡が残っているのだが、石地蔵はその道路に沿って道しるべのように立っているのだ。むろんお詣りする人なぞはないものだから、奉納物もなく、地蔵尊というよりは、人間の形をした石ころであった。眼も鼻も口も磨滅して、のっぺらぼうで、それが無人の境にチョコンと立っている姿を見たときには、ギョッとして思わず立ち止まったほどである。台座にかなり大きな石が使ってあるので、ころびもせずに、幾年月を元の位置に立ち尽していたものであろう。

あとで考えたことだけれど、この石地蔵は、昔は島の諸所に立っていたものらしく、現に北がわの海岸などには、石地蔵の台座とおぼしきものが残っていたほどである。それが子供のいたずらなどで、いつとなく姿を消して行き、最も不便な場所であるこの西がわの海岸の分だけが、幸運にもいまだに取り残されていたものにちがいない。

私の歩きまわったところでは、島じゅうに、神仏に縁のあるものといっては右の二つだけで、そのほかには諸戸屋敷の広い庭に、何さまのほこらだか知らぬけれど、可なり立派なおやしろが建ててあったのを覚えているくらいである。だが、諸戸が私に探せといったのは、諸戸屋敷の内部のものではなかったであろう。

烏帽子岩の鳥居は「神」である。石地蔵は「仏」である。神と仏。ああ、私はなんだか諸戸の考えがわかりだしてきたようだ。それはいうまでもなく、例の呪文のような暗号文に関連しているのだ。私はその暗号文を思い出してみた。

神と仏がおうたなら
巽(たつみ)の鬼をうちやぶり
弥陀(みだ)の利益(りやく)をさぐるべし
六道(ろくどう)の辻に迷うなよ

この「神」とは烏帽子岩の鳥居を指し、「仏」とは例の石地蔵を意味するのではあるまいか。それから、ああ、だんだんわかってきたぞ。この「鬼」というのは、けさ丈五郎が取りはずして行った、土蔵の屋根の鬼瓦に一致するのではないかしら。そうだ。あの鬼瓦は土蔵の東南の端にのせてあった。東南は巽の方角に当たるではないか。あの鬼瓦こそ「巽の鬼」だ。

呪文には「巽の鬼を打ち破り」とある。ではあの鬼瓦の内部に財宝が隠してあったのかしら。もしそうだとすれば、丈五郎はもうとっくに、あの鬼瓦を打ち割って、中の財宝を取り出してしまったのではあるまいか。

だが、諸戸がそこへ気のつかぬはずはない。丈五郎が鬼瓦を持ち去ったことは、私がちゃんと通信したのだし、その通信を読んで、彼ははじめて何事かに気づいたらしいのだから、この呪文にはもっと別の意味があるにちがいない。瓦を割るだけならば、第一の文句は不必要になってしまうのだから。

それにしても「神と仏と会う」というのは一体全体なんのことだろう。たとえその「神」が烏帽子岩の鳥居であり、「仏」が石地蔵であったとしたところで、その二つのものが、どうして会うことができるのであろう。やっぱりこの「神、仏」というのは、もっと全く別なものを意味しているのではあるまいか。

私はいろいろと考えてみたが、どうしてもこの謎を解くことはできなかった。ただきょうの出来事でハッキリしたのは、私たちがかつて東京の神田の西洋料理店の二階へ隠しておいた暗号文と、双生児の日記帳とを盗んだやつは、当時想像した通り、やっぱり怪老人丈五郎であったということである。そうでなければ、彼が鬼瓦をはずした意味を解くことができない。彼はそれまでは、庭を掘り返したりして、無闇に諸戸屋敷を家探し（やさが）していたのだが、暗号文を手に入れると、一生懸命にその意味を研究して、ついに「巽の鬼」というのが、土蔵の鬼瓦に一致することを発見したものにちがいない。

もしや丈五郎の解釈が図にあたって、彼はすでに財宝を手に入れてしまったのではあるまいか。それとも、彼の解釈には、非常な間違いがあって、鬼瓦の中には何もはいっていなかったのかもしれない。諸戸は果たしてあの暗号文を正しく理解しているのかしら。私はやきもきしないではいられなかった。

同じ日の夕方、私は土蔵の下へ行って、例の紙つぶてによって、私の発見した事柄を諸戸に通信した。その紙きれには、念のために烏帽子岩と石地蔵の位置を示す略図まで書き加えておいた。

しばらく待つと、諸戸が窓のところに顔を出して、左のような手紙を投げた。

「君は時計を持っているか、時間は合っているか」

とっぴな質問である。だが、いつ私の身に危険が迫るかもしれないし、不自由きわまる通信なのだから、前後の事情を説明している暇のないのも無理ではない。私はそれらの簡単な文句から彼の意のあるところを推察しなければならないのだ。

幸い私は腕時計を、二の腕深く隠し持っていた。ネジも注意して巻いていたから、多分大した時間の違いはなかろう。私は窓の諸戸に腕をまくって見せて、手まねで時間の合っていることを知らせた。

すると、諸戸は満足らしく頷いて、首を引込めたが、しばらく待つと、今度は少し長い手紙を投げてよこした。

大切なことだから間違いなくやってくれたまえ。おおかた察しているだろうが、宝の隠し場所がわかりそうなのだ。丈五郎も気づきはじめたけれど、大変な間違いをやっている。僕らの手で探し出そう。確かに見こみがある。あす空が晴れていたら、午後四時ごろ、鳥帽子岩へ行って、石の鳥居の影を注意してくれたまえ。多分その影が石地蔵と重なるはずだ。重なったら、その時間を正確に記憶して帰ってくれたまえ。

私はこの命令を受取ると、急いで徳さんの小屋へ帰ったが、その晩は呪文のことのほかは何も考えなかった。

今こそ私は、呪文の「神と仏が会う」という意味を明かにすることができた。ほんとうに会うのではなくて、神の影が仏に重なるのだ。鳥居の影が石地蔵に射すのだ。なんというまい思いつきだろう。私は今さらのように、諸戸道雄の想像力を讃嘆しないではいられなかった。

だが、そこまではわかるけれど、「神と仏が会うたなら、巽の鬼を打ち破り」という巽の鬼が、今度はわからなくなってくる。丈五郎が大間違いをやっているというのだから、土蔵の鬼瓦ではないらしい。といって、そのほかに「鬼」と名のつくものが、一体どこにあるのだろう。

その晩は、つい疑問の解けぬままにいつか眠ってしまったが、翌朝、この島には珍らしいガヤガヤという人声に、ふと眼を覚ますと、小屋の前を、船着場の方へ聞きおぼえのある声が通り過ぎて行く。疑いもない諸戸屋敷の雇人たちだ。

私は諸戸に命じられていたことがあるものだから、急いで起き上がって、窓を細目にひらいて覗くと、遠ざかって行く三人のうしろ姿が見えた。二人が大きな木箱を吊って、一人がその脇につき添って行く。それが双生児の日記にあった助八爺さんで、あとの二人は、諸戸屋敷で見かけた屈強な男たちだ。

諸戸が先日「近いうちに諸戸屋敷の雇人たちが、荷物を積んで、舟を出すはずだ」と書いたのはこれだなと思った。私はその人数を彼に知らせることを頼まれているのだ。

窓をひらいてじっと見ていると、三人づれはだんだん小さくなって、ついに岩蔭に隠れてしまったが、待つほどもなく、船着場のほうから一艘の帆前船が、帆をおろしたまま、私の眼界へ漕ぎ出してきた。遠いけれど、乗っているのはさっきの三人と、荷物の木箱であることはよくわかった。少し沖に出ると、スルスルと帆が上がって、舟は朝風に追われ、みるみる島を遠ざかって行った。

私は約束に従って、早速このことを諸戸に知らせなければならぬ。もうそのころは、昼間出歩くことに馴れてしまって、滅多に人通りなぞありはしないと、多寡をくくっていたので、なんの躊躇もなく、私はすぐさま小屋を出て、土蔵の下へ行った。紙つぶてで事の仔細を告げると、諸戸から、勇ましい返事がきた。

彼らは一週間ほど帰らぬはずだ。彼らが何をしに行ったかもわかっている。もう屋敷(やしき)の中には手強いやつはいない。逃げるのは今だ。助力を頼む。君は一時間ばかりその岩蔭に隠れて僕の合図を待ってくれたまえ。僕がこの窓から手を振ったら、大急ぎで表門へ駈けつけ、邸内を逃げ出すやつがあったら引っ捉えてくれたまえ。女とかたわばかりだから、大丈夫だ。いよいよ戦争だよ。

この不意の出来事のために、私たちの宝探しは一時中止となった。私は諸戸の勇ましい手紙に胸をおどらせながら、窓の合図を待ちかまえた。諸戸の計画がうまく行けば、私たちは間もなく、久し振りで口を利き合うことができるのだ。そして、私がこの島に来て以来、あこがれていた秀ちゃんの顔を、間近に見、声を聞くことさえできるのだ。この日頃の奇怪なる経験は、いつの間にか、私を冒険好きにしてしまった。戦争と聞いて肉がおどった。

諸戸は親たちと戦おうとしている。世の常のことではない。彼の気持はどんなだろうと思うと、その刹那のくるのをじっと待っている私も、心臓が空っぽになったような感じである。それにしても、彼は腕力で親たちに手向かうつもりなのであろうか。

長い長いあいだ、私は岩蔭にすくんでいた。暑い日だった。岩の日蔭ではあったけれど、足元の砂がさわれないほど焼けていた。いつもは涼しい浜風も、その日はそよともなく、波の音も、私自身つんぼになったのではないかと怪しむほど、少しも聞こえてこなかった。なんとも底知れぬ静寂の中に、ただジリジリと夏の日が輝いていた。

クラクラと眼まいがしそうになるのを、こらえこらえして、じっと土蔵の窓を見つめていると、とうとう合図があった。鉄棒のあいだから腕が出て、二、三度ヒラヒラと上下するのが見えた。

私はやにわに駈け出して、土塀を一と廻りすると、表門から諸戸屋敷へ踏みこんで行った。

玄関の土間へはいって、奥の方を覗いて見たが、ヒッソリとして人けもない。たとえ対手はかたわ者とはいえ、奸智にたけた兇悪無残な丈五郎のことだ。諸戸の身の上が気遣われた。あべこべにひどい目に会っているのではあるまいか。邸内が静まり返っているのがなんとなく無気味である。

私は玄関を上がって、曲りくねった長い廊下を、ソロソロとたどって行った。一つの角を曲ると、十間ほどもつづいた長い廊下に出た。幅は一間以上もあって、昔風に赤茶けた畳が敷いてある。屋根の深い窓の少ない古風な建物なので、廊下は夕方のように薄暗かった。

私がその廊下へヒョイと曲ったとき、私と同時に、やっぱり向こうの端に現われたものがあった。それが恐ろしい勢いで、もつれ合いながら私の方へ走ってくるのだ。あまり変な恰好をしているので、私は急にはその正体がわからなかったが、そのものがみるみる私に接近して、私にぶつかり、妙な叫び声をたてたとき、はじめて私は双生児の秀ちゃんと吉ちゃんであることを悟った。

彼らはボロボロになった布切れを身にまとい、秀ちゃんは簡単に髪をうしろで結んでいたが、吉ちゃんのほうは、時々は散髪をしてもらうのか、百日鬘(ひゃくにちかつら)のような無気味な頭であった。二人とも監禁を解かれたことを、無性に喜んで、子供のように踊っていた。私の前で、私の方へ笑いかけながら、踊り狂う二人を見ていると、妙な形のけだものみたいな感じがした。

私は知らぬまに秀ちゃんの手をつかんでいた。秀ちゃんのほうでも、無邪気に笑いかけながら、懐かしそうに私の手を握り返していた。あんな境遇にいながら、秀ちゃんの爪が綺麗に切ってあったのが、非常にいい感じを与えた。そんなちょっとしたことに、私はひどく心を動かすのだ。

野蛮人のような吉ちゃんは、私と秀ちゃんが仲よくするのを見てたちまち怒り出した。教養を知らぬ生地のままの人間は、猿と同じことで、怒ったときに歯をむきだすものだということを、私はそのとき知った。吉ちゃんはゴリラみたいに歯をむき出して、からだ全体の力で、秀ちゃんを私から引離そうともがいた。

そうしているところへ、騒ぎを聞きつけたのか、私のうしろのほうの部屋から、一人の女が飛び出してきた。唖のおとしさんである。彼女は双生児が土蔵を抜け出したことを知ると、まっ青になって、やにわに秀ちゃんたちを奥のほうへ押し戻す恰好をした。

私は最初の敵を、苦もなく取り押えた。対手は手をねじられながら、首を曲げて私を見、たちまち私の正体を悟ると、ギョッとして力が抜けてしまった。彼女はなにがなんだか少しもわけがわからぬらしく、あくまで抵抗しようとはしなかった。

そこへ、さっき双生児が走ってきた方角から、奇妙な一団が現われてきた。先頭に立っているのは、諸戸道雄、そのあとに不思議な生きものが五、六人、ウヨウヨと従っていた。私は諸戸屋敷にかたわ者がいることを聞いていたが、みな開かずの部屋にとじこめられていたので、まだ一度も見たことがなかった。多分諸戸は、今その開かずの部屋をひらいて、この一群の生きものに自由を与えたのであろう。彼らはそれぞれの仕方で、喜びの情を表わし、諸戸になついているように見えた。

顔半面に墨を塗ったように毛の生えた、俗に熊娘というかたわ者がいた。手足は尋常であったが、栄養不良らしく青ざめていた。何か口の中でブツブツいいながら、それでも嬉しそうに見えた。

足の関節が反対に曲った蛙のような子供がいた。十歳ばかりで可愛い顔をしていたが、そんな不自由な足で、活潑（かっぱつ）にピョンピョンと飛びまわっていた。

小人島（こびとじま）が三人いた。大人の首が幼児のからだに乗っているところは普通の一寸法師であったが、見世物などで見かけるのと違って、非常に弱々しく、くらげのように手足に力がなくて、歩くのも難儀らしく見えた。一人などは、立つことができず、可哀そうに三つ子のように畳の上をはっていた。三人とも、弱々しいからだで大きな頭を支えているのがやっとであった。

薄暗い長廊下に、二身一体の双生児をはじめとして、それらの不具者どもが、ウジャウジャかたまっているのを見ると、なんともいえぬ変な感じがした。見た目はむしろ滑稽であったが、滑稽なだけに、かえってゾッとするようなところがあった。

「ああ、蓑浦君、とうとうやっつけた」

諸戸が私に近よって、つけ元気みたいな声でいった。

「やっつけたって、あの人たちをですか」

私は諸戸が丈五郎夫婦を殺したのではないかと思った。

「僕たちの代りに、あの二人を土蔵の中へ締め込んでしまった」

彼は両親に話があるといつわって、蔵の中へおびきよせ、咄嗟のまに双生児とともにそとへ出て、うろたえている二人のかたわ者を、土蔵の中へとじこめてしまったのである。丈五郎がどうしてやすやすと彼の策略に乗ったかというに、それには充分理由があったのだ。私は後になってそのことを知った。

「この人たちは」

私は化け物の群を指さして尋ねた。

「かたわ者さ」

「だが、どうして、こんなにかたわ者を養っておくのでしょう」

「同類だからだろう。詳しいことはあとで話そうよ。それより僕たちは急がなければならない。三人のやつらが帰るまでにこの島を出発したいのだ。一度出て行ったら五、六日は大丈夫帰らない。そのあいだに、例の宝探しをやるのだ。そして、この連中をこの恐ろしい島から救い出すのだ」

「あの人たちはどうするのです」

「丈五郎かい。どうしていいかわからない。卑怯だけれど僕は逃げ出すつもりだ。財産を奪い、このかたわの連中を連れ去ったらどうすることもできないだろう。自然悪事をよすかもしれない。ともかく僕にはあの人たちを訴えたり、あの人だちの命を縮めたりする力はない。卑怯だけれど置去りにして逃げるのだ。これだけは見のがしてくれたまえ」

諸戸は黯然（あんぜん）として言うのだ。

三角形の頂点

片輪者は皆おとなしかったので、その見張りを秀ちゃんと吉ちゃんに頼んだ。性わるの吉ちゃんも、自由を与えてくれた諸戸のいいつけには、よく従った。

啞のおとしさんには、秀ちゃんの手まねで諸戸の命令を伝えた。おとしさんの役目は、土蔵の中の丈五郎夫婦と片輪者のために、三度三度の食事を用意することだった。土蔵の戸は決してひらいてはならぬこと、食事は庭の窓からさし入れることなどを、くり返し命じた。彼女は丈五郎夫婦に心服していたわけではなく、むしろ暴虐な主人を恐れ憎んでいたくらいだから、わけを聞くと少しも反抗しなかった。

諸戸がテキパキとことを運んだので、午後にはもう、この騒動のあと始末ができてしまった。諸戸屋敷には男の雇人は三人しかいず、それがみな出払っていたので、私たちはあっけなく戦いに勝つことができたのだ。丈五郎にしてみれば、私はすでにないものと思っているし、土蔵の中の道雄はまさか親に対してこんな反抗をしようとは思いがけぬものだから、つい油断をして、肝腎の護衛兵をみんな出してやったのであろうが、その虚に乗じた諸戸の思いきったやり口が、見事に功を奏したわけである。

三人の男が何をしに出掛けたのか、どうして五、六日帰ってこないのか、私が尋ねても、諸戸はなぜかハッキリした答えをしなかった。そして、「やつらの仕事が五、六日以上かかることは、ある理由で僕はよく知っているのだ。それは確かだから安心したまえ」というばかりであった。

その午後、私たちは連れだって、例の烏帽子岩のところへ出かけた。宝探しをつづけるためである。

「僕は二度とこのいやな島へ来たくない。といって、このまま逃げ出してしまっては、あの人たちに悪事の資金を与えるようなものだ。もし宝が隠してあるものなら、僕たちの手で探し出したい。そうすれば、東京にいる初代さんの母親も仕合わせになるだろうし、またたくさんのかたわ者を幸福にする道も立つ。僕としても、せめてもの罪亡ぼしだ。僕が宝探しを急いでいるのは、そういう気持からだよ。ほんとうなれば、これを世間に公表して、官憲の手を煩わすところだろうが、それはできない。そうすれば僕の父親を断頭台に送ることになるんだからね」

鳥帽子岩への道で、諸戸は、弁解するように、そんなことをいった。

「それはわかっていますよ。ほかに方法のないことは僕にもよくわかっていますよ」

私は真実そのように思っていた。しばらくして、私は当面の宝探しの方へ話題を持って行った。

「僕は宝そのものよりも、暗号を解いて、それを探し出すことに、非常な興味を感じているのです。だが、僕にはまだよくわかりません。あなたはすっかり、あの暗号を解いてしまったのですか」

「やってみなければわからないけれど、なんだか解けたように思うのだが、君にも、僕の考えていることが大体わかったでしょう」

「そうですね。呪文の「神と仏が会うたなら」というのは烏帽子岩の鳥居の影と石地蔵とが一つになるときという意味だと、いうくらいのことしかわからない」

「そんなら、わかっているんじゃないか」

「でも巽の鬼を打ち破りってのが、見当がつかないのです」

「巽の鬼というのは、むろん、土蔵の鬼瓦のことさ。それは君が僕に教えてくれたんじゃありませんか」

「すると、あの鬼瓦を打ち破れば、中に宝が隠されているのですか。まさかそうじゃないでしょう」

「鳥居と石地蔵の場合と同じ考え方をすればいいのさ。つまり、鬼瓦そのものでなくて、鬼瓦の影を考えるのだ。そうでなければ、第一句が無意味になるからね。それを丈五郎は、鬼瓦そのものだと思って、屋根へ上がってとりはずしたりしたんだ。僕は蔵の窓からあの人が鬼瓦を割っているのを見たよ。むろん何も出やしなかった。しかし、そのお蔭で僕は暗号を解く手がかりができたんだ」

私はそれを聞くと、なんだか自分が笑われているように感じて、思わず赤面した。

「ばかですね。僕はそこへ気がつかなかったのです。するとちょうど鳥居の影が石地蔵に一致したとき、鬼瓦の影の射す場所を探せばいいわけですね」

私は、諸戸が私の時計について尋ねたことを思い出しながら言った。

「間違っているかも知れないけれど、僕にはそんなふうに思われるね」

私たちは長い道を、こんな会話を取りかわしたほかは、多くだまりこんで歩いた。諸戸が非常に無愛想で、私をだまらせてしまったのだ。彼は父親を押籠めた不倫について考えているにちがいない。父という言葉を使わないで、丈五郎と呼び捨てにしていた彼ではあるが、それが親だと思うと、打ち沈むのはすこしも無理ではなかった。

私たちが目的の海岸へ着いたときは、少し時間が早すぎて、烏帽子岩の鳥居の影は、まだ切り岸の端にあった。

私たちは時計のネジを巻いて、時の移るのを待った。日蔭を選んで腰をおろしていたけれど、珍らしく風のない日で、ジリジリと背中や胸を汗が流れた。

動かないようでも、鳥居の影は、眼に見えぬ早さで、地面を這って、少しずつ少しずつ、丘の方へ近づいて行った。

だが、それが石地蔵の数間手前まで迫ったとき、私はふとあることに気づいて、思わず諸戸の顔を見た。すると、諸戸も同じことを考えたとみえて、変な顔をしているのだ。

「この調子で進むと、鳥居の影は石地蔵には射さないじゃありませんか」

「二、三間横にそれているね」諸戸はがっかりした調子で言った。「すると僕の考え違いかしら」

「あの暗号の書かれた時分には、神仏に縁のあるものが、ほかにもあったかもしれませんね。現に別の海岸にも、石地蔵の跡があるくらいだから」

「だが、影を投げるほうのものは、高いところにある筈だからね。ほかの海岸にこんな高い岩はないし、島のまん中の山には神社の跡らしいものも見えない。どうも「神」というのはこの鳥居としか思えないのだが」

諸戸は未練らしくいった。

そうしているうちに、影の方はグングン進んで、ほとんど石地蔵と肩を並べる高さに達した。見ると丘の中腹に投じた鳥居の影と、石地蔵とのあいだには、二間ばかりの隔たりがある。

諸戸はそれをじっと眺めていたが、何を思ったのか、突然笑い出した。

「ばかばかしい。子供だって知っていることだ。僕たちは少しどうかしているね」言いさして彼は又ゲラゲラ笑った。「夏は日が長い。冬は日が短い。君、これはなんだね。ハハハハハ、地球に対して太陽の位置が変るからだ。つまり、物の影は、正確にいえば、一日だって同じ場所へ射さないということだ。同じ場所へ射すときは、一年に二度しかない。太陽が赤道へ近づくとき、赤道を離れるとき、その往復に一度ずつ。ね、わかりきったことだ」

「なるほど、ほんとうに僕たちはどうかしていましたね。すると宝探しの機会も一年に二度しかないということでしょうか」

「隠した人はそう思ったかもしれない。そして、それが宝を掘り出しにくくする屈強の方法だと誤解したかもしれない。だが、果たしてこの鳥居と石地蔵が、宝探しの目印なら、何も実際影の重なるのを待たなくても、いくらも手段はあるよ」

「三角形を書けばいいわけですね。鳥居の影と石地蔵を二つの頂点にして」

「そうだ。そして、鳥居の影と石地蔵とのひらきの角度を見つけて、鬼瓦の影を計るときにも、同じ角度だけ離れた場所に見当をつければいいのだ」

私たちはそんな小さな発見にも、目的が宝探しだけに、かなり興奮していた。そこで、鳥居の影が正しく石地蔵の高さにきたときの時間を見ると、私の腕時計はちょうど五時二十五分を指していたので、私はそれを手帳に控えた。

それから、私たちは崖を伝い降りたり、岩によじ登ったり、いろいろ骨をおった末、鳥居と石地蔵の距離を計り、鳥居の影と石地蔵との隔たりも正確に調べて、それの作りなす三角形の縮図を手帳に書きしるした。この上はあすの午後五時二十五分、諸戸屋敷の土蔵の屋根の影がどこに射すかを確かめ、きょう調べた角度によって、誤差を計れば、いよいよ宝の隠し場所を発見することができるわけである。

だが、読者諸君、私たちはまだ完全に例の呪文を解読していたわけではなかった。呪文の最後には「六道の辻に迷うなよ」という無気味な一句があった。六道の辻とは一体なにを指すのか。私たちの行手には、もしやそのような地獄の迷路が待ち構えているのではあるまいか。

古井戸の底

私たちは、その夜は諸戸屋敷の一と間に枕を並べて寝たが、私はたびたび諸戸の声に眼を覚まさなければならなかった。彼は一と晩じゅう悪夢にうなされつづけていたのだった。親と名のつく人を、監禁しなければならぬような、数日来の心痛に、彼の神経が平静を失っていたのは無理もないことである。寝ごとの中で、彼はたびたび私の名を口にした。私というものが彼の潜在意識にそんなにも大きな場所を占めているのかと思うと、私はなんだかそら恐ろしくなった。たとえ同性にもしろ、それほど私のことを思いつづけている彼と、こうして、そしらぬ顔で行動を共にしているのは、あまりに罪深い業ではあるまいかと、私は寝られぬままにそんなことをまじめに考えていた。

翌日も、例の五時二十五分がくるまでは、私たちはなんの用事もないからだであった。諸戸には、かえってそれが苦痛らしく、一人で海岸を行ったりきたりして時間をつぶしていた。彼は土蔵のそばへ近よることすら恐れているように見えた。

土蔵の中の丈五郎夫婦は、あきらめたのか、それとも三人の男の帰るのを心待ちにしているのか、案外おとなしくしていた。私は気になるものだから、たびたび土蔵の前へ行って、耳をすましたり、窓から覗いて見たりしたが、彼らの姿も見えず、話声さえしなかった。唖のおとしさんが、窓からご飯をさし入れるときには、母親の方が、階段をおりておとなしく受取りにきた。

かたわ者たちも、一と間に集まって、おとなしくしていた。ただ私が時々秀ちゃんと話をしに行くものだから、吉ちゃんの方が腹を立てて、わけのわからぬことをどなるくらいのものであった。秀ちゃんは話してみると、一そう優しくかしこい娘であることがわかって、私たちはだんだん仲よしになって行った。秀ちゃんは智恵のつきはじめた子供のように次から次と私に質問をあびせた。私は親切にそれに答えてやった。私はけだものみたいな吉ちゃんが、小面憎(こづらにく)いものだから、わざと秀ちゃんと仲よくして、見せびらかしたりした。吉ちゃんはそれを見ると、まっ赤に怒って、からだを捻って秀ちゃんに痛い目を見せるのだ。

秀ちゃんはすっかり私になついてしまった。私に逢いたさに、えらい力で吉ちゃんを引きずって、私のいる部屋へやってきたことさえある。それを見て、私はどんなに嬉しかったであろう。あとで考えると、秀ちゃんが私をこんなに慕うようになったことが、とんだ禍の元となったのだが。

片輪者の中では、蛙みたいに四つ足で飛んで歩く、十歳ばかりの可愛らしい子供が、一ばん私になついていた。シゲという名前だったが、快活なやつで、一人ではしゃいで、廊下などを飛びまわっていた。頭には別状ないらしく、片言まじりでなかなかませたことをしゃべった。

余談はさておき、夕方の五時になると、私と諸戸とは、塀そとの、いつも私が身を隠した岩蔭へ出かけて、土蔵の屋根を見上げながら、時間のくるのを待った。心配していた雲も出ず、土蔵の屋根の東南の棟は、塀そとに長く影を投げていた。

「鬼瓦がなくなっているから、二尺ほど余計に見なければいけないね」

諸戸は私の腕時計を覗きながらいった。

「そうですね。五時二十分、あと五分です。だが、一体こんな岩でできた地面に、そんなものが隠してあるんでしょうか。なんだか嘘みたいですね」

「しかし、あすこに、ちょっとした林があるね。どうも、僕の目分量では、あの辺に当たりゃしないかと思うのだが」

「ああ、あれですか。あの林の中には、大きな古井戸があるんですよ。僕はここへきた最初の日に、あすこを通って覗いて見たことがあります」

私はいかめしい石の井桁を思い出した。

「ホウ、古井戸、妙な所にあるんだね。水はあるの」

「すっかり涸れているようです。ずいぶん深いですよ」

「以前あすこに別の屋敷があったのだろうか。それとも昔はあの辺もこの邸内だったのかもしれないね」

私たちがそんなことを話し合っているうちに、時間がきた。私の腕時計が五時二十五分を示した。

「きのうときょうでは、幾分影の位置が変っただろうけれど、大した違いはないだろう」

諸戸は影の地点へ走って行って、地面に石で印をつけると独り言のようにいった。

それから私たちは手帳を出して、土蔵と影の地点との距離を書き入れ、角度を計算して、三角形の第三の頂点を計ってみると、諸戸が想像した通り、そこの林の中にあることがわかった。

私たちは茂った枝をかきわけて、古井戸のところへ行った。四方をコンモリと立木が包んでいるので、その中はジメジメとして薄暗かった。石の井桁によりかかって、井戸の中を覗くと、まっ暗な地の底から、気味のわるい冷気が頬をうった。

私たちはもう一度正確に距離を測って、問題の地点は、その古井戸にちがいないことを確かめた。

「こんなあけっ放しの井戸の中なんて、おかしいですね。底の土の中にでも埋めてあるのでしょうか。それにしてもこの井戸を使っていた時分には、井戸さらいもやったでしょうから、井戸の中なんて、実に危険な隠し場所ですね」

私はなんとなく腑に落ちなかった。

「さあそこだよ。単純な井戸の中では、あんまり曲がなさすぎる。あの用意周到な人物が、そんなたやすい場所へ隠しておくはずがない。君は呪文の最後の文句を覚えているでしょう。ホラ、六道の辻に迷うなよ。この井戸の底には横穴があるんじゃないかしら。その横穴がいわゆる「六道の辻」で、迷路みたいに曲りくねっているのかもしれない」

「あんまりお話みたいですね」

「いや、そうじゃない。こんな岩でできた島には、よくそんなほら穴があるものだよ。現に魔の淵のほら穴だってそうだが、地中の石灰岩の層を、雨水が浸蝕して、とんでもない地下の通路ができたのだ。この井戸の底は、その地下道の入口になっているんじゃないかしら」

「その自然の迷路を、宝の隠し場所に利用したというわけですね。もしそうだとすれば、実際念に念を入れたやり方ですね」

「それほどにして隠したとすれば、宝というのは、非常に貴重なものにちがいないね。だが、それにしても、僕はあの呪文にたった一つわからない点があるのだが」

「そうですか。僕は、今のあなたの説明で全体がわかったように思うのだけど」

「ほんのちょっとしたことだがね。ほら、巽の鬼を打ち破りとあっただろう。この「打ち破り」なんだ。地面を掘って探すのだったら、打ち破ることになるけれど、井戸からはいるのでは、何も打ち破りゃしないんだからね。それが変なんだよ。あの呪文はちょっと見ると幼稚のようで、その実、なかなかよく考えてあるからね。あの作者が不必要な文句などを書くはずがない。打ち破る必要のないところへ「打ち破り」なんて書くはずがない」

私たちは薄暗い林の下でしばらくそんなことを話し合っていたが、考えていてもしようがないから、ともかく、井戸の中へはいって、横穴があるかどうかを調べてみようということになり、諸戸は私を残しておいて、屋敷に取って返し、丈夫な長い縄を探し出してきた。漁具に使われていたものである。

「僕がはいってみましょう」

私は、諸戸よりからだが小さくて軽いので、横穴を見届ける仕事を引き受けた。

諸戸は縄の端で私のからだを厳重にしばり、縄の中程を井桁の石に一と巻きして、その端を両手で握った。私が降りるに従って、縄をのばしていくわけである。

私は諸戸が持ってきてくれたマッチを懐中すると、しっかりと縄をつかんで、井戸端へ足をかけて、少しずつまっ暗な地底へとくだって行った。

井戸の中は、ずっと下まで、でこぼこの石畳になっていたが、それに一面苔が生えていて、足をかけると、ズルズルと辷(すべ)った。

一間ほどくだったとき、私はマッチをすって、下の方を覗いて見たが、マッチの光ぐらいでは深い底の様子はわからなかった。燃えかすを捨てると、一丈あまり下の方で、光が消えた。多少水が残っているのだ。

さらに四、五尺さがると、私はまたマッチをすった。そして、底を覗こうとした途端、妙な風が起こってマッチが消えた。変だなと思ってもう一度マッチをすり、それが吹き消されぬ先に、私は風の吹き込む箇所を発見した。横穴があったのだ。

よく見ると、底から二、三尺のところで、二尺四方ばかり石畳が破れて、奥底の知れぬまっ暗な横穴があいている。不恰好な穴の様子だが、以前にはその部分にもちゃんと石畳があったのを、何者かが破ったものにちがいない。その辺一体に石畳がゆるんで、一度はずしたのを又さし込んだように見える部分もある。気がつくと、井戸の底の水の中から、楔（くさび）型の石ころが三つ四つ首を出している。明らかに横穴の通路を破ったものがあるのだ。

諸戸の予想は恐ろしいほど的中した。横穴もあったし、呪文の「打ち破る」という文句も決して不必要ではなかったのだ。

私は大急ぎで縄をたぐって、地上に帰ると、諸戸にことの次第を告げた。

「それはおかしいね。すると僕たちの先（せん）を越して、横穴へはいったやつがあるんだね、その石畳のとれた跡は新しいの」

諸戸がやや興奮して尋ねた。

「いや、大分以前らしいですよ。苔なんかのぐあいが」

私は見たままを答えた。

「変だな。確かにはいったやつがある。まさか呪文を書いた人が、わざわざ石畳を破ってはいるわけはないから、別の人物だ。むろん丈五郎ではない。これはひょっとすると、僕たちより以前にあの呪文を解いたやつがあるんだよ。そして、横穴まで発見したとすると、宝はもう運び出されてしまったのではあるまいか」

「でも、こんな小さな島で、そんなことがあればすぐわかるでしょうがね。船着場だって一カ所しかないんだし、他国者が入りこめば、諸戸の屋敷の人たちだって、見逃がすはずはないでしょうからね」

「そうだ。第一丈五郎ほどの悪者が、ありもしない宝のために、あんな危ない人殺しまでするはずがないよ。あの人には、きっと宝のあることだけは、ハッキリわかっていたにちがいない。なんにしても、僕にはどうも宝が取り出されたとは思えないね」

私たちはこの異様な事実をどう解くすべもなく、出ばなをくじかれた形で、しばらく思い惑っていた。だがそのとき、私たちがもしいつか船頭に聞いた話を思い出したならば、そして、それとこれとを考え合わせたならば、宝が持ち出されたなどと心配することは少しもなかったのだが、私はもちろん、さすがの諸戸もそこまでは考え及ばなかった。

船頭の話というのは、読者は記憶せられるであろう。十年以前、丈五郎の従兄弟（いとこ）と称する他国人が、この島に渡ったが、間もなくその死骸が魔の淵のほら穴の入口に浮き上がったという、あの不思議な事実である。

しかし、そこへ気づかなかったのが、結局よかったのかもしれない。なぜといって、もしその他国人の死因について、深く想像をめぐらしたならば、私たちはよもや地底の宝探しを企てる勇気はなかったであろうから。

八幡の藪知らず

ともかく横穴へはいって、宝がすでに持ち出されたかどうかを確かめて見るほかはなかった。私たちは一度諸戸屋敷に帰って、横穴探検に必要な品々を取り揃えた。数梃のロウソク、マッチ、漁業用の大ナイフ、長い麻縄(網に使用する細い麻縄を、できるだけつなぎ合わせて、玉をこしらえたもの)などの品々である。

「あの横穴は存外深いかもしれない。「六道の辻」なんて形容してあるところを見ると、深いばかりでなく、枝道があって、八幡(やわた)の藪知らずみたいになっているのかもしれない。ほら「即興詩人」にローマのカタコンバへはいるところがあるだろう。僕はあれから思いついて、この麻縄を用意したんだ。フェデリゴという画工のまねなんだよ」

諸戸は大げさな用意を弁解するように言った。

私はその後「即興詩人」を読み返して、かのトンネルの条に至るごとに、当時を回想して、戦慄を新たにしないではいられぬのだ。

「深きところには、軟かなる土に掘りこみたる道の行き違ひたるあり。その枝の多き、その様の相似たる、おもなる筋を知りたる人も踏み迷ふべきほどなり。われは稚心(おさなごころ)に何とも思はず。画工はまたあらかじめその心して、我を伴ひ入りぬ。先づ蠟燭一つともし、一つをば衣のかくしの中に貯へおき、一巻の糸の端を入口に結びつけ、さて我手を引きて進み入りぬ。忽ち天井低くなりて、われのみ立ちて歩まるるところあり……」

画工と少年とは、かようにして地下の迷路に踏み入ったのであるが、私たちもちょうどそのようであった。

私たちはさっきの太い縄にすがって次々と井戸の底に降り立った。水はやっと、踝を隠すほどしかなかったけれど、その冷たさは氷のようである。横穴は、そうして立った私たちの腰の辺にあいているのだ。

諸戸はフェデリゴのまねをして、先ず一本のロウソクをともし、麻縄の玉の端を、横穴の入口の石畳の一つに、しっかりと結びつけた。そして、縄の玉を少しずつほぐしながら、進んで行くのだ。

諸戸が先に立って、ロウソクを振りかざして、這って行くと、私が縄の玉を持って、そのあとにつづいた。二匹の熊のように。

「やっぱり、なかなか深そうだよ」

「息がつまるようですね」

私たちはソロソロと這いながら、小声で話し合った。

五、六間行くと、穴が少し広くなって、腰をかがめて歩けるくらいになったが、すると間もなく、ほら穴の横腹にまた別のほら穴が口をひらいているところにきた。

「枝道だ。案の定八幡の藪知らずだよ。だが、しるべの縄を握ってさえいれば、道に迷うことはない。先ず本通りの方へ進んで行こうよ」

諸戸はそう言って、横穴に構わず、歩いて行ったが、二間も行くと、また別の穴がまっ黒な口をひらいていた。ロウソクをさし入れて覗いて見ると、横穴の方が広そうなので、諸戸はその方へ曲って行った。

道はのたうち廻る蛇のように、曲りくねっていた。左右に曲るだけではなくて、上下にも、或るときは下り、或るときはのぼった。低い部分には、浅い沼のように水の溜っているところもあった。

横穴や枝道は覚えきれないほどあった。それに人間の造った坑道などとは違って、這っても通れないほど狭い部分もあれば、岩の割れ目のように縦に細長く裂けた部分もあり、そうかと思うと、突然、非常に大きな広間のようなところへ出た。その広間には、五つも六つものほら穴が、四方から集まってきて、複雑きわまる迷路を作っている。

「驚いたね。蜘蛛手のようにひろがっている。こんなに大がかりだとは思わなかった。この調子だとこのほら穴は島じゅう、端から端までつづいているのかもしれないよ」

諸戸はうんざりした調子で言った。

「もう麻縄が残り少なですよ。これが尽きるまでに行止まりへ出るでしょうか」

「だめかもしれない。仕方がないから、縄が尽きたらもう一度引っ返して、もっと長いのを持ってくるんだね。だが、その縄を離さないようにしたまえよ。迷路の道しるべをなくしたら、僕らはこの地の底で迷子になってしまうからね」

諸戸の顔は赤黒く光って見えた。それに、ロウソクの火が顎(あご)の下にあるものだから、顔の陰影が逆になって、頬と眼の上に、見馴れぬ影ができ、なんだか別人の感じがした。物いうたびに、黒い穴のような口が、異様に大きくひらいた。

ロウソクの弱い光は、やっと一間四方を明るくするだけで、岩の色も定かにはわからなかったが、まっ白な天井が気味わるくでこぼこになって、その突出した部分からボタリボタリと雫が垂れているような箇所もあった。一種の鍾乳洞である。

やがて道は下り坂になった。気味のわるいほど、いつまでも下へ下へと降りて行った。私の眼の前に、諸戸のまっ黒な姿が、左右に揺れながら進んで行った。左右に揺れるたびに彼の手にしたロウソクの焔がチロチロと隠顕した。ボンヤリと赤黒く見えるでこぼこの岩肌が、あとへあとへと、頭の上を通り越して行くように見えた。

しばらくすると、進むに従って、上も横も、岩肌が眼界から遠ざかって行くように感じられた。地底の広間の一つにぶっつかったのである。ふと気がつくと、そのとき私の手の縄の玉はほとんどなくなっていた。

「アッ、縄がない」

私は思わず口走った。そんなに大きな声を出したのでなかったのに、ガーンと耳に響いて、大きな音がした。そして、すぐさま、どこか向こうの方から、小さな声で、

「アッ、縄がない」

と答えるものがあった。地の底の谺（こだま）である。

諸戸はその声に、驚いてうしろをふり返って、「え、なに」と私の方へロウソクをさしつけた。

焔がユラユラと揺れて、彼の全身が明るくなった。その途端、「アッ」という叫び声がしたかと思うと、諸戸のからだが、突然私の眼界から消えてしまった。ロウソクの光も同時に見えなくなった。そして、遠くの方から、「アッ、アッ、アッ……」と諸戸の叫び声がだんだん小さく、幾つも重なり合って聞こえてきた。

「道雄さん、道雄さん」

私はあわてて諸戸の名を呼んだ。

「道雄さん、道雄さん、道雄さん、道雄さん」と谺がばかにして答えた。

私は非常な恐怖に襲われ、手さぐりで諸戸のあとを追ったが、ハッと思う間に、足をふみはずして、前へのめった。

「痛い」

私のからだの下で、諸戸が叫んだ。

なんのことだ。そこは、突然二尺ばかり地面が低くなっていて、私たちはおり重なって倒れたのである。諸戸は転落した拍子に、ひどく膝をうって、急に返事することができなかったのだ。

「ひどい目にあったね」

闇の中で諸戸がいった。そして、起き上がる様子であったが、やがて、シュッという音がしたかと思うと、諸戸の姿が闇に浮いた。

「怪我をしなかった？」

「大丈夫です」

諸戸はロウソクに火を点じて、また歩き出した。私も彼のあとにつづいた。

だが、一、二間進んだとき、私はふと立ち止まってしまった。右手に何も持っていないことに気づいたから、

「道雄さん、ちょっとロウソクを貸してください」

私は胸がドキドキしてくるのを、じっとこらえて、諸戸を呼んだ。

「どうしたの」

諸戸が不審そうに、ロウソクをさしつけたので、私はいきなりそれを取って、地面を照らしながら、あちこちと歩きまわった。そして、

「なんでもないんですよ。なんでもないんですよ」

と言いつづけた。

だがいくら探しても、薄暗いロウソクの光では、細い麻縄を発見することはできなかった。

私は広い洞窟を、未練らしく、どこまでも探して行った。

諸戸は気がついたのか、いきなり走り寄って、私の腕をつかむと、ただならぬ調子で叫んだ。

「縄を見失ったの?」

「ええ」

私はみじめな声で答えた。

「大変だ。あれをなくしたら、僕たちはひょっとすると、一生涯この地の底で、どうどうめぐりをしなければならないかも知れぬよ」

私たちはだんだんあわて出しながら、一生懸命探しまわった。

地面の段になっているところでころんだのだから、そこを探せばよいというので、ロウソクで地面を見て歩くのだが、だんだんになった箇所は方々にあるし、その洞窟に口をひらいている狭い横穴も一つや二つではないので、つい、どれがいまきた道だかわからなくなってしまって、探し物をしているうちにも、いつ路をふみ迷うかもしれないような有様なので、探せば探すほど、心細くなるばかりであった。

後日、私は「即興詩人」の主人公も同じ経験をなめたことを思い出した。鷗外の名訳が、少年の恐怖をまざまざと描き出している。

「その時われらの周囲には、寂としてなんの声も聞こえず、唯忽ち断え忽ち続く、物寂しき岩間の雫の響を聞くのみなりき。……ふと心づきて画工のほうを見やれば、あな訝か し。画工は大息つきて一つところを馳せめぐりたり……。その気色ただならず覚えければ、われも立上りて泣き出しつ。……われは画工の手に取りすがりて、もはや登り行くべし、ここには居りたくなしとむづかりたり。画工は、そちはよき子なり、画きて遣らむ、菓子を与へむ、ここに銭もあり、といひつつ衣のかくしを探して、財布を取り出し、中なる銭をば、ことごとく我に与へき。我はこれを受くる時、画工の手の氷の如く冷になりて、いたく震ひたるに心づきぬ。……さし俯してあまたたび我に接吻し、かはゆき子なり。そちも聖母に願へといひき。糸をや失ひ給ひし、と我は叫びぬ」

「即興詩人」の主人公たちは、間もなく糸の端を発見して、無事にカタコンバを立ちいでることができたのである。だが、同じ幸運が私たちにも恵まれたであろうか。

麻縄の切り口

画工フェデリゴとちがって、私たちは神を祈ることはしなかった。そのためであるか、彼らのようにたやすく糸の端を見つけることはできなかった。

一時間以上も、私たちは冷やかな地底にもかかわらず、全身に汗を流して、物狂わしく探しまわった。私は絶望と、諸戸に対する申し訳なさに、幾度も、冷たい岩の上に身を投げて、泣き出したくなった。諸戸の強烈な意志が、私を励ましてくれなかったら、おそらく私は探索を思い切って、ほら穴の中に坐ったまま、餓死を待ったかもしれない。

私たちは何度となく、洞窟に住む大蝙蝠のために、ロウソクの光を消された。やつらは無気味な毛むくじゃらのからだを、ロウソクばかりでなく、私たちの顔にぶっつけた。

諸戸は辛抱強く、ロウソクを点じては、次から次と、洞窟の中を組織的に探しまわった。

「あわててはいけない。落ちついていさえしたら、ここにあるにちがいないものが、見つからぬという道理はないのだから」

彼は驚くべき執拗さで、捜索をつづけた。

そして、ついに、諸戸の沈着のお蔭で、麻縄の端は発見された。が、それはなんという悲しい発見であったろう。

それを摑んだとき、諸戸も私も、無上の歓喜に、思わず小躍りして「バンザイ」と叫びそうにさえなった。私は喜びのあまり、つかんだ縄をグングンと手元へたぐり寄せた。そして、それがいつまでもズルズルと伸びてくるのを、怪しむひまもなかった。

「変だね、手答えがないの?」

そばで見ていた諸戸が、ふと気づいていった。いわれてみると変である。私はそれがどのような不幸を意味するかも知らないで、勢いこめて、引き試みた。すると、縄は蛇のように波うって、私を目がけて飛びかかり、私ははずみを食って、尻餅をついてしまった。

「引っぱっちゃいけない」

私が尻餅をついたのと、諸戸が叫んだのと同時だった。

「縄が切れてるんだ。引張っちゃいけない、そのままソッとしておいて、縄を目印にして入口の方へ出て見るんだ。中途で切れたんでなければ、入口の近くまで行けるだろう」

諸戸の意見に従って、ロウソクを地につけ、横たわっている縄を見ながら、元の道を引きかえした。だが、ああ、なんということだ。二つ目の広間の入口のところで、私たちの道しるべは、プッツリと断ち切れていた。

諸戸はその麻縄の端を拾って、火に近づけてしばらく見ていたが、それを私の方へさし出して、

「この切り口を見たまえ」

と言った。私が彼の意味を悟りかねて、もじもじしていると、彼はそれを説明した。

「君は、さっきころんだとき、縄を強く引張ったために、中途で切れたと思っているだろう。そして、僕にすまなく思っているだろう。安心したまえ、そうではないのだ。だが、われわれにとっては、もっと恐ろしいことなんだ。見たまえ、この切り口は決して岩角で擦り切れたものじゃない。鋭利な刃物で切断したあとだ。第一、引張った勢いで擦り切れ

たものなら、われわれから一ばん近い岩角のところで切れているはずだ。ところが、これはほとんど入口の辺で切断されたものらしい」

切り口を調べてみると、なるほど、諸戸のいう通りであった。さらに私たちは、入口のところで、つまり私たちがこの地底にはいるとき、井戸の中の石畳に結びつけてきた、その近くで切断されたものであるかどうかを確かめるために、縄を元のような玉に巻き直してみた。すると、ちょうど元々通りの大きさになったではないか。もはや疑うところはなかった。何者かが、入口の近くで、この縄を切断したのである。

最初私がたぐり寄せた部分がどれほどあったか、ハッキリしないけれど、おそらく三十間ぐらいはあっただろう。だが私たちがころぶ以前に切断されたものとすると、私たちは端の止まっていない縄を、ズルズルと引きずって歩いていたかもしれないのだから、現在の位置から入口まで、どれほどの距離があるか、ほとんど想像がつかなかった。

「だが、こうしていたってしようがない。行けるところまで行ってみよう」

諸戸はそういって、ロウソクを新しいのと取り換え、先に立って歩き出した。この広い洞窟には幾つもの枝道があったが、私たちは縄の終っているところからまっすぐに歩いて、つき当たりにひらいている穴にはいって行った。入口は多分その方角であろうと思ったからである。

私たちはたびたび枝道にぶっつかった。穴の行止まりになっているところもあった。そこを引き返すと、今度は以前に通った路がわからなくなった。

広い洞窟へも一度ならず出たが、それが最初出発した洞窟かどうかさえわからなかった。一つの洞窟を一週しさえすれば必らず見つかる麻縄の端を発見するのでも、あんなに骨を折ったのだ。それが枝道から枝道へと、八幡の藪知らずに踏み込んでしまっては、もうどうすることもできなかった。

諸戸は「少しでも光を発見すればいいのだ。光のさす方へ向いて行けば、必らず入口に出られるのだから」といったが、豆粒ほどのかすかな光さえ発見することができなかった。

そうして滅茶苦茶に一時間ほども歩きつづけているうちに現在入口に向かっているのだか、反対に奥へ奥へと進んでいるのだか、島のどの辺をさまよっているのだか、さっぱりわからなくなってしまった。

またしても、ひどい下り坂であった。それを降りきると、そこにも地底の広間があった。広間の中ほどから、少しつまさき上がりになってきたが、かまわず進んで行くと、小高く段になったところがあって、それを登ると行止まりの壁になっていた。私たちはあきれ果てて、その段の上に腰をおろしてしまった。

「さっきから同じ道をグルグル廻っていたのかもしれませんね」私はほんとうにそんな気がした。「人間て実に腑甲斐ないもんですね。多寡(たか)がこんな小さな島じゃないか、端から端まで歩いたって知れたものです。また僕たちの頭のすぐ上には、太陽が輝いて家もあれば人もいるんです。十間あるか二十間あるか知らないが、たったそれだけのところを突き抜ける力もないんですからね」

「そこが迷路の恐ろしさだよ。八幡の藪知らずっていう見世物があるね。せいぜい十間四方くらいの竹藪なんだが、竹の隙間から出口が見えていて、いくら歩いても出られない。僕らはいま、あいつの魔法にかかっているんだよ」諸戸はすっかり落着いていた。「こんな時には、ただあせったって仕方がない。ゆっくり考えるんだね。足で出ようとせず、頭で出ようとするんだ。迷路というものの性質をよく考えてみるんだ」

彼はそういって、穴へはいってはじめて煙草をくわえて、ロウソクの火をうつしたが、「ロウソクも倹約しなくちゃあ」といって、そのまま吹き消してしまった。あやめもわからぬ闇の中に、彼の煙草の火が、ポツリと赤い点を打っていた。

煙草好きの彼は、井戸へはいる前、トランクの中に貯えてあったウェストミンスターを一と箱取り出して、懐中してきたのだ。一本目を吸ってしまうと、彼はマッチを費さず、その火で二本目の煙草をつけた。そして、それがなかば燃えてしまうまで、私たちは闇の中で、だまっていた。諸戸は何か考えているらしかったが、私は考える気力もなく、ぐったりとうしろの壁によりかかっていた。

「そのほかに方法はない」闇の中から、突然、諸戸の声がした。「君はこの洞窟の、すべての枝道の長さを合わせるとどのくらいあると思う。一里か二里か、まさかそれ以上ではあるまい。もし二里あるとすれば、われわれはその倍の四里歩けばよいのだ。四里歩きさえすれば確実にそとへ出ることができるのだ。迷路という怪物を征服する方法は、このほかにないと思うのだよ」

「でも、同じところをどうどうめぐりしていたら、何里歩いたってしようがないでしょう」

私はもうほとんど絶望していた。

「でも、そのどうどうめぐりを防ぐ手段があるのだよ。僕はこういうことを考えてみたんだ。長い糸で一つの輪を作る。それを板の上に置いて、指でたくさんのくびれをこしらえるのだ。つまり糸の輪を紅葉の葉みたいに、もっと複雑に入組んだ形にするのだ。このほら穴がちょうどそれと同じことじゃないか。いわばこのほら穴の両がわの壁が、糸に当たるわけだ。そこで、もしこのほら穴が糸みたいに自由になるものだったら、すべての枝道の両側の壁を引きのばすと、一つの大きな円形になる。ね、そうだろう。でこぼこになった糸を元の輪に返すのと同じことだ。

で、もし僕らが、たとえば右の手で右の壁にさわりながら、どこまでも歩いて行くとしたら、右がわを伝って行止まれば、やっぱり右手でさわったまま、反対がわをもどって、一つ道を二度歩くようにして、どこまでもどこまでも伝って行けば、壁が大きな円周を作っている以上は、必らず出口に達するわけだ。糸の例で考えると、それがハッキリわかる。で、枝道のすべての延長が二里あるものなら、その倍の四里歩きさえすれば、ひとりでに元の出口に達する。迂遠なようだがこのほかに方法はないのだよ」

ほとんど絶望におちいっていた私は、この妙案を聞かされて、思わず上体をしゃんとして、いそいそとして言った。

「そうだ、そうだ。じゃあ、今からすぐそれをやってみようじゃありませんか」

「むろんやってみるほかはないが、何もあわてることはないよ。何里という道を歩かなければならないのだから。充分休んでからにしたほうがいい」

諸戸はそう言いながら、短くなった煙草を投げ捨てた。

赤い火が鼠花火のように、クルクルとまわって二、三間向こうまでころがって行ったかと思うと、ジュッといって消えてしまった。

「おや、あんなところに水溜りがあったかしら」

諸戸が不安らしくいった。それと同時に、私は妙な物音を聞きつけた。ゴボッゴボッという、瓶の口から水の出るような、一種異様な音であった。

「変な音がしますね」

「なんだろう」

私たちはじっと耳をすました。音はますます大きくなってくる。諸戸は急いでロウソクをともし、それを高く掲げて、前の方をすかして見ていたが、やがて驚いて叫んだ。

「水だ、水だ、このほら穴は、どっかで海に通じているんだ。潮が満ちてきたんだ」

考えてみると、さっき私たちはひどい坂を下ってきた。ひょっとすると、ここは水面よりも低くなっているのかもしれない。もし水面よりも低いとすると、満潮のため海水が浸入すれば、そとの海面と平均するまでは、ドシドシ水嵩（みずかさ）が増すにちがいない。

私たちの坐っていた部分は、その洞窟の中で一ばん高い段の上であったから、つい気づかないでいたけれど、見ると水はもう一、二間のところまで迫ってきていた。

私たちは段を降りると、ジャブジャブと水の中を歩いて、大急ぎで元きた方へ引き返そうとしたけれど、ああ、すでに時機を失していた。諸戸の沈着がかえってわざわいをなしたのだ。水は進むに従って深く、もときた穴は、すでに水中に埋没してしまっていた。

「別の穴を探そう」

私たちは、わけのわからぬことを、わめきながら、洞窟の周囲を駈けまわって、別の出口を探したが、不思議にも、水上に現われた部分には、一つの穴もなかった。私たちは不幸なことには、偶然寒暖計の水銀溜のような、袋小路へ入り込んでいたのだ。想像するに、海水はわれわれの通ってきた穴の向こうがわから曲折して流れ込んできたものであろう。その水の増す勢いが非常に早いことが、私たちを不安にした。潮の満ちるに従ってはいってくる水ならこんなに早く増すはずがない。これはこの洞窟が海面下にある証拠だ。引潮のときは、わずかに海上に現われているような岩の裂け目から、満潮になるや否や、一度にドッと流れ込む水だ。

そんなことを考えているあいだに、水は、いつか私たちの避難していた段のすぐ下まで押しよせていた。

ふと気がつくと、私たちの周囲を、ゴソゴソと無気味にはい廻るものがあった。ロウソクをさしつけて見ると、五、六匹の巨大なカニが、水に追われてはい上がってきたのであった。

「ああ、そうだ。あれがきっとそうだ。蓑浦君、もう僕らは助からぬよ」

何を思い出したのか、諸戸が突然悲しげに叫んだ。私はその悲痛な声を聞いただけで、胸が空っぽになったように感じた。

「魔の淵の渦がここに流れ込むのだ。この水の元はあの魔の淵なんだ。それですっかり事情がわかったよ」諸戸はうわずった声でしゃべりつづけた。「いつか船頭が話したね。丈五郎の従兄弟という男が諸戸屋敷を尋ねてきて、間もなく魔の淵へ浮き上がったって。その男がどうかしてあの呪文を読んで、その秘密を悟り、私たちのようにこの洞穴へはいったのだ。井戸の石畳を破ったのもその男だ。そして、やっぱりこの洞窟へ迷い込み、われわれと同じように水攻めにあって、死んでしまったのだ。それが引潮とともに、魔の淵へ流れ出したんだ。船頭がいっていたじゃないか。ちょうどほら穴から流れ出した恰好で浮き上がっていたって。あの魔の淵の主というのは、つまりは、この洞窟のことなんだよ」

そういううちにも、水ははや私たちの膝を濡らすまでに迫ってきた。私たちは仕方なく、立ち上がって、一刻でも水におぼれる時をおくらそうとした。

暗中の水泳

私は子供の時分、金網の鼠取器にかかった鼠を、金網の中にはいったまま、盥(たらい)の中へ入れ、上から水をかけて殺したことがある。ほかの殺し方、たとえば火箸を鼠の口から突き刺す、というようなことは恐ろしくてできなかったからだ。だが、水攻めもずいぶん残酷だった。盥に水が満ちて行くに従って、鼠は恐怖のあまり、狭い金網の中を、縦横無尽に駈け廻り、昇りついた。「あいつは今どんなにか鼠取りの餌にかかったことを後悔しているだろう」と思うと、いうにいえない変な気持になった。

でも、鼠を生かしておくわけにはいかぬので、私はドンドン水を入れた。水面と金網の上部とがスレスレになると、鼠は薄赤い口を亀甲型の網のあいだから、できるだけ上方に突き出して、悲しい呼吸をつづけた、悲痛なあわただしい泣声を発しながら。

私は眼をつむって、最後の一杯を汲み込むと、盥から眼をそらしたまま、部屋へ逃げこんだ。十分ばかりしてこわごわ行って見ると、鼠は網の中でふくれ上がって浮いていた。

岩屋島の洞窟の中の私たちは、ちょうどこの鼠と同じ境涯であった。私は洞窟の小高くなった部分に立ち上がって、暗闇の中で、足の方からだんだん這い上がってくる水面を感じながら、ふとその時の鼠のことを思い出していた。

「満潮の水面と、このほら穴の天井と、どちらが高いでしょう」

私は手探りで、諸戸の腕をつかんで叫んだ。

「僕も今それを考えていたところだよ」

諸戸は静かに答えた。

「それには、僕たちが下った坂道と、昇った坂道とどちらが多かったか、その差を考えてみればいいのだ」

「降った方が、ずっと多いんじゃありませんか」

「僕もそんなに感じる。地上と水面との距離を差引いても、まだ下った方が多いような気がする」

「すると、もう助かりませんね」

諸戸はなんとも答えなかった。私たちは墓穴のような暗闇と沈黙の中に茫然と立ちつくしていた。水面は、徐々に、だが確実に高さを増して、膝を越え、腰に及んだ。

「君の知恵でなんとかしてください。僕はもう、こうして死を待っていることは、耐えられません」

私は寒さにガタガタ震えながら、悲鳴を上げた。

「待ちたまえ、絶望するには早い。僕はさっきロウソクの光でよく調べてみたんだが、ここの天井は上に行くほど狭く、不規則な円錐形になっている。この天井の狭いことが、もしそこに岩の割れ目なんかがなかったら、一縷の望みだよ」

諸戸は考え考えそんなことをいった。私は彼の意味がよくわからなかったけれど、それを問い返す元気もなく、今はもう腹の辺までヒタヒタと押し寄せてきた水に、ふらつきながら、諸戸の肩にしがみついていた。うっかりしていると、足がすべって、横ざまに水に浮きそうな気がするのだ。

諸戸は私の腰のところへ手をまわして、しっかり抱いていてくれた。真の闇で、一、二、三寸しか隔たっていない相手の顔も見えなかったけれど、規則正しく強い呼吸が聞こえ、その暖かい息が頰に当たった。水にしめった洋服を通して彼のひきしまった筋肉が、暖く私を抱擁しているのが感じられた。諸戸の体臭が、それは決していやな感じのものでなかったが、私の身ぢかに漂っていた。それらのすべてが、闇の中の私を力強くした。諸戸のお蔭で私は立っていることができた。もし彼がいなかったら、私はとっくの昔に水におぼれてしまったかもしれないのだ。

だが、増水はいつやむともみえなかった。またたく間に腹を越し、胸に及び、喉に迫った。もう一分もすれば、鼻も口も水につかって、呼吸をつづけるためには、われわれは泳ぎでもするほかはないのだ。

「もうだめだ。諸戸さん、僕たちは死んでしまう」

私は喉のさけるような声を出した。

「絶望しちゃいけない。最後の一秒まで、絶望しちゃいけない」諸戸も不必要に大きな声を出した。「君は泳げるかい」

「泳げることは泳げるけれど、もう僕はだめですよ。僕はもう一と思いに死んでしまいたい」

「何を弱いことをいっているんだ。なんでもないんだよ。暗闇が人間を臆病にするんだ。しっかりしたまえ。生きられるだけ生きるんだ」

そして、ついに私たちは水にからだを浮かして軽く立ち泳ぎをしながら、呼吸をつづけねばならなかった。

そのうちに手足が疲れてくるだろう。夏とはいえ地底の寒さに、からだが凍ってくるだろう。そうでなくても、この水が天井まで一杯になったら、どうするのだ。私たちは水ばかりで生きられる魚類ではないのだ。愚かにも私はそんなふうに考えて、いくら絶望するなといわれても、絶望しないわけには行かなかった。

「蓑浦君、蓑浦君」

諸戸に手を強く引かれて、ハッと気がつくと、私はいつか夢心地に、水中にもぐっているのであった。

「こんなことを繰り返しているうちに、だんだん意識がぼんやりして、そのまま死んでしまうのに違いない。なあんだ。死ぬなんて存外呑気な楽なことだな」

私はウツラウツラと寝入りばなのような気持で、そんなことを考えていた。

それから、どのくらい時間がたったか、非常に長いようでもあり、また一瞬間のようにも思われるのだが、諸戸の狂気のような叫び声に私はふと眼を醒ました。

「蓑浦君、助かった。僕らは助かったよ」

だが、私は返事をする元気がなかった。ただ、その言葉がわかったしるしに、力なく諸戸のからだを抱きしめた。

「君、君」諸戸は水中で、私を揺り動かしながら「いきが変じゃないかね。空気の様子が普通とは違って感じられやしないかね」

「ウン、ウン」

私はぼんやりして、返事をした。

「水が増さなくなったのだよ。水が止まったのだよ」

「引汐になったの」

この吉報に、私の頭はややハッキリしてきた。

「そうかもしれない。だが、僕はもっと別の理由だと思うのだ。空気が変なんだ。つまり空気の逃げ場がなくて、その圧力で、これ以上水が上がれなくなったのじゃないかと思うのだよ。そら、さっき天井が狭いから、もし裂け目がないとしたら、助かるって言っただろう。僕ははじめからそれを考えていたんだよ。空気の圧力のお蔭だよ」

洞窟は私たちをとじこめた代りには、洞窟そのものの性質によって、私たちを助けてくれたのだ。

その後の次第を詳しく書いていては退屈だ。手っ取り早く片付けよう。結局、私たちは水攻めを逃れて、再び地底の旅行をつづけることができたのだ。

引汐まではしばらく間があったけれど、助かるとわかれば、私たちは元気が出た。そのあいだ水に浮いていることくらいなんでもなかった。やがて引汐がきた。増した時と同じくらいの速度で、水はグングン引いて行った。もっとも、水の入口は、洞窟よりも高い箇所にあるらしく(だから、ある水準まで汐が満ちた時、一度に水がはいってきたのだ)その入口から水が引くのではなかったけれど、洞窟の地面に、気づかぬほどの裂け目がたくさんあって、そこからグングン流れ出して行くのだ。もしそういう裂け目がなかったら、この洞窟には絶えず海水が満ちていたであろう。さて数十分の後、私たちは水の涸れた洞窟の地面に立つことができた。助かったのだ。だが、講釈師ではないけれど、一難去ってまた一難だ。私たちは今の水騒ぎでマッチをぬらしてしまった。ロウソクはあっても点火することができない。それに気づいたとき、闇のため見えはしなかったけれど、私たちはきっとまっ青になったことにちがいない。

「手さぐりだ。なあに、光なんかなくったって、僕らはもう闇になれてしまった。手さぐりの方がかえって方角に敏感かもしれない」

諸戸は泣きそうな声で、負けおしみをいった。

絶望

そこで、私たちはさいぜんの諸戸の考案に従って、右手で右がわの壁に触りながら、突き当たったら反対側の壁を後戻りするようにして、どこまでも右手を離さず、歩いて見ることにした。これが最後に残された唯一の迷路脱出法であった。

私たちははぐれぬために、ときどき呼び合うほかには、黙々として果て知らぬ暗闇をたどって行った。私たちは疲れていた。耐えられぬほどの空腹に襲われていた。そして、いつ果つべしとも定めぬ旅路である。私は歩きながら(それが闇の中では一カ所で足踏みをしているときと同じ感じだったが)、ともすれば夢心地になって行った。

春の野に、盛り花のような百花が乱れ咲いていた。空には白い雲がフワリと浮かんで、雲雀(ひばり)がほがらかに鳴きかわしていた。そこで地平線から浮き上がるようなあざやかな姿で、花を摘んでいるのは死んだ初代さんである。双生児の秀ちゃんである。秀ちゃんには、もうあのいやな吉ちゃんのからだがついていない。普通の美しい娘さんだ。

まぼろしというものは、死に瀕した人間への、一種の安全弁であろうか。まぼろしが苦痛を中絶してくれたお蔭で、私の神経はやっと死なないでいた。殺人的絶望がやわらげられた。だが、私がそんな幻を見ながら歩いていたということは、とりも直さず、当時の私が、死と紙ひとえであったことを語るものであろう。

どれほどの時間、どれほどの道のりを歩いたか、私には何もわからなかった。絶えず壁にさわっていたので、右手の指先が擦りむけてしまったほどだ。足は自動機械になってしまった。自分の力で歩いているとは思えなかった。この足が、止めようとしたら止まるのかしらと、疑われるほどであった。

おそらく、まる一日は歩いたであろう。ひょっとしたら二日も三日も歩きつづけていたかもしれない。何かにつまずいて、倒れるたびに、そのままグーグー寝入ってしまうのを諸戸に起こされてまた歩行をつづけた。

だが、その諸戸でさえ、とうとう力の尽きるときがきた。突然彼は「もうよそう」と叫んで、そこへうずくまってしまった。

「とうとう死ねるんだね」

私はそれを待ちこがれていたように尋ねた。

「ああ、そうだよ」

諸戸は、当たり前のことみたいに答えた。

「よく考えてみると、僕らは、いくら歩いたって、出られやしないんだよ。もうたっぷり五里以上歩いている。いくら長い地下道だって、そんなばかばかしいことはないよ。これにはわけがあるんだ。そのわけを、僕はやっと悟ることができたんだよ。なんて間抜けだろう」

彼は烈しい息づかいの下から、瀕死の病人みたいな哀れな声で話しつづけた。

「僕はだいぶ前から、指先に注意を集中して、岩壁の恰好を記憶するようにしていた。そんなことがハッキリわかるわけもないし、また僕の錯覚かもしれないけれど、なんだか、一時間ほどあいだをおいては、全く同じ恰好の岩肌にさわるような気がするのだ。ということは、僕たちはよほど以前から、同じ道をグルグル廻っているのではないかと思うのだよ」

私は、もうそんなことはどうでもよかった。言葉は聞き取れるけれど、意味なんか考えていなかった。でも、諸戸は遺言みたいにしゃべっている。

「この複雑した迷路の中に、突き当たりのない、つまり完全な輪になった道がないと思っているなんて、僕はよっぽど間抜けだね。いわば迷路の中の離れ島だ。糸の輪の喩えでいうと、大きなギザギザの輪の中に、小さい輪があるんだ。で、もし僕たちの出発点が、その小さい方の輪の壁であったとすると、その壁はギザギザにはなっているけれど、結局行き止まりというものがないのだ。僕たちは離れ島のまわりをどうどう巡りしているばかりだ。それじゃ、右手を離して、反対の左がわを左手でさわって行けばいいようなものだけれど、離れ島は一つとは限っていない。それがまた別の離れ島の壁だったら、やっぱり果てしもないどうどうめぐりだ」

こうして書くと、ハッキリしているようだけれど、諸戸は、それを考え考え、寝言みたいにしゃべっていたのだし、私は私でわけもわからず、夢のように聞いていたのだ。

「理論的には百に一つは出られる可能性はある。まぐれ当たりで一ばん外がわの大きな糸の輪にぶつかればいいのだからね。しかし、僕たちはもうそんな根気がありゃしない。これ以上一と足だって歩けやしない。いよいよ絶望だよ。君一緒に死んじまおうよ」

「ああ死のう。それが一ばんいいよ」

私は寝入りばなのどうでもなれという気持で、呑気な返事をした。

「死のうよ。死のうよ」

諸戸も同じ不吉な言葉を繰り返しているうちに、麻酔剤が効いてくるように、だんだん呂律(ろれつ)が廻らなくなってきて、そのままグッタリとなってしまった。

だが、執念深い生活力は、そのくらいのことで私たちを殺しはしなかった。私たちは眠ったのだ。穴へはいってから一睡もしなかった疲れが、絶望とわかって、一度におそいかかったのだ。

復讐鬼

どれほど眠ったのか、胃袋が、焼けるような夢を見て、眼を醒ました。身動きすると、からだの節々が、神経痛みたいにズキンズキンした。

「眼がさめたかい、僕らは相変らず、穴の中にいるんだよ。まだ生きているんだよ」

先に起きていた諸戸が、私の身動きを感じて、物やさしく話しかけた。

私は、水も食物もなく、永久に抜け出す見込みのない闇の中に、まだ生きていることをハッキリ意識すると、ガタガタ震い出すほどの恐怖におそわれた。睡眠のために思考力が戻ってきたのが呪わしかった。

「怖い。僕、怖い」

私は諸戸の身体をさぐって、すり寄って行った。

「蓑浦君、僕たちはもう再び地上へ出ることはない。誰も僕たちを見ているものはない。僕たち自身だって、お互いの顔さえ見えぬのだ。そして、ここで死んでしまってからも、僕らのむくろは、おそらく永久に、誰にも見られはしないのだ。ここには、光がないと同じように、法律も、道徳も、習慣も、なんにもない。人類が全滅したのだ。別の世界なのだ。僕は、せめて死ぬまでのわずかのあいだでも、あんなものを忘れてしまいたい。いま僕らには羞恥も、礼儀も、虚飾も、猜疑も、なんにもないのだ。僕らはこの闇の世界へ生れてきた二人きりの赤ん坊なんだ」

諸戸は散文詩でも朗読するように、こんなことをしゃべりつづけながら、私を引き寄せて、肩に手を廻して、しっかりと抱いた。彼が首を動かすたびに、二人の頬と頬が擦れ合った。

「僕は君に隠していたことがある。だが、そんなことは人類社会の習慣だ、虚飾だ。ここでは隠すことも、恥かしいこともありゃしない。親爺のことだよ。アン畜生の悪口だよ。こんなにいっても、君は僕を軽蔑するようなことはあるまいね。だって、僕たちに親だとか友だちがあったのは、ここでは、みんな前世の夢みたいなもんだからね」

そして、諸戸はこの世のものとも思われぬ、醜悪怪奇なる大陰謀について語りはじめたのであった。

「諸戸屋敷に滞在していたころ、毎日別室で、丈五郎のやつと口論していたのを君も知っているだろう。あの時、すっかりやつの秘密を聞いてしまったのだよ。

諸戸家の先代が、化物みたいな佝僂の下女に手をつけて生れたのが丈五郎なのだ。むろん正妻はあったし、そんな化物に手をつけたのは、ほんの物好きの出来心だったから、因果と母親に輪をかけた片輪の子供が生れると、丈五郎の父親は、母と子をいみきらって、金をつけて島のそとへ追放してしまった。母親は正妻でないので、親の姓を名乗っていた。それが諸戸というのだ。丈五郎は今では樋口家の戸主だけれど、あたりまえの人間を呪うのあまり、姓まで樋口を嫌い、諸戸で押し通しているのだ。

母親は生れたばかりの丈五郎をつれて、本土の山奥で乞食みたいな生活をしながら、世を呪い、人を呪った。丈五郎は幾年月この呪いの声を子守歌として育った。彼らはまるで別世界のけだものでもあるように、あたり前の人間を恐れ憎んだ。

丈五郎は彼が成人するまでの、数々の悩み、苦しみ、人間どもの迫害について、長い物語を聞かせてくれた。母親は彼に呪いの言葉を残して死んで行った。成人すると、彼はどうしたきっかけでか、この岩屋島へ渡ったが、ちょうどそのころ、樋口家の世継ぎ、つまり丈五郎の異母兄に当たる人が、美しい妻と生れたばかりの子を残して死んでしまった。丈五郎はそこへ乗り込んで行って、とうとう居坐ってしまったのだ。

丈五郎は因果なことに、この兄の妻を恋した。後見役といった立場にあるのを幸い、手をつくしてその婦人をくどいたが、婦人は「片輪者の意に従うくらいなら、死んだほうがましだ」という無情な一ことを残して、子供をつれて、ひそかに島を逃げ出してしまった。丈五郎はまっ青になって、歯を食いしばって、ブルブル震えながら、その話をした。それまでとても、かたわのひがみから、常人を呪っていた彼は、そのときから、ほんとうに世を呪う鬼と変ってしまった。

彼は方々探しまわって、自分以上にひどい片輪娘を見つけ出し、それと結婚した。全人類に対する復讐の第一歩を踏んだのだ。その上、片輪者と見れば、家に連れ戻って、養うことをはじめた。もし子供ができるなら、当たり前の人間でなくて、ひどいひどい片輪者が生れますようにと、祈りさえした。

だが、なんという運命のいたずらであろう。片輪の両親のあいだに生れたのは僕だった。似もつかぬごくあたり前の人間だった。両親はそれが通常の人間であるというだけで、わが子さえも憎んだ。

僕が成長するにつれて、彼らの人間憎悪はますます深まって行った。そして、ついに身の毛もよだつ陰謀を企らむようになったのだ。彼らは手を廻して、遠方から、生れたばかりの貧乏人の子を買って歩いた。その赤ん坊が美しく可愛いほど、彼らは歯をむき出して喜んだ。

蓑浦君、この死の暗闇の中だから、打ち明けるのだけれど、彼らは不具者製造を思い立ったのだよ。

君はシナの虞初新志（ぐしょしんし）という本を読んだことがあるかい。あの中に見世物に売るために赤ん坊を箱詰めにして不具者を作る話が書いてある。また、僕はユーゴーの小説に、昔フランスの医者が同じような商売をしていたことが書いてあるのを読んだおぼえがある。不具者製造というのは、どこの国にもあったことかもしれない。

丈五郎はむろんそんな先例は知りゃしない。人間の考え出すことを、あいつも考え出したにすぎない。だが、丈五郎のは金儲けが主眼ではなく、正常人類への復讐なんだから、そんな商売人の幾層倍も執拗で深刻なはずだ。子供を首だけ出る箱の中へ入れて、成長を止め、一寸法師を作った。顔の皮をはいで、別の皮を植え、熊娘を作った。指を切断して三つ指を作った。そして出来上がったものを興行師に売り出した。このあいだ三人の男が、箱を舟につんで出帆したのも、人造不具者輸出なんだ。彼らは港でない荒磯へあの舟をつけ、山越しに町に出て、悪人どもと取引きをするのだ。僕が奴らは数日帰ってこないといったのは、それを知っていたからだよ。

そういうことをはじめているところへ、僕が東京の学校へ入れてくれと言い出したんだ。おやじは外科医者になるならという条件で僕の申し出を許した。そして、僕が何も気づいていないのを幸い、不具者の治療を研究しろなんて、ていのいいことをいって、その実不具者の製造を研究させていたのだ。頭の二つある蛙や、尻尾が鼻の上についた鼠を作ると、おやじはヤンヤと手紙で激励してきたものだ。

やつがなぜ僕の帰省を許さなかったかというに、思慮のできた僕に、不具者製造の陰謀を発見されることを恐れたんだ。打ちあけるにはまだ早すぎると思ったんだ。また、曲馬団の友之助少年を手先に使った順序も、容易に想像がつく。やつは不具者ばかりでなく、血に餓えた殺人鬼をさえ製造していたのだ。

今度、僕が突然帰ってきて、おやじを人殺しだといって責めた。そこで、やつははじめて、不具者の呪いを打ちあけて、親の生涯の復讐事業を助けてくれと、僕の前に手をついて、涙を流して頼んだ。僕の外科医の知識を応用してくれというのだ。

恐ろしい妄想だ。おやじは日本じゅうから健全な人間を一人もなくして、かたわ者ばかりで埋めることを考えているんだ。不具者の国を作ろうとしているのだ。それが子々孫々の遵守すべき諸戸家の掟だというのだ。上州辺で天然の大岩を刻んで、岩屋ホテルを作っているおやじさんみたいに、子孫幾代の継続事業として、この大復讐をなしとげようというのだ。悪魔の妄想だ。鬼のユートピアだ。

そりゃあ、おやじの身の上は気の毒だ。しかし、いくら気の毒だって、罪もない人の子を箱詰めにしたり、皮をはいだりして、見世物小屋に曝すなんて、そんな残酷な地獄の陰謀を助けることができると思うか。それに、あいつを気の毒だと思うのは、理窟の上だけで、僕はどういうわけか、真から同情できないのだ。変だけれど、親のような気がしないのだ。母にしたって同じことだ。わが子をいどむ母親なんてあるものか。あいつら夫婦は生れながらの鬼だ。畜生だ。からだと同じに心まで曲りくねっているんだ。

蓑浦君、これが僕の親の正体だ。僕は奴らの子だ。人殺しよりも幾層倍も残酷なことを、一生の念願としている悪魔の子なのだ。僕はどうすればいいのだ。

ほんとうのことをいうとね。この穴の中で道しるべの糸を見失ったとき、僕は心の隅でホッと重荷をおろしたように感じた。もう永久にこの暗闇から出なくてもすむかと思うと、いっそ嬉しかった」

諸戸はガタガタ震える両手で、私の肩を力一杯抱きしめて、夢中にしゃべりつづけた。しっかりと押しつけ合った頰に、彼の涙がしとど降りそそいだ。

あまりの異常事に、批判力を失った私は、諸戸のなすがままに任せて、じっと身を縮めているほかはなかった。

生地獄

私は尋ねたくてウズウズする一事があった。だが、自分のことばかり考えているように思われるのがいやだったから、しばらく諸戸の興奮の鎮まるのを待った。

私たちは闇の中で、抱き合ったまままだまりこんでいた。

「ばかだね、僕は。この地下の別世界には、親もなし、道徳も、羞恥もなかったはずだね。今さら興奮してみたところで、はじまらぬことだ」

やっとして、冷静に返った諸戸が低い声でいった。

「すると、あの秀ちゃん吉ちゃんのふたごも」私は機会を見いだして尋ねた。「やっぱり作られた不具者だったの」

「むろんさ」諸戸ははき出すようにいった。「そのことは、僕には、例の変な日記帳を読んだときからわかっていた。同時に、僕は日記帳で、おやじのやっている事柄を薄々感づいたのだ。なぜ僕に変な解剖学を研究させているかっていうこともね。だが、そいつを君にいうのはいやだった。親を人殺しだということはできても、人体変形のことはどうにも口に出せなかった。言葉につづるさえ恐ろしかった。

秀ちゃん吉ちゃんが、生れつきの双生児でないことはね、君は医者でないから知らないけれど、僕らの方では常識なんだよ。癒合双体は必らず同性であるという動かすことのできない原則があるんだ。同一受精卵の場合は男と女の双生児なんて生れっこないのだよ。それにあんな顔も体質も違う双生児なんてあるものかね。

赤ん坊の時分に、双方の皮をはぎ、肉をそいで、無理にくっつけたものだよ。条件さえよければできないことはない。運がよければ素人にだってやれぬとも限らぬ。だが当人たちが考えているほど芯からくっついているのではないから、切り離そうと思えば造作もないのだよ」

「じゃあ、あれも見世物に売るために作ったのだね」

「そうさ、ああして三味線を習わせて、一ばん高く売れる時期を待っていたのだよ。君は秀ちゃんが片輪でないことがわかって嬉しいだろうね。嬉しいかい」

「君は嫉妬しているの」

人外境が私を大胆にした。諸戸のいった通り、礼儀も羞恥もなかった。どうせ今に死んじまうんだ。何をいったって構うものかと思っていた。

「嫉妬している。そうだよ。ああ、僕はどんなに長いあいだ嫉妬しつづけてきただろう。初代さんとの結婚を争ったのも、一つはそのためだった。あの人が死んでからも、君の限りない悲嘆を見て、僕はどれほどせつない思いをしていただろう。だが、もう君、初代さんも秀ちゃんも、そのほかのどんな女性とも、再び会うことはできないのだ。この世界では、君と僕とが全人類なのだ。

ああ、僕はそれが嬉しい。君と二人でこの別世界へとじこめてくだすった神様がありがたい。僕は最初から、生きようなんてちっとも思っていなかったんだ。おやじの罪亡ぼしをしなければならないという責任感が僕にいろいろな努力をさせたばかりだ。悪魔の子としてこのうえ生恥を曝そうより、君と抱き合って死んで行くほうが、どれほど嬉しいか。蓑浦君、地上の世界の習慣を忘れ、地上の羞恥を棄てて、今こそ、僕の願いを容れて、僕の愛を受けて」

諸戸は再び狂乱のていとなった。私は彼の願いの余りのいまわしさに、答えるすべを知らなかった。誰でもそうであろうが、私は恋愛の対象として、若き女性以外のものを考えると、ゾッと総毛立つような、なんともいえぬ嫌悪を感じた。友だちとして肉体の接触することはなんでもない。快くさえある。だが、一度それが恋愛となると、同性の肉体は吐き気を催す種類のものであった。排他的な恋愛というものの、もう一つの面である。同類憎悪だ。

諸戸は友だちとして頼もしくもあり、好感も持てた。だが、そうであればあるほど、愛欲の対象として彼を考えることは、堪えがたいのだ。死に直面して棄鉢（すてばち）になった私でも、この憎悪だけはどうすることもできなかった。

私は迫ってくる諸戸をつき離して逃げた。

「ああ、君は今になっても、僕を愛してくれることはできないのか。僕の死にもの狂いの恋を受入れるなさけはないのか」

諸戸は失望の余り、オイオイ泣きながら、私を追い駈けてきた。

恥も外聞もない、地の底のめんない千鳥がはじまった。ああ、なんという浅間しい場面であったことか。

そこは、左右の壁の広くなった、あの洞窟の一つであったが、私は元の場所から五、六間も逃げのびて、闇の片隅にうずくまり、じっと息を殺していた。

諸戸もひっそりしてしまった。耳をすまして人間の気配を聞いているのか、それとも、壁伝いにめくら蛇みたいに、音もなく餌物に近づきつつあるのか、少しも様子がわからなかった。それだけに気味が悪い。

私は闇と沈黙の中に、眼も耳もない人間のように、独りぼっちで震えていた。そして、「こんなことをしているひまがあったら、少しでもこの穴を抜け出す努力をしたほうがよくはないのか。もしや諸戸は、彼の異様な愛慾のために、万一助かるかもしれない命を、犠牲にしようとしているのではあるまいか」

ハッと気がつくと、蛇はすでに私に近づいていた。彼は一体闇の中で私の姿が見えるのであろうか。それとも五感のほかの感覚を持っていたのであろうか。驚いて逃げようとする私の足は、いつか彼の黐(もち)のような手に摑まれていた。

私ははずみを食って岩の上に横ざまに倒れた。蛇はヌラヌラと私のからだに這い上がってきた。私は、このえたいの知れぬけだものが、あの諸戸なのかしらと疑った。それはもはや人間というよりも無気味な獣類でしかなかった。

私は恐怖のためにうめいた。

死の恐怖とは別の、だがそれよりも、もっともっといやな、なんともいえない恐ろしさであった。

人間の心の奥底に隠れている、ゾッとするほど無気味なものが今や私の前に、その海坊主みたいな、奇怪な姿を現わしているのだ。闇と死と獣性の生地獄だ。

私はいつかうめく力を失っていた。声を出すのが恐ろしかったのだ。

火のように燃えた頰が、私の恐怖に汗ばんだ頰の上に重なった。ハッハッという犬のような呼吸、一種異様の体臭、そして、ヌメヌメと滑かな、熱い粘膜が、私の唇を探して、蛭のように、顔中を這いまわった。

諸戸道雄は今はこの世にいない人である。だが、私は余りに死者を恥しめることを恐れる。もうこんなことを長々と書くのはよそう。

ちょうどそのとき、非常に変なことが起こった。そのお蔭で、私は難を逃れることができたほどに、意外な椿事であった。

洞窟の他の端で、変な物音がしたのだ。コウモリやカニには馴れていたが、その物音はそんな小動物の立てたものではなかった。もっとずっと大きな生物がうごめいている気配なのだ。

諸戸は私を摑んでいる手をゆるめて、じっと聞き耳を立てた。

意外の人物

諸戸は私を離した。私たちは動物の本能で、敵に対して身構えをした。

耳をすますと、生きものの呼吸が聞こえる。

「シッ」

諸戸は犬を叱るように叱った。

「やっぱりそうだ。人間がいるんだ。オイ、そうだろう」

意外にも、その生き物が人間の言葉をしゃべった。年とった人間の声だ。

「君は誰だ。どうしてこんなところへきたんだ」

諸戸が聞き返した。

「お前は誰だ。どうしてこんなところにいるんだ」

相手も同じことをいった。

洞窟の反響で、声が変って聞こえるせいか、なんとなく聞き覚えのある声のようでいて、その人を思い出すのに骨が折れた。しばらくのあいだ、双方探り合いの形で、だまっていた。

相手の呼吸がだんだんハッキリ聞こえる。ジリジリと、こちらへ近寄ってくる様子だ。

「もしや、お前さんは、諸戸屋敷の客人ではないかね」

一間ばかりの近さで、そんな声が聞こえた。今度は低い声だったので、その調子がよくわかった。

私はハッと或る人を思い出した。だが、その人はすでに死んだはずだ。丈五郎のために殺されたはずだ……死人の声だ。一刹那、私はこの洞窟がほんとうの地獄ではないか、私たちはすでに死んでしまったのではないか、という錯覚をおこした。

「君は誰だ。もしや……」

私が言いかけると、相手は嬉しそうに叫び出した。

「ああ、そうだ。お前さんは蓑浦さんだね。もう一人は、道雄さんだろうね。わしは丈五郎に殺された徳だよ」

「ああ、徳さんだ。君、どうしてこんなところに」

私たちは思わず声を目当てに走り寄って、お互いのからだを探り合った。

徳さんの舟は魔の淵のそばで、丈五郎の落とした大石のために顚覆した。だが、徳さんは死ななかったのだ。ちょうど満潮のときだったので、彼のからだは、魔の淵の洞窟の中へ吸い込まれた。そして、潮が引き去ると、ただ一人闇の迷路にとり残された。それからきょうまで、彼は地下に生きながらえていたのだった。

「で、息子さんは？ 私の影武者を勤めてくれた息子さんは？」

「わからないよ、おおかたサメにでも食われてしまったのだろうよ」

徳さんはあきらめ果てた調子であった。無理もない。徳さん自身、再び地上に出る見込みもない、まるで死人同然の身の上なんだから。

「僕のために、君たちをあんな目に会わせてしまって、さぞ僕を恨んでいるだろうね」

私はともかくも詫びごとをいった。だが、この死の洞窟の中では、そんな詫びごとが、なんだか空々しく聞こえた。徳さんはそれには、なんとも答えなかった。

「お前たち、ひどく弱っているあんばいだね。腹がへっているんじゃないかね。それなら、ここにわしの食い残りがあるから、たべなさるがいい。食い物の心配はいらないよ、ここには大ガニがウジャウジャいるんだからね」

徳さんがどうして生きていたかと、不審にたえなかったが、なるほど、彼はカニの生肉で飢をいやしていたのだ。私たちはそれを徳さんに貰ってたべた。冷たくドロドロした、塩っぱい寒天みたいなものだったが、実にうまかった。私はあとにも先にも、あんなうまい物をたべたことがない。

私たちは徳さんにせがんで、さらに幾匹かの大ガニを捕えてもらい、岩にぶつけて甲羅を割って、ペロペロと平らげた。いま考えると無気味にも汚なくも思われるが、そのときは、まだモヤモヤと動いている太い足をつぶして、その中のドロドロしたものを啜るのが、なんともいえずうまかった。

飢餓が回復すると、私たちは少し元気になって、徳さんとお互いの身の上を話し合った。

「そうすると、わしらは死ぬまでこの穴を出る見込みはないのだね」

私たちの苦心談を聞いた徳さんが、絶望の溜息をついた。

「わしは残念なことをしたよ。命がけで、元の穴から海へ泳ぎ出せばよかったのだ。それを、渦巻に巻き込まれて、とても命がないと思ったものだから、海へ出ないで穴の中へ泳ぎ込んでしまったのだよ。まさかこの穴が、渦巻よりも恐ろしい、八幡の藪知らずだとは思わなかったからね。あとで気がついて引き返してみたが、路に迷うばかりで、とても元の穴へ出られやしない。だが、何が幸いになるか、そうしてわしがさ迷い歩いたお蔭で、お前さんたちに会えたわけだね」

「こうしてたべ物ができたからには、僕たちは何も絶望してしまうことはないよ。百に一つまぐれ当たりでそとへ出られるものなら、九十九度まで無駄に歩いて見ようじゃないか、何日かかろうとも、幾月かかろうとも」

人数がふえたのと、カニの生肉のお蔭で、にわかに威勢がよくなった。

「ああ、君たちはもう一度娑婆の風に当たりたいだろうね。僕は君たちが羨ましいよ」

諸戸が突然悲しげに呟いた。

「変なことを言いなさるね。お前さんは命が惜しくはないのかね」

徳さんが不審そうに尋ねた。

「僕は丈五郎の子なんだ。人殺しで、かたわ者製造の、悪魔の子なんだ。僕はお日さまが怖い。娑婆に出て、正しい人たちに顔を見られるのが恐ろしい。この暗闇の地の底こそ悪魔の子にはふさわしい住みかかもしれない」

可哀そうな諸戸。彼はその上に、私に対する、さっきのあさましい所行を恥じているのだ。

「もっともだ。お前さんはなんにも知らないだろうからね。わしはお前さんたちが島へきたときに、よっぽどそれを知らせてやろうかと思った。あの夕方、わしが海辺にうずくまって、お前さんたちを見送っていたのを覚えていなさるかね。だが、わしは丈五郎の返報が恐ろしかった。丈五郎を怒らせては、いっときもこの島に住んではいられなくなるのだからね」

徳さんが妙なことを言い出した。彼は以前諸戸屋敷の召使いであったから、ある点まで丈五郎の秘密を知っているはずだ。

「僕に知らせるって、何をだね」

諸戸が身動きをして、聞き返した。

「お前さんが、丈五郎のほんとうの子ではないということをさ。もうこうなったら何をしゃべってもかまわない。お前さんは丈五郎が本土からかどわかしてきたよその子供だよ。考えてもみるがいい、あの片輪者の汚ならしい夫婦に、お前さんのような綺麗な子供が生れるものかね。あいつのほんとうの子は、見世物を持って方々巡業しているんだよ。丈五郎に生き写しの傴僂だ」

読者は知っている、かつて北川刑事が、尾崎曲馬団を追って静岡県のある町へ行き、一寸法師に取り入って、「お父つぁん」のことを尋ねたとき、一寸法師が「お父つぁんとは別の若い傴僂が曲馬団の親方である」といったその親方が、丈五郎の実の子だったのだ。

徳さんは語りつづける。

「お前さんもどうせ片輪者に仕込むつもりだったのだろうが、あの傴僂のお袋がお前さんを可愛がってね、あたり前の子供に育て上げてしまった。そこへもってきて、お前さんがなかなか利口者だとわかったものだから、丈五郎も我を折って、自分の子として学問を仕込む気になったのだよ」

なぜ自分の子にしたか。彼は悪魔の目的を遂行する上に、真実の親子という、切っても切れぬ関係が必要だったのだ。

ああ、諸戸道雄は悪魔丈五郎の実子ではなかったのである。驚くべき事実であった。

霊の導き

「もっと詳しく、もっと詳しく話してください」

諸戸がかすれた声で、せき込んで尋ねた。

「わしはおやじの代からの、樋口家の家来で、七年前に、佝僂さんのやり方を見るに見かねて暇を取るまで、わしはことしちょうど六十だから、五十年というもの、樋口一家のいざこざを見てきたわけだよ。順序を追って話してみるから、聞きなさるがいい」

そこで、徳さんは思い出し思い出し、五十年の過去に遡って、樋口家、すなわち今の諸戸屋敷の歴史を物語ったのであるが、それを詳しく書いていては退屈だから、左に一と目でわかる表にして掲げることにする。

（慶応年代）　樋口家の先代万兵衛、醜きかたわの女中に手をつけ海二が生れた。これが母に輪をかけた佝僂の醜い子だったので、万兵衛は見るに耐えず、母子を追放した。

彼らは本土の山中に隠れてけもののような生活をつづけてきた。母は世を呪い人を呪ってその山中に死亡した。

(明治十年)　万兵衛の正妻の子春雄が、対岸の娘、琴平梅野（ことひらうめの）と結婚した。

(明治十二年)　春雄、梅野のあいだに春代生る。間もなく春雄病死す。

(明治二十年)　海二が諸戸丈五郎という名で島に帰り、樋口家に入って、梅野がかよわい女であるのを幸い、ほしいままに振る舞った。その上梅野に不倫なる恋を仕掛けるので、彼女は春代を伴なって、実家に逃げ帰った。

(明治二十三年)　恋に破れ世を呪う丈五郎は、醜い佝僂娘を探し出して結婚した。

(明治二十五年)　丈五郎夫妻のあいだに一子生る。因果とその子も佝僂であった。丈五郎は歯をむき出して喜んだ。彼は同じ年、一歳の道雄をどこからか誘拐してきた。

(明治三十三年)　実家に帰った梅野の子、春代(春雄の実子樋口家の正統)同村の青年と結婚す。

(明治三十八年)　春代、長女初代を生む。これが後の木崎初代である。丈五郎に殺された私の恋人木崎初代である。

(明治四十年)　春代、次女緑を生む。同年春代の夫死亡し、実家も死に絶えて身寄りなきため、春代は母の縁をたよって、岩屋島に渡り、丈五郎の屋敷に寄寓することになった。丈五郎の甘言にのせられたのである。この物語のはじめに、初代が荒れ果てた海岸で、赤ちゃんをお守りしていたと語ったのは、このころの出来事で、赤ちゃんというのは次女緑であった。

（明治四十一年）丈五郎の野望が露骨に現われてきた。彼は梅野に破れた恋を、その子の春代によって満たそうとした。春代はついに居たたまらず、ある夜初代を連れて島を抜け出した。そのとき次女の緑は丈五郎のために奪われてしまった。

春代は流れ流れて大阪にきたが、糊口に窮して、ついに初代を捨てた。それを木崎夫妻が拾ったのである。

以上が徳さんの見聞に私の想像を加えた簡単な樋口家の歴史である。これによって初代さんこそ樋口家の正統であって、丈五郎は下女の子にすぎないことがわかった。もしこの地底に宝が隠されてあるとすれば、それは当然なき初代さんのものであることが、いよいよ明かになった。

諸戸道雄の実の親がどこの誰であるかは、残念ながら少しもわからなかった。それを知っているのは丈五郎だけだ。

「ああ、僕は救われた。それを聞いては、どんなことがあっても、僕はもう一度地上に出る。そして、丈五郎を責めて、僕のほんとうの父や母のいどころを白状させないではおかぬ」

道雄はにわかに勇み立った。

だが、私は私で、ある不思議な予感に胸をワクワクさせていた。私はそれを徳さんに聞きただささなければならぬ。

「春代さんに二人の女の子があったのだね。初代と緑。その妹の緑の方は、春代さんが家出をしたとき、丈五郎に奪われたというのだね。数えてみると、ちょうど十七になる娘さんだ。その緑はそれからどうしたの。今でも生きているの」

「ああ、それを話すのを忘れたっけ」徳さんが答えた。

「生きています。だが、可哀そうに生きているというだけで、まともな人間じゃない。生れもつかぬふたごのかたわにされちまってね」

「おお、もしやそれが秀ちゃんでは？」

「そうだよ。あの秀ちゃんが緑さんのなれの果てですよ」

なんという不思議な因縁であろう。私は初代さんの実の妹に恋していたのだ。私の心持を地下の初代は恨むだろうか、それとも、このめぐり合わせはすべて、初代さんの霊の導きがあって、彼女は私をこの孤島に渡らせ、蔵の窓の秀ちゃんを見せて、私に一と目惚れをさせたのではないだろうか。ああ、なんだかそんな気がしてならぬ。もし初代さんの霊にそれほどの力があるのだったら、われわれの宝探しも首尾よく目的を達するかもしれない。そして、この地下の迷路を抜け出して、再び秀ちゃんに逢うときがくるかもしれない。

「初代さん、初代さん、どうか私たちを守ってください」

私は心の中で懐かしい彼女の俤(おもかげ)に祈った。

狂える悪魔

それからまた、地獄めぐりの悩ましい旅がはじまった。カニの生肉に餓えをしのぎ、洞窟の天井から滴り落ちるわずかの清水に渇を医して、何十時間、私たちは果てしもしらぬ旅をつづけた。そのあいだの苦痛、恐怖いろいろあれど、あまり管々しければすべて省く。地底には夜も昼もなかったけれど、私たちは疲労に耐えられなくなると、岩の床に横たわって眠った。その幾度目かの眠りから眼覚めたとき、徳さんがとんきょうに叫び立てた。

「紐がある。紐がある。お前さんたちが見失ったという麻縄は、これじゃないかね」

私たちは思いがけぬ吉報に狂喜して、徳さんのそばへ這い寄ってさぐってみると、確かに麻縄だ。それでは、私たちはもう入口まぢかにきているのであろうか。

「違うよ、これは僕たちが使った麻縄ではないよ。蓑浦君、君はどう思う。僕たちのはこんなに太くなかったね」

道雄が不審そうに言った。いわれてみると、なるほど私たちの使用した麻縄ではなさそうだ。

「すると僕たちのほかにも、誰かしるべの紐を使って、この穴へはいったものがあるのだろうか」

「そうとしか考えられないね。しかも、僕たちのあとからだ。なぜといって、僕たちがはいったときには、あの井戸の入口に、こんな麻縄なんて括りつけてなかったからね」

私たちのあとを追って、この地底にきたのは、全体何者だろう。敵か味方か。だが、丈五郎夫妻は土蔵にとじこめられている。あとはかたわ者ばかりだ。ああ、もしや先日船出した諸戸屋敷の使用人たちが帰ってきて、古井戸の入口に気づいたのではあるまいか。

「ともかくも、この縄を伝って、行けるところまで行って見ようじゃないか」

道雄の意見に従って、私たちはその縄をしるべにして、どこまでも歩いて行った。

やっぱり、何者かが地底へ入りこんでいたのだ。一時間も歩くと、前方がボンヤリと明るくなってきた。曲りくねった壁に反射してくるロウソクの光だ。

私たちはポケットのナイフを握りしめて、足音の反響を気にしながら、ソロソロと進んで行った。一と曲りするごとにその明るさが増す。

ついに最後の曲り角に達した。その岩角の向こうがわに、はだかロウソクがゆらいでいる。吉か凶か、私は足がすくんで、もはや前進する力がなかった。

そのとき、突然、岩の向こうがわから異様な叫び声が聞こえてきた。よく聞くと、単なる叫び声ではない。歌だ。文句も節もめちゃめちゃの、かつて聞いたこともない兇暴な歌だ。それが、洞窟に反響して、異様なけだものの叫び声とも聞こえたのだ。思いがけぬ場所で、この不思議な歌声を聞いて、私はゾッと身の毛もよだつ思いがした。

「丈五郎だよ」

先頭に立った道雄が、ソッと岩角を覗いて、びっくりして首を引っこめると、低い声で私たちに報告した。

土蔵にとじこめておいたはずの丈五郎が、どうしてここへきたか、なぜ妙な歌を歌っているのか、私はさっぱりわけがわからなかった。

歌の調子はますます高く、いよいよ兇暴になって行く。そして、歌の伴奏のようにチャリンチャリンと、冴え返った金属の音が聞こえてくる。

道雄が又ソッと岩角から覗いていたが、やがて、

「丈五郎は気が違っているのだ。無理もないよ。見たまえ、あの光景を」

と言いながら、ずんずん岩の向こうがわへ歩いて行く。気ちがいと聞いて、私たちも彼のあとに従った。

ああ、そのとき私たちの眼の前にひらけた、世にも不思議な光景を、私はいつまでも忘れることができない。

醜い佝僂おやじが、赤いロウソクの光に半面を照らされて、歌とも叫びともつかぬことをわめきながら、気ちがい踊りを踊っている。その足もとは銀杏の落葉のように、一面の金色だ。

丈五郎は洞窟の片隅にある幾つかの甕（かめ）の中から、両手につかみ出しては、踊り狂いながら、キラキラとそれを落とす。落とすに従って、金色の雨はチャリンチャリンと微妙な音

を立てる。

丈五郎は私たちの先廻りをして、幸運にも地底の財宝を探り当てたのだ。しるべの縄を失わなかった彼は、私たちのように同じ道をどうどうめぐりすることなく、案外早く目的の場所に達することができたのであろう。だが、それは彼にとって悲しい幸運であった。驚くべき黄金の山が、ついに彼を気ちがいにしてしまったのだから。

私たちは駈け寄って、彼の肩をたたき、正気づけようとしたが、丈五郎はうつろな眼で私たちを見るばかり、敵意さえも失って、わけのわからぬ歌を歌いつづけている。

「わかった、蓑浦君。僕たちのしるべの麻縄を切ったのは、このおやじだったのだ。やつはそうして僕たちを路に迷わせておいて、自分の別のしるべ縄で、ここまでやってきたのだよ」

道雄がそこに気づいて叫んだ。

「だが、丈五郎がここへきているとすると、諸戸屋敷に残しておいたかたわたちが心配だね。もしやひどい目に合わされているんじゃないだろうか」

その実、私は恋人秀ちゃんの安否を気づかっていたのだ。

「もう、この麻縄があるんだから、そとへ出るのはわけはない。ともかく一度様子を見に帰ろう」

道雄の指図で、気ちがいおやじの見張番には徳さんを残しておいて、私たちはしるべの縄を伝って、走るように出口に向かった。

刑事来る

私たちは無事に井戸を出ることができた。久し振りの日光に、眼がくらみそうになるのを、こらえこらえ、手を取り合って諸戸屋敷の表門の方へ走って行くと、向こうから見馴れぬ洋服紳士がやってくるのにぶつかった。

「オイ、君たちはなんだね」

その男は私たちを見ると、横柄な調子で呼び止めた。

「君は一体誰です。この島の人じゃないようだが」

道雄が反対に聞き返した。

「僕は警察のものだ。この家を取り調べにやってきたのだ。君たちはこの家と関係があるのかね」

洋服紳士は思いがけぬ刑事であった。ちょうど幸いである。私たちは銘々名を名乗った。

「嘘を言いたまえ。諸戸、蓑浦の両人がここへ来ていることは知っている。だが、君たちのような老人ではないはずだよ」

刑事は妙なことをいった。私たちをとらえて「君たちのような老人」とは一体何を勘違いしているのだろう。

私と道雄とは不審に堪えず、思わずお互いの顔を眺め合った。そして、私たちはアッと驚いてしまった。

私の眼の前に立っているのは、もはや数日以前までの諸戸道雄ではなかった。乞食みたいなボロボロの服、垢ついた鉛色の皮膚、おどろに乱れた頭髪、眼は窪み、頰骨のつき出た骸骨のような顔、なるほど刑事が老人と見違えたのも無理ではない。

「君の頭はまっ白だよ」

道雄はそういって妙な笑い方をした。それが私には泣いているように見えた。

私の変り方は道雄よりひどかった。肉体の憔悴は彼と大差なかったが、私の頭髪は、あの穴の中の数日間に、全く色素を失って、八十歳の老人のようにまっ白に変っていた。

私は極度の精神上の苦痛が、人間の頭髪を一夜にして白くしたという不思議な現象を知らぬではなかった。その実例も二、三度読んだことがある。だが、そんな稀有の現象がかくいう私の身に起ころうとは、全く想像のほかであった。

だが、この数日間、私は幾度死の、或いは死以上の、恐怖に脅かされたことであろう。よく気が違わなかったと思う。気が違う代りに頭髪が白くなったのだ。まだしも、仕合わせといわねばならない。

同じ人外境を経験しながら、諸戸の頭髪に異常の見えぬのは、さすがに私よりも強い心の持ち主であったからであろう。

私たちは刑事に向かって、この島にくるまでの、また来てからの、一切の出来事を、かいつまんで話した。

「なぜ警察の助けを借りなかったのです。君たちの苦しみは自業自得というものですよ」

私たちの話を聞いた刑事が、最初に発した言葉はこれであった。だが、むろん微笑しながら。

「悪人の丈五郎が、僕の父だと思い込んでいたものですから」

道雄が弁解した。

刑事は一人ではなかった。数人の同僚を従えていた。彼はその中の二人に命じて、地底にはいり、丈五郎と徳さんとを連れてくるように命じた。

「しるべの縄はそのままにしておいてください。金貨を取り出さなければなりませんから」

道雄がその二人に注意を与えた。

池袋署の北川という刑事が、例の少年軽業師友之助の属していた尾崎曲馬団を探るために、静岡県まで出かけ、苦心に苦心を重ね、道化役の一寸法師に取り入って、その秘密を聞き出したことは、先に読者に告げておいた。その北川刑事の苦心が功を奏し、私たちとは全く別の方面から、ついにこの岩屋島の巣窟をつき止め、かくは諸戸屋敷調査の一団が乗りこむことになったのであった。

刑事たちがきて見ると、諸戸屋敷で、男女両頭の怪物が烈しい争闘を演じていた。いうまでもなく、それは秀ちゃんと吉ちゃんの双生児だ。

ともかく、その怪物を取り鎮めて、様子を聞くと、秀ちゃんのほうが雄弁にことの仔細を語った。

私たちが井戸にはいったあとで、私と秀ちゃんのあいだを嫉妬した吉ちゃんが、私たちを困らせるために、丈五郎に内通して、土蔵の扉をひらいたのだ。むろん秀ちゃんは極力それを妨害したが、男の吉ちゃんのばか力にはかなわなかった。

自由の身になった丈五郎夫妻は、鞭をふるって、たちまち片輪者の一群を、反対に土蔵に押しこめてしまった。吉ちゃんが功労者なので、双生児だけは、その難を免れた。

それから、丈五郎は吉ちゃんの告げ口で私たちの行方を察し、不自由なからだで自から井戸にくだり、私たちの麻縄を切断しておいて、別の縄によって迷路に踏み込んだのであろう。丈五郎の佝僂女房と啞のおとしさんがその手助けをしたにちがいない。

それ以来、秀ちゃんと吉ちゃんは、かたき同士であった。吉ちゃんは秀ちゃんを自由にしようとする。秀ちゃんは吉ちゃんの裏切りをののしる。口論が嵩じて、からだとからだの争闘がはじまる。そこへ刑事の一行が来合わせたわけである。

秀ちゃんの説明によって、事情を知った刑事たちは、ただちに丈五郎の女房とおとしさんに縄をかけ、土蔵の片輪者たちを解放し、丈五郎を捕えるために地底にくだろうと、その用意をはじめているところへ、ちょうど私たちが現われたのだ。

刑事の物語によって以上の仔細がわかった。

大団円

さて、木崎初代(正しくは樋口初代)をはじめ、深山木幸吉、友之助少年の三重の殺人事件の真犯人は明らかとなり、私たちの復讐を待つまでもなく、彼はすでに狂人になり果ててしまった。また、その殺人事件の動機となった樋口家の財宝の隠し場所もわかった。私の長物語もこの辺で幕をとじるべきであろう。

何か言い残したことはないかしら。そうそう、素人探偵深山木幸吉氏のことである。彼はあの系図帳を見ただけで、どうして岩屋島の巣窟を見抜くことができたのだろう。いくら名探偵といっても、あんまり超自然な明察だ。

私は事件が終ってから、どうもこのことが不思議でたまらぬものだから、深山木氏の友人が保管していた故人の日記帳を見せてもらって、丹念に探してみたところ、あった、あった。大正二年の日記帳に、樋口春代の名が見える。いうまでもなく初代さんの母御だ。

読者も知っている通り、深山木氏は一種の奇人で、妻子がなかった代りに、ずいぶんいろいろな人と親しくなって夫婦みたいに同棲していたことがある。春代さんもそのうちの一人だった。深山木氏は旅先で、困っている春代さんを拾ったのだ。(初代さんを捨て子

にしたずっと後の話だ）

同棲二年ほどで、春代さんは深山木氏の家で病死している。定めし死ぬ前に、捨て児のことも、系図帳のことも、岩屋島のことも、すっかり深山木氏に話したことであろう。これで、後年深山木氏が例の樋口家の系図帳を見るや否や、岩屋島へ駈けつけたわけがわかる。

系図帳は樋口春雄（丈五郎の兄）からその妻の梅野に、梅野からその子の春代に、春代から初代にと伝えられたものであろう。むろん彼らはその系図帳の真価については何事も知らなかった。ただ正統の子が持ち伝えよという先祖の遺志を守ったにすぎない。

では、丈五郎はどうして、あの呪文がその中に隠してあることを知ったか。彼の女房の告白によれば、丈五郎がある日、先祖の書き残した日記を読んでいて、ふとその一節を発見したのだ。そこには家に伝わる財宝の秘密が系図帳に封じこめられてあるという意味がしるしてあった。だが、それは春代の家出後だったので、折角の発見がなんにもならなかった。それ以来、丈五郎は佝僂の息子に命じて、春代の行方探しに努めたが、当てのない探し物ゆえ、なかなか目的を達しなかった。やっと大正十三年ごろになって、今では初代がその系図帳を持っていることがわかった。それから丈五郎がその系図帳を手に入れるために、どれほど骨を折ったかは、読者の知っている通りである。

樋口家の先祖は、広く倭寇（わこう）といわれている海賊の一類であった。大陸の海辺を掠めた財宝をおびただしく所持していた。それを領主に没収されることを恐れて、深く地底に蔵し、代々その隠し場所を言い伝えてきたが、春雄の祖父に当たる人がそれを呪文に作って系図帳にとじこめたまま、どういうわけであったか、その子に呪文のことを告げずして死んだ。徳さんの聞き伝えたところによると、その人は、卒中で頓死をしたらしいということである。

それ以来、丈五郎が古い日記帳の一節を発見するまで、樋口の一族はこの財宝について何も知らなかったわけである。

だが、この秘密は、かえって樋口一族以外の人に知られていたと考うべき理由がある。それは十年ほど以前、K港から岩屋島に渡り、諸戸屋敷の客となって、後に魔の淵の藻屑と消えたあの妙な男があるからだ。彼は明かに古井戸から地底にはいり込んだ。私たちはその跡を見た。丈五郎の女房は、その男を思い出して、あれは樋口家の先祖に使われていた者の子孫であったと語った。それでは多分、その男の先祖が財宝の隠し場所を感づいていて、書き残しでもしたものであろう。

過去のことはそれだけにして、さて最後に、登場人物のその後を、簡単に書き添えてこの物語を終ることにしよう。

先ず第一にしるすべきは、私の恋人秀ちゃんのことである。彼女は初代の実妹の緑にちがいなく、樋口家の唯一の正統であることがわかったので、地底の財宝はことごとく彼女の所有に帰した。時価に見積って、百万円(註、今の四億円ほど)に近い財産である。

秀ちゃんは百万長者だ。しかも、現在ではもう醜い癒合双体ではない。野蛮人の吉ちゃんは、道雄のメスで切断されてしまった。元々ほんとうの癒合双体ではなかったのだから、むろん両人ともなんの故障もない、一人前の男女である。秀ちゃんの傷口が癒えて、ちゃんと髪を結い、お化粧をし、美しい縮緬の着物を着て、私の前に現われたとき、そして、私に東京弁で話しかけたとき、私の喜びがどれほどであったか、ここにくだくだしく述べるまでもなかろう。

いうまでもなく、私と秀ちゃんとは結婚した。百万円は今では、私と秀ちゃんの共有財産である。

私たちは相談をして、湘南片瀬の海岸に、立派な不具者の家を建てた。樋口一家に丈五郎のような悪魔が生れた罪亡ぼしの意味で、そこには自活力のない不具者を広く収容して、楽しい余生を送らせるつもりだ。第一番のお客様は、諸戸屋敷から連れてきた人造かたわ者の一団であった。丈五郎の女房や唖のおとしさんもその仲間だ。不具者の家に接して、整形外科の病院を建てた。医術の限りをつくしてかたわ者を正常な人間に造り替えるのが目的だ。

丈五郎、彼の佝僂息子、諸戸屋敷に使われていた一味の者どもは、すべて、それぞれの処刑を受けた。初代さんの養母木崎未亡人は、私たちの家に引き取った。秀ちゃんは彼女をお母さんお母さんといって大切にしている。

道雄は丈五郎の女房の告白によって、実家がわかった。紀州の新宮に近いある村の豪農で、父も母も兄弟も健在であった。彼は見知らぬ故郷へ、見知らぬ父母のもとへ、三十年ぶりの帰省をした。

私は彼の上京を待って、私の外科病院の院長になってもらうつもりで、楽しんでいたところ、彼は故郷へ帰って一と月もたたぬうちに、病を発してあの世の客となった。すべて、すべて、好都合に運んだ中で、ただ一事、これだけが残念である。彼の父からの死亡通知状に左の一節があった。

「道雄は最後の息を引き取るまぎわまで、父の名も、母の名も呼ばず、ただあなた様のお手紙を抱きしめ、あなた様のお名前のみ呼び続け申候」

解説

浜田雄介

江戸川乱歩は、大正一二年に「二銭銅貨」でデビューして以来、探偵小説の短編、長編、ジュブナイル、評論、それぞれの領域で文字通りトップランナーとしての足跡を残した作家である。やがて日本推理作家協会を創設して初代理事長となり、逝去に当たっては推理作家協会葬が営まれた乱歩は、まぎれもなく探偵小説界の最高権威であった。だが、彼は本当に探偵小説作家だったのだろうか。

この問いに答えるためには、たとえば探偵小説の定義に沿って実作を検証する作業が考えられるかもしれない。だが検証などせずとも、探偵小説もあればそうでないものもあるということになる結果は、まず見えていよう。留意したいのは、第一にその検証のための定義として通常使われるのが、おそらく「探偵小説の定義と類別」(『幻影城』昭和二六年五月、岩谷書店)で乱歩自身が提示したものだということである。原理を論ずるにも歴史を語るにもその人なしでは不可能なのが権威ということの意味であろう。そして第二に、「そうでないもの」に属する作品が、探偵小説家の余技や周縁的作品だったというだけでは片付けられない重みを持っているということである。本巻の収録作品で言えば、「人でなしの恋」や「蟲」は探偵小説とは言えまいが、乱歩という作家を知る上では無視できない作品であろう。

乱歩が定義あるいは理想として考える探偵小説の姿と、一般に人気のある自身の作品との間に乖離があることは、同時代においても了解されていたことで、乱歩だけの問題ではなく、振り幅のある作品群を総称して探偵小説とするために、戦前には「本格」「変格」という言葉が存在したわけだが、一人の作家を把握するためには、あるいは彼が探偵小説作家たることを選んだ、その意味を考えるためには、その諸傾向それぞれにもう少し積極的な意味づけを試みてもよいのではないか。

今回の岩波文庫の作品集全三巻は、乱歩の代表的な作品を集め、その傾向によって大雑把な分類を試みた。あえて言えば、作品集Iは愛またはセクシャリティ、作品集IIは謎または推理、作品集IIIは夢または幻滅、がキーワードとなろう。一作一作が多様な姿を持つ文学作品に境界線を引くことにはもちろん限界があり、これはあくまで便宜的なものである。この作品はあちらの巻に、などの疑問は多々生まれよう。だがそれも含めて、各巻それぞれの作品の響き合いが三巻の交響となること、またあらためて鮮明に乱歩の姿が見えてくることを編者としては願っている。

以下、本巻収録作品の背景となる乱歩の半生を、特にそのセクシャリティのめざめを軸にたどり、作品解説に続けたい。

江戸川乱歩は本名平井太郎、明治二七年一〇月二一日三重県名張町（現名張市）に、平井繁男ときくの長男として生まれた。誕生後、父の転職により明治三〇年には一家で名古屋に移る。父は奥田商店の支配人から独立して平井商店を開き、機械の輸入などに携わった実業家で、幼少期の乱歩は比較的裕福な家庭に育ったと言える。病弱で、特に祖母の溺愛を受けたという。

憧れた女生徒の下駄箱に白い紙を入れて授業後に抜き取り、彼女の魂を盗んだような気持ちになったという八歳の頃の体験を語るエッセイ「恋と神様」（『苦楽』大正一五年一二月）が乱歩にあり、次のように始まる。

> 小学校の一、二年の頃だと思う。いやに淋しい子供で、夕暮の小路などを、滅入る様に暗くなって行く、不思議な色の空を眺めながら目に涙を浮べ、芝居の声色（こわいろ）めいて、お伽噺の様な、詩の様な、訳の分らぬ独ごとをつぶやきつぶやき、歩いていたりした。不思議なことに、夜一人で寝ていて、猿股をはかない両腿が、スベスベと擦れ合う、あの物懐かしい感じが、この世のはかなさ味気なさを連想させた。

八才の私には、腿の擦れ合う感じと、厭世(えんせい)とは同じ事柄の様に思われた。たった一人ぼっちの気持だった。命のはかなさ、死の不思議さなどが、ごく抽象的な色合で私の頭を支配した。

この厭世と恋とが、しっくりと結びついていたというのである。後の自伝的作品「彼」(『ぷろふいる』昭和一一年一二月―一二年四月)では、この「腿の擦れ合う感じ」をめぐる同様の記述に「大人の言葉で表現すれば、「物自体」とか「意志」とかいうものに似ていた。それはプラトンの二頭馬車のように、無限の大空を天翔るものであった」という記述が加わる。二頭馬車は相反する思いに苦闘しながら普遍的なものに向かう愛のメタファーだが、「物自体」「意志」の語が使われるのはショーペンハウエルの愛読によろう。愛の苦闘の深奥には、人間の認識を超えた盲目的な意志が存在する。

実際の乱歩の小学生時代がどうであったかは、ここからは分からない。恐らく誰にも分かるまい。ただ、大正一五年、小説家になって数年後の乱歩にとって、振り返られる幼少期は、このようなものであった。むしろその事に意味がある。社会や現実と呼ばれるものをまだ知らず、自分の身体しかよりどころのない子供にとっての、世界の遥けさと懐かしさ。言葉を操り世界を構築するようになった作家は、自らの源郷をそこにイメージした。

同じ年の「乱歩打明け話」(『大衆文芸』大正一五年九月)では、中学に入ってからの同性愛経験が打ち明けられる。一つは「秀才で、画が上手で、剣術が強い」同級生の稚児役になった体験、もう一つは同年の美少年と対等の立場で愛し合った「初恋」の体験。「孤島の鬼」が連想されようが、イメージの中の乱歩は、まだ源郷にいた。いずれの事件もプラトニックなままに過ぎ、そしてエッセイの結びでは、異性との遊びを覚えてひどく汚れてしまった現在が嘆かれている。

明治四五年三月に中学を卒業してすぐの六月に平井商店が破産し、乱歩はかろうじて早稲田大学に通うことになるが、学業とアルバイトと読書に余念なく、大学に残る志もあったが果たせず、大正五年に卒業。加藤洋行に就職して金回りがよくなると遊びも覚えたが、仕事は長続きせず出奔。放浪生活を経て六年一一月に鳥羽造船所に就職するがやはり一年一年ほどで退職する。以後東京で古本屋を経営するかたわら浅草オペラの田谷力三後援会を作ったり、漫画雑誌『東京パック』の編集をしたりしていた大正八年一一月に、鳥羽時代に知り合った村山隆子と結婚する。

乱歩が鳥羽造船所を辞して上京した大正八年一月には、松井須磨子が島村抱月を追って自殺している。九年には石原純と原阿佐緒の恋愛事件、一〇年には日本性学会の雑誌『恋愛』創刊、厨川白村「近代の恋愛観」の『朝日新聞』連載という、世はまさに恋愛の季節であった。乱歩もまた本名で「恋病」(『伊勢新聞』大正九年二月二三日―三月一日)を発表、恋は誰しも抱くものであるに関わらず、社会制度により阻害され、人は恋病にかかる、社会はそれに対策を講ずべしと、自身の経験を報告しつつ論じている。作家以前の乱歩は様々な領域に関心を示していたが、鳥羽造船所時代や大正一〇年からの日本工人倶楽部書記長時代には、労働問題に関する論考を何本も発表している。それらにも通底する社会進化論の枠組みに恋愛も組み込んで論じているわけだが、そのモチーフには独身主義者でありながら恋愛結婚をした乱歩自身の苦闘が重なっていよう。

結婚後も職と住居を転々とした末に、乱歩は大正一二年「二銭銅貨」でデビューする。一三年には作家専業を決断し、一四年には短編一七篇、一五年には長編や連作を含めて一六篇の作品を発表している。「日記帳」「接吻」「人でなしの恋」はこの時期の作である。創作のほかにも論争を含む批評やエッセイ、探偵小説作家愛好家を糾合した「探偵趣味の会」の結成とその同人誌編集、探偵小説普及のためのラジオ出演までこなしたが、横溝正史や水谷準に代作を依頼するなど、生産が需要に追いつかない状態でもあった。先に引用した幼少期の恋愛の回想は、この時期のものである。やがて昭和二年三月、自作に対する嫌悪のためと説明されるが、乱歩は休筆を宣言し、結果的には以後一年半近く、創作の筆を断つことになる。

昭和二年暮れに執筆した「無駄話」(『創作探偵小説選集第三輯』昭和三年一月、春陽堂)前半では「東京市内や近国を浮浪者の様に、何の意味もなく、ある山国の昔風のランプを使っている淋しい温泉に一月いて見たり、魚津へ蜃気楼を見に行って、その帰りに親不知子(おやしらずこ)

不知のみすぼらしい宿屋へ滞在して見たり」という暮らしぶりを延々と書きつらね、「それが何だというと、私は退屈しているのである。」と結んでいる。退屈とは、何なのか。言葉からまず思い浮かぶのは「屋根裏の散歩者」の郷田であろう。岩波文庫『江戸川乱歩短篇集』の、近代の精神史に「「退屈」という精神病」を位置づける千葉俊二氏の解説を参照されたいが、郷田にとって退屈を忘れさせるものが殺人だったとするならば、乱歩はどうすればよいのか。

「無駄話」の後半は、この「退屈」な日々のあと、関西に滞在し旧友に会うようになって次第に社交的になり、名古屋の小酒井不木に会って合作組織「耽綺社」結成に参加し、やがて新作を考えるようになるところまで綴られる。この耽綺社の合作で書記を務めたのが、乱歩の鳥羽時代の知り合いで、大正末に上京して乱歩に再会、以後交友の始まった岩田準一であった。復帰第一作の「陰獣」に登場する「平田一郎」は岩田と乱歩の本名を合わせた遊びと思われるし、「孤島の鬼」執筆の際には岩田に旅行先の漁村に来て貰い、「毎日舟に乗ったり、村の附近を散歩したり、寝ころんで話をしたりして日を暮らし」(『探偵小説四十年』昭和三六年七月、桃源社)ながら筋を考え、人体改造のアイディアも岩田の持っていた鷗外の書籍から発想したという。やがて二人は同性愛文献収集を目的とする旅行を重ねることになるが、セクシャリティというのは狭い意味での性にとどまらず、ライフスタイルから死生観に及ぶ感受性の束であって、旅行や読書の好適な相手(読書にも相手が必要である）が得られれば、その感受する刺激は何層倍にもなろう。

そこからあらためて、復帰後の創作を見るならば、トリッキーであった初期作品に比べ身体性の表現は格段に迫力を増している。人間存在の恐怖を描いた「芋虫」「押絵と旅する男」「蟲」、乱歩自身のありようを投影する「陰獣」「孤島の鬼」という傑作群は、この時期に生まれるのである。いま便宜的に分けたが、前者においてはその苦痛を通して、後者においてはそのセクシャリティを通じて、追究されているのは存在の根拠、ショーペンハウエルの言う盲目的な意志である。退屈というのは恐らく、そこから離れているという感覚であった。

乱歩の自己探究、セクシャリティ探究は以後も続くが、「孤島の鬼」まで来たところで本巻収録作の解説に移りたい。以下の解説では、最初のあらすじ部分においてのみ、「意外な結末」などへの言及、いわゆるネタばれを避けた。それ以外の箇所では特に顧慮していない。

「日記帳」

初七日の夜、弟の書斎で見つけた日記帳を読んだ私は、弟が北川雪枝という自分も知っている娘と葉書で文通していたことを知る。日記に記された「失望」という記載に不審を抱いた私は、弟の葉書に暗号が含まれていたことを発見する。だが秘密は、弟の葉書だけではなく雪枝のそれにもあった。……

初出は『写真報知』大正一四年三月五日号。

乱歩は早くから暗号に強い関心を示して分類を試みており、「類別トリック集成」(『続・幻影城』昭和二九年六月、早川書房)にも「暗号記法の種類」の章がある。ローマ字を数字に変換するのはそこにも記された代用法だが、弟の作成した暗号の特異性は消印にメッセージを載せるというものである。ステガノグラフィーの一種とも言えるが、この場合はメディアの側あるいは接触の方法をメッセージとするもので、言わば通信の枠組みを相対化する仕掛けである。世界との関わり方それ自体を築かなければ対人関係を持てない弟の性格を示すものだろう。一方の雪枝の暗号は「当時私たちのあいだに話題になった」作品をコードとする単純なものだが、弟がそのコードを自動的に選択できないのは、やはり自身の関係構築に精一杯だからだろう。他者を見ないことにより破滅するキャラクターは乱歩作品にしばしば描かれるが、兄が一方で「卑怯」と言いつつも満腔の涙で弟を語るのは、それが弟のどうにもならない性情と知るからである。

もともと弟の暗号は気づかれなければそれでよいものだったはずで、その意味ではこれは乱歩がしばしば語るプロバビリティの犯罪に通じる。たとえば相手に車道側を歩かせても必然的に事故に遭うわけではないが、繰り返せば蓋然性も出てくるというもので、弟の場合は犯罪ではないが、いつかは気づかれることもあったかもしれない。それは相手の暗号解読能力というよりも自らの運命を試すような行為であったが、その運命は弟の再度の試行を封じる病気という形で姿を現す。
弟はなぜ日記帳を処分しなかったのか。兄は何を知り、どのような衝撃を受けているのか。結果的に自らの仕掛けた暗号を解読した男性と結婚する雪枝は、案外思惑通りだったのか。解釈を戦わせる楽しみは尽きまい。

「接吻」

新婚で「近頃は有頂天の山名宗三」が早めに家に帰ってこっそり茶の間を覗くと、妻のお花が思い詰めた顔で写真に接吻をしている。その写真を村山課長のものと思い込んだ宗三は役所に辞表を提出し、お花の前で村山の写真を破る。……

初出は『映画と探偵』創刊号(大正一四年一二月)だが、作品のもとになっているストーリーは約半年前に探偵趣味の会で発表されている。

大正一四年四月に結成された「探偵趣味の会」は月に二回の会合を持ち、うち一回は探偵小説の会であった。その探偵小説の会の第二回の会合記事が同年六月二日の『大阪毎日新聞』にあり、「鏡」という課題で創作したものを会員が持ち寄り発表した中から、乱歩作のほか横溝正史、井上勝喜、春日野緑作の要約が掲載されている。創作課題になるのは鏡というアイテムが探偵小説と親和を持つ証拠とも言えようが、「接吻」の翌月に連載が始まる「湖畔亭事件」にも潜望鏡を使った覗きを趣味とする主人公が登場するように、乱歩作品に鏡は多用される。物として鏡がなくとも、たとえば「黄金仮面」において犯人と明智探偵が同じ黄金仮面の扮装で向かい合う場面などは、鏡像をイメージした演出であろう。さまざまに用いられる鏡の中で、「接吻」のそれはもっとも軽快なもので、一枚の鏡が二つのタンスを入れ替えるだけでなく、男女の力関係さえ簡単に逆転させてしまう。専業主婦のいる夫婦だけの新婚生活や辞表一枚で関係の断たれる職場なども含め、モダニズム感覚が横溢する作品である。「陰獣」以後の乱歩は横溝正史らの主導したモダニズムへの違和感を語るようになるが、初期の乱歩は横溝らの世代と通じ合い受け継がれるものも確実に持っていたのである。

「人でなしの恋」

十年前に亡くなった門野は、凄いような美男子で女嫌いの噂もあったが、嫁入った私には優しく、新婚の頃は楽しいばかりの日々だった。けれども半年ほど経つと、何かしら物思いにふける様子を見せ、夜更けに裏の土蔵の二階にこもるようになった。その後をつけると、鍵をかけた二階からは、男女の睦言が聞こえてくる。……

初出は『サンデー毎日』大正一五年一〇月一日号。

「怪談入門」(『幻影城』)において乱歩は本作を「絵画、彫刻(人形)の怪談」に分類し、ホフマンの「砂男」との類似を指摘している。確かに人形の魅力は描写と蘊蓄によって主張されており、また「人でなしの恋」という作中の言葉は夫が人形を愛したことに向けられている。分類としては人形怪談と言ってよいであろう。ただその人形が登場する前に、妻の口から語られるのは、美しい男と結婚して嫁いだ先の屋敷に秘密の部屋があり、女の気配を感じるという、「ジェーン・エア」や「レベッカ」にも通じる婚姻の恐怖である。その謎解きの先に人形が出現し、それがあらたな怪異を生むという構造になっているわけだが、妻の語りは人でなしであった夫を弾劾するのではなく、その夫を許せなかった自らの行為を懺悔している。妻の意識に即して言えば自分こそ人でなしであったという反転もあろう。恋を貫いて人でなしの世界に行った夫と、その恋を許せなかったことによって人間の世界に取り残される妻。二つの世界が遥かな距離を保つのは、妻が恋心を抱き続けているからだ。乱歩の蘊蓄を語ったエッセイ「人形」(『東京朝日新聞』昭和六年一月一四日―一九日)によれば、本作のもとになったのは祖母または母に聞かされた怪異な物語であったという。ある大家で、姫の寝室から恋の睦言が聞こえてくる、乳母からその話を聞いた親が部屋に踏み込むと、人形が姫の相手をしていた、と。幼少期への郷愁が、妻の思いには重ねられているかもしれない。

「蟲」

人間関係を恐れて土蔵に住む柾木愛造は、友人池内光太郎の紹介で女優木下芙蓉と再会する。三人は同じ小学校の出身であった。思いを募らせ芙蓉との関係に一歩踏み出そうとした柾木は、芙蓉の高笑いに拒絶され、以後複雑な思いで芙蓉をつけ回すことになる。そして自動車の免許を取り、車を買い、準備を整えた柾木は、芙蓉を殺害してその死骸を自宅に運び込む。……

『改造』昭和四年六月—七月号に発表された作品だが、当初は『新青年』に発表の予定で、同誌昭和四年五月号に、「蟲蟲蟲蟲蟲蟲蟲蟲…」と縦二〇文字横四列に同じ文字が続く予告が載せられた。「肉体を蝕む微生物(蛆ではない。もっと小さな目に見えない肉食菌)の恐ろしさを書いて見たいと思った」(『探偵小説四十年』)というモチーフに沿ったものであろう。類似の視覚表現は本文中にもある。本書は底本に従い原則として新字体を採用しているが、右の事情に鑑み作品本文中の表記も含め「蟲」を用いた。

肉体を蝕む微生物に抗しようとして為す術もなく敗れてゆくのが犯行後の柾木だが、犯行に至る道筋も、同様の為す術の無さで描かれている。柾木は冒頭から「厭人病者」とされているが、土蔵にこもりつつ雑沓を好む記述は谷崎潤一郎の「秘密」を、芙蓉の笑いに拒絶される様子は乱歩が学生時代に翻訳も試みたアンドレーエフ「心」を踏襲する。雑駁な図式になるがそのアンドレーエフの翻訳もある二葉亭四迷の創作「浮雲」以来、美女と社交家と内省家の三角関係で内省家に焦点が当てられるのは近代文学の一つの流れでもあり、柾木の姓名が由来するだろう「二人の青木愛三郎」でも、青木と戸川と女優星野露子の同郷の三角関係が描かれている。柾木の厭人病はそのようなあれこれに結びつく普遍性を持つ病気であり、病気であるゆえに本人の意を構うことなく進行してしまう。

人間を恐怖する柾木の幼少期の記述は乱歩自身のセクシャリティの確認作業であり、九相図を思わせる死骸の描写は死を見つめる行為である。印象に隔たりのある両者の結びつきに、死すべき生き物である人間のどうしようもないありようが浮かび上がる。

「孤島の鬼」

恋人の木崎初代を殺され復讐を誓う私(蓑浦)は、素人探偵の深山木幸吉に調査を依頼する。深山木は真相を摑んだらしいが、真昼の海水浴場、衆人環視の中で殺されてしまう。一連の事件に怪しい動きを見せていた諸戸道雄を訪ねると、彼は実行犯を明らかにするが、その直後、犯人は何者かに殺される。諸戸と私は深山木から送られていた乃木像から暗号文と雑記帳を発見するが、雑記帳には物心つく前から土蔵に監禁されて育った暹羅(シャム)双生児の秀ちゃんのたどたどしい手記が綴られていた。諸戸と私は、謎の焦点となる岩屋島に向かう。……

初出は『朝日』昭和四年一月—五年二月号。

探偵小説、恐怖小説、宝探し、復讐、同性愛、マッドサイエンティスト、人体改造、少年犯罪など、さまざまのドラマツルギーやテーマが渾然となった乱歩の代表作だが、この作の物語もまた、幼少期の回想から始まる。性的な接触を前にためらう蓑浦と初代は、初代の幼時の記憶に向かうことで救われ、同時に蓑浦の少年期の同性愛体験も紹介される。そして最終的に解明されるのは、諸戸の幼少期なのだ。幼少期と同性愛とは、恐らく思慕の対象との距離の遥けさにおいて親和する。そして『探偵小説四十年』に、次のようにある。

この小説には同性愛がある。同性愛なんてギリシャ、ローマの昔か、元禄時代ならいざ知らず、現代では関心を持つ人は殆んどいないのだから、〔後記、戦後は必ずしもそうでなくなったが〕娯楽雑誌にそんなことを書くのは見当違いだと思ったけれども、その時分、岩田君と東西の同性愛の史実について語り合うことが多かったものだから、ついそれが影響したのかも知れない。だが、探偵小説のことゆえ、この異様な恋愛を思うように書く機会がなかった。それが筋を運ぶ上の邪魔物にさえなった。

括弧内の「後記」は、この文章がもと「探偵小説十年」として昭和七年に書かれ、それが三六年の『探偵小説四十年』（厳密には二八年、「探偵小説三十年」の『宝石』連載時）に引用された際の追記であり、同性愛をめぐる時代の変遷が垣間見えて興味深いが、「見当違いだと思ったけれども」乱歩はそれを書いたのであり、探偵小説という縛りがなければ「この異様な恋愛を思うように書く」意欲があったということになる。

なぜ、という問いが、当然生まれよう。愛する対象との遥かな距離を埋めるために、人は罪を犯し、秘密を暴く。解説で答えられる問いではないが、それは本巻収録作すべてに関わる問いであろう。なのになぜ、あるいは何を、乱歩は探偵小説では書けなかったのか。

これ以後乱歩は通俗小説を量産し、平凡社版の全集をまとめたところで再び休筆、その休筆後に始まるのが、エッセイ、論考による同性愛研究であり、少年向け探偵小説である。J・A・シモンズをめぐる作家論的な批評、「衆道もくづ塚」(『文藝春秋』昭和一一年九月)に代表される衆道の研究は、時代や社会と切り結ぶ同性愛の情熱を明らかにするものであり、「怪人二十面相」以下の少年探偵団シリーズは魅力的な好敵手との戦いを通して知恵と勇気と、そして師弟愛や友愛で世界に関わる感覚を学んでゆくユートピア小説である。明智も二十面相もいる世界は、諸戸道雄をもあたりまえに受け入れる世界であろう。「孤島の鬼」結末のただ一つの「残念」は、そのように受け継がれた。戦後、少年探偵団は国民的なシリーズに育ってゆく。

【編集付記】

一　本書は、『江戸川乱歩全集』(桃源社)を底本とした。
　日記帳(第十八巻、一九六三年六月)
　接吻(第十八巻、同右)
　人でなしの恋(第十巻、一九六二年六月)
　蟲(第五巻、一九六一年十二月)
　孤島の鬼(第二巻、一九六一年十一月)
各作品の初出雑誌、発表年次等については「解説」を参照されたい。

一　原則として、漢字は新字体に改めた。
一　旧仮名遣いを現代仮名遣いに改めた。
一　明らかな誤記・誤植は訂正した。
一　読みにくい語、読み誤りやすい語には、適宜、振り仮名を付した。
一　漢字語の内、使用頻度の高い語を一定の枠内で平仮名に改めた。平仮名を漢字に変えることは行わなかった。
一　本文中には、今日の人権意識からすると不適切な表現が見られるが、原文の歴史性を考慮してそのままとした。

江戸川乱歩作品集 I 〔全3冊〕
人でなしの恋・孤島の鬼 他

2017年11月16日　第1刷発行
2024年10月25日　第3刷発行

編　者　浜田雄介

発行者　坂本政謙

発行所　株式会社 岩波書店
〒101-8002 東京都千代田区一ツ橋 2-5-5
案内 03-5210-4000　営業部 03-5210-4111
文庫編集部 03-5210-4051
https://www.iwanami.co.jp/

印刷・理想社　カバー・精興社　製本・中永製本

ISBN 978-4-00-311814-6　　Printed in Japan

読書子に寄す

——岩波文庫発刊に際して——

岩波茂雄

　真理は万人によって求められることを自ら欲し、芸術は万人によって愛されることを自ら望む。かつては民を愚昧ならしめるために学芸が最も狭き堂宇に閉鎖されたことがあった。今や知識と美とを特権階級の独占より奪い返すことはつねに進取的なる民衆の切実なる要求である。岩波文庫はこの要求に応じそれに励まされて生まれた。それは生命ある不朽の書を少数者の書斎と研究室とより解放して街頭にくまなく立たしめ民衆に伍せしめるであろう。近時大量生産予約出版の流行を見る。その広告宣伝の狂態はしばらくおくも、後代にのこすと誇称する全集がその編集に万全の用意をなしたるか。千古の典籍の翻訳企図に敬虔の態度を欠かざりしか。さらに分売を許さず読者を繋縛して数十冊を強うるがごとき、はたしてその揚言する学芸解放のゆえんなりや。吾人は天下の名士の声に和してこれを推挙するに躊躇するものである。このときにあたって、岩波書店は自己の責務のいよいよ重大なるを思い、従来の方針の徹底を期するため、すでに十数年以前より志して来た計画を慎重審議この際断然実行することにした。吾人は範をかのレクラム文庫にとり、古今東西にわたって文芸・哲学・社会科学・自然科学等種類のいかんを問わず、いやしくも万人の必読すべき真に古典的価値ある書をきわめて簡易なる形式において逐次刊行し、あらゆる人間に須要なる生活向上の資料、生活批判の原理を提供せんと欲する。この文庫は予約出版の方法を排したるがゆえに、読者は自己の欲する時に自己の欲する書物を各個に自由に選択することができる。携帯に便にして価格の低きを最主とするがゆえに、外観を顧みざるも内容に至っては厳選最も力を尽くし、従来の岩波出版物の特色をますます発揮せしめようとする。この計画たるや世間の一時の投機的なるものと異なり、永遠の事業として吾人は微力を傾倒し、あらゆる犠牲を忍んで今後永久に継続発展せしめ、もって文庫の使命を遺憾なく果たさしめることを期する。芸術を愛し知識を求むる士の自ら進んでこの挙に参加し、希望と忠言とを寄せられることは吾人の熱望するところである。その性質上経済的には最も困難多きこの事業にあえて当たらんとする吾人の志を諒として、その達成のため世の読書子とのうるわしき共同を期待する。

昭和二年七月

《日本文学(古典)》〔黄〕

- 古事記　倉野憲司校注
- 日本書紀 全五冊　坂本太郎・家永三郎・井上光貞・大野晋校注
- 万葉集 全五冊　佐竹昭広・山田英雄・工藤力男・大谷雅夫・山崎福之校注
- 原文 万葉集 全二冊　佐竹昭広・山田英雄・工藤力男・大谷雅夫・山崎福之校注
- 竹取物語　阪倉篤義校訂
- 伊勢物語　大津有一校注
- 玉造小町子壮衰書 ―小野小町物語　杤尾武校注
- 古今和歌集　佐伯梅友校注
- 土左日記　紀貫之／鈴木知太郎校注
- 源氏物語 全九冊　柳井滋・室伏信助・大朝雄二・鈴木日出男・藤井貞和・今西祐一郎校注
- 源氏物語補作 山路の露・雲隠六帖 他二篇　今西祐一郎編注
- 枕草子　池田亀鑑校訂
- 更級日記　西下経一校注
- 今昔物語集 全四冊　池上洵一編
- 西行全歌集　久保田淳・吉野朋美校注
- 建礼門院右京大夫集 付 平家公達草紙　久松潜一・久保田淳校注
- 後拾遺和歌集　久保田淳・平田喜信校注
- 詞花和歌集　工藤重矩校注
- 古語拾遺　斎部広成撰／西宮一民校注
- 王朝漢詩選　小島憲之編
- 新訂 方丈記　市古貞次校注
- 新訂 新古今和歌集　佐佐木信綱校訂
- 新訂 徒然草　西尾実・安良岡康作校注
- 平家物語 全四冊　梶原正昭・山下宏明校注
- 神皇正統記　北畠親房／岩佐正校注
- 御伽草子 全二冊　市古貞次校注
- 王朝秀歌選　樋口芳麻呂校注
- 定家八代抄 ―続王朝秀歌選 全二冊　樋口芳麻呂・後藤重郎校注
- 閑吟集　真鍋昌弘校注
- 中世なぞなぞ集　鈴木棠三編
- 謡曲選集 読む能の本　野上豊一郎編
- 東関紀行・海道記　玉井幸助校訂
- おもろさうし　外間守善校注
- 太平記 全六冊　兵藤裕己校注
- 好色五人女　井原西鶴／東明雅校注
- 武道伝来記　井原西鶴／横山重・前田金五郎校注
- 西鶴文反古　井原西鶴／片岡良一校訂
- 芭蕉紀行文集 付 嵯峨日記　中村俊定校注
- 芭蕉 おくのほそ道 付 曾良旅日記・奥細道菅菰抄　萩原恭男校注
- 芭蕉俳句集　中村俊定校注
- 芭蕉連句集　中村俊定・萩原恭男校注
- 芭蕉書簡集　萩原恭男校注
- 芭蕉文集　潁原退蔵編註
- 芭蕉俳文集 全二冊　堀切実編注
- 芭蕉自筆 奥の細道　上野洋三・櫻井武次郎校注
- 蕪村俳句集 付 春風馬堤曲 他二篇　尾形仂校注
- 蕪村七部集　伊藤松宇校訂
- 蕪村文集　藤田真一編注
- 折たく柴の記　新井白石／松村明校注
- 近世畸人伝　伴蒿蹊／森銑三校註

雨月物語　上田秋成／長島弘明校注

宇下人言・修行録　松平定信／松平定光校訂

新訂 一茶俳句集　丸山一彦校注

増補 俳諧歳時記栞草　全二冊　曲亭馬琴編／藍亭青藍補／堀切実校注

北越雪譜　鈴木牧之編撰／京山人百樹刪定／岡田武松校訂

東海道中膝栗毛　全二冊　十返舎一九／麻生磯次校注

浮世床　式亭三馬／和田万吉校訂

梅暦　全二冊　為永春水／古川久校訂

百人一首一夕話　全二冊　尾崎雅嘉／古川久校訂

日本民謡集　町田嘉章／浅野建二編

芭蕉臨終記 花屋日記　付 芭蕉翁終焉記・前後日記・行状記　小宮豊隆校訂

醒睡笑　全二冊　安楽庵策伝／鈴木棠三校注

歌舞伎十八番の内 勧進帳　郡司正勝校注

江戸怪談集　全三冊　高田衛編・校注

柳多留名句選　山澤英雄選／粕谷宏紀校注

松蔭日記　上野洋三校注

鬼貫句選・独ごと　復本一郎校注

井月句集　復本一郎編

花見車・元禄百人一句　雲英末雄／佐藤勝明校注

江戸漢詩選　全二冊　揖斐高編訳

《日本思想》〔青〕

- 風姿花伝（花伝書） 世阿弥 野上豊一郎・西尾実校訂
- 五輪書 宮本武蔵 渡辺一郎校注
- 養生訓・和俗童子訓 貝原益軒 石川謙校訂
- 貝原益軒 大和俗訓 石川謙校訂
- 日本水土考・水土解弁・増補華夷通商考 西川如見 飯島忠夫・西川忠幸校訂
- 蘭学事始 杉田玄白 緒方富雄校註
- 島津斉彬言行録 牧野伸顕序
- 塵劫記 吉田光由 大矢真一校注
- 兵法家伝書 付 新陰流兵法目録事 柳生宗矩 渡辺一郎校注
- 長崎版 どちりな きりしたん 海老沢有道校註
- 農業全書 宮崎安貞編録 貝原楽軒刪補 土屋喬雄校訂
- 仙境異聞・勝五郎再生記聞 平田篤胤 子安宣邦校注
- 茶湯一会集・閑夜茶話 井伊直弼 戸田勝久校注
- 西郷南洲遺訓 附 手抄言志録及遺文 山田済斎編
- 文明論之概略 福沢諭吉 松沢弘陽校注
- 新訂 福翁自伝 富田正文校訂

- 学問のすゝめ 福沢諭吉
- 福沢諭吉教育論集 山住正己編
- 福沢諭吉家族論集 中村敏子編
- 福沢諭吉の手紙 慶應義塾編
- 新島襄の手紙 同志社編
- 新島襄 教育宗教論集 同志社編
- 新島襄自伝 —手記・紀行文・日記 同志社編
- 植木枝盛選集 家永三郎編
- 日本の下層社会 横山源之助
- 中江兆民 三酔人経綸問答 桑原武夫・島田虔次訳・校注
- 中江兆民評論集 松永昌三編
- 憲法義解 伊藤博文 宮沢俊義校註
- 日本風景論 志賀重昂 近藤信行校訂
- 日本開化小史 田口卯吉 嘉治隆一校訂
- 新訂 蹇蹇録 —日清戦争外交秘録 陸奥宗光 中塚明校注
- 茶の本 岡倉覚三 村岡博訳
- 武士道 新渡戸稲造 矢内原忠雄訳

- 新渡戸稲造論集 鈴木範久編
- キリスト信徒のなぐさめ 内村鑑三
- 余はいかにしてキリスト信徒となりしか 内村鑑三 鈴木範久訳
- 代表的日本人 内村鑑三 鈴木範久訳
- 後世への最大遺物・デンマルク国の話 内村鑑三
- ヨブ記講演 内村鑑三
- 足利尊氏 山路愛山
- 徳川家康 全二冊 山路愛山
- 豊臣秀吉 全二冊 山路愛山
- 妾の半生涯 福田英子
- 三十三年の夢 宮崎滔天 島田虔次・近藤秀樹校注
- 善の研究 西田幾多郎
- 続思索と体験・『続思索と体験』以後 西田幾多郎
- 西田幾多郎哲学論集 II —論理と生命 他四篇 上田閑照編
- 西田幾多郎哲学論集 III —自覚について 他四篇 上田閑照編
- 西田幾多郎歌集 上田薫編
- 西田幾多郎講演集 田中裕編

西田幾多郎書簡集　藤田正勝編
帝国主義　幸徳秋水／山泉進校注
基督抹殺論　幸徳秋水
日本の労働運動　片山潜
貧乏物語　河上肇／大内兵衛解題
河上肇評論集　杉原四郎編
西欧紀行 祖国を顧みて　河上肇
中国文明論集　宮崎市定／礪波護編
史記を語る　宮崎市定
中国史 全二冊　宮崎市定
大杉栄評論集　飛鳥井雅道編
女工哀史　細井和喜蔵
奴隷 ―小説・女工哀史1　細井和喜蔵
工場 ―小説・女工哀史2　細井和喜蔵
初版 日本資本主義発達史 全二冊　野呂栄太郎
谷中村滅亡史　荒畑寒村
遠野物語・山の人生　柳田国男

木綿以前の事　柳田国男
海上の道　柳田国男
蝸牛考　柳田国男
都市と農村　柳田国男
十二支考 全二冊　南方熊楠
津田左右吉歴史論集　今井修編
特命全権大使 米欧回覧実記 全五冊　久米邦武編／田中彰校注
日本イデオロギー論　戸坂潤
明治維新史研究　羽仁五郎
古寺巡礼　和辻哲郎
風土 ―人間学的考察　和辻哲郎
和辻哲郎随筆集　坂部恵編
倫理学 全四冊　和辻哲郎
人間の学としての倫理学　和辻哲郎
日本倫理思想史 全四冊　和辻哲郎
「いき」の構造 他二篇　九鬼周造
九鬼周造随筆集　菅野昭正編

偶然性の問題　九鬼周造
田沼時代　辻善之助
パスカルにおける人間の研究　三木清
古代国語の音韻に就いて 他二篇　橋本進吉
吉田松陰　徳富蘇峰
林達夫評論集　中川久定編
新版 きけわだつみのこえ ―日本戦没学生の手記　日本戦没学生記念会編
新版 第二集 きけわだつみのこえ ―日本戦没学生の手記　日本戦没学生記念会編
君たちはどう生きるか　吉野源三郎
地震・憲兵・火事・巡査　山崎今朝弥／森長英三郎編
懐旧九十年　石黒忠悳
武家の女性　山川菊栄
覚書 幕末の水戸藩　山川菊栄
忘れられた日本人　宮本常一
家郷の訓　宮本常一
大阪と堺　三浦周行／朝尾直弘編
石橋湛山評論集　松尾尊兊編

手仕事の日本　柳宗悦
工藝文化　柳宗悦
南無阿弥陀仏 付 心偈　柳宗悦
雨夜譚 —渋沢栄一自伝　長幸男校注
中世の文学伝統　風巻景次郎
平塚らいてう評論集　小林登美枝・米田佐代子編
最暗黒の東京　松原岩五郎
日本の民家　今和次郎
原爆の子 —広島の少年少女のうったえ 全二冊　長田新編
臨済・荘子　前田利鎌
『青鞜』女性解放論集　堀場清子編
大津事件 —ロシア皇太子大津遭難　尾佐竹猛・三谷太一郎校注
幕末遣外使節物語 夷狄の国へ　尾佐竹猛・吉良芳恵校注
極光のかげに シベリア俘虜記　高杉一郎
古典学入門　池田亀鑑
イスラーム文化 —その根柢にあるもの　井筒俊彦
意識と本質 —精神的東洋を索めて　井筒俊彦

神秘哲学 —ギリシアの部　井筒俊彦
意味の深みへ —東洋哲学の水位　井筒俊彦
コスモスとアンチコスモス 東洋哲学のために　井筒俊彦
幕末政治家　福地桜痴・佐々木潤之介校注
フランス・ルネサンスの人々　渡辺一夫
維新旧幕比較論　木下真弘・宮地正人校注
被差別部落一千年史　高橋貞樹・沖浦和光校注
花田清輝評論集　粉川哲夫編
新版 河童駒引考 —比較民族学的研究　石田英一郎
英国の文学　吉田健一
中井正一評論集　長田弘編
山びこ学校　無着成恭編
考史遊記　桑原隲蔵
福沢諭吉の哲学 他六篇　丸山眞男・松沢弘陽編
政治の世界 他十篇　丸山眞男・松本礼二編注
超国家主義の論理と心理 他八篇　丸山眞男・古矢旬編
田中正造文集 全二冊　由井正臣・小松裕編

国語学史　時枝誠記
定本 育児の百科 全三冊　松田道雄
哲学の三つの伝統 他十二篇　野田又夫
大隈重信演説談話集　早稲田大学編
大隈重信自叙伝　早稲田大学編
人生の帰趣　山崎弁栄
通論考古学　濱田耕作
転回期の政治　宮沢俊義
何が私をこうさせたか —獄中手記　金子文子
明治維新　遠山茂樹
禅海一瀾講話　釈宗演
明治政治史　岡義武
転換期の大正　岡義武
山県有朋 —明治日本の象徴　岡義武
近代日本の政治家　岡義武
ニーチェの顔 他十三篇　氷上英廣・三島憲一編
伊藤野枝集　森まゆみ編

《日本文学(現代)》〔緑〕

怪談 牡丹燈籠　三遊亭円朝
小説神髄　坪内逍遥
当世書生気質　坪内逍遥
アンデルセン 即興詩人 全二冊　森鷗外訳
ウィタ・セクスアリス　森鷗外
青年　森鷗外
雁　森鷗外
阿部一族 他二篇　森鷗外
山椒大夫・高瀬舟 他四篇　森鷗外
渋江抽斎　森鷗外
舞姫・うたかたの記 他三篇　森鷗外
鷗外随筆集　千葉俊二編
大塩平八郎 他三篇　森鷗外
浮雲　二葉亭四迷 十川信介校注
野菊の墓 他四篇　伊藤左千夫
吾輩は猫である　夏目漱石

坊っちゃん　夏目漱石
草枕　夏目漱石
虞美人草　夏目漱石
三四郎　夏目漱石
それから　夏目漱石
門　夏目漱石
彼岸過迄　夏目漱石
漱石文芸論集　磯田光一編
行人　夏目漱石
こころ　夏目漱石
硝子戸の中　夏目漱石
道草　夏目漱石
明暗　夏目漱石
思い出す事など 他七篇　夏目漱石
文学評論 全二冊　夏目漱石
夢十夜 他二篇　夏目漱石
漱石文明論集　三好行雄編

倫敦塔・幻影の盾 他五篇　夏目漱石
漱石日記　平岡敏夫編
漱石書簡集　三好行雄編
漱石俳句集　坪内稔典編
漱石・子規往復書簡集　和田茂樹編
文学論 全二冊　夏目漱石
坑夫　夏目漱石
二百十日・野分　夏目漱石
五重塔　幸田露伴
努力論　幸田露伴
一国の首都 他一篇　幸田露伴
渋沢栄一伝　幸田露伴
飯待つ間 ―正岡子規随筆選　正岡子規 阿部昭編
子規句集　高浜虚子選
病牀六尺　正岡子規
子規歌集　土屋文明編
墨汁一滴　正岡子規

仰臥漫録　正岡子規
歌よみに与ふる書　正岡子規
獺祭書屋俳話・芭蕉雑談　正岡子規
子規紀行文集　復本一郎編
正岡子規ベースボール文集　復本一郎編
金色夜叉 全二冊　尾崎紅葉
不如帰　徳冨蘆花
武蔵野　国木田独歩
愛弟通信　国木田独歩
蒲団・一兵卒　田山花袋
田舎教師　田山花袋
一兵卒の銃殺　田山花袋
あらくれ・新世帯　徳田秋声
藤村詩抄　島崎藤村自選
破戒　島崎藤村
春　島崎藤村
桜の実の熟する時　島崎藤村

夜明け前 全四冊　島崎藤村
藤村文明論集　十川信介編
生ひ立ちの記 他一篇　島崎藤村
島崎藤村短篇集　大木志門編
にごりえ・たけくらべ　樋口一葉
大つごもり・十三夜 他五篇　樋口一葉
修禅寺物語・正雪の二代目 他四篇　岡本綺堂
高野聖・眉かくしの霊　泉鏡花
歌行燈　泉鏡花
夜叉ケ池・天守物語　泉鏡花
草迷宮　泉鏡花
春昼・春昼後刻　泉鏡花
鏡花短篇集　川村二郎編
外科室・海城発電 他五篇　泉鏡花
鏡花随筆集　吉田昌志編
化鳥・三尺角 他六篇　泉鏡花
鏡花紀行文集　田中励儀編

俳句はかく解しかく味う　高浜虚子
俳句への道　高浜虚子
回想 子規・漱石　高浜虚子
有明詩抄　蒲原有明
上田敏全訳詩集　山内義雄・矢野峰人編
宣言　有島武郎
一房の葡萄 他四篇　有島武郎
寺田寅彦随筆集 全五冊　小宮豊隆編
柿の種　寺田寅彦
与謝野晶子歌集　与謝野晶子自選
与謝野晶子評論集　鹿野政直・香内信子編
私の生い立ち　与謝野晶子
つゆのあとさき　永井荷風
濹東綺譚　永井荷風
荷風随筆集 全二冊　野口冨士男編
摘録 断腸亭日乗 全二冊　永井荷風・磯田光一編
すみだ川・新橋夜話 他一篇　永井荷風